KB123338

李古本
春香傳

이고본 춘향전

성현경 풀고 옮김

보고사

개정판 서문

이 책은 2001년에 출간되었다가 절판된『옛 그림과 함께 읽는 이고 본 춘향전』의 개정판이다.『옛 그림과 함께 읽는 이고본 춘향전』은 출간 당시 여러 매체로부터 좋은 평가를 받았다. 춘향전을 전문적으로 연구한 저자의 엄밀한 교주와 친절한 현대역, 그리고 소설 대목과 어울리는 옛 그림을 곳곳에 실어 '읽는' 재미와 '보는' 재미를 아울러 느끼게 하려는 시도가 사람들에게 참신하게 여겨졌기 때문일 것이다.

많은 부수를 찍지 않아 곧 절판된 이 책을 10년 만에 새로운 체재로 출간하는 데에는 두 가지 이유가 있다. 먼저 〈이명선 고사본 춘향전〉의 원본이 최근 발견되었다. 부산교대의 김준형 교수는 사라진 것으로만 여겨졌던 이 책의 원본을 찾아내『이명선 구장 춘향전』(보고사, 2008)이란 제목으로 출간한 바 있다. 이를 통해『문장』지의 불완전한 판본으로 작업하면서 어쩔 수 없이 생겨난 미진한 부분들을 보완할 수 있게 되었다. 이 자리를 빌려 감사의 인사를 전한다. 김준형 교수의 책과 이 책을 통해 〈이고본 춘향전〉에 대한 연구자들의 관심이 제고되는 계기가 되었으면 한다.

또 다른 이유로는 올해가 이 책의 저자인 故 성현경 선생님의 10주기가 되는 해이기 때문이다. 성현경 선생님은 많은 고전소설 작품과 이본 중에서도 특히 이 〈이고본 춘향전〉에 대해 각별한 관심과 애정을 기울이셨다. 2001년 이 책의 출간을 보지 못한 채 선생님이 돌아가시자, 제자들이 남은 부분을 마무리해 출간했다. 하지만 몇몇 부분은 끝내 물음표로 남겨두어야 했던 것도 사실이다.

선생님의 10주기를 맞아서 그 당시 출간 작업에 참여했던 두 제자가 조금 더 손을 보아 이 책을 내놓는다. 부디 이 책이 성현경 선생님의 학문적 업적을 후학들이 기억하고 계승하는 일에 도움이 될 수 있기를 간절히 바랄 뿐이다. 끝으로 개정판 출간의 의의에 적극적으로 공감하고, 이윤과는 거리가 먼 일에 동참해주신 보고사의 김흥국 사장님과 편집을 맡아주신 한나비 선생님께 깊은 감사를 드린다.

2011년 11월

이정원·조현우

차례

이고본 춘향전 현대역

李古本 春香傳

숙종대왕 즉위 초에 충신은 조정에 가득하고, 효자 열녀는 집집마다 있었더라. 나라가 태평하니 백성들은 평안하여 거리마다 풍년가를 울리나니 요임금의 세월이요 순임금의 세상이라.

이 때 삼청동에 한 양반이 있었으니, 성은 이요 이름은 한규라. 대대로 이름난 큰 가문의 후예로서 남원부사 임명 받아 도임한 지 한 달이라, 사또 자제 이도령이 책방에서 학업에 힘쓰매, 호협방탕하여 청루[靑樓─술집] 출입을 즐기는데, 때는 마침 오월 단오 좋은 때라, 봄 기운을 못 이기어 방자 불러 분부하되,

"너희 고을 경치 좋은 곳이 몇 군덴고?"

방자 놈 여쭈오되,

"공부하시는 도련님이 좋은 곳 찾아 무엇하오?"

도련님 하는 말이,

"악양루[중국 동정호 기슭에 있는 누각] 높은 집에서 두보[당나라 때의 유명한 시인]도 놀았고, 상산사호[중국 진나라말의 네 명의 은사] 네 노인도 바둑 두고 놀았으니, 아니 놀고 무엇하리. 경치 좋은 곳을 일러다오."

방자 놈 심술이 왕거미 똥구녁 같았다.

"좋은 곳을 물으시니 자세히 들어보오. 평해 월송정, 울진 매양정, 삼척 죽서루, 강릉 경포대, 양양 낙산사, 고성 삼일포, 간성 청간정, 통천 총석정은 관동팔경이요, 진주 촉석루, 공주 공산성, 해주 부용당, 선천 강선루, 의주 통군정이 빼어난 경치라, 상서로운 구름 안개 자욱하여 매일같이 신선이 세 번 가웃[한 단위의 반에 해당하는 분량]씩 똑똑 내려와 노는 줄로 아뢰오."

도련님 좋아라고,

"그리하면 광한루 구경가자."

방자 놈 거동 보소, 나귀 안장 얹는다. 붉은빛 가슴걸이와 굴레, 산호채찍, 옥안장, 비단언치, 황금굴레, 층층 다래에 상모 물려 덥석 매니 호피 도듬 모양새가 난다. 방자 놈 거동 보소. 방짜바지 통행전에 육날 미투리 좋은 신을 끈으로 동여매고, 비단 허리띠 돈주머니 주황당사 벌매듭 느지막이 잡아매고, 한산모시 진솔 창옷 앞을 접어 부납띠를 눌러 띠고, 손뼉 같은 누런빛의 사슴가죽 등채찍에 접었구나. 보기 좋게 빗겨 들고, 나귀 고삐를 바짝 쥐고, 길 위에 나서며

"나귀 안장 지었소!"

이도령 거동 보소. 신수 좋은 얼굴 세수를 깨끗이 하고, 감태 같은 긴 머리채 귀를 눌러 넓게 땋아 궁초 댕기 석웅황 달아 끝만 물려 잡아매고, 여의사 겹저고리 육사단 접배자의 자물단추 달아 입고, 길상사 겹바지 운문영초 허리띠를 넉넉하게 잡아매고, 양태문 귀주머니 대구팔사 꼬아 차고, 생명주 홑단 창옷과 은빛의 모시도포를 몸에 맞게 지어 입고, 색좋은 분합대[웃옷 위에 눌러 띠는 실띠]를 가슴에 눌러 매고, 삼승 겹버선의 비단바탕 태사혜를 보기 좋게 돋아 신고, 소상 반죽 쇄금선[좋은 시나 글귀가 있는 부채]을 반만 펴 높이 들어 햇빛을 가리우고, 갑사복건에 옥판 달아 머리 위에 돋워 쓰고, 성천초 좋은 담배 꿀물에 촉촉히 축여 천은설합에 가득 넣어 통인[잔심부름을 하는 구실아치] 들려 뒤에 세우고, 은동물림 부산대를 김해 간죽 길게 맞춰 방자 등에 빗기 꽂고, 나귀 등에 선뜻 올라 맹호연[당나라의 시인 나귀를 타고 가면서 시상을 가다듬었다고 함]을 본받아서 탄탄대로 가는 거동, 두목지[당나라의 시인]의 풍채로다.

바삐 몰아 광한루 다다르니 고운 단청 화려한 집은 날아갈 듯하고, 수를 놓은 문은 무늬창이 좋을씨고. 나귀 등에서 선뜻 내려 층계를

올라서며 사면을 살펴보니 '단청기둥에서 아침에 구름이 일어 남포로 날고, 저물녘 주렴을 걷으니 서산에 비가 내리네[당나라 왕발, 〈등왕각에 올라(滕王閣序)〉의 한 구절]라던 등왕각[중국 강서성에 있는 유명한 누각]의 경치 같고, 또 한 편을 바라보니 '삼산은 하늘 밖에 반쯤 떨어져 솟았고, 두 물은 백로주에서 나왔다네[당나라 이백, 〈금릉의 봉황대에 올라(登金陵鳳凰臺)〉의 한 구절]라던 봉황대[중국 강소성에 있는 아름다운 경치로 유명한 누대]의 경치와 똑같구나. 오작교 흐른 물이 은하수 되리로다. 무릉이 어디메냐, 도원이 여기로다. 견우성 내가 되면 직녀성은 누가 될꼬. 뒷짐지고 배회하며, 어진 글귀도 생각하더라. 한참을 이리 노닐다가,

"방자야, 술 들여라. 곡강의 봄술에 사람마다 취한다니, 너도 먹고 나도 먹자."

방자 놈 술 부어 들고,

"도련님, 우리 둘 다 장가 안간 댕기머리니 나이순으로 먹으면 어떠하오."

"이 자식, 네 나이 몇 살인고?"

"소인의 나이 열일곱 살 가웃이오."

"이놈, 가웃이란 말이…?"

"유월이 생일이오."

"그리하면 나보다 일 년 가웃 더 먹었다, 그러면 네가 먼저 먹어라."

한 잔 한 잔 또 한 잔을 취하도록 먹은 후에 자리에 의지하여,

"방자야, 가리켜라. 앞에는 영주섬의 누각이요 뒤로는 방장, 봉래[영주, 방장, 봉래는 광한루 앞 호수에 있는 세 개의 인공섬의 이름]로구나. 앞의 시내 버들은 푸른 휘장을 드리운 듯, 황금같은 저 꾀꼬리 벼락같이 소리 질러 나의 취흥 자아내니, 물은 바로 은하수요, 경치는 바로 천

상계로다."

본읍 기생 월매 딸 춘향이 그네 뛰러 치레할 제, 흑운 같은 검은
머리 반달 같은 와룡빗으로 어리쌀쌀 내리 빗어 전반같이 넓게 땋아
자지항라[자줏빛의 여름 옷감] 너른 댕기 수부다남[壽富多男] 금을 박아 끝
물려 잡아매고, 백저포 깨끼적삼, 초록갑사 곁마기, 물명주 고장바지,
백순인 너른 속곳, 난봉항라[봉황 무늬가 있는 여름 옷감] 대단 치마 잔살
잡아 떨쳐 입고, 고양나이[경기도 고양 지방에서 생산되던 무명] 속버선, 몽
고삼승 겉버선의 자지상침 수당혜를 날 출(出)자로 제법 신고, 앞에는
대나무 모양 은장식, 뒤에는 봉황 무늬 금비녀요, 귀에는 월기탄이라.
손에는 옥지환을 끼고, 은조롱, 금조롱, 옥장도, 산홋가지, 밀화불수,
옥나비, 진주월, 청강석, 자개향, 비취향, 인물향은 오색당사 끈에 걸
어 보기 좋게 드리우고, 자지유사 깁수건은 척척 접어 손에 쥐고, 푸
른 삼베 고운 비단의 박쥐 우산으로 햇빛 가려 둘러메고, 한 줄기 길
을 찾아 사잇길로 사뿐사뿐 올라가며 백만 교태 다 부린다. 철쭉꽃
뚝뚝 꺾어 머리에 꽂아보며, 삼단화 죽죽 훑어 맑고 맑은 굽이굽이
실개천에 이리저리 흩뿌리며, 맑은 시내 여울가에 손에 맞는 조약돌
을 버드나무 가지 사이에 털털 던져 꾀꼬리도 날려보며, 맑은 물 덥석
쥐어 양치질로 꼴깍꼴깍, 경치 찾아 올라 가며 복사꽃 맑은 물에 멀리
흘러 가노라니 인간세계 아니로다. 버들가지 푸른 그늘 벽도화 높은
가지 부여잡아 그네 매고, 하얀 비단 버선 발에 두 발길로 몸을 날려,
한 번 굴러 앞이 높고 두 번 굴러 뒤가 높아, 흰 구름에 들락날락 봄하
늘에 종다리가 나는 듯, 복사꽃 늘어진 가지 툭툭 차 날리나니, 복사
꽃 휘날려서 흥취가 돋는구나.

그네에 올라서서 원근 산천 바라보며 봄빛을 자랑할 제, 홀연히 올

랐다가 홀연히 내린 거동 제비새끼 봄하늘에 나는 듯, 칠월칠석 오작
교에 직녀성이 건너는 듯, 단산 오동나무에 깃든 봉황 같고, 서왕모
요지연의 **천년벽도**[千年碧桃-천년 만에 열린다는 전설의 복숭아] 지켜 섰는
선녀의 태도로다. 부드러운 바람 따뜻한 햇빛에 비단치마 못 이기어
치마끈을 활활 풀어 복사꽃 가지에 걸고, 수건 들어 땀 씻을 제, 밀기
름에 재인 머리 가닥가닥 떨어져서 고운 볼에 흩날린다.

이 때 이도령이 광한루에 높이 앉아 좌우산천 돌아보니 향기로운
풀꽃들이 아름답게 꽃필 적에 벽산에 왜 사냐고 내게 묻나니, 웃으며
대답치 않아도 마음은 절로 한가롭네. 앞산 녹음 살펴보니, 울긋불긋
해 비추어 들락날락 하는 거동 눈 씻고 바라보다, 심신이 황홀하여
어깨를 들썩이며 눈 위에 손을 얹고 온 몸을 벌벌 떨며,

"방자야, 너 저것 좀 보아라."

방자 놈이 도련님 떠는 것을 보고 조금 더 떨며,

"어디 무엇이오?"

도련님이 방자 떠는 것을 보고,

"이 자식 나는 떠는 것이 이유가 있어 떨거니와 너는 무슨 맛으로
떠노? 떠는 것도 옳았더냐?"

"도련님이 떠시니, 소인은 찬바람에 사시나무요."

"그놈 대단히 떤다. 이 자식 작작 떨고 저 건너 저것이 무엇이냐?"

방자 놈 한참을 보다가,

"무엇인지 아니 뵈오."

"네 눈에 휘장을 둘렀느냐? 자시[자세히] 보아라"

"축시에 보아도 아니 뵈오[이도령의 '자시(자세히)'란 말을 '자시(子時)'로 받아
'축시(丑時)'에'로 대꾸하는 말놀이]."

"상놈의 눈은 양반 발에 난 티눈만도 못하냐? 저 건너 솔숲에 하얗고 희뜩하여 별이라도 떨어진 듯, 아마도 선녀가 내려왔나 보다."

방자 놈 대답하되,

"도련님, 망령이오. 선녀의 출처를 들어 보오. 봄바람 불어 돌다리 높은 곳에 성진(〈구운몽〉의 주인공. 석교에서 팔선녀를 만나 희롱한 죄로 벌을 받는데)이 없었는데 선녀 희롱 뉘가 할까, 선녀라니 될 말이오?"

"그러면 금이냐?"

"금 출처를 들어 보오. 금은 여수에서 난다고 하였으니, 여수가 아닌데 어찌 금이 있으리까? 진나라 진평(한고조 유방의 책사)이 범증(초패왕 항우의 책사)을 잡으려고 황금 사만 냥을 뿌렸다니 금도 지금 없으리다."

"그러면 옥이냐?"

"옥은 곤륜산에서 난다고 하였으나, 곤륜산에 불이 붙어 옥과 돌이 다 탔다 하니 옥도 지금 없으리다."

"해당화냐?"

"명사십리 아닌데 해당화가 될 말이오."

"귀신이냐?"

"구리영산 아닌데 귀신이 될 말이오."

"도깨비냐?"

"황제 무덤 아닌데 도깨비가 웬 말이오."

"구미호냐?"

"진승이 병사를 일으킬 적에 낮에 울던 불여우가 지금 어이 있으리까?(중국 진나라 말의 군웅인 진승이 부하를 시켜 여우 흉내를 내게 하여 군사를 모았다는 고사)"

이도령 역정 내어,

“그러면 네 할미냐, 내 첩이냐? 조롱 말고 일러다오. 너는 이곳에서
나고 자랐으니 자세히 일러다오”

방자 놈 민망하여,

“저 건너 숲 사이로 그네 뛰는 처녀를 물으시오?”

“그 처녀를 보아하니 여염집 처녀는 아니로다.”

“바로 이르리다. 본읍 기생 월매 딸 춘향인데 봄기운을 못 이기어
그네를 뛰나보오.”

이도령이 그 말을 듣고 정신이 황홀하여,

“이애 방자야, 네 말 그러하면 기생이 분명하니 한 번 보면 어떠하냐?”

방자 여쭈오되,

“그런 분부 두 번 마오. 사또 만일 아오시면 소인 볼기 아작나고
내년에 창고지기 맡기는 영 그를 터인데 그 아니 원통하오. 죽으면
죽었지 못하겠소.”

떨치고 돌아서니 도련님 성화가 나서 방자를 달래는데,

“내 말을 들어보아라. 꽃 본 나비처럼 미친 마음 아무래도 죽겠구
나, 네 나를 살려주면 내년에 수노[首奴—하인들 우두머리] 자리 맡아났지.
어서 바삐 불러다오.”

방자 놈 여쭈오되,

“도련님, 그러시오. 그럼 우리 양반 상놈 그만두고 호형호제하옵
시다.”

도련님 욕심에 넘어가서,

“그래주마.”

“그리하면 나보다 손아래니 날더러 형이라 하소.”

이도령 그 말 듣고,

"이애, 이것은 곤란하다. 을축년[乙丑年]이 갑자년[甲子年]보다 앞서지 않더냐원래는 갑자년이 앞선다. 이도령의 억지?"

방자 놈 돌아서며,

"양반 체면 못 버리고 오입이 무엇이오? 싫으면 그만 두오."

도련님 기가 막혀,

"참말이지 어렵구나. 이럴 줄을 알았다면 나이나 속여 볼 걸. 천하의 몹쓸 놈아, 이다지도 조르느냐?"

방자 놈 뿌리치며,

"다시는 말을 마오."

이도령 급한 마음에 죽으면 대수냐.

"방자야!"

"예."

"형님!"

방자 놈 돌아서며

"우애, 내 아우냐?"

이도령이 무안하나,

"인제 어서 불러다오."

"그리하오."

방자 놈이 춘향이를 부르러 건너간다. 진허리 참나무 뚝 꺾어 거꾸로 잡고, 숲 사이로 바람을 쫓는 호랑이처럼 바삐 뛰며 건너가서 눈 위에다 손을 얹고 벼락같이 소리를 질러,

"이애 춘향아! 말 듣거라. 야단났다, 야단났어."

춘향이가 깜짝 놀라 그네 줄에서 뛰어 내려와 눈 흘기며 욕을 하되,

"애고, 망칙해라. 제미씹 개씹으로 열두 다섯 번 나온 녀석, 눈깔은 얼음에 자빠져 지랄 떠는 소 눈깔같이, 최생원의 호패 구녁같이 똑 뚫어진 녀석이, 대가리는 어러동산에 무른 다래 따먹던 덩덕새 대가리같은 녀석이, 소리는 생고자 새끼같이 몹시 질러 하마터면 애 떨어질 뻔하였잖아!."

방자 놈 한참 듣다가 어이없어,

"이애, 이 지집아 년아. 입살이 부드러워 욕은 잘한다마는 내 말을 들어보아라. 무악관 처녀가 도야지 타고 활 쏘는 것도 보고, 소가 발톱에 봉선화 들이고 장에 온 것도 보고, 고양이가 분 발라 연지 찍고 시집가는 것도 보고, 쥐구멍에 홍살문 세우고 가마가 들락날락하는 것도 보고, 암캐 월경하여 서답 찬 것도 보았으되, 어린 아이년이 애 있단 말은 너한테 첨 듣겠다."

"애고, 저 녀석 말 고치는 것 보게. 사람 죽겠네. 애가 있다더냐?"
"그럼 무엇이랬노?"
"낙태할 뻔했댔지."
"더군다나 열달이 찼느냐?"
"내 언제 낙태라더냐, 낙상이랬지."

"어린 년이 피아말다 자란 암말 궁둥이 둘러대듯 잘 둘러댄다마는 내 말을 들어보아라. 여염집 처자라 하는 것이 바느질을 배우거나 길쌈에 힘쓰거나 둘 중에 하나를 할 것이지, 다 큰 계집아이가 의복단장 치레하고 봄빛 찬란한 그늘에서 그네를 높이 매고 들락날락 별짓거리를 다 해대니, 사또 자제 도련님이 광한루에 피서 오셨다가 하얀 속바지 가랑이가 희뜩 펄펄 날리는 양에 정신이 혼미하여 눈은 흐리멍덩해지고, 온몸의 힘줄은 용대기(큰 깃발) 버팀줄같이 뻣뻣해지고, 두 눈에 눈동자가 춤을 추며, 손은 벌벌 새끼 낳은 암캐 떨 듯 떨어대며 불러오라 재촉하니 어서 가자, 바삐 가자. 생사람 죽이겠다. 장가도 안 간 아이 중에 네 거동 보았다면 안 미칠 놈 누가 있겠느냐!"

춘향이 역정 내어,

"책방의 도련님이 나를 언제 보았노라고 불러오라 재촉하더냐? 누가 네 녀석더러 눈병에 노랑 수건이요, 터진 방아공이에 보리알격으로 턱밑에 다가 앉아 춘향이니 고양이니 주섬주섬 중얼중얼 일러바치라더냐?"

"이애 춘향아, 남 억울한 말 너무 하지 마라. 우리댁 도련님이 중방 밑 귀뚜라미란다. 말이 났으니 말이지, 책방 도련님이 인물은 빼어나고, 풍채는 두목지[杜牧之—당나라의 시인]요, 문장은 사마천[중국 한나라의 역사가로 〈사기〉의 저자]이요, 세간이 갑부요, 오입이 으뜸이요, 친가는 왕족이요, 외가는 권문세가요, 성품도 호탕하니라. 너 같은 계집아이 이번에 건너가서 초 친 해파리를 만든 후에 물명주 속곳 가랑이를 슬쩍궁 베어다가 왼편 볼기짝에 딱 붙이면, 남원이 모두 네 것이요, 나도 네 덕에 소년 수노나 한번 하여 보자꾸나."

춘향이 하는 말이,

"네 말은 좋다마는 남녀가 유별한데 남의 집 규중처자를 부르기도 실례요, 남녀칠세부동석[男女七歲不同席]이라고 옛말에 일렀으니 처자의 행실로는 건너가기 어림없다."

방자 놈 대답하되,

"한번 사양은 예의라지만, 내 말을 들어보아라. 사람이 나도 산세를 좇아 나느니라. 경상도는 산이 험준하여 사람이 나도 우악하고, 전라도는 산이 촉하기로 사람이 나면 재주 있고, 충청도는 산세가 유순하

여 사람이 나면 유순하고, 경기도 삼각산은 범이 걸터 앉고 용이 웅크
린 산세라 사람이 나면 유순하고도 강직하니, 알자 하면 아주 알고
모르자면 정 주던 것 상관없이 칼로 베고 소금을 뿌리느니라. 이번
일이 틀어지면 너의 모친 잡아다가 죽을 만치 곤장 쳐서 목에 칼을
씌워 가둘 터인즉 오려면 오고 말려면 마라.”

떨치고 돌아서며,

“나는 간다.”

을러대니, 춘향이 약한 마음에

“방자야, 내 말 조금 듣고 가거라. 귀중하신 도련님이 부르신 일 감
격하나 여자 염치에 못 가겠다. 두어 자 적어주마. 갖다가 드려다오.”

“무슨 글이니? 적어다오.”

홍공단 두리주머니 끈 끌러 열고서 붓과 먹을 내어 손에 들고 갈잎
뜯어 단숨에 적어 주니, 방자 놈 받아들고

“가기는 간다마는 너 가니만 못하겠다. 나중에 일 생겨도 내 원망은
하지 마라.”

떨치고 돌아오니 도련님이 방자 보고 반겨라고

“이 자식, 춘향을 만들었더냐? 어서 바삐 대령하라.”

방자 놈 갈잎을 올리면서,

“춘향 받으시오.”

이도령 받아보니 글자 넷이 쓰였구나. 기러기 안[雁], 나비 접[蝶], 게
해[蟹], 비둘기 구[鳩], 짝을 적었구나. 이리 보고 저리 보되 글 뜻을 모
르겠다.

“방자야, 이 글이 무슨 글인지 아무래도 모르겠다.”

방자 놈 받아들고,

"문장가라 일컫더니 글 네 자를 모르시오. 이것은 무슨 자요?"

"기러기 안[雁] 자다."

"소인은 무식하니 육담으로 아뢰리다. 물 본 기러기 물 보고 오라는 안 자요. 이것은 무슨 자요?"

"나비 접[蝶] 자다."

"탐화광접[探花狂蝶─꽃을 찾는 미친 나비], 꽃 보고 오라는 접자요. 이것은 무슨 자요?"

"게 해[蟹] 자다."

"게는 구멍 따라 오라는 해 자요. 또 이것은 무슨 자요.?"

"비둘기 구[鳩] 자다."

"관관저구 재하지주[關關雎鳩 在河之洲─곽곽 우는 저구새는 물가에 있도다. 〈시경〉의 첫 구절로 남녀 간의 사랑을 읊는 대목. '요조숙녀는 군자의 좋은 배필이로 다'는 구절이 이어진다.] 요조숙녀[窈窕淑女] 찾아와서 금슬우지[琴瑟友之─부부 간의 즐거움] 즐기자는 구 자요."

이도령이 그 말 듣고,

"그놈 맹랑하다. 이 자식, 건너가서 수작이 장황하더니 웃국을 질렀나 보다[먼저 관계했다는 의미]."

"천한 계집이라 가릴 것도 없지만은 형제간에 될 말이오?"

"미친 놈, 말이나 대령해라. '은안장과 수놓은 수레는 아름다운데, 오늘밤은 기생집에 머물겠구나'[당나라 시인 왕발의 〈높은 누대에 올라(臨高 臺)〉의 한 구절]."

나귀 등에 선뜻 올라 지는 해를 바라보며 책방에 돌아와서, 옷 벗어 홰에 걸고 아버지께 문안하고 앉아서 생각하니 한시가 급하구나. 해 지기를 기다릴 제 춘향 생각에 열이 올라,

"보고지고, 보고지고. 칠년 가뭄에 빗발같이, 달빛도 없는 방에 불 켠 듯이 보고지고. 뒤척여 잠 못 들다 보고지고. 기둥을 안고 돌아다 니면서 손톱만치 보고지고."

소리를 한껏 질러대니, 동헌에서 사또 취침하셨다가 깜짝 놀라 평 상에서 똑 떨어져 담뱃대에 목을 찔려 통인을 급히 부르니, 통인이 대답을 길게 한다. 사또 꾸중하되,

"이놈! 급한 때는 그 대답을 두어 도막에 잘라 하여라. 책방에서 생 침 맞는 소리가 나니 손아귀 센 놈이 가운뎃다리를 쥐었느냐, 덩치 큰 놈이 뱃대기를 때렸느냐, 문틈에다 불알을 끼었느냐, 바삐 가서 알 아보아라."

통인이 급히 나가며,

"쉬ㅡ. 무슨 소리를 그다지 질렀느냐? 사또께서 평상에서 취침하셨 다가 담뱃대에 목을 찔려 유혈이 낭자하고 탕건이 벗겨져서 호박[탕건 의 장식품]은 개가 물어 가고 뒷간 위 곯은 호박 떨어지듯 똑 떨어져서 거의 죽을 지경이오."

도련님이 깜짝 놀라,

"이 자식, 쉬라니? 내가 육칠 월에 독 오른 뱀이냐? 남문 밖 장날이 라 술주정꾼이 책방 담 모퉁이로 소리를 질렀느니라."

"도련님 목소린 줄 알고 묻는 것을 옹색하게 둘러대어 무엇하오?"

"이말 저말 할 것 없이 글 읽다가 시전[詩傳] 칠월편[七月篇]을 보고지 고 하였다고 여쭈어라."

통인이 들어가서 여쭈오되,

"도련님이 글을 읽어 벼슬길에 올라 보고지고 하였는 줄 아뢰오."

사또 좋아라고 웃음을 웃다가 목낭청을 불러놓고, 사또 얼굴에 희

색이 가득하여,

"자네, 거기 앉소."

"앉으라면 앉지요."

"문장 났네."

"문장 났지요."

"무던하지."

"무던하지요."

"자네 뉘 말인지 알고 대답하나?"

"글쎄요."

"에이, 이 사람! 헛대답을 하였네. 우리 아이 말일세."

"예. 장하외다."

"자네도 어려서 겪어 본 일이지마는 글 읽기처럼 싫은 것이 없느니."

"그렇지요."

"우리 아이는 그런 법이 없네."

"없지요."

"과거는 갈데없지."

"없지요."

"벼슬하리."

"벼슬하지요. 하다 못하면 무명실이라도 하지요[벼슬과 무명실의 끝 글자가 비슷해서 하는 말놀이]."

"에이. 이 사람 나가소."

"나가라면 나가지요."

사또, 통인을 급히 불러 서책을 내어주며,

"도련님 갖다 주고 부지런히 읽으라고 하여라."

통인이 책을 안고 책방에 갖다 주니, 도련님이 책을 받아 앞에 놓고 차례로 읽을 적에 천자를 내어 놓고

"하늘 천[天], 따 지[地], 검을 현[玄], 누를 황[黃], 황당하여 못 읽겠다."

방자 놈 달려들며,

"여보 도련님, 〈천자문〉을 읽으려면 제대로 알고 읽어 보오."

"에라, 이놈. 미친 놈아! 제대로 알다니 그게 무슨 말이냐?"

"내 읽을 테니 들어 보오. 부채를 펼쳐 들고 쳐다보니 하늘 천, 날아 보니 따 지, 홰홰친친 감을 현, 황당하다 누를 황, 풍기풍기 잘한다. 어떠하오?"

이도령이 어이없어,

"에라 이놈, 잡놈이다. 장타령을 배웠구나. 천자[千字] 출처를 네 들어 보아라.

자시[子時]에 하늘이 열리니 넓고 넓은 하늘 천[天]. 축시[丑時]에 땅이 생기니 만물이 자라난다 따 지[地], 삼월 봄바람 좋은 때에 현조[玄鳥-제비]가 울어 댄다 검을 현[玄], 금목수화[金木水火] 오행 중에 중앙을 맡았으니 토지의 색이로다 누를 황[黃].

가을 바람 쓸쓸하니 높고 크다 집 우[宇], 천만 칸 크나큰 집 내가 어이 얻으리요 살기 좋다 집 주[宙], 구년 홍수 다스렸네 우임금의 세상 보니 넓을 홍[弘], 세상만사 믿지마소 황당하다 거칠 황[荒].

삼백 척 동해바다 부상[扶桑-동해에 있다는 전설의 뽕나무]에서 해 뜬다 네 날 일[日], 서쪽 산에 해는 지고 동쪽 산에 달이 뜨네 달 월[月], 봄은 가고 날 저문데 꽃잎은 흩날린다 찰 영[盈], 미인 불러 술 부어라 넘쳐 간다 기울 측[昃].

하도[河圖] 낙서[洛書] 잠깐 보니 일월성신[日月星辰] 별 진[辰], 원앙베개

비취이불에 활활 벗고 잘 숙[宿], 두 다리를 번쩍 들고 사양 말고 벌릴 열[列], 어허둥둥 두드리고 만성회포 베풀 장[張].

세월이 흘러흘러 소한 대한 찰 한[寒]. 어허 그날 정말 차다 어서 오게 올 래[來], 엄동설한 춥다 마소 유월 염천 더울 서[暑], 앞서 가는 놈을 아주 하직 갈 왕[往].

이제 가면 언제 올까 오동나무 낙엽진다 가을 추[秋], 너희 홀로 짓는 농사 때가 되면 거둘 수[收], 가을 밤 저문 날에 꽃잎은 흩날린다 겨울 동[冬], 님 올까 지은 옷을 깊고 깊게 감출 장[藏].

한 해 봄을 다시 맞기 어려우나 윤달 들어 부루 윤[閏], 고향 가는 험한 길을 바라보니 천리만리 남을 여[餘], 이 몸 훌쩍 날게 되면 평생 소원 이룰 성[成]. 춘하추동 다 보내고 송구영신 해 세[歲].

조강지처 박대 마소 대전통편 법 율[律], 네 입 내 입 대니 두 입 맞춰 법중 려[呂-려(呂)자가 입 구(口)자 두 개를 마주한 모양임을 가리킨다], 태평성대 좋을시고 비바람도 순조롭다 고를 조[調], 구년 홍수 설워 마소 칠년 가뭄에 볕 양[陽], 손을 넣어 만져 보니 가닥가닥 터럭 모[毛]. 어떠하냐?"

"참 잘하시오."

"아서라. 못하겠다."

서책을 내어 놓고, 드문드문 차례로 읽을 적에,

"천지현황[天地玄黃-〈천자문〉의 첫 구절]하니, 황혼되면 내 가리라.

천지지간 만물지중에 유인이 최귀[天地之間萬物之中 唯人最貴-〈동몽선습〉의 첫 구절]하니, 귀한 중에 더욱 귀라.

무인 이십삼 년에 초명 진대부 위사 조적 한건하여 위제후[戊寅二十三年 初命晉大夫魏斯趙籍韓虔 爲諸侯-〈통감절요〉의 첫 구절]하다, 제 못 오면 내

가리라.

원형이정은 천도지상이요 인의예지는 인성지강[元亨利貞 天道之常 仁義禮智 人性之綱－〈소학〉의 한 구절]이라, 강보 때에 못 본 것이 한이로다.

맹자견양혜왕하신대 왕왈 수불원천래이래[孟子見梁惠王 王曰叟不遠千里而來－〈맹자〉의 첫 구절]하시니, 지척동방[咫尺洞房] 천 리로다.

유붕이 자원방래면 불역낙호[有朋 自遠方來 不亦樂乎－〈논어〉의 첫 구절]아, 아니 가진 못하리라.

관관저구 재하지주[關關雎鳩 在河之洲－〈시경〉의 첫 구절로 '요조숙녀는 군자의 좋은 배필이로다'는 구절이 이어진다]로다, 요조숙녀[窈窕淑女] 찾아가자.

왈계고 제요왈방훈[曰稽古帝堯曰放勳－〈서경〉의 첫 구절]대, 혼미하여 못 읽겠다.

대학지도는 재명명덕[大學之道 在明明德－〈대학〉의 첫 구절]하며, 멍멍이도 오라더니.

이 건[乾]은 원[元]코 형[亨]코 이[利]코 정[貞]코[〈주역〉의 첫 구절], 춘향이 코 내 코 한데 대니 좋고."

방자 놈 달려 들며,

"도련님 글은 아니 읽으시고 코문서만 살피시니 소인 코는 어찌하오?"

"에라 이놈, 물렀거라. 경서를 보려 해도 언해[諺解] 없어 못하겠다. 가갸거겨 가기야 가지마는 걸어가기 어려워라."

방자 놈 달려 들며,

"언문을 배우려거든 문리가 트인 것을 들어보오."

"네 어디 읽어 보아라."

"가갸거겨 가엾은 이 내 몸이 갈 곳 없이 되었구나. 나냐너녀 날 오라고 부르기로 너고나고 가자꾸나. 다댜더뎌 다닥다닥 부친 정이

덧없이도 되었구나. 라라러려 날아가는 원앙새야 너고나고 짝을 짓자. 풍기풍기 잘한다."

"에라 이놈 상놈이다. 이 글은 못 읽겠다. 한 줄이 두 줄 되고 글자마다 뒤집히니 하늘 천[天]자 큰 대[大]되고 따 지[地]자 못 지[池]되고 날 일[日]이 눈 목[目]이 되고 묘할 묘[妙]자 요자 보소, 춘향인 게 분명하다. 천자[千字] 감자되고, 맹자[孟子]는 탱자가 되고, 시전[詩傳]은 사전[辭典]이요, 서전[書典]은 딴전이요, 논어[論語]는 잉어 되고, 주역[周易]은 누역[누더기]이요, 중용[中庸]은 도롱뇽이라. 이 글 읽다가는 미친 놈이 되겠구나. 방자야, 해가 어찌 되었느냐?"

"해는 하늘에 서서 오도가도 아니하오."

"해도 마음 씀씀이가 불량하다. 저 해를 어찌 보내느냐. 무정한 세월은 흐르는 물과 같다더니 허황한 글이로고. 방자야 해 좀 보아라."

"해는 서산[西山]에 지고 달은 동산[東山]에 뜨오."

"아버님은 동헌에서 퇴등[退燈－관아에서 원님이 잘 때 등불을 끄던 일]하셨느냐?"

"아직 멀었소."

도련님 괴탄하되,

"야속하다 야속하다 우리 부친이 야속하다. 남의 사정도 모를 적에야 사또 노릇인들 잘 하겠나. 육섣달 포폄[해마다 6월과 12월에 이루어지던 관리평가]에서 좋은 성적은 글렀구나. 방자야, 동헌 좀 쳐다보아라."

"아직 멀었소."

"방자야."

"앗따, 이름 닳겠소! 말씀하오."

"사또방에 가서 사또 눈을 좀 보고 오너라."

"눈을 보면 어떠하오?"

"대중이 있느니라. 쉽게 주무시려 하면 자주 끔적거리고, 더디 주무시려 하면 드문드문 끔적이느니라."

방자 놈 갔다오더니,

"여보, 그 눈 대중을 못하겠습데다. 어떤 때는 새 씹하듯 깜짝깜짝하다가 어떤 때는 비맞은 소 눈 끔적이듯 끔적끔적하니 알 수 없습디다."

"에라, 흘레 개자식 그만 두어라. 내가 보마."

도련님이 상방에 들어가니 사또 오수경[烏水鏡−빛이 검은 수정으로 만든 안경]을 쓰고 평상에 누웠는데 '눈을 뜨고 나를 보시나 감고 주무시나 한참 서서 궁리타가 잠을 아니 들었으면 나를 보고 말할테요, 잠이 깊이 들었으면 자취 없이 나가리라. 한 번 대중을 보자.'하고 안경 앞에 가서 손가락을 꼼작꼼작하니, 사또 그 거동을 보고,

"이것이 무슨 짓인고?"

도련님이 깜짝 놀라 두 손을 마주 잡고 둘러대는 말이,

"안경테에 버러지가 기는 듯하여 그리하였지요."

"어서 나가 일찍 자고 글공부를 부지런히 하라."

도련님이 무안하여 나오면서,

"늙어갈수록 잠도 없지."

책방에 돌아와 성화 나서 기다릴 제 이윽고 퇴등한다. 이도령 좋아라고,

"방자야, 청사초롱에 불 켜들고 춘향의 집 찾아 가자."

방자 불 들려 앞에 세우고 삼문거리로, 홍살문 네거리로, 향청 뒤를 돌아 도로 홍살문 네거리를 지나가며, 방자 놈 이도령을 속이려고 고을을 돌고 돌아 홍문거리를 대여섯 차례나 가니 도련님 의심하여,

"이애 방자야, 남원 고을에 홍살문이 몇 채더냐?"

"홍살문이 일곱이오."

"웬 홍살문이 일곱이나 되냐?"

"그러기에 큰 동네지요."

"그러면 춘향의 집이 몇 리나 되노?"

"아직 멀었소."

"내가 온 길을 어림하면 삼사십 리는 걸었는데 아직도 멀었다니 아무래도 모르겠다."

방자 놈 돌아서며,

"도련님, 말씀 들으시오. 기생집 가는 길에 우리 둘 다 댕기머리 총각인즉, 방자라고 마시고 이름이나 불러주오."

"그리하마. 네 이름이 무엇이냐?"

"이름이 몹시 거북하지요. 소인의 성은 아시오?"

"성이 무엇이냐?"

"희귀한 성이지요."

"무엇이냐?"

"'아'가요."

"성도 고약하다. 이름은 무엇이니?"

"'버지'요."

"그 놈 성명도 고약하다. 양반이야 부르겠느냐. 상놈 같으니……."

"여보, 도련님. 말씀 들으시오. 성과 이름을 갖춰 불러주시면 모시고 가려니와 방자라고 부를 터이면 도련님이 혼자 가시오. 소인은 다른 데로 갈 터인즉 가려면 가고 말려면 마시구려."

이도령 마음은 급하나, 가만히 생각하여 성명을 붙여 보니 부르기가 난감하고, 부르지 않으려니 갈 길을 못 가겠다.

"이 애 방자야. 오늘 밤만 성명을 고쳐 부르면 어떠하냐?"

"되지 못할 말을 마오. 아무리 상놈인들 성과 이름을 바꾼다니 될 말이오? 갈 테거든 혼자 가오. 내일 아침에 책방에서 만납시다."

떨치고 도망하니 도련님이 황망하여 쫓아가며,

"이애 그리 마라. 어서 가자."

방자 놈이 등불 끄고 가만히 숨었으니 허다한 집들 중에 찾을 길이 전혀 없다. 이도령 민망하여 이리저리 찾으면서, '이놈이 여기 어디 숨었겠다' 중얼중얼하는 모양 혼자 보기는 아깝다. 도련님이 생각하되, '방자야 부르면 더군다나 안 되겠구나. 성명을 부르자니 어려워서 못하겠네. 이런 놈의 성명도 세상에 있다. 밤은 점점 깊어가고 내 일이 바빠 할 수 없다. 한 번만 불러 보자.' 가만히 시험하겠다.

"아버지."

크게야 부를 수 있나. 몹쓸 놈의 성명도 있다. 어쩔 수 없이 불러 보자.

"아버지야"

방자 놈이 썩 나서며,

"우애."

도련님 기가 막혀,

"천하의 몹쓸 놈아, 이다지도 몹시 속이느냐? 장난 말고 어서 가자."

방자 놈 불 켜들고 탄탄대로 위로 천천히 나가면서 좌우를 살펴보니 맑고 밝은 달빛은 용마루 높은 집들의 호사스러운 창문마다 아름답게 비치는구나. 호탕한 유협소년이 깊은 밤 청루에 드는구나.

한 모퉁이 홀쩍 돌아 대나무숲 깊은 곳에 들어가니 호젓한 사립문에

개 짖는다. 대 심어 울타리 삼고 솔 심어 정자로다. 문 앞의 버들가지 실 같아서 거센 바람을 못 이기어 우줄활활 춤을 춘다. 동편에 우물이요, 서편에 연못이라. 문 앞에 삽사리 앉아 오는 손님 싫어한다.

사방을 살펴보니 집 치레 굉장하다. 안팎 중문 줄행랑에 솟을 대문을 높이 달고, 안방 세 칸에 대청 여섯 칸, 건넌방 한 칸 반에 골방이 한 칸, 부엌이 세 칸이요, 둥근 도리[서까래를 받치는 나무], 선자[扇子]추녀, 만[卍]자창, 가로닫이, 국화새김, 만[卍]자문, 영창[방과 마루 사이의 미닫이], 갑창[미닫이 안쪽에 덧끼우는 미닫이], 장지[방과 마루 사이에 칸을 막아 끼우는 문] 하며 층층 벽창, 초헌다락이 찬란도 하다. 참 어지간하다.

사랑 앞에 연못 파고, 못 가운데 돌 모아 산을 쌓고, 잘 다듬은 돌을 괴어 층층계를 쌓았는데, 물수리와 비오리는 쌍쌍이 노닐고 대접같은 금붕어는 물을 켜고 노니는데, 꽃밭을 돌아보니 일 층 이 층 삼사 층의 화초도 찬란하다. 왜철쭉 진달래 맨드라미 봉선화 모란 작약 치자 동백 파초 난초 원추리 구기자 노송 반송 월사계초 주화 백일홍 한련화 영산홍 국화 수국 불두화며, 홍도 벽도 석축화며, 벽오동 향일화에 동쪽에는 매설백, 남쪽에는 적작약, 서쪽에는 백학령, 북쪽에는 금사오죽, 한가운데 황학령을 제대로도 심었구나.

대문을 들어서니 벽에 붙인 글은 입춘서가 분명하다. 대문에는 울지경덕[당나라 장수로 그의 초상화는 귀신을 쫓는 수문화(守門畫)로 쓰였다], 중문에는 진숙보[당나라 장수로 역시 수문화로 쓰였다]도 악귀 쫓는 그림이라. '입춘대길[立春大吉]', '건양다경[建陽多慶]', '춘도문전증부귀[春到門前增富貴 ─ 봄이 문 앞에 이르러 부귀를 더하네]'를 뚜렷이 붙였는데, 왕희지의 〈난정기[蘭亭記]〉와 도연명의 〈귀거래사[歸去來辭]〉를 사면에 붙여 놓고, 대청을 쳐다보니 삼층장, 이층장, 탁자, 느티나무 뒤주, 용충항아리 올려 놓고 제상, 교의, 향상이며 칠함지, 대목판, 나주판, 통영소반을 층층이 쌓았구나.

이도령 가만히 들어가서 화초 속에 몸을 숨겨 춘향의 자취 살펴보니, 춘향의 거동 보소. 창문을 반쯤 열고 오동나무 거문고에 새 줄 얹어 줄 골라 빗겨 안고, 공주 특산의 청심박이 좋은 초에 불을 켜고, 불어리로 앞 가리고 섬섬옥수 들어다가 줄 고를 제, 대현은 '농농'하니 늙은 용의 울음이요 소현은 '넝넝'하니 청학[靑鶴]의 소리로다. 칠월편 외우면서 거문고로 화답한다.

"칠월에는 심성이 흐르고 구월에는 겨울옷을 준비하네. 동짓달은 바람이 차고 섣날에는 날씨가 차다네. 정월에는 보습을 닦고, 이월에는 밭 갈러 가네. 저 건너 남쪽 이랑에 들밥 내가면 농사 맡은 관리가 기뻐하네[〈시경〉 칠월편의 한 구절]."

덩지동 덩지.

"임 기다려 임 기다려 지내노니 밤새 닭은 세 번 우네."

둥덩.

"문 밖에 나서 기다리다 무심한 달은 떠서 오동나무 끝 가지에 걸려 있네."

둥지덩.

"아마 어려운 일 많다 해도 임 기다리기 제일이라."

지두둥 덩지.

영산회상곡이며 자진한잎[삭대엽. 국악 기악곡의 하나] 타는 거동 사람의 간장 다 녹인다.

이도령이 한참 듣다가 기침 한 마디를 하였더니 춘향이가 깜짝 놀라며 거문고 비켜 놓고 가만히 바라보다가 안방에 건너 가서 저의 어

미 깨우는데,

"어머니, 일어나오. 꽃밭 속에 인적 있소. 어머니 어서 일어나오."

춘향 어미가 깜짝 놀라,

"인적이라니, 무슨 말이냐?"

문을 벌컥 열고 나서,

"무엇이 왔나, 허깨비가 왔나? 방정맞은 계집아이 무엇을 보고 그러
느냐?"

노랑머리 빗겨 꽂고 지팡막대 걸터짚고 헌신짝 직직 끌고,

"내 집에 도적이 왔나, 동네 글방 아이들이 앵두 도둑질 왔나 보다."

이리저리 나오면서,

"모란화 그늘 속에 은근히 앉은 것이 신동인가, 선동인가? 봉래산,
천태산 어디 두고 누구를 보자고 여기를 왔나."

이도령이 무안하여 대답하되,

"할미집에 좋은 술이 가득하다기에 술 사먹자고 내가 왔네. '술집이
어디냐고 물으니 목동이 은행나무 꽃 핀 동네를 가리킨다[당나라 두목의
〈청명시(淸明詩)〉의 한 구절]'더니 내가 바로 그 꼴일세."

서로 문답할 때, 방자 놈 떡 나서며,

"여보, 소란 떨지 마오."

춘향어미가 깜짝 놀라,

"너는 또 누구냐?"

"책방의 방자요."

"옳지. 요년의 ×다리를 둘러메고 나온 녀석, 작년에도 앵도 복사 훑
어 가더니 두 녀석이 또 왔구나."

"여보, 떠들지 말고 나의 말 좀 들어 보오."

"말은 무슨 말이니?"

"오늘 낮에 책방 도련님 모시고 광한루 피서 갔더니 춘향인가 무엇인가 그네를 뛰다가 도련님 눈에 들켜서 성화같이 불러 달라 하기에 부르러 간 즉, 어린 년의 계집애가 편지 쓰기를 오늘 저녁에 오라 하고 떡집에 떡 맞추듯, 사기장사 종짓굽 맞추듯 저희끼리 짝을 지어 발광 나서 가자기로 데려왔지, 어느 팔삭이가 욕 먹으러 데려왔겠소? 공연히 알지도 못하고 욕만 더럭더럭 한단 말이오?"

춘향어미 말 듣고 둘러대며 하는 말이,

"책방 방자 고두쇠냐, 어둔 밤에 몰랐구나. 내가 네 어미와 똑 동갑이다. 노야지 마라. 저기 책방 도련님이냐? 귀중하신 도련님이 이 깊은 밤에 무슨 일로 와 계신고?"

이도령이 처음하는 오입이라 무안하여,

"자네 딸과 언약이 있기로 잊지 않고 찾아왔네."

춘향어미 하는 말이,

"여보 도련님, 그런 말씀일랑 두 번 마오. 내 딸 춘향이는 얌전하여 친구 왕래 전혀 없고, 사또 만일 아시면 우리 모녀 두 신세는 어찌 될지 모르오니 어서 바삐 돌아가오."

이도령 하는 말이,

"할미, 그는 염려마오. 사또도 젊었을 적에 우리 앞집 꾀쇠 누님과 친하여 개구멍 출입하다가 울타리 가지에 눈두덩이 걸려서 난 흉터가 여태 있네. 염려 말고 들어가세."

춘향어미가 그 말을 듣고,

"귀중하신 도련님이 밤중에 오셨다가 헛걸음으로 돌아가면 서로가 섭섭할 터이니 잠깐 다녀가옵소서. 춘향아, 이리 좀 오너라. 책방 도런님이 오셨구나. 어서 나와 영접해라."

춘향이 대답하되,

"누가 왔어요?"

"귀한 손님이 오셨구나."

"귀한 손님이면 누구시오?"

"일가란다."

"어찌 되는 일가요?"

"네가 모르지 알겠니? 촌수를 일러주마. 네게 대면 작은 오라비 맏누이 시아버지 큰아들의 외조부 손자 사위다. 나로 대면 오라버니 생질 사위다. 여기저기 모두 대면 도합이 일백사십여촌이다. 가까이 촌수를 헤아리면 배 위로 칠촌이다."

춘향이가 듣고 좋아라고

"내 평생 일가 없어 한이더니, 일가라니 반가워라."

연꽃 같은 걸음 옮겨 도련님 영접한다.

대청 위에 올라서며 좌우를 살펴보니, 기둥에는 '작조채봉함춘지금일천관사복래[昨朝彩鳳含春至 今日天官賜福來―어제 아침에는 다채로운 봉황이 봄을 머금고 이르더니, 오늘은 하늘의 신선이 복을 안고 이르네], 원득삼산불로초배헌고당학발친[願得三山不老草 拜獻高堂鶴髮親―바라건대 삼신산에 있다는 불로초를 얻어서 고당에 계신 늙으신 부모님께 드리고 싶어라]' 입춘서가 뚜렷이 붙어 있고, 동쪽 벽을 바라보니 진나라 도연명이 현령직을 마다하고 가을 강에 배를 띄워 고향으로 가는 광경과 여든 해를 고생하던 주나라 강태공이 위수에서 낚싯대를 드리우고 문왕을 기다리는 광경이 역력히 그려 있고, 서쪽 벽을 바라보니 황산곡[黃山谷] 항도령[項都令]이 떠오는 기러기 맞추려고 철궁에 왜전을 먹여 숨 내쉬고 배에 힘을 꽉 주어

두 발을 옳게 서서 세 손가락으로 화살을 꽉 쥐고 숨통이 터지도록 끝까지 받자하여 깍지손 눌러 떼니 번개같이 빠른 살이 바람같이 건너가 기러기 죽지 맞아 공중에 빙빙 도는 것을 저 한량 받으려고 화살을 팔에 걸고 마래기[모자의 한 종류]를 젖혀 쓰고 주춤주춤하는 거동 역력히도 그렸구나. 남쪽 벽을 바라보니 상산의 네 노인[중국 진나라 말의 네 명의 은새]이 바둑 한 판을 앞에 놓고 한 노인 검은 돌 들고 이만하고 앉았다가 천하의 중심을 잃었다고 선웃음 치고, 또 한 노인은 푸른 옷 누런 두건에 흰 부채를 손에 쥐고 승부를 보다가 봄날에 고단하여 한 무릎 깍지 끼고 꼽빡꼽빡 조는 광경과 또 한 노인은 누런 옷 푸른 두건에 청려장[명아주 대로 만든 지팡이]엔 호리병 달고 한 손은 등에 얹고 허리를 반만 굽혀 바둑 훈수 하노라고 검은 돌이 죽는다고 말로는 못하고 발로 미죽미죽 하는 양을 흰 돌 쥔 노인 눈치 채고 훈수는 듣지도 말고 한번 두면 물리지 말기로 작정해 놓고서 훈수한다고 눈 흘기니 저 노인 무안하여 얼굴이 붉어지며 이만치 돌아 섰는 광경과 청의동자 홍의동자 쌍상투 틀고 색동고리 입고 찻잔에 차를 부어 지성으로 권하는 광경이 역력하게 붙어 있고, 북쪽 벽을 바라보니 한종실 유비가 풍설 중에 남양초당 찾아가서 삼고초려[三顧草廬] 하느라고 관우 장비 데리고 걸음 좋은 적토마를 바삐 몰아 융중산[제갈공명이 숨어 살던 산]에 다다르니 사립문이 반쯤 열렸는데 동자 불러 문답하며 문밖에 서 있으되, 초당의 공명 선생 흰 부채 손에 쥐고 자리에 의지하여 큰 꿈을 꾸노라고 거만하게 누운 광경이 뚜렷이 붙어 있고, 계견사호[鷄犬獅虎─동서남북에 닭, 개, 사자, 호랑이의 민화를 붙이는 일] 십장생[十長生]을 범주 찾아 붙였구나.

방안을 들어가니 침향 냄새 향그럽고 각장장판, 소란반자, 장유지, 굽도리, 백룽화 도배하고, 세간도 찬란하다. 용장, 봉장, 궤, 뒤주, 자개함롱, 반닫이, 가께수리, 돌미장[옷장의 하나], 게자다리[궤의 일종], 옷걸이, 절침, 퇴침, 벼룻집, 피행담 좋을시고. 두 마리 봉황 그린 빗접고비, 용머리 장목비, 요강, 타구, 재떨이, 유경 촛대, 청동 화로 백탄 피우고, 은수복 부산대, 김해 간죽, 길게 맞춰 쭈욱 세워 놓고, 희[囍]자 넣은 오동 서랍에 평안도 성천초를 꿀물에 촉촉이 축여 가득 넣어 두고, 산호 필통 붓 꽂아 세웠는데, 당주지[唐周紙―중국산 종이 두루마리] 분주지[粉周紙―빛이 매우 희고 단단한 두루마리]를 죽죽이 쌓아 놓고, 사서삼경 예기춘추 길길이 쌓아두고, 인물병풍, 모란병풍, 사수병풍[신선과 호랑이가 함께 졸고 있는 모습을 그린 병풍] 둘둘 말아 봉족자, 비단이불, 비단요, 원앙이불, 잣베개를 반닫이에 쌓아 놓고, 자지천의 깁수건을 횃대에 걸어두고, 쇄금경대 반만 닫아 머리맡에 비켜 놓고, 꽃무늬 돗자리, 꽃방석, 빛 좋은 호랑이 무늬 담요를 줄 맞추어 깔아 놓고, 좌종시계 자명종은 여기저기 걸어놓고, 옷걸이 화류문갑 좌우에 벌여 놓고, 오동복판 거문고와 생황, 양금, 가야금을 여기저기 걸었구나.

춘향이 거동 보소. 성홍전[짐승의 털로 만든 붉은 빛의 부드러운 요]을 떨쳐 펴며,

"도련님, 이리 앉으시오."

이도령이 황송하여 두 무릎을 공손히 꿇고 앉았으니 춘향이가 담배 담아 백탄불에 잠깐 대어 치마 자락 부여 잡아 보도독 씻어 둘러 잡고

"담배 잡수시오."

이도령이 두 손으로 공손히 받아 들고

"춘향아, 손님 대접하느라고 수고가 대단하다."

춘향어미가 노랑머리 비켜 꽂고 곰방대 빗겨 물고 춘향 곁에 앉아 딸 자랑하여가며 횡설수설 잔소리로 밤을 새우려 드는구나. 이도령이 민망하여 춘향어미를 떼려 한들, 그 눈치도 모르고 온갖 말을 다하는데, 이도령이 꾀를 내어 두 손으로 배를 잡고

"애고 배야."

소리 소리 지르면서 뒹굴뒹굴 하는구나.

춘향어미가 겁을 내어,

"이것이 웬일인가, 급체인가, 회충인가? 이질 곱질에 청심환을 내어라. 수환반을 드려라. 생강차를 달여라."

급히 흘려 떠 넣어도 전혀 차도가 없구나.

춘향어미가 겁을 내어,

"여보 도련님, 정신 차려 말 좀 하게. 이전에 앓던 병이 있나, 가끔가끔 그리하면 무슨 약을 쓰오리까?"

"약 먹어 쓸 데 없지."

"그리하면 어찌할가?"

"전부터 배탈이 나게 되면 뜻뜻한 배를 대면 괜찮던데."

"여보 그렇다면 문제 있나. 내 배나 맞대여보세."

"그만두게. 쓸데없네. 늙은이 배는 소용없네."

춘향어미 이제야 눈치 채고,

"어허 인제 알겠구나. 늙어지면 쓸데없지. 죽는 것은 섧지 않아도 늙는 것이 더욱 섧대. 그리하면 나는 간다, 너희끼리 잘해보아라."

떨치고 건너간다.

도련님이 그제야 일어나 앉아,

"인제 조금 낫는구나."

춘향이 정신없이 앉았다가,

"도련님 좀 어떠시오?"

"관계치 아니하다. 이리 가까이 오너라. 네 인물 네 태도는 고금[古今]에 제일이라. 앉거라, 보자. 서거라, 보자. 쌩긋 웃어라, 잇속을 보자. 아장아장 거닐어서 온갖 교태 다 부려라."

첩첩산중 늙은 범이 살진 암캐 물어다 놓고 흥에 겨워 노닐듯이 고운 손도 만져보며 머릿결도 쓰다듬으며,

"네 성이 무엇이냐?"

"성[成]가요."

"더욱 좋다. 내 성은 이[李]가다. 이성지합[이 말은 원래 성이 다른 두 남녀의 결연(二姓之合)을 의미하는데 여기서는 이씨와 성씨의 결연(李成之合)도 의미한다. 일종의 말놀이] 어떠하냐? 또 나이가 몇 살인고?"

"이팔[二八—십육세]이요."

"나는 사사십육[四四十六]이다. 생일은 언제냐?"

"하[夏]사월 초팔일 자시[밤 11~1시]요."

"나는 그달 그날 해시[밤 9~11시]니 이상하고 맹랑하다. 동년 동월 동일생에 시[時]가 조금 틀렸으니 우리 아버지가 한 무릎만 앞당겼다면, 나나 너의 어머니가 아랫배 힘 주는 걸 조금 살살 하셨다면 동시생[同時生]이 될 뻔 하였구나. 춘향아, 화촉 밝힌 오늘같이 좋은 밤에 술 없이는 재미 없다."

춘향이 향단 불러,

"마누라님이 술상을 차리었거든 들여 오라."

춘향어미는 솜씨 좋은 사람이라, 술상을 차리는데 팔모접은 대모반에 안성유기, 실굽다리의 동래반상, 왜사기에 갖은 안주 담았구나. 단

물 많은 시원한 배, 깎은 생밤, 접은 곶감, 용안, 여주, 당대추를 놓고, 다섯 가지 정과, 문어, 전복쌈에 화채를 곁들이고, 약과, 다식, 중배끼며, 귤병사탕, 오화당 놓고, 대양푼에 갈비찜, 소양푼에 영계찜, 신선로 곁들이고, 무생채 계란 없고, 전골에 기름 둘러 사지 꽂아 들여 놓고, 두 귀 발쪽 송편, 먹기 좋은 꿀설기, 한 살 더 먹는 가래떡, 수단 경단 꿀 버무려 증편을 곁들이고, 보기 좋은 송기 주악 웃기로 얹었는데, 생청, 겨자, 초장 등속 틈틈이 챙겨 놓고, 문어 전복 올려 놓고, 청유리병에 백소주 넣고, 백유리병에 홍소주 넣고, 노자작, 앵무배를 호박대에 받쳤구나.

춘향이가 받아 들여놓고,

"도련님, 약주 잡수시오."

"부어라, 먹자. 너도 먹고 나도 먹어보자. 정신 못 차리도록 실컷 먹고 놀아 보자."

한잔 한잔 또 한잔을 취하도록 먹은 후에 횡설수설 주정하며, 거문고를 만지면서,

"춘향아, 이것이 무엇이냐?"

"거문고요."

"옻칠한 궤냐, 무엇하는 것이냐?"

"타는 것이지요."

"타면 하루 몇 리나 가노?"

"뜯는 것이오."

"뜯는다니 잘 뜯으면 몇 조각이나 뜯느냐?"

"줄을 희롱하면 풍류 소리 나서 노래를 화답하는 것이오."

"이애, 그리하면 한 번 놀아 보자. 너는 거문고로 화답하면 나는 별별 소리 한 번 하마."

"그럽시다."

춘향이 섬섬옥수를 들어다가 줄 골라 빗겨 안고, 징징둥덩 지둥덩 지두두덩덩,

"어서 하오."

이도령 취흥을 못 이기어 노래를 부르는데[이 부분은 '바리가', '짝타령', '구마가(驅馬歌)' 등의 명칭으로 불리는 대목이다. 짝타령에서는 유명한 역사적 인물이나 당대 널리 읽혔던 소설 속 인물들을 나름의 기준에 따라 4명씩 묶어서 제시한다. 지면 관계상 각 인물에 대한 자세한 설명은 이 책 뒷부분의 교주본으로 미룬다],

"헐어진 성터에 무심히 비치나니 벽산의 푸른 달이요, 고목에 깊이 드나니 창오의 구름이라 하던 한퇴지[韓退之]로 한 짝하고, 채석강 달 밝은 밤에 고래 타고 하늘로 오르던 이백[李白]으로 짝을 짓고, 날마다 옷을 저당 잡혀 곡강에서 술 마시던 두보[杜甫]로 웃짐 쳐서, 취하여 낙양을 지날 때면 기생들이 귤을 던져 마차에 가득했다던 두목지[杜牧之]로 말 몰려라." [당나라의 시인들]

둥덩덩낙.

"지는 노을은 한 마리 따오기와 더불어 난다 하던 왕자안[王子安]으로 한 짝하고, 오랑캐 피리는 어쩌자고 '절양류'곡만을 불어대느냐던 왕지환[王之渙]으로 짝을 짓고, 흐드러진 풀꽃들은 앵무 물가에 무성하다던 최호[崔顥]로 웃짐 쳐서 '봄바람에 복사꽃 오얏꽃이 피어나던 밤'과 '가을비에 오동잎이 떨어지는 때'라 읊던 백낙천[白樂天]으로 말 몰려라." [당나라의 시인들]

둥지둥덩.

"한 조각 배를 띄워 오강에 서시를 빠뜨리던 범려[范蠡]로 한 짝하고, 백마 끄는 수레 타고 파도되어 나타났던 오자서[伍子胥]로 한 짝을 짓고, 한 말의 밥과 열 근의 고기를 먹어 건재함을 과시하던 염파[廉頗]로 웃짐 쳐서, 진나라 조정에서 뭇사람을 꾸짖고 화씨벽[和氏璧-전국시대 조나라의 보물]을 보존하여 조나라로 돌아 왔던 인상여[藺相如]로 말 몰려라." [춘추전국시대에 나라의 기틀을 마련했던 명상(名相)들]

두덩지덩.

"들녘에서 부역을 하다 대궐에 들어와 은나라의 기초를 닦았던 부열[傅說]로 한 짝하고, 영수에 귀를 씻고 기산에 표주박 걸던 소부[巢父]로 짝을 짓고, 위수에 낚싯대 놓고 문왕을 기다리던 강태공[姜太公]으로 웃짐 쳐서, 황제와 친하고도 동강에 숨어 살던 엄자릉[嚴子陵]으로 말 몰려라." [뛰어난 재주를 지니고도 숨어 살았던 사람들]

둥덩지둥.

"지도에 비수를 숨겨 진시황을 찌르려 했던 형경[荊卿]으로 한 짝하고, 눈을 도려내고 얼굴 가죽을 벗겨 자결했던 섭정[聶政]으로 짝을 짓고, 세 번 싸워 세 번 패하고 비수를 단상 아래로 던지던 조말[曹沫]로 웃짐 쳐서, 주인집 축[筑] 소리에 떠날 줄 모르던 고점리[高漸離]로 말 몰려라." [〈사기(史記)〉 '자객열전'에 등장하는 전국시대의 자객들]

둥덩둥덩.

"여섯 나라 재상의 인장을 차고 고향땅 낙양을 지나가던 소진[蘇秦]으로 한 짝하고, 들어와서는 진나라의 재상이요 나가서는 위나라의 재상이던 장의[張儀]로 짝을 짓고, 갈비뼈와 이빨이 부러진 채 변소에서 죽은 척하던 범수[范雎]로 웃짐 쳐서, 고니를 날려 보내고 빈 손으로 초왕을 만났던 순우곤[淳于髡]으로 말 몰려라." [전국시대의 유명한 유세가들]

둥덩둥덩.

"싸우면 반드시 승리하여 공을 세웠던 한신[韓信]으로 한 짝하고, 임금의 곁에서 전략을 짜고도 천리 밖 전쟁을 이기게 했던 장자방[張子房]으로 짝을 짓고, 여섯 번의 기이한 계책으로 한고조를 살린 진평[陳平]으로 웃짐 쳐서, 머리털은 곤추서고 두 눈을 부릅뜨던 번쾌[樊噲]로 말 몰려라." [한고조 유방의 공신들]

두덩두덩.

"나라를 안정시키고 군량미를 끊이지 않게 하던 소하[蕭何]로 한 짝하고, 선비 차림으로 오만한 유방을 꾸짖었던 역이기[酈食其]로 짝을 짓고, 성품이 진중하여 한왕실을 보전했던 주발[周勃]로 웃짐 쳐서 때는 두 번 다시 오지 않는다던 괴철[蒯徹]로 말 몰려라." [한고조 유방의 공신들]

둥지덩둥덩.

"항우 속이고 유방 대신 죽었던 기신[紀信]으로 한 짝하고, 흉노에 잡혀 갔다가 백발로 돌아왔던 소무[蘇武]로 짝을 짓고, 충신은 두 임금을 섬기지 않고 열녀는 두 지아비를 섬기지 않는다던 왕촉[王蠋]으로 웃짐 쳐서, 세상의 어지러움이 싫어 달아났던 매복[梅福]이로 말 몰려라." [자신의 목숨을 돌보지 않았던 충신들]

둥지둥덩.

"재주 많은 식객의 도움으로 진나라를 빠져 나왔던 맹상군[孟嘗君] 한 짝하고, 병부[兵符]를 훔쳐 조나라를 구원했던 신릉군[信陵君]으로 짝을 짓고, 혼란한 시대 높이 나는 새처럼 뛰어난 공자였던 평원군[平原君]으로 웃짐 치고, 식객에게 구슬 장식 신발을 신겼던 춘신군[春申君]으로 말 몰려라." [전국시대의 현명한 치세가였던 사공자(四公子)]

둥지덩덩.

"광무제가 군사를 일으키자 말에 채찍을 하여 달려갔던 등우[鄧禹]로 한 짝하고, 공을 다투지 않고 큰 나무 아래 물러 서 있던 풍이[馮異]로 짝을 짓고, 하고자 하면 반드시 이루었던 경감[耿弇]으로 웃짐 쳐서, 칠순이 되어서도 변방을 지켰던 마원[馬援]으로 말 몰려라." [후한(後漢)을 일으킨 광무제의 공신들]

둥지둥덩.

"자손을 위해 청백리로 살겠다던 양백기[楊白起]로 한 짝하고, 스승이 먼 곳에 있더라도 찾아가서 배웠던 이고[李固]로 짝을 짓고, 간신이 싫어 혼자서 수레바퀴를 파묻던 장강[張綱]으로 웃짐 쳐서, 어려운 일을 겪어야 재능을 드러낼 수 있다던 우후[虞詡]로 말 몰려라." [후한 때의 청렴하고 강직했던 관리들]

둥지둥덩.

"스무살에 남쪽으로 장강과 회하를 둘러보았던 사마천[司馬遷]으로 한 짝하고, 요지연에서 복숭아 훔치던 동방삭[東方朔]으로 짝을 짓고, 낙양에 대한 부[賦]를 지었던 반고[班固]로 웃짐 쳐서, 후세에는 자신을 알아주리라던 양웅[楊雄]이로 말 몰려라." [한나라의 문장가들]

둥지둥덩.

"맑게 하려 해도 맑아지지 않고 흔들어도 흐려지지 않을 만큼 도량이 컸던 황헌[黃憲]으로 한 짝하고, 낮에는 사람의 일을 보고 밤에는 천기를 살폈던 곽태[郭泰]로 짝을 짓고, 포악함을 두려워하지 않았던 이응[李膺]으로 웃짐 쳐서, 천하의 모범이라 불렸던 진원례[陳元禮]로 말 몰려라." [후한의 명사(名士)들]

둥지덩.

"백리 밖에서 쌀을 구해 부모를 공양하던 자로[子路]로 한 짝하고, 원술과 만났을 때 어머니를 위해 귤을 숨겼던 육적[陸績]으로 한 짝하고, 부채로 아버지의 베개를 부치던 황향[黃香]으로 웃짐 쳐서, 효성에 감동하여 잉어가 얼음 속에서 튀어 나왔던 왕상[王祥]으로 말 몰려라." [효성이 지극했던 사람들]

둥지둥덩.

"다섯 성을 지나며 적장의 목을 베던 관운장[關雲長]으로 한 짝하고, 아두[阿斗]를 품에 안고 적진을 가로지를 만큼 용맹했던 조자룡[趙子龍]으로 짝을 짓고, 장판교에서 홀로 백만대군 물리쳤던 장비[張飛]로 웃짐 쳐서, 조조가 수염을 자르고 도포도 벗고 도망치게 만들었던 마맹기[馬孟起]로 말 몰려라." [〈삼국지연의(三國志演義)〉에 등장하는 유비 휘하의 맹장들]

둥지둥덩.

"유비가 찾아와도 초당에서 낮잠 자던 제갈량[諸葛亮]으로 한 짝하고, 유비가 나무 베고 가는 모습 지켜봤던 서서[徐庶]로 한 짝하고, 조조에게 거짓 계책을 일러 주어 승리를 얻었던 봉추선생[鳳雛先生]으로 웃짐 쳐서, 거문고 뛰는 소리에 영웅이 찾아 온 줄 알던 수경선생[水鏡先生]으로 말 몰려라." [〈삼국지연의〉에 등장하는 지략가들]

둥지둥덩.

"적벽강 달 밝은 밤에 창을 뉘어 놓고 시를 읊던 조조[曹操]로 한 짝하고, 천둥 소리를 겁내는 척하던 유황숙[劉皇叔]으로 짝을 짓고, 산을 뽑고 세상을 덮을 만한 힘을 가졌노라던 초패왕[楚覇王]으로 웃짐 쳐서, 제갈량이 보낸 여자의 머리 장식을 웃고 받던 사마의[司馬懿]로 말 몰려라." [나라를 세우고 호령했던 패웅들]

둥지둥덩.

"북창 아래 누워 서늘한 바람을 맞으며 세상을 잊고 사는 사람이라

던 도연명[陶淵明]으로 한 짝하고, 세상에서 풍류로는 제일이라던 사안
[謝安]으로 짝을 짓고, 상산에서 바둑 두던 네 노인[중국 진나라말의 네 명의
은새으로 웃짐 쳐서, 웃다가 나귀에서 떨어진 진단[陳搏]으로 말 몰려
라." [벼슬을 마다하고 은거했던 은사(隱士)들]

둥지둥덩.

"출장입상[出將入相]하던 이정[李靖]으로 한 짝하고, 죽을 끓이다가 수
염에 불이 붙은 이적[李勣]으로 짝을 짓고, 백명의 자식과 천 명의 손자
를 두었던 곽분양[郭汾陽]으로 웃짐 쳐서, 난을 토벌하여 궁궐을 되찾았
던 서평왕[西平王]으로 말 몰려라." [당나라의 공신들]

둥지둥덩.

"천하의 인재를 모두 거느렸던 적인걸[狄仁傑]로 한 짝하고, 당 현종
에게 귀감이 될 책을 지어 바친 장구령[張九齡]으로 짝을 짓고, 녹야당
에서 술 마시며 시를 짓던 배도[裵度]로 웃짐 쳐서, 여섯 가지 경계할
일 지어 바친 이덕유[李德裕]로 말 몰려라." [당나라의 명상(名相)들]

둥지둥덩.

"나귀를 타고 패교를 건너던 맹호연[孟浩然] 한 짝하고, 눈은 멀었으
나 마음은 멀지 않았던 장적[張籍]으로 짝을 짓고, 퇴[堆]자와 고[敲]자를
들고 고민하던 가도[賈島]로 웃짐 쳐서, 오언시가 만리장성 같던 유장
경[劉長卿]으로 말 몰려라." [당나라의 시인들]

둥지둥덩.

"길이 끝나면 통곡하던 완적[阮籍]으로 한 짝하고, 요간절옹하던 필
입으로 짝을 짓고, 자신이 죽으면 바로 그 자리에 바로 묻어 버리라던
유령[劉伶]으로 웃짐 쳐서, 술에 숨어 살던 석만경[石曼卿]으로 말 몰려
라." [난세에 은거했던 사람들]

둥지둥덩.

"천하의 근심에 앞서서 근심하고 천하의 즐거움 다음에 즐거워해야 한다던 범희문[范希文]으로 한 짝하고, 천하를 태산과 같이 편안하게 했던 한위공[韓魏公]으로 짝을 짓고, 마른 대나무에서 다시 싹이 돋던 구래공[寇萊公]으로 웃짐 쳐서, 작은 일에는 판단이 느렸지만 큰 일에는 단호했던 여단[呂端]으로 말 몰려라." [송나라의 명상(名相)들]

둥지둥덩.

"거미줄이 교묘해도 누에에는 미치지 못한다던 왕원지[王元之]로 한 짝하고, 글을 잘 지어 천하에 모르는 이가 없다 하던 구양수[歐陽修]로 짝을 짓고, 맑은 바람은 천천히 불어 물결은 일지 않는다 하던 소동파[蘇東坡]로 웃짐 쳐서, 위수는 헛되이 달을 감춘다던 황노직[黃魯直]으로 말 몰려라." [송나라의 문장가들]

둥지둥덩.

"난정첩[蘭亭帖] 짓던 왕희지[王羲之]로 한 짝하고, 여류 명필이었던 위부인[衛夫人]으로 짝을 짓고, 황견유부 외손제구[黃絹幼婦 外孫齏臼 - 각기 두 글자씩 합하여 '절묘호사(絶妙好辭)'를 나타내는 말]라 하던 채중랑[蔡中郎]으로 웃짐 쳐서, 글씨가 초나라와 한나라의 전투와 같았던 회소[懷素]로 말 몰려라." [고금의 명필(名筆)들]

둥지둥덩.

"누대에서 뛰어 내려 절개 지킨 한빙[韓憑]의 아내로 한 짝하고, 떨어지는 꽃잎처럼 몸을 던진 녹주[綠珠]로 짝을 짓고, 거울을 두 조각 내 남편 주며 훗날 맞춰 보자던 악창공주[樂昌公主]로 웃짐 쳐서, 코를 베어 절개를 맹서했던 하후영녀[夏侯令女]로 말 몰려라." [절개를 지켰던 여인들]

둥지둥덩.

"왕의 수레에 함께 타기를 거절했던 반첩여[班婕妤]로 한 짝하고, 밥상을 눈썹까지 들어 올려 남편을 공경했던 맹광[孟光]으로 짝을 짓고, 지아비를 위해 곡을 잘했던 기양(杞梁)의 처로 웃짐 쳐서, 호가십팔박[胡笳十八拍] 짓던 채문희[蔡文姬]로 말 몰려라." [현명했던 여인들]

등지둥덩.

"손바닥 위에서 춤을 추던 조비연[趙飛燕]으로 한 짝하고, 눈물을 감추며 한나라 궁궐을 떠나던 왕소군[王昭君]으로 짝을 짓고, 발걸음마다 연꽃이 피어난다던 반희[潘姬]로 웃짐 쳐서, 옥수후정화[玉樹後庭花-악곡의 이름] 노래하던 장려화[張麗華]로 말 몰려라." [미모로 일세를 풍미했던 후궁들]

등지둥덩.

"술에 취해 추는 춤이 힘없는 듯 교태로웠던 서시[西施]로 한 짝하고, 침향정[沈香亭]에서 나비를 놓아주던 양귀비[楊貴妃]로 짝을 짓고, '달 뜨기를 기다려 서쪽 행랑으로 나서네'라고 읊던 앵앵[鶯鶯]으로 웃짐 쳐서, 백두음[白頭吟-거문고의 곡조명] 짓던 탁문군[卓文君]으로 말 몰려라." [아름다움으로 유명했던 여인들]

등지둥덩.

"해하의 진중에서 남장을 하였던 우미인[虞美人]으로 한 짝하고, 여포와 동탁을 이간질하던 초선[貂蟬]으로 짝을 짓고, 뽕밭에서 임금을 훈계하던 진나부[秦羅敷]로 웃짐 쳐서, 아무도 여인인 줄 몰랐던 남장여인 목란[木蘭]으로 말 몰려라." [남자를 위해 자신을 희생했던 여인들]

등지둥덩.

"백옥성 회답하던 영양공주[英陽公主]로 한 짝하고, 거문고 소리 평가하던 난양공주[蘭陽公主] 짝을 짓고, 양류사[楊柳詞] 화답하던 진채봉[陳彩鳳] 웃짐 쳐서, 선녀인가 귀신인가 하던 가춘운[賈春雲]으로 말 몰려라."

[〈구운몽(九雲夢)〉에 등장하는 팔선녀]

둥지둥덩.

"검무[劍舞]하던 심요연[沈裊烟]으로 한 짝하고, 용궁에서 상봉하던 백능파[白凌波]로 짝을 짓고, 한단명기[邯鄲名妓] 계섬월[桂蟾月]로 웃짐 쳐서, 남장하여 다니던 적경홍[狄驚鴻]으로 말 몰려라." [〈구운몽〉에 등장하는 팔선녀]

둥지둥덩.

"낙양과객[洛陽過客] 풍류호사[風流豪士] 이도령 한 짝하고, 동정호의 가을 달 같고 푸른 물의 연꽃 같은 춘향으로 짝을 짓고, 봉구황곡[鳳求凰曲─거문고 곡조명] 화답하던 거문고 웃짐 쳐서, 광한루에서 인연을 맺어 준 방자 놈 말 몰려라."

지두둥덩.

"어떠하냐?"

"그런 소리 좀 더 하오."

"남은 술 더 부어라, 오늘 밤은 흠뻑 취해 안 깨리라."

넓은 폭 병풍을 열어젖히더니,

"그림도 잘 그렸고 글씨도 훌륭하다. 저 그림이 무엇이냐?"

"그것을 모르시오. '오나라와 초나라는 동과 남으로 갈리었고 하늘과 땅이 밤낮으로 떠 있네'[두보의 시 〈악양루에 올라(登岳陽樓)〉의 한 구절]하니 동정호의 악양루가 이 아니오."

"또 저기는 어디메냐?"

"음악은 그쳤는데 사람은 보이지 않고, 강 건너 저쪽 산봉우리만 푸르구나'[당나라 전기(錢起)의 〈진사시험 제목 '상령고슬'(省試湘靈鼓瑟)〉의 한 구절] 하였으니 소상강이 게 아니오."

"또 저기는 어디메냐?"

"삼산은 하늘 밖에 반쯤 떨어져 솟았고, 두 물은 백로주에서 나뉘었네'[이백의 〈금릉의 봉황대에 올라(登金陵鳳凰臺)〉의 한 구절] 하니 봉황대가 이 아니오."

"그러면 또 저기는 어디메냐?"

"달 지고 까마귀 울며 서리는 하늘에 가득한데, 한밤 중 종소리가 나그네 배에 이른다'[당나라 장계의 〈풍교에서 묵으며(楓橋夜泊)〉의 한 구절] 하던 한산사가 이 아니오."

"또 저기가 어디메냐?"

"폭포수가 날 듯 흘러 곧장 삼천 척을 떨어지니, 은하수가 구만리 하늘에서 떨어지는 듯 하구나'[이백의 〈여산폭포를 바라보며(望廬山瀑布)〉의 한 구절]하니 여산폭포 이 아니오."

"또 저기가 어디메냐?"

"'비 갠 시내에는 한양의 나무 줄지었고, 꽃같은 풀은 앵무 물가에 무성하네'[당나라 최호의 〈황학루에 올라(登黃鶴樓)〉의 한 구절] 했으니 황학루가 이 아니오."

"또 저기가 어디메냐?"

"'단청 기둥에서 아침에 구름이 일어 남포로 날고, 저물녘 주렴을 걷으니 서산에 비 내리네'[당나라 왕발의 〈등왕각에 올라(滕王閣序)〉의 한 구절] 하니 등왕각이 이 아니오."

"또 저기가 어디메냐?"

"아침엔 구름이 되었다가 저녁엔 비가 되어 회왕을 찾겠다는 무산 선녀가 사는 십이봉이 이 아니오."

"참 잘 그렸다. 오도자[吳道子―당나라 때의 유명한 화가]의 그림이냐, 곁들인 시도 잘 되었다."

"왕소군 그려내던 모연수(毛延壽―한나라 때 초상화를 잘 그렸던 화공)가 그렸지요."

춘향의 손을 잡아,

"이리 앉아라. 우리 둘이 다정하게 백년해로하여 보자."

젖가슴도 만지면서 사람 간장 다 녹는다.

춘향이가 떠다밀며,

"어요 여보, 간지럽소. 망령이요, 주정이요, 일가라면서 그러시오?"

"일가라도 우린 촌수가 없으니 관계치 아니하다. 우리 같이 놀아보자."

춘향이 꿇어앉아 여짜오되,

"도련님, 말씀은 좋소마는 도련님은 귀공자요, 소녀는 천한 기생이오니 지금 그저 욕심으로 이리저리 하셨다가 사또 만일 아시면 도련님 올라가서 대갓집에 장가 들어 금슬지락 보실 때에 소녀같은 천첩이야 꿈에나 생각하시리까?"

이도령 대답하되,

"네 말이 철없구나. '장부일언은 중천금'이라 하였으니 오늘 밤 맹세를 굳게 하고도 다른 곳에 장가들 쇠아들 볶아 먹을 놈 없다. 내 손수 중매하마."

춘향이 여짜오되,

"그러시면 한 장 수기(手記)나 써 주오."

"그러면 그리하라."

지필묵을 내어놓고 붓을 들어 한 번에 써 내리니,

'다음의 수기를 쓰는 까닭은 이러하노라. 나는 한양의 호기 있는 선비요, 너는 호남의 평범한 기생이라. 우연히 누각에 올랐다가 서로 만났으니 구름 사이의 밝은 달이요, 물 속의 아리따운 연꽃이로다. 오늘 밤 삼경에 백년을 함께 할 맹세로써 알리나니, 후일에 만약 이 맹약을 어기거나 다른 사람과 인연을 맺는 일이 있거든 이 수기로써 관가에 고하여 처분하리라. 정유년 원월 십삼일 밤. 쓴 사람은 이몽룡이요, 증인은 방자 고두쇠라.'

써서 주니 춘향이 받아 이리 접고 저리 접어 비단 주머니에 간수하고,

"도련님 들어 보오. 발 없는 말이 천리를 간다 하였으니 부디 조심하오. 사또 만일 아시면 우리 모녀 결단나오."

"그것일랑 염려 마라. 술 부어라, 합환주[合歡酒]나 하자. 우리 둘이 백년언약 맺었으니 천만 년을 같이 살자. 너는 회양 땅에 들어가 오리나무가 되고 나는 죽어 칡넝쿨 되어 밑에서 끝까지 끝에서 밑까지 홰홰친친 꼭 감겨서 평생 풀리지 말자꾸나. 너는 죽어 음양수라는 물이 되고 나는 죽어 원앙새가 되어 물 위에 둥실둥실 떠서 놀자꾸나. 너는 죽어 인경[조선시대에 통행금지를 알리던 종]이 되고 나는 죽어 망치가 되어 저녁은 삼십삼천[三十三天] 새벽은 이십팔숙[二十八宿] 때 맞춰서 남 듣기는 인경소리로되 우리들은 사시사철 그 어느 때라도 떠나지 말자꾸나. 너는 죽거들랑 암돌쩌귀가 되고 나는 죽거들랑 수톨쩌귀가 되어 고운 창문 여닫힐 제마다 빼드득 빼드득 놀자꾸나."

춘향이가 하는 말이,

"섬섬하고 약한 몸이 살아서나 죽어서나 밑에만 있으리오?"

"그리하면 좋은 수가 있다. 너는 죽어 맷돌 위짝이 되고, 나는 죽어 밑짝이 되어 암쇠가 중쇠를 물고 빙빙 돌고 놀자꾸나."

"그러하면 좋소."

"춘향아, 밤이 깊었으니 그만저만 자면 어떠하냐?"

"도련님일랑 어서 주무시오. 소녀는 아직 자려면 멀었소. 외올뜨기 잔줄 누벼 아문줄 더 누비고, 학 두루미 밥 먹이고, 화초밭에 물 퍼 주고, 담배 댓대 먹고, 거문고 줄 늦추어 걸고서야 잘 터인즉 내 염려 는 마옵소서."

이도령이 기가 막혀,

"오늘밤이 그리 기냐, 나중에 하고 어서 자자."

춘향이 하릴없이 치마 벗어 홰에 걸고 선단요 대단이불 원앙침을 높도 낮도 않게 편하도록 깔아 놓고 화류문갑 열어 민강사탕, 오화당 을 내어 입에 물고 질겅질겅 씹다가 찬 숭늉으로 양치하고 요강이며 타구, 재떨이를 재판에 담아 비켜놓고,

"도련님, 벗으시오."

이도령 하는 말이,

"모든 일은 주인을 따라 한다 하였으니 너 먼저 벗어라."

"도련님 말씀이 옳소. 주인이 시키는 대로 하라는 말씀이니 도련님 이 먼저 벗으시오."

"춘향아, 좋은 수가 있다. 수수께끼 하여 보자. 지는 사람이 먼저 벗기하자."

"그럽시다. 도련님이 먼저 하오."

"그러면 너 안다 안다 하니 먼 산 보고 절하는 방아가 무엇이냐?"

"나 모르겠소."

"디딜방아지 무엇이냐? 또 안다 안다 하니 대대로 곱사등이가 무엇 이냐?"

"나 모르겠소."

"그것을 몰라, 새우란다. 너 졌지. 또 안다 안다 하니 앉은 고리, 신

고 뛰는 고리, 입는 고리가 무엇이냐?"

"그런 수수께끼도 있나? 나는 모르겠소."

"내 하는 말을 들어 봐라. 앉은 고리는 동고리[고리버들로 둥글납작하게 만든 작은 고리], 선 고리는 문고리, 뛰는 고리는 개고리[개구리], 입는 고리는 저고리지 그것을 몰라? 인제 너 졌지, 무슨 핑계 하려느냐?"

"도련님, 이번에는 내 할 것이니 알아내오."

"어서 하여라."

"도련님, 안다 안다 하니 손님 보고 먼저 인사하는 것이 무엇이오?"

"나 모르겠다."

"개지 무엇이오?"

"또 안다 안다 하시니 서모[庶母] 파는 장사가 무엇이오?"

"세상에 그런 장사도 있나. 나 모르겠다."

"어러미[어러미―바닥의 구멍이 굵은 체]. '어러미'를 '서모(庶母)'를 뜻하는 '얼어미'로 받는 일종의 언어유희] 장사를 몰라요?"

"옳거니, 참 그렇구나."

"또 안다 안다 하니 나는 개, 차는 개, 미는 개, 치는 개가 무엇이오?"

"나 모르겠다."

"나는 개는 소리개, 차는 개는 노리개, 미는 개는 고물개[고무래의 방언], 치는 개는 도리깨지 그것도 몰라, 인제 서로 비겼지요."

"춘향아! 사람 죽겠구나, 어서 자자, 먼저 벗어라."

춘향이 화를 내며 벽을 안고 앵두 같은 눈물만 똑똑.

이도령이 무안하여,

"이애 춘향아, 노했느냐? 이리 오게."

가늘고 여린 허리를 얼싸 안고,

"이리 오게."

춘향이 뿌리치며,

"어요 여보, 듣기 싫소. 아무리 천기[賤妓]라고 그다지도 무례하오?"

이도령 하는 말이,

"무슨 말에 노했느냐? 잘못한 것 일러다오."

춘향이 돌아 앉아,

"여보 도련님, 들어보오. 남자 여자 짝을 지어 혼인하는 첫날밤에 신랑 신부 서로 만나 금슬우지[琴瑟友之-부부간의 즐거움] 즐길 때에 신부를 벗기려면, 큰 머리 화관족두리 봉황비녀 월귀탄 벗겨놓고, 웃저고리 웃치마 단속곳 바지끈 끌러 벗긴 후에 신랑이 나중 벗고, 신부를 안아다가 이불 속에 안고 누워 속속곳 끈 끌러 엄지발가락 힘을 주어 꼭 집어 발치로 미죽미죽 밀쳐놓고 운우지락[雲雨之樂-남녀간의 정분]이 좋다는데 날더러 손수 벗으라 하니 천한 것이라고 함부로 대함이 있소이다. 어찌 이다지도 서럽게 하오?"

이도령 기가 막혀,

"이애 춘향아, 그런 줄을 몰랐구나. 지내보지 못한 일을 책망하여 무엇하리. 그리하면 내 벗기마."

춘향의 손목을 잡고 당겨 치마끈 풀고 바지끈 풀고 도련님이 활짝 벗고,

"춘향아 그저 자기 무미하니 사랑가로 놀아보자."

춘향이를 들쳐업고,

"어허둥둥 내 사랑아, 창고에 쌓인 노적같이 담불담불 쌓인 사랑, 연평 바다 그물같이 코코마다 맺힌 사랑. 어허둥둥 내 사랑이지."

어깨 너머로 돌아보며,

"내 사랑이지."

"그렇지요."

"이리 보아도 내 사랑이지."

"그렇지요. 도련님 그만 내려 놓으시오. 팔도 아프지요? 나도 좀 업읍시다."

"오냐, 그래보자. 너는 나를 업거들랑 느지막이 업어다오. 바짝 업어 쓸 데 없다."

춘향이가 도련님을 들쳐 업더니만,

"애고 나는 못 업겠소. 등어리에 구멍 나겠소. 마른 땅에 말뚝 박듯 꽉꽉 찔려 못 업겠소."

"그렇기로 내려 업어다오."

느지막이 업고 서서,

"어허덩덩 내 사랑, 태산같이 높은 사랑, 하해같이 깊은 사랑, 동기 동기 내 사랑이지. 이리 좀 보오, 내 사랑이지."

"그렇지!"

"내 서방이지. 아무려면 장원급제할 서방, 교리[校理-조선조의 문관 벼슬 정5품], 옥당[玉堂-조선조의 문관 벼슬]할 서방, 승지 참판할 서방, 정승 판서할 서방. 어허동동 내 서방."

잘래잘래 흔들면서,

"내 낭군이지."

"그렇지."

"우리 그만 잡시다."

"오냐, 그리하자."

"원앙금침 잣베개를 우리 둘이 베고 누웠으니 누울 와[臥]자가 딱 들어맞고, 백년가약 이뤘으니 즐길 락[樂]자가 딱 들어맞네."

"너고나고 누웠으니 좋을 호[好]자 그대로구나, 꽂을 공[拱], 흔들 요[搖]로구나."

"이애 춘향아, 이것이 웬일이냐? 하늘이 돈짝만 하고, 땅이 매암을 돌고, 인경이 매방울만 하고, 남대문이 바늘 구멍만 하고, 정신이 왔다갔다 하니, 아무래도 야단났다."

한바탕 난리를 치른 후에, 춘향이 도련님 배를 슬슬 만지다가 이 하나를 잡아들더니 손톱에 올려놓고 하는 말이,

"너를 죽여 복수를 해야겠구나. 나는 아래로 물을 빨고, 너는 위에서 피를 빨아 대니, 약하신 도련님이 견딜 수가 있겠느냐?"

년놈이 얼싸안고 배도 살살 문지르면서,

"우리 둘이 이러다가 날이 곧 새면 어찌할까? 주야장천 떨어지지 말았으면!"

이윽고 닭이 울고 날이 새니 춘향이 하릴없이 먼저 일어나서 꿩다리, 전체수[닭 물고기 등을 통째로 구운 적], 섭산적[다진 쇠고기 산적] 곁들여서 장국상 갖다 놓고 일년주, 계당주[계피와 꿀을 넣어 만든 술]를 꿀물에 맑게 타서, 도련님을 잘래잘래 흔들면서,

"일어나오, 무슨 일을 힘써 했다고 이다지 곤하시오. 일어나오."

이도령을 덥썩 안고 뺨도 대며,

"일어나오"

옆구리의 손을 넣어 지근지근 간질이면서,

"이래도 아니 일어나오?"

이도령이 선뜻 일어나며 눈부비며,

"너무 야단하지 마라. 장부의 간장 다 녹는다."

해장으로 술 마시고 하릴없이 떠나올 제 엎드리면 코 닿을 집도 천리로다.

"해는 어이 더디 가며, 밤은 어이 수이 가오."

"내일 저녁에 다시 오마."

하직하고 돌아올 제 신혼 재미 미흡하여 한 걸음에 돌아보고 두 걸음에 손짓하며 책방으로 돌아오니 춘향이 하는 거동 눈에 어른어른, 취한 듯 미친 듯 못 살겠다.

하루는 생각 끝에 글을 지어 방자 불러 보라고 할 때 삼문간[관아의 정문]이 요란커늘,

"이애 방자야 삼문간이 요란하니 나가 보아라."

방자 놈 다녀오더니 기쁜 빛 얼굴에 가득해서,

"사또께서 내직승품[內職陞品－지방에서 조정의 높은 품계로 벼슬이 올라감]하셨나 보오."

이도령 그 말 듣고,

"내직으로 올라가면 좋을 것이 무엇이냐? 저놈도 나하고 웬수로구나. 내직을 그만두고 이 고을 풍헌[風憲－요즘의 면장, 이장]이나 하였으면 내게는 좋을 일이다."

동헌에 올라가니 사또님이 이방 불러, 북쪽 향해 네 번 절 올리고 유지[諭旨－임금이 신하에게 내리던 글]를 뜯어보니 이조참의[吏曹參議] 제수하니 급히 상경하라 하였구나. 사또 이방 불러 업무를 인계하라 하고 도련님 불러들여,

"나는 내일모레 떠날 터인즉 너는 내일 모친, 신주 모시고 먼저 올라가라."

이도령 이 말 듣고 천지가 아득하여 복장에 맺힌 마음 눈물이 비
오듯 하매 얼굴을 숙이지 못하고 천장을 쳐다보며,

"내일 비 오실 듯하오."

"이 자식아, 너는 하늘만 보고 다녔냐? 저 자식이 무엇을 못 잊어서
저러노? 이 사이 가만히 본즉 글도 변변히 아니 읽고 무엇하러 다녔노?"

"객사에 새 새끼 잡으러 다녔지요."

"새 새끼는 잡아 무엇하노?"

"아버지 반찬하여 드리지요."

"그 자식 효성 있다. 어서 들어가서 떠날 준비 바삐 하라."

돌아 서서 눈물 씻고,

"내일 배가 아플 듯 한데요."

"그 자식 별소리를 다하고 섰겠다. 썩 들어가라."

도련님 하릴없이 내아[內衙]로 들어오매 수심 가득 한 목소리로 탄식
하여 하는 말이,

"야속하지, 야속하지, 우리 임금 야속하지. 무슨 선정[善政] 하였다고
내직승품 웬일인고?"

도포 소매로 낯을 싸고 내아로 들어가니 어머니 내달으며,

"몽룡아, 왜 이리 우느냐?"

"아버지가 저를 때린다오."

"무슨 일로 때리더냐? 너를 낳아 기를 적에 불면 날까, 쥐면 꺼질까,
금이냐 옥이냐 길러내어 이씨 집안 후손을 잇자 하고 매 한 대를 아니
쳐서 이만치나 길렀더니 매라는 것이 무엇이냐? 점잖은 수령 되어 자
식이 잘못하거든 내아로 들어와서 종아리를 칠 것이지 관아에 잡아
놓고 매질이 웬일인고? 어디를 치더냐? 울지 말고 말하여라."

"날더러 올라가란다오."

"가라거든 나하고 가자. 어디를 맞았느냐?"

이도령이 대부인 거동보고 한번 떠보는 것이었다.

"올라가면 그것은 어쩌고 가요?"

"무슨 말이니?"

"참 얌전하지."

"무엇이 얌전하다느냐?"

"천지에 없을 테니."

"누구 말이니? 장가를 들면 그런 데 들어보게 똑똑히 말하여라."

"본읍 기생 월매 딸 춘향이 나와 동년 동월 동일생이요, 인물이 기막히고, 글솜씨도 유려하고, 재주가 그만인데 그것을 버리고 가요? 나는 죽어도 데려갈 테니까."

대부인 이 말 듣고,

"어허 이게 웬 말이니? 그러기에 여태까지 글소리가 없던가보다."

머리채를 후려다가 비단장수 비단을 감듯 홰홰친친 감쳐 잡고 손잰 승[僧] 빗질하듯, 중이 법고[法鼓] 치듯, 아주 꽝꽝 두드리며,

"죽일 놈 이 말 들어라, 장가도 안 든 아이놈 부형 따라 지방 갔다 기생처가 웬 말이냐? 조정에서 알게 되면 과거도 못할 것이요, 일가에도 버린 놈 되겠구나."

함부로 탕탕 죽으라고 두드리니, 하인들이 만류하여 몸을 빼서 도망하여 책방으로 나가면서,

'공연히 말을 하고 선불만 질렀구나. 나의 심정 막막하다. 조르러 갔다가 매만 한 대 더 맞았네.'

머리를 쓰다듬고 몸은 아파도 춘향 생각 간절하여,

'모양 보아하니 내일은 갈 터인즉 죽인대도 춘향 마지막으로 보고 이런저런 말이나 하고 오리라.'

책방 문 썩 나서서 장터 뒤로, 길 사이사이로, 이리저리 찾아가며 내일 떠날 생각하니 병역이 누르는 듯 해와 달이 빛을 잃어, 샘 솟듯 하는 눈물 비 오듯이 떨어지니 두 소매로 낯을 싸며 이리 씻고 저리 씻어 눈가죽이 퉁퉁 부어 사람보기 어렵도다.

춘향 집 당도하니 향단이는 초당 앞 꽃밭에 물을 주다 도련님 보고 반기면서,

"도련님, 누구를 또 속이려고 가만가만 나오시오?"

중문 안에 들어가니 춘향모는 도련님 드리려고 밤참 음식 장만타가 도련님 보고 반기면서,

"다른 사람도 사위가 이처럼 어여쁜가?"

초당에 들어가니 춘향은 도련님 드리려고 비단 주머니에 수를 놓다가 반겨 왈칵 달려들며 섬섬옥수 들어다가 도련님 어깨 얼싸 안고,

"어서 오게, 어서 오게, 어이 그리 더디던가? 차마 그리워 못 살겠네. 어떤 기생 데리고 놀다 왔나, 어느 년이 눈에 들더이까, 무엇에 골몰하여 나 같은 년 잊었던가. 어서 좀 앉으시오."

이도령 기가 막혀 슬픔이 북받치고 고추를 한 말이나 먹은 듯이 하하 하며 묵묵부답 하는구나.

춘향이 도련님 얼굴을 자세히 보다가,

"여보 도련님, '그대에게 한 잔 술을 다시 따라 권하네[勸君更進一杯酒 —왕유의 〈벗 원이를 안서에 보내며(送元二使安西)〉의 한 구절]'라는 말 있더니, 술 취하여 혼미하오?"

"아니."

임의 코도 대어 쌔근쌔근 맡아보며,

"그러면 오시다가 남북촌 한량 만나 시비 붙어 그러시오?"

"아니."

"그러면 사또께 꾸중을 들었소?"

"아니."

"그러면 서울 일가댁 부음 편지를 보았소?"

"아니."

"그리하면 무슨 일에 노하셨나, 우리 모녀가 무슨 일을 잘못하였던가?"

"아니."

"그리하면 말을 하오. 왜 전당 잡힌 촛대마냥 박힌 듯이 섰소?"

도련님, 춘향의 하는 거동 보고 이별할 생각하니 정신이 아득하여 어찌하면 좋소, 눈물이 비 오듯 입시울이 비쭉비쭉 두 소매로 낯을 싸고 훌쩍훌쩍 우는 말이,

"일가집 부음을 보고 이러할 개자식 없다."

"그러면 말씀을 하오."

"말하자면 기가 막혀 나 죽겠다."

춘향이 정색하며 무릎 세워 깍지끼고 한숨 쉬며 하는 말이

"옳지 옳지, 내 알겠소. 도련님은 귀공자요 소녀는 천기라고 첩의 집에 다닌다고 사또께 꾸중 듣고, 백년언약 후회되어 저러시오? 속없는 이 계집년이 이런 줄은 모르고서 외기러기 짝사랑으로 뺨을 대네 손을 잡네 오죽이 싫었을까? 혓등을 끊고 지고. 듣기 싫은 말 더하여 쓸데없고, 보기 싫은 얼굴 더 보이면 무엇할까? 저렇게 싫은 것을 무엇하러 오셨던가? 누구를 원망하고 누구를 탓하리오? 내 팔자나 한을 하지."

한숨 쉬고 일어서며 나가려고 망설일 제, 도련님 기가 막혀 춘향의 치맛자락 감쳐 잡고 엎드려서 대성통곡 슬피 울며,

"아따 이애, 남의 간장 사르지 말고 너나 내 속 헤아려다오. 어쩌자고 이러느냐? 속 모르는 말을 마라. 오나가나 이러하니 이를 어찌 하자느냐?"

치맛자락 뿌리치며,

"속이 무슨 속이여?"

"떨어졌단다."

"떨어지다니, 낙상(落傷)을 하였나보고야! 대단히 다쳤는가? 그럼 진작 그렇다지, 어딘가 만져보세."

"낙상을 하여 목이 부러지면 이리 할 쇠아들 없다."

"그러면 무슨 말이오?"

"사또가 갈렸단다."

속없는 저 춘향이 손뼉을 척척 치며,

"얼사절사 좋을씨고. 내 평생 원한 것이 서울살림 원이더니 평생 소원 이뤘구나. 울기는 왜 우나? 도련님 먼저 가고 소녀 모녀 뒤에 가서 정결한 집 사서 들고, 내 세간 올려다가 서울 살림 원을 풀 제 도련님 장가 들고 높은 지위 오를진대 폭폭이 맺힌 정을 올올이 풀 터인데 무엇이 서러워 저리 우나?"

도련님 그 말 듣고 가슴이 답답하여,

"네 말은 좋다마는 내 사정 좀 들어보아라. 부친 따라 외지에 왔다가 기생 첩을 얻게 되면 일가의 비난 듣고 벼슬길도 틀린단다. 사또 올라가실 적에 너를 데려 가겠더니 세상에 말이 많고 조물주가 시기한즉, 뒷날 기약을 둘 밖에 수가 없다."

춘향이 그 말 듣고 복사꽃 같은 고운 얼굴 노래지다가 새파래지며, 곱게 그린 팔자 눈썹 간잔조롬하게 뜨고 온몸을 꿩 찬 매같이 휩싸안고, 도련님 턱밑으로 바싹 다가앉으며,

"여보 도련님, 이것이 웬 말이오? 데려가겠더니, 가겠더니라니, '더니'란 말이 웬말이오? 말이라 하는 것이 '어' 다르고 '아' 다르지, '더니'라니 말끝마다 틀려가네."

섬섬옥수 번듯 들어 궤상을 탕탕 치며,

"여보 '더니'란 말, 출처를 일러주오."

입고 있던 치맛자락 짝짝 찢어 내던지며,

"오늘에야 사생결단 하나보다. 뒷날 기약 웬 말이고, '더니'란 웬 소린가? 생사람 죽이지 말고 출처를 일러주오. 어떤 년이 꼬이던가, 당초에 만날 때에 내가 먼저 살쟀던가? 도련님이 살자하고 공연히 잘 있는 숫색시를 허락하라 바득바득 조르더니 생과부를 만들려나? 내 집 찾아와서 도련님은 저기 앉고 소녀 모녀 여기 앉아 백년해로 하자 하고 살아도 같이 살고 죽어도 같이 죽자며 이별 말자 하고 깊은 맹세 금석같이 하던 말이 진정인가, 농담인가?"

붉은 비단 주머니 끈을 끌러 열고 나서 수기 내어 펼쳐 놓으며,

"이 글을 누가 썼나? 장부 일언은 중천금이라더니 한 입으로 두 말 하나? 내 손을 마주 잡고 꽃 핀 화단 연못가에 맑고 높아 고운 하늘 천 번 만 번 가리키며 반석같이 굳게 한 말 내 정녕 믿었더니 이별하자 말하였나?"

삼단같이 흩은 머리 두 손으로 뜯어다가 싹싹 비벼 내던지며,

"서방 없는 이 계집이 세간 두어 무엇할까?"

요강, 타구, 재떨이, 문방사우 내던지며,

"여보 도련님, 말 좀 하오. 내 말이 틀리거든 시원하게 말을 하오."

분통같은 젖가슴을 함부로 탕탕 두드리며 한탄하여 울음 운다.

"이런 년의 팔자 있나. 서방이라 만났더니 일 년도 채 못 되어 이별부터 하자 하네. 이 노릇을 어찌할까!"

치마 부여잡아 낯을 싸고 닭똥같이 흐른 눈물 콧부리를 쥐어뜯어 못할 노릇 작작하지. 이도령이 눈물 씻고,

"울지 마라, 너 우는 소리에 장부 간장 다 녹는다. 네 속이나 내 속이나 오장은 일반이지. 울지 말고 그만두어라. 내가 가면 아주 가며, 아주 간들 잊을쏘냐? 명년 삼월 꽃필 적에 꽃을 따라 올 것이니 나를 믿고 잘 있어라."

춘향이가 역정내며,

"듣기 싫소, 듣기 싫어. 이런대도 내가 알고 저런대도 내가 알지. 아무래도 못 가리다. 칼로 덥석 찌르고 갈까, 그 외에는 못 갈 테니."

"아따 야야! 성품 혹독하다. 몇 달만 참으면 장원급제 벼슬하여 쌍가마로 데려가마."

"듣기 싫소. 쌍가마도 나는 싫고 장독교[귀인이 타는 가마]는 못 타리다. 워낭[마소의 방울] 총총 걷는 말에 얹혀 가도 나는 싫어. 서 푼짜리 길짚신에 지팡막대 걸터 짚고 저축저축 따라가지. 그도저도 못하겠다면 도련님 허리띠 구해 목을 매어 대롱대롱 데려가오. 나는 두고 못 가리다."

안간힘 길게 쓰며 담뱃대 땅땅 떨어 성천초 섭분 담아 백탄불에 붙여 물며,

"세상 인심 무섭구나. 조그마한 창기라고 얕잡아보고 하는 말이오? 오장이 부풀어서 담배도 못 먹겠다."

긴 담뱃대 뚝뚝 꺾어 윗목에 내던지며,

"여보 도련님, 꿀먹은 벙어리요? 좌우간에 말을 하오. 죽든 살든 결단하세."

한참 실랑이하는데 춘향모가 나온다. 행주치마 두루치고 노랑머리 빗겨 꽂고 곰방대 빗겨 물고 흐늘흐늘 걸어나오면서,

"저것들 좀 보게. 젊은 것들은 만나면 사랑싸움이겠다. 거들다가 일 커질라."

창밖에 비켜서서 자세히 들어보니 이별 말이 분명커늘, 어간마루 선뜻 올라 두 손뼉을 척척 치며,

"어허 별일 났네. 우리집이 야단났네."

쌍창문을 열어젖혀 주먹 쥐어 딸을 겨누며,

"에라 이년! 물러가거라. 나도 한 말 하여보자. 여보 도련님, 이별 말이 웬 말이요? 내 딸을 버린다니 무슨 죄로 버리시오? 대전통편(大典通編-조선시대의 법전) 들여 놓게. 칠거지악(七去之惡-아내를 내쫓을 수 있는 일곱 이유) 범했는가? 집안일을 잘못했나? 바느질에 베짜기를 못하던가? 얼굴이 박색인가? 행실이 부정턴가? 잠자리를 잘못하던가? 무슨 죄로 버리시오? 팔십 먹은 늙은이가 그 딸 하나 기를 적에 금이야 옥이야 고이 길러 죽으나 사나 의탁하려 날이면 날마다 바랬더니, 무남독녀 철모르는 어린 아일 여태까지 꼬여다가 백년결약 하더니만 일년이 채 못 되어 이별 말이 웬 말인가? 이것이 양반의 자제요, 오입한 도리요, 계집의 대접이오? 몇 사람을 망쳐놓고!"

방바닥을 탕탕 치며,

"동네 사람 들어보게! 오늘 내 집에 두 초상 났네. 에라 요년, 이

자리에서 죽어라. 시체라도 저 양반이 치고 가게. 저 양반 없게 되면 뉘 간장을 녹이려뇨. 네 이년, 말 들어라. 네 마음도 고이하여 양반 서방 좋다더니 이 지경이 되는구나. 지체라도 너와 같고 인물도 너와 같은 봉황의 짝을 얻어, 죽으나 사나 의탁할까 하늘같이 바라더니 이 지경이 웬일이니? 네 신세나 내 팔자가 비할 데 없이 되었으니, 이 일을 어찌하잔 말이냐? 도마 위의 고기같이 되었으니 두려울 게 전혀 없네. 우리 모녀 다 죽이게."

두 다리 훌쩍 뻗고 두 무릎을 두드리며,

"이런 년의 팔자 있나. 애고애고 설운지고. 영감아, 영감아, 날 잡아 가게. 귀신아, 날 잡아가거라."

진양조로 한참 울다가 일어서며,

"서울 양반 독하다지. 내 딸 두고는 못 가리다. 옛말에 일렀으되 조강지처는 못 버린다 하였으니 죄 없이는 못 버리지. 춘향아 그 양반 앞에서 죽어라."

춘향이 저의 어미를 겨우 달래 내보내고,

"여보 도련님, 내 사정 좀 들어보오. 도련님 올라가면 대갓집에 장가들어 금슬지락 즐길 때에 나 같은 년 꿈에나 생각할까. 소녀 한 몸 헌 신같이 버리시면 버드나무 가지 많다 한들 봄바람을 어이 잡아매며, 푸른 잎 꽃이 지면 어느 나비 돌아올까. 때가 가면 다시 오지 못하리라. 인생은 매양 젊지 않으니, 다시 젊기 어려워라. 봄날의 달은 맑고도 밝은데, 불꽃같은 시름 겨워 가슴이 메어지면, 북쪽 하늘 바라본들 한양 소식 묘연하다. 긴 한숨 피눈물에, 애끓는 설움 사방으로 들어와서, 담뱃대 땅땅 떨어 웃목에 내던지고, 외로운 베개 위에 입은 옷도 아니 벗고 벽만 안고 누웠다가, 엎치락뒤치락 잠 못 이뤄 도련님 생각 병이 되면, 제풀에 못 이기어 동산에 치달아 치마끈 떼고 바지끈 떼어 한 끝은 나무에 매고 또 한 끝은 목에 매어 공중에 뚝 떨어져서 대롱대롱 달리면, 태백산 갈까마귀 이 내 한 몸 허락한들 뉘라서 우여라 펄펄 날려줄까! 이 신세를 어이할까? 두말 말고 날 데려가오."

도련님이 눈물 씻고,

"오냐, 울지 마라. 날 믿고 잘 있으면 만날 때가 있으리니 남의 가슴 태우지 마라."

한참 옥신각신할 때 방자 놈이 나오며,

"여보, 도련님. 야단났소. 사또께서 급히 부르시오. 대부인은 쌍가마 타고 십 리는 가셨고, 사당[祠堂]은 내가 모시고 따르는 이도 없이 나갔으니 어찌 되었겠소? 어서 바삐 가옵시다. 이렇게 늦장 부리다 신주[神主]를 개가 물어가겠소."

"에라, 이놈. 미친 놈아. 너는 사람 잘 내모는 깐죽이 자식에 붙어서 나왔느냐? 병환에 까마귀요, 혼인 잔치에 트레바리[이유 없이 남의 말에 반대하기를 좋아하는 사람]로구나."

할 수 없이 일어나서,

"춘향아, 떠날 때에 다시 오마."

춘향이 일어서며,

"다시 오면 무엇하오? 이 자리에서 죽을 년이 오네 가네 말해 봤자 쓸데없지. 마지막으로 보고 가시오."

이도령 하는 말이,

"아따, 야야. 끝없는 말 잇다가 죽네 사네 결레판이 되겠구나."

동헌에 들어가니 사또 호령하되,

"먼 길 떠날 놈이 어디를 갔던고? 어서 바삐 사당[祠堂] 모시고 올라가게 하여라."

도련님이 안채에 들어가서 사당과 어머님을 다 모시고 나귀 등 선
뜻 올라 남문 밖 썩 나서며 저 건너 대숲을 바라보니 춘향의 집 저기
로다. 정신이 산란하여 아무래도 못 가겠다.

이 때 춘향이는 도련님 전별[餞別―잔치를 베풀어 작별함]차로 술상을 차
릴 적에 풋고추, 겉절이, 문어, 전복 곁들여서 황소주에 꿀을 타서 향
단에게 들려 앞세우고 흰 장막 돌돌 말아 왼편 옆에 선뜻 싣고 오리정
에 전송간다. 오리정 당도하여 흰 장막 둘러치고 임 오기를 기다릴
때, 잔디밭에 주저앉아 신세 한탄하며 우는 말이,

"애고애고 내 신세야, 이팔청춘 젊은 년이 겨울 밤 여름 낮에 임 그
리워 어찌 살꼬. 죽자하니 청춘이요 살자하니 고생이구나. 평생에 처
음이요 다시 못 볼 임이로다."

이 때 이도령은 춘향이 다시 보려 춘향 집 찾아가니 집은 텅텅 비
었는데 청삽살개 꼬리치며 반갑다고 달려드니,

"너의 주인 어디 가고 나 온 줄을 모르느냐? 기생이라 하는 것이
쓸데가 전혀 없다. 만날 때는 죽자 살자 하다가도 떠날 때는 쓸데없
다. 나는 저를 못 잊어서 급한 길에 왔건마는, 매몰하고 독한 것은 기
생밖에 다시 없다. 방자야, 말 몰아라."

방자 놈 하는 말이,

"기생이라 하는 것이 으레 그렇지요. 생각하여 쓸데없소."

바삐 몰아 나갈 때에 오리정 당도하니 처량한 울음소리 바람결에
들리거늘, 이도령 정신차려,

"방자야. 어떤 사람 슬피 울어 나의 마음 비창하다. '눈물을 감추면

서 궁궐을 하직하고 슬픔을 머금으며 타향으로 떠나네[掩淚辭丹鳳 含悲
向白龍—당나라 동방규의 〈왕소군의 한(昭君怨)〉의 한 구절]라던 왕소군[王昭君]의
울음이냐? 바삐 가서 보고 오너라."

방자 놈 갔다 와서,

"아따. 그 꼴은 사람이면 못 보겠다."

"누가 울더냐?"

"누가 와서 우는데, 발 뻗고 머리 풀고 잔디밭을 한 길은 파고 우는
데 불쌍한지고."

"누구더냐?"

"말하면 기가 막히지요."

"바른 대로 일러다오."

"알면 길 가기 어렵지요."

"아마도 춘향이가 왔나 보다."

"눈치 하나 빠르시오."

"천하의 몹쓸 놈, 이다지도 무도하냐?"

말에서 뛰어내려 울음소리 찾아가니 틀림없는 춘향이라. 반갑기도
그지없다. 춘향의 가는 허리 후리쳐 덥석 안고,

"여산폭포 돌 구르듯 너하고 나하고 여기서 죽자. 차마 잊고 못 가
겠다. 울지 마라, 울지 마라. 사람이 너무 울면 눈도 붓고 목도 쉬어
봄바람에 낮이 튼다. 울지 말고 내 말 들어라. 할 수 없이 이별하니
송죽을 본받아 나 올 때만 기다려라."

춘향이 눈물 씻고,

"이것이 웬일이요, 뜻밖에 당한 이별 이 아니 처량하오. '바닷물은
발 아래로 천만 길[海水直下萬里深—이백의 〈머나먼 이별(遠別離)〉의 한 구절]' 하

는 말은 아황여영[娥皇女英—순임금의 두 부인으로 순임금이 죽자 물에 빠져 죽었
다] 이별이요, '하늘이 길고 땅이 오래 되어도 다할 때가 있다네[天長地
久有時盡—백낙천의 〈장한가(長恨歌)〉의 한 구절]' 하는 말은 양귀비의 이별이
요, '떠난 사람 돌아오면 바윗돌도 말을 하리라[行人歸來石應語—당나라 시
인 왕건의 〈망부석(望夫石)〉의 한 구절]' 하는 말은 망부석 이별이요, '환송객
이미 흩어진 정자에 비는 아직 그치지 않았구나[客散江亭雨未休—당나라
시인 잠삼의 〈괵주 후정에서 진강으로 부임하는 이판관을 보내면서(虢州後亭李判官使
赴晋絳得秋字)〉의 한 구절]' 하는 말은 이별하는 수심이요, '도화담의 물 깊
이는 천척이나 된다네[桃花潭水深千尺—이백의 〈왕윤과 헤어지며(贈王倫)〉의 한
구절]' 하는 말은 이별하는 정회로다. '밭둔덕 버드나무 푸르름에 슬퍼
한다네[忽見陌頭柳色新—당나라 시인 왕창령의 〈규원(閨怨)〉의 한 구절]' 하는 말
은 벼슬 찾아 떠난 남편 그리워하는 이별이요, 심양강 비파소리는 돈
벌러 장사 떠난 임 그리는 이별이요, 장막 속의 미인 이별 초패왕[楚覇
王—항우]도 울어 있고, 북해 만리 각시 이별 소중랑[蘇中郎—한나라 때 사신
으로 흉노에 갔다가 억류되어 19년 만에 돌아온 소무(蘇武)]도 슬퍼했으니, 천하
의 모진 것이 이별밖에 또 있는가. 진시황이 책 태울 때, 많고 많은
글자 중에 떠날 리[離]자 이별 별[別]자, 두 글자만 남았던가? 이별이 많
다 하되 우리 이별보다 서러울까. 죽어 영이별은 남들도 하건마는 살
아 생이별은 생초목[生草木]에 불이 붙네. 도련님 가신다면 이 내 몸은
영영 죽은 목숨이오."

도련님 그 말 듣고 두 소매로 얼굴을 감싸고, 부모상 당한 상제같이
흐느끼며 슬피 울며,

"춘향아, 박절한 말 하지 마라. 죽는 너도 불쌍하고 생각하는 내 마
음도 그 아니 처량하랴."

춘향이 눈물 씻고,

"시골의 미천한 춘향이야 죽어도 제 팔자요 살아도 제 팔자니, 천금같이 귀하신 몸 천리 먼 길 조심하여 올라가오. 향단아, 술상 들여라. 마지막으로 술 한 잔 잡수시오. 첫째 잔은 상마주[上馬酒]요, 둘째 잔은 합환주[合歡酒]요, 셋째 잔은 이별주[離別酒]요, 또 한 잔은 상사주[相思酒]니, 춘향 생각 잊지 마오."

술 부어 먹은 후에, 도련님이 주머니를 열고 거울 꺼내 춘향 주며,

"대장부 굳은 마음 거울 빛과 같은지라. 내 생각 나거들랑 거울이나 열어보고 마음 변치 말고 잘 있어라."

춘향이 한숨 쉬고 거울 받아 간수하고 옥가락지 선뜻 빼서 도련님께 드리면서,

"계집의 맑은 마음 옥빛과 같은지라. 천만년 흐른대도 옥빛이야 변하리까? 부디 한 번 찾아와서 가슴에 맺힌 회포나 풀어주오."

방자 놈 달려들며

"여보, 이런 게 무슨 이별이오? 부모상을 만났는가? 무슨 놈의 이별이 만날 때마다 연놈이 얼싸안고 애고지고 함부로 탕탕 부딪치니 그 따위 이별 두 번만 하게 되면 뼈다귀 하나 아니 남겠네. 어미가 죽었나, 애비가 죽었나? 울기는 왜 우는고? 이별이라 하는 것이 '잘 있어라', '평안히 가오' 이 두 마디면 그만인 것을. 일어나오. 그만치 야단을 하고도 아직도 이별 인사 못 끝냈소? 어서 떠납시다. 춘향아, 너도 그만 잘 있어라. 천 리를 가나 십 리를 가나 한때 이별은 어쩔 수 없는 것이니, 바삐 가는 먼 길에 계집아이 불길하다."

춘향이 술 부어 방자 주며,

"천 리 머나먼 길에 도련님 모시고 잘 다녀오너라."

도련님 하릴없이 나귀 등 선뜻 올라

"춘향아 부디 잘 있거라."

"도련님, 부디 평안히 가오."

"오냐! 부디 잘 있어라."

한 모퉁이 돌아가며 손을 들어 전송할 제, 백로[白鷺]만큼 보이다가 아물아물 아니 뵌다.

그 자리에 털썩 주저앉아 신세한탄하는 말이,

"간다 간다 간다더니 오늘에야 아주 갔네. 목소리도 적막하고 모습도 묘연하다. '좋은 봄 짝지어 고향으로 돌아가네[靑春作伴好還鄕 — 두보의 〈관군이 하남과 하북 땅을 수복했음을 듣고(聞官軍收河南河北)〉의 한 구절]'라던 봄을 따라 오시려나. 어느 때 다시 올까. 애고답답 내 일이야!"

한참 울 때, 춘향 어미 나온다.

"에라, 이년! 별스럽다. 이별도 남다르다. 기생이라 하는 것이 이별하다 늙느니라. 나도 어릴 적 이름 날릴 때 남정네를 셀 양이면 손가락이 아파 못 세겠다. 앞문으로 불러 들여 뒷문으로 이별해도, 눈물은 고사하고 콧물도 안 나더라. 첫사랑 첫이별은 그러니라. 새로 오는 사또 아들 인물도 잘 생겼고, 재산도 장안 갑부요, 오입이 으뜸이요, 문장도 제일이란다. 어서 그만 들어가자. 저러하면 열녀 될까? 우는 입에 오줌이나 깔기겠다."

춘향이 할 수 없이 돌아가고, 이도령은 오리정 이별하고 나귀 등에 올라 앉아 오리정을 돌아보며,

"모질도다 모질도다. 천하에 모진 것이 이별밖에 다시 없네. 광한루야 잘 있어라, 다시 보자 오작교야."

설움이 북받쳐서 부모상 당한 상주처럼 애고애고 울고 갈 제, 방자

놈 채찍 들어 나귀 등 후려치며 도련님 댕기 끝을 가만히 끌러 놓고 부지런히 달려오며,

"어이어이, 위로의 말씀이야, 무슨 말을 하오리까?"

이도령이 이마를 짚고 울다가,

"천하의 몹쓸 놈아. 머리 끝이 풀어져서 산발이 되었으되 일러주지 아니하고 어이라니 웬 말이냐?"

"머리 풀고 애고애고 하니 초상난 집에 문상하는 말이지요."

"에라, 이놈. 미친 놈아. 말이나 천천히 몰고 가자. 꽁무니에 티눈 박히겠다. 절통하고 원통하다, 천하일색 춘향이를 어느 때에 다시 볼까? 날 기다리고 있다 한들 번화한 곳 기생으로 그저 있을 리 만무하지."

그럭저럭 며칠 만에 서울에 도착하여 방자를 돌려보낼 때 한 장 가득 편지 써서 방자 주며 하는 말이,

"편지 갔다 춘향이 주고 몸 건강히 잘 있다가 다시 만날 날을 기다리라 하여라."

방자 놈 하직하고 떠나간다.

춘향은 향단에게 붙들려 돌아와서 방 안을 살펴보니 한없이 막막하다.

"향단아, 수건 다오. 두통 난다."

젖은 수건으로 머리 동이고 자리 위에 엎드려,

"웬수로다 웬수로다, 정이란 게 웬수로다. 정 들자 이별하니 마음 둘 데 전혀 없다. 도련님 계실 때 나를 보고 좋아라고 웃으며 하던 말이 귀에 쟁쟁 못 잊겠고, 높은 풍모 고운 얼굴 눈에 선히 보이는 듯. 서쪽 창가 어른어른하여 님이 왔나 열어보니 그림자 날 속였네. 애고애고 내 일이야. 대문 닫고 발 내려라. 찾아올 이 전혀 없다."

비단 창문 굳게 닫고 거문고 줄을 풀어 집 씌워 얹으면서,

"너도 좋은 세월 다 갔다. 화답할 사람 누가 있느냐."

수절할 뜻을 두고 그리움으로 날을 보내더라.

이 때 구관사또는 올라가고 신관사또가 부임하게 되었으니 남촌 호박골 변학도라 하는 양반이라. 여자를 좋아하여 남원의 춘향이 유명한 기생이란 말을 바람결에 넌짓 듣고 첫 날부터 수행 하인 기다리며 잔뜩 마음 졸이는데, 나흘 만에 하인들이 인사 드린다.

"이방, 공방, 통인, 급창, 군뢰사령 인사 드리오."

신관이 풀 먹인 갓끈에 뒷짐 지고,

"여봐라, 이방. 게 있느냐?"

"예."

"여기서 네 고을이 몇 리나 되기에 이제야 인사하노?"

아뢰되,

"육백칠십 리로 아뢰오."

"네 고을에 무엇이 있지?"

이방 영문도 모르고

"있는 줄 아뢰오."

"무엇이 있나?"

아뢰되,

"대성지성문선왕(공자의 시회), 안증(공자의 제자인 안회와 증재), 명현, 공신 모신 명륜당도 있사옵고, 향청에 좌수, 별감도 있는 줄로 아뢰오."

"그 놈 말 잘 하네. 그밖에 없나?"

"기생이 팔십 명으로 아뢰오."

"어지간하다. 그래, 양이도 있지?"

아뢰되,

"양도 있삽고 염소도 수십 필이 있는 줄로 아뢰오."

"그놈 미친 놈이로고. 잘 나가다가 염소는. 사람 양이가 있지?"

"예. 한량도 있는 줄로 아뢰오."

"아니로다. 이런 정신 어디 있을꼬. 금방 생각났었는데 그 사이 깜빡 잊었구나. 아! 기생 양이가 있지?"

이방 그제서야 알아듣고

"예, 기생 춘향이가 있사오되 구관사또 아드님과 백년가약한 후에 기생 명부에서 이름을 뺀 줄로 아뢰오."

"옳지 옳지. 이방, 물러가 있다가 속히 내려갈 터인즉 행차 준비를 갖춰 대령하렷다."

"예."

이방 나오며 혼잣말로 '항아리는 큰 항아리를 가져가나 보다.'

행차 준비 차리느라 이삼 일 지낸 후에 이방 불러 분부하되,

"내일 오시[午時]에 출발하면 모레 오시에는 도착할까?"

"관리의 행차길은 열 하루가 걸리는 줄 아뢰오."

"그때까지 어찌 참을까? 아무튼지 내일 오시에는 떠날 차비를 갖추렸다."

"예."

다음 날 오시에 길 떠날 제 신관 사또 차림새 볼작시면, 삼백오십 테 제모립에 게알 같은 경주 탕건, 외올망건 쓰고, 당사끈으로 진옥[眞玉]관자를 귀밑머리에 딱 붙이고, 십량쥐칠 좋은 중국 비단) 쪽빛 창의에 붉은 띠 눌러 매고, 화려한 가마는 양쪽에 지팡이 받쳐놓고 쌍가마에 대부인 모시고 요요병교 금란장교 나장 한 쌍 앞세운다. 나장사령 치

장 보소. 입 구[口]자 모양 통영갓에 키 같은 공작꼬리와 밀화갓끈 달았으며, 혹삼승 같은 옷에 사발 같은 왕방울을 덜렁덜렁 꽁무니에 차고 간다.

군뢰사령 차림 보소. 굵은 베 노랑 후의 날랠 용[勇]자 딱 붙이고, 유복비장 무명 감아 한 쪽 어깨에 메고. 좌우급창 차림 보소. 장영 통영 갓에 외올망건 대모관자 진사당줄 앞을 빼어 팔자 모양으로 언뜻 쓰고, 한포단 허리띠 초록색 잔두리 주머니, 주황색 끈을 꼬아 가운데를 활짝 풀고, 양쪽으로 벌려 서서 푸른 휘장 갈라잡고, 금장소리 서리 같다. 해가리개 든 하인놈의 거동 보소. 흰 비단 바탕에 푸른 비단 띠를 둘러 보라빛 사슴 가죽 끈을 달아 바람결에 펄렁펄렁. 나장, 사령, 군뢰, 급창 '물렀거라!' 소리 진동한다. 사또 뒤에 따르는 이, 회계, 책방, 중방이며, 실명수노, 수배수, 통인들은 짐 실은 말에 높이 앉고, 칼자이[음식을 담당하는 하인], 공방, 본댁하인 십 리에 늘어섰더라.

남대문 밖 썩 나서서 칠패 팔패 배다리 돌모로 한강을 얼른 건너, 승방뜰 남태령 과천읍에서 점심 먹고, 밖술막 갈뫼 사근내 수원 뜰에 투숙하고, 팔달문 달려나가 상류천 하류천 대황교 중미 오산 진위 뜰에서 점심 먹고, 칠원 소사 성환에서 투숙하고, 빗토리 새술막 천안에서 점심 먹고, 삼거리 김제역 덕평원 활원 모로원 광정 떡전거리 공주 뜰에서 투숙하고, 높은 한길 무너미 얼른 지나 노성에서 점심 먹고, 평촌 얼른 지나 은진 숙소하고, 닥다리, 황화정리, 능가울 얼른 지나 여산에서 점심을 먹는구나. 익산 뜰에서 투숙하고, 긴등을 얼른 지나 삼례에서 점심 먹고, 전주 객사 투숙하고, 이튿날 북쪽 향해 절 올리고, 바삐 떠나 노구바위, 임실에서 점심 먹고, 남원 오리정 다다르니, 관리들이 모두 나와 환영한다.

　이방, 호장, 예방, 병방, 창고지기 세금관리, 장교, 집사 나란히 늘어
서고, 아이 기생은 푸른 저고리에 붉은 치마 입고, 어른 기생은 벙거
지를 쓰고, 청령집사 내달으며 '입성포호[入城咆號-성에 도착했음을 알리는
방포]라!' 목청을 돋우고, 푸른 깃발 한 쌍, 금색 북 한 쌍, 붉은 봉황
깃발 한 쌍, 동남쪽과 서북쪽에 군령기 열 쌍, 곤장 두 쌍, 주릿대[붉은
몽둥이] 두 쌍, 나팔 한 쌍, 소라 한 쌍, 바라 한 쌍. 세고, 소고, 초라니
작대하고, 술영수 불러 대답하고, 절 올리지 않는 놈들 잡아서 엄벌로
다스리라 하니 사람들이 요란하여 말에서 내려 엎드린다.
　신관사또 말에서 내려 객사를 지나 다다를 제, 팔십명 기생들이 양
쪽으로 늘어서서 지화자 소리하며 음식상을 올려놓고 기생 불러 권주
가 부르며 한 잔 두 잔 마실 때에 저 여러 기생 틈에 춘향 있나 살펴
봐도 둘러봐야 알 수 없지.
　신관이 고을 일을 보려면 환곡과 조세를 물은 후에 공무를 수행하
는 것이 아니라, 우선 기생 점고부터 먼저 하라 하고 호장 불러 분부
하니, 관리들이 쑥덕거리기를,
　"똥항아리같은 놈이 왔나보다."
　호장이 기생 명부 들여놓고 차례로 호명한다.
　"추석 대보름에 빛깔 좋다, 추월이."
　"예, 등대하였소."
　"서리 맞은 잎은 이월의 꽃보다 붉구나, 이월화."
　"예, 등대요."
　"서산에 해 지니 동산에 달 떠오른다. 명월이 왔느냐?"
　"예, 등대요."
　"지난 밤 함지[咸池-해가 지는 곳에 있다는 큰 못]에서 노닐었네. 채봉이

왔느냐?"

"예, 등대요."

"구름 깊은 산의 운심이 왔느냐?"

"예, 등대요."

"옥토금섬 항아궁[달의 별칭]의 계월이 왔느냐?"

"예, 등대요."

신관이 화를 내어,

"저 많은 기생을 그렇게 부를 양이면 며칠이 걸릴 줄 모르겠다. 빨리 불러라."

"서리 오나 눈이 오나 변치 않는 죽엽이 왔느냐?"

"예, 등대요."

"겨울에도 외로이 절개 높은 송절이 왔느냐?"

"예, 등대요."

"홀로 앉아 그윽히 거문고 타는 탄금이 왔느냐?"

"예, 등대요."

"임 그리워도 임은 보이지 않네. 반월이 왔느냐?"

"예, 등대요."

"고깃배가 물을 따라 봄산을 사랑하도다. 홍도 왔느냐?"

"예, 등대요."

"목동이 은행나무 꽃 핀 마을 가리키나니 요지행화 왔느냐?"

"예, 등대요."

"객사에는 푸릇푸릇 버들잎이 새로우니 앵앵이 왔느냐?"

"예, 등대요."

"구월 서릿바람에 국화 왔느냐?"

"예, 등대요."

"한 겨울 찬바람에 홀로 핀 설중매 왔느냐?"

"예, 등대요."

"바람이 불지 않아도 물결이 절로 이니 수파 왔느냐?"

"예, 등대하였소."

"계수나무 노를 저어 장포로 내려온다, 채련이 왔느냐?"

"예, 등대요."

"연꽃과 배꽃은 일찍 시든다니 연화가 왔느냐?"

"예, 등대하였소."

사또 호령하되,

"이것이 다 무슨 소리인고? 이름만 바삐 불러라."

"예, 첩첩 산중 들어가도 무서울 게 없는구나. 범덕이 왔느냐?"

"예, 등대요."

"그래도 그렇게 부르겠다?"

"옥란이!"

"예, 등대요."

"연년이!"

"예."

"행심이!"

"예."

"월선이 왔느냐?"

"예."

"향단이 왔느냐?"

"예."

"부전이 왔느냐?"

"예."

"옥섬이 왔느냐?"

"예."

"호월이 왔나?"

"예."

"봉선이 왔나?"

"예."

"취란이 왔나?"

"예."

"취선이 왔느냐?"

"예."

"쥐겹이 왔느냐?"

"예."

"연향이 왔나?"

"예."

"연홍이 왔느냐?"

"예."

"선월이 왔느냐?"

"예."

"해동선이 왔느냐, 똥덕이 왔나?"

"예."

"바금이, 딱정이 다 왔느냐?"

"예."

"여봐라, 이 고을 기생이 그뿐인가?"

여쭈되,

"기생 춘향 있사오되, 구관사또 아드님과 혼인을 약속하고 기생 명부에서 이름을 뺀 줄로 아뢰오."

"저 여러 기생들을 차례로 앉혀라."

동헌 뜰 너른 마당에 줄줄이 앉혀 놓고,

"저 년 나이 몇 살인고?"

"소녀 나이는 일곱 살이오."

"조런, 방정맞은 년. 몇 살부터 친구 보았노?"

"네 살에 달거리 있어 다섯 살부터 수청하였소."

"요년, 몹시 조숙하였다. 못 쓰겠다. 내쫓아라."

"또 조년은 몇 살인고?"

홍도가 나이를 줄이고 퇴박맞는 것을 보고 나이를 훌쩍 늘려

"소녀는 아흔 다섯 살이오."

"아, 이년. 나보다 왕 어른이로구나. 아서라. 내쫓아라. 저 년은 코가 어찌 저리 크냐? 못 쓰겠다. 내쫓아라. 저 년은 눈이 실눈이라 겁은 반푼어치도 없겠다. 내쫓아라. 저년은 이마가 되빡이마로구나. 보기싫다. 내쫓아라. 저 년은 얼굴이 푸르니 색탐 많아 서방 잡겠다. 내보내라. 저 년은 키가 저리 크니 입 맞추자면 한참 올라가야 되겠구나. 내보내라. 저 년은 눈썹이 쑥 붙어 미련하여 못 쓰겠다. 저 년은 입이 저리 클 때야 거기는 대단하겠다. 내쫓아라."

똥덕이가 얽은 얼굴에 맵시를 내려고 분 닷 되 물 두 동이 칠 홉에 반죽하여 얼굴에 맥질하고 도배하여 회칠하고 앉았는데, 금이 가서 조각조각 떨어지니,

"저 년 바삐 내몰아라. 방 안에 빈대 터지겠다. 그 많은 기생 중에 눈에 드는 년 하나 없단 말인가? 여봐라. 춘향을 바삐 대령시키되, 만일 늦어지면 묶어서라도 대령하렷다."

형방이 분부 듣고 영리한 사령을 뽑아서 춘향 바삐 불러들이라 영 내리니 군뢰사령 나간다.

이 때 춘향이는 도련님 이별하고 대문 닫아 걸고 병이 되어 신음하고 누웠더니 방자 놈 내려와서,

"이애, 춘향아. 잘 있었느냐?"

춘향이 반가이 달려 나오며,

"도련님 평안히 모셔다 드리고 잘 다녀왔느냐? 천 리 머나먼 길에 병 나지 않고 잘 가시더냐? 너 오는 편에 편지나 하시더냐?"

"편지 있다."

"뭐, 당부하신 말씀은 없으시더냐?"

"내 생각 다시 말고 눈에 드는 서방 얻어 잘 살라고 당부하더라."

춘향이 편지 받으면서 눈물이 맺혀 떨어지는구나.

방자 놈,

"나는 바빠 그만 들어간다. 후에 다시 오마."

"잘 들어가거라."

춘향이 눈물 씻고 편지 보니, 겉봉에 남원읍 춘향 앞이라 하고 삼청동 서신이라 하였구나. 열어보니 이르기를,

'전번에 오리정 이별 후에 길을 떠나 오노라니 눈물이 앞을 가려 가슴 답답 두통나고 처량히 우는 네 소리가 귀에 쟁쟁 들리는 듯, 말 옆에 따라오나 가끔가끔 돌아보니 미친 놈의 짓을 하고, 뵈는 것이

너 뿐이요, 하는 것이 헛소리라. 주막에서 잠이 드니 이리 뒤척 저리 뒤척 잠 못 이루는데 밤은 또 어이 이다지도 긴지. 흐르느니 눈물이요, 생각하느니 너 뿐이라. 나 혼자 이러는가? 저도 나를 생각하는가? 이런 나를 꾸짖으며 새는 날 아침결에 말을 타고 올라 앉아 다시 생각 말자 하고 열 번이나 맹세하되 잊으려도 못 잊겠고 생각 말자 맘 먹어도 그리움 절로 이네. 약을 양식 삼아 먹으며 서울에 도착하니 네 생각 더욱 간절하나 앞날을 생각하고 정신차려, 방자 편에 두어 자 부쳤으니 날 본 듯이 자세히 보고 송죽을 본받아 신의를 지키고 잘 있으면 기쁜 낯으로 다시 만날 터인즉 부디부디 잘 있어라. 붓을 들어 온갖 그리움 을 다 풀려 해도, 눈물이 떨어져서 글자마다 얼룩이 지니 장모에게도 안부 전하지 못하고 향단이에게도 따로 연락 못하니 말로나 전해다오. 할 말은 많으나 눈물이 앞을 가려 못 적으니 대강만 보아라.'
하였고, 정유년 정월 십오일에 삼청동 서신이라 하였구나.

춘향이 편지 들고 자리에 엎어지며,

"애고애고 내 일이야. 편지는 왔건마는 모습은 볼 수 없으니 이 설 움을 어찌할까. 향단아, 도련님께 편지 왔다. 바빠서 따로 연락 못하 고, 잘 있어라 말로 전하라신다."

하니, 향단이 눈물 씻고,

"도련님 언제 오신댔소?"

"오시기가 쉽겠느냐?"

주인과 종이 함께 울더라.

군뢰사령이 나온다.

"이애, 일번수야."

"왜야?"

"이애, 이번수야."

"왜야?"

"걸렸구나."

"걸리다니?"

"춘향이가 걸렸구나."

"옳다, 잘 되었다. 그년의 계집아이, 양반서방 얻었다고 일곱 자락 군복 입은 놈이라고 알기를 우습게 알고 도도한 체 무섭더니, 우리 손에 걸렸구나. 이번에 들어오거들랑 뼈를 추려보자."

거들먹거리며 바삐 나간다.

춘향의 집에 달려 들어가니, 향단이,

"여보, 아가씨. 군뢰사령이 나왔소."

춘향이가 깜짝 놀라,

"아차 아차, 잊었구나. 오늘이 기생 점고하는 날이라더니 무슨 야단 이 났나보다."

게자다리 옷걸이의 비단끈으로 머리 아드득 졸라매고 버선발로 내 려와서,

"일번수 아재, 이번수 오라버니, 이번 사또 행차길에 평안히 다녀오 셨소? 긴 여행에 병이나 나지 않았으며 관가에 탈이나 없소? 한번 가 서 보려고 했는데 우연히 병이 들어 출입하지 못하고 집에만 박혀 있 으니 그동안 적적했소. 들어가세, 들어가세."

안방으로 들어가서, 우선 술과 안주 갖다놓고,

"여보, 자기 잘못은 자기가 모른다 하였으니, 무슨 일인지 좀 일러 주오."

"모르겠다. 사또, 서울서부터 네 소문을 역력히 듣고 오늘 점고 끝에 불같이 잡아오라 분부가 엄하니 안 가지는 못하겠다."

"아무려나 술이나 더 잡수시오."

"아무튼 먹고나 보자."

권커니 자커니 잔뜩 먹고 저희끼리 주정하며 횡설수설하는 말이,

"일번수야!"

"왜야?"

"우리가 춘향이와 무슨 원수가 졌느냐? 그래도 춘향이가 우리한데는 끔찍히 하니라. 우리가 구태여 병든 사람 잡아갈 것 없다. 하늘 치는 벼락도 속인다는데 이번 한 번만 눈감아 주자. 아무래나 우리가 그저 들어가서, 매나 몇 대 맞으면 되지 무슨 상관 있겠느냐?"

"그렇지."

"곤장에 대못을 박아 친다드냐? 이애, 춘향아. 걱정마라."

"번수네 아재들, 일만 없이 하여 주오."

돈 닷 냥 내놓으며,

"얼마 되지 않지만 술이나 한잔 사 드시오."

두 놈 하는 말이,

"아서라, 말어라, 고만 두어라. 우리 사이에 차사예[죄인이 차사(差使)에게 뇌물로 주던 돈]가 될 말이냐."

이번수 놈,

"이애, 일번수야. 그렇지 아니하다. 저도 섭섭하여 정으로 주는 것을 아니 받으면 피차 섭섭할 터인즉, 얼마나 되나 세어 보아라."

허리춤에 차고,

"춘향아, 몸 조리나 잘 하여라."

　　두 놈이 주정하며 돌아갈 제,

　　"이애, 일번수 놈아. 그년 참 별 년이로구나. 우리가 벼르고 나올
때는 이번에 끝장을 보마 하였는데, 엉너리[남의 환심을 사기 위하여 어벌쩡하
게 서두르는 짓]를 치는 바람에 몸이 살살 녹았구나. 뭐라고 둘러댈거나?"
하면서 비틀비틀 들어갈 제, 동헌 문지기 놈이 재촉한다.

　　"이애, 오느냐?"

　　"간다."

　　"빨리 걸어라."

　　"오냐, 나는 새도 움직여야 날지, 숨이 넘어가느냐?"

　　두 놈이 술김에 삼문간을 휩쓸며 들어가니, 사또 내려다보고,

　　"저놈들이 들어오는 놈이냐, 나가는 놈이냐?"

　　두 놈이 의논하되,

　　"이애, 사또가 물으시면 무엇이라 대답하려느냐?"

　　"이렇게나 하자. 잡아들이라 했으니, 우리 서로 상투 잡고 들어가자."

　　저희끼리 상투 잡고 들어가며,

　　"잡아들였소!"

　　저희끼리 수작하되,

　　"그년의 술이 골머리를 때리는구나."

　　"골머리 몹시 때린다."

　　한 놈은 엎드려 코를 골고, 한 놈은 잔소리를 빼는데,

　　"밤낮 일 다닌다고 바쁘게 다녀도 집안에 먹을 것이 있나 입을 것이
있나. 여보게, 마누라. 어물전에 가서 북어 하나 사서 계란 풀고 말간
장국 한 그릇 톡톡이 끓여, 고춧가루 많이 넣어 한 그릇 가져오게."

　　동헌을 쳐다보고,

"이런 놈의 집안 보게. 나만 나가면 딴 놈을 끌어들여 바람을 피우는구나. 이 연놈들아!"

신관이 내려다보고 기가 막혀,

"여보게. 목낭청!"

"예."

"저놈들 꼴 좀 보게."

"글쎄요."

"저놈들을 어찌하면 좋을꼬?"

"글쎄요."

"여봐라. 춘향이 잡아 왔느냐?"

사령 놈 정신차려,

"춘향이 죽었습니다."

"죽다니?"

"이애, 죽어도 말은 바른 대로 하여라. 죽지 아니하고 병들어 누웠는데, 사정을 말하며 돈 닷냥 줍디다. 그 돈으로 술 한 잔 아니 먹었소. 두 냥은 소인들이 가지고 석 냥만 바칠 터인즉, 이제 그만하오."

한 놈이,

"나누기로 작정하면 앉은 놈이나 선 놈이나 같이 먹어야지, 윗놈 아랫놈 가려서 먹는단 말이냐? 그만 두어라."

"그렇기에 웃대가리가 좋다는 것이지."

사또 어이없어,

"저놈들을 큰 칼 씌워 하옥하고 춘향이를 바삐 잡아 들여라."

행수기생 옥란이 나오면서 비아냥거리며 하는 말이,

"정열부인 아기씨, 수절부인 아기씨. 수절인지 기절인지 너 때문에 고을 관리 다 죽겠다. 어서 가자. 바삐 들어가자."

불같이 재촉하니, 춘향이 할 수 없이 때묻은 저고리에 노란 모시치마 입고, 헌 짚신에 허름한 버선 신고, 근심이 첩첩하여 열병 걸린 병신처럼 삼문간에 다다르니 도사령이 호령하되,

"춘향아, 빨리 걸어라."

바삐 걸어 동헌 아래 꿇어 앉으니, 사또 내려다 보고,

"네가 춘향이냐?"

"예."

"여보게, 목낭청."

"예."

"춘향의 소문이 높더니 헛된 말이 아니로세."

"글쎄요. 무난하지요."

"의복을 차려 입지 아니 하였어도 오리알에 제 똥 묻은 것 같아서 그런대로 좋아 보이네그려."

"글쎄요. 무난하지요."

"봄 춘[春] 향기 향[香], 이름도 절묘하네."

"절묘하지요."

"여봐라. 너는 명색이 기생으로 신관이 부임하는데 기생 점고에도 참석하지 않았느냐?"

춘향이 꿇어 여쭈오되,

"소녀는 구관사또 아드님과 혼인약속 하온 후에 기생 명부에서 이름을 뺀 줄로 아뢰오."

"상투도 안 튼 아이 놈이 첩이라니? 기생이라 하는 것이 길 가에

핀 꽃처럼 사람마다 모두 꺾을 수 있거늘, 그래 수절이란 말이냐? 네가 수절하면 우리 대부인은 딱 기절하겠다. 오늘부터 수청을 들 것이니 착실히 거행하렸다."

춘향이 정신이 아득하여,

"소녀, 병들어 말씀으로 못 하겠사오니 글월로 아뢰리다."

"무슨 글월이냐? 바쳐 올려라."

형방이,

"올리라 한다."

'이 동네에 사는 춘향 하소연이라. 삼가 다음의 글을 올리는 것은 이런 까닭이 있기 때문입니다. 소녀는 본래 기생으로 우연히 광한루에 올랐다가, 구관사또 아드님을 만났사온데, 혼인은 사람의 일 중 가장 중요한 일이라 평생 함께 하기로 약속하였사옵니다. 그런데 구관사또께서 서울 가실 때 함께 가지 못한 것은 부득이한 까닭이 있어서입니다. 사또님이나 도련님이나 모두 사대부요, 절개는 신분을 가리지 않으오이다. 사또 분부를 생각하고 또 생각해도 시행할 수 없음을 감히 천만번 아뢰오니, 사또께서 깊이 생각하시어 처분해 주시길 바라옵니다'

하였거늘,

사또 판결문을 적는데,

'길가에 핀 버들과 꽃은 사람들이 모두 꺾을 수 있는 법이니라. 너는 본래 기생 출신으로 절개를 지킨다니 어찌 된 까닭이며, 일의 이치도 살펴보지 아니하고 관리의 말을 거역하니 지극히 놀랍고도 사리에 맞지 아니하니 오늘이라도 수청을 들되 만약 시행하지 아니하면 당장 중벌로 다스릴 것이니 마음을 돌이켜 이를 행함이 마땅할 것이로다.'

하였거늘,

춘향이 판결문 보고 풀려날 리 만무하니 악이나 한번 써 보리라 하고,

"사또께 아뢰리다. 충신은 두 임금을 섬기지 아니하고 열녀는 두 남편을 섬기지 아니한다고 하였으니, 사또는 어지러운 때를 당하면 도적에게 굴복하여 두 임금을 섬기리이까? 소녀는 두 남편을 섬기지 않는 열녀의 마음을 따를 것이오니, 길이 헤아려 처분하옵소서."

사또 이 말 듣고 영장을 밀치면서,

"요년, 무엇이 어째? 얼마나 맞으면 정신이 들꼬? 잔말 말고 거행하라."

춘향이,

"죽으면 죽었지 분부 시행 못 하겠소. 정절은 양반 상놈이 없사오니 억지 말씀 마옵소서."

사또 골을 내어,

"저년을 어서 옭아매라."

좌우 나졸 달려들어 춘향의 머리채를 비단장수 비단 감듯 홰홰친친 감아 잡고 동댕이쳐 잡아 내려 형틀에 옭아 매고,

"형리 부르라!"

형리청에 급히 가니, 형리는 하나 없고, 귀먹은 늙은 형리 앉았다가 사령이 가까이 가서,

"사또 부르시오."

"사창에 불이 났어?"

"사또 부르시오!"

그제야 알아 듣고 관복을 들쳐 입고 마루에 엎드려 내려다보니 춘

향이 형틀에 옭아 매여 있더라. 철대 밑으로 사또 입만 쳐다본즉 사또 호령하되,

"저년을 한 매에 쳐 죽일 터인즉 죄 지었다는 다짐 받아라."

형리 남의 말을 알아듣지는 못하고 눈치껏 제 생각대로 공갈하되,

"여봐라. 나라에서 빌려준 곡식과 세금은 소중히 스스로 바쳐야 하거늘, 너는 어떤 년으로 끝내 바치지 아니하니 어찌된 일인고? 며칠 이내로 바치되 만일 그렇지 않으면 맞고 갇히렷다."

사또님 이 거동을 보고 호령을 하되,

"이놈! 무엇이 어째?"

형방이 눈치 보고,

"춘향이 들으라. 하늘과 땅은 늙지 않고 달도 영원한데, 적막강산에 고작 백년 살아보는 인생이라. 자세히 들었느냐?"

사또 문지방을 꽝꽝 두들기며,

"이 망할 놈아. 이것이 다 무슨 소리냐? 저놈을 어찌하면 좋을꼬."

형방이 알아듣고,

"예. 아뢰리다. 사또는 하늘이 되고 춘향이는 땅이 되어 늙지 말고 오래 오래 적막강산 집을 짓고 백년해로 하자는 뜻이외다."

사또 그 말 듣고,

"옳다 옳다. 그 말은 잘 하였다. 귀가 먹어 걱정이지 형리 영리하다. 목낭청!"

"예."

"형리는 그 중 영리하이."

"영리하오."

"내년에 이방 시켜야겠네."

"이방 재목이지요."

"춘향아. 판결문을 들었느냐? 오늘부터 수청을 거행하되 다시 잔말하면 그때는 중벌을 면치 못하리라."

춘향이 독을 내어,

"죽인대도 할 수 없습니다."

힐난할 제, 영리한 형리 들어오매 사또 호령하며,

"저년을 즉석에서 죽일 터인즉 죄 지었다는 다짐 받으라."

"예. 춘향아 네 다짐할 죄 사연을 들어라. 네 몸은 본래 기생으로 신관 도임에 인사도 아니하고 관장을 능욕하고 관청에서 발악하니 그 죄 죽어 마땅하나 우선 중히 다스리라는 다짐이라. 매 치는 사령은 사정없이 거행하라."

형장[刑杖]을 한아름 안아다가 춘향이 앞에 쌓아두고, 매를 고를 적에 이것 잡아 느끈느끈, 중심 좋은 것을 골라 잡고 십 리만큼 물러섰다 오 리만치 다가서며, 왼편 어깨 쑥 빼치고, '매우 치라' 소리 발맞추어, 넓은 골짜기에 벼락치듯 후리쳐 딱 붙이니,

춘향이 정신이 아득하여,

"애고, 이것이 웬 일인가?"

일자[一字]로 운을 달아 우는 말이[이 부분은 흔히 '십장가(十杖歌)'라고 불리는 대목으로, 여기서 춘향이는 매를 맞으면서 매 한 대마다 '일(一)'부터 '십(十)'까지 해당 숫자를 운으로 삼아 자신의 굳은 절개를 표현하고 있다],

"일편단심[一片丹心] 춘향이 일정지심[一定之心] 먹은 마음 일부종사[一夫從事] 하겠더니 일신난처[一身難處] 이 몸인들 일각[一刻]인들 변하리까, 일월[日月]같은 맑은 절개 이리 힘들게 말으시오."

"매우 치라."

"꽤 때리오."

또 하나 딱 부치니,

"애고."

이자[二字]로 우는구나.

"이부불경[二夫不敬—두 지아비를 섬기지 않음] 이 내 마음, 이군불사[二君不事—두 임금을 섬기지 않음]와 무엇이 다르리까? 이 몸이 죽더라도 이도령은 못 잊겠소. 이 몸이 이러한들 이 소식을 누가 전할까? 이왕 이리 되었으니 이 자리에서 죽여주오."

"매우 치라."

"꽤 때리오."

또 하나 딱 부치니,

"애고."

삼자[三字]로 우는구나.

"삼청동 도런님과 삼생[전생, 현생, 내생]연분 맺었는데 삼강[三綱]을 버리라 하소? 삼척동자도 아는 일을 이 내 몸이 조각조각 찢겨져도 삼종지도[여자가 따라야 할 세 가지 도리] 중한 법을 삼생에 버리리까? 삼월 삼일 제비같이 훨훨 날아 삼십삼천[三十三天] 올라가서, 삼태성께 하소연할까? 애고애고 서러운지고."

유혈이 낭자하니 불쌍하다.

저 군뢰 거동 보소. 눈물지으며 하는 말이,

"저 다리 들고 이 다리 숙여라. 내 죽더라도 어찌 너를 몹시 치랴?"

"매우 치라."

"꽤 때리오."

또 하나 딱 붙이니,

"애고."

사자[四字]로 우는 말이,

"사리 아시는 사또님, 사사 십육 춘향이 양반부인 본을 받아 사서삼경 다 읽었소. 사정 말씀 하오리다. 사대문 안에 사시는 사대부댁 도련님과 사생결약 하였으니 사지를 찢어다가 사대문에 걸어도 사주청단[혼인의 약속] 모르리까?"

"매우 치라."

"또 때리오."

하나 딱 부치니,

"애고."

오자[五字]로 운을 단다.

"오행으로 생긴 사람, 옳은 행실 모르리까? 오장육부 같건마는 오관참장[관우가 다섯 관을 지나며 장수의 목을 벰]하던 청룡도와 오자서[伍子胥]의 날랜 칼로 이 내 목을 베어주오. 오추마[烏騅馬] 달리는 말을 오늘 오시[午時]에 타게 되면 오경 전에 한양 가서 오부[한양의 다섯 행정 구역]에 알리고 오영문[조선 시대의 다섯 군영]에 하소연할까? 오뉴월 서리 같은 나의 원한, 오성[五聖—고대 중국의 다섯 성인]이 짐작하오."

"매우 치라."

"꽤 때리오."

또 하나 딱 부치니,

"애고."

육자[六字]로 운을 단다.

"육국을 통합한 소진[蘇秦]이도 나 달래기 어렵지요. 육례[六禮—혼인의 여섯 가지 절차]도 못 올리고 육장[肉醬]이 된단 말인가? 육방관속들아, 들어보소. 나 죽으면 육신을 긁어내어 육진에서 나는 삼베로 질끈 묶어, 육리청산[주인 없는 땅]에 묻어주오. 육정육갑[둔갑술] 알게 되면 이 고난을 면할까?"

"매우 치라."

"꽤 때리오."

또 하나 딱 붙이니,

"애고."

칠자[七字]로 우는구나.

"칠세남녀부동석[七歲男女不同席]은 내가 먼저 알고 있고, 칠거지악[七去之惡] 중에서도 간통죄가 제일이요, 칠월 칠석 은하수에 견우직녀 상봉하듯 칠백여 리 한양 낭군 칠년 가뭄에 비 바라듯 칠규비간심[七竅比干心-일곱 개의 구멍이 있다던 은나라 충신 비간의 심장]을 내 어찌 모르리까?"

"매우 치라."

"꽤 때리오."

또 하나 딱 붙이니,

"애고."

팔자[八字]로 운을 단다.

"팔자도 기박하다. 팔액[八厄-오랜 세월 동안 고생함]을 만났구나. 팔년 고생한 초패왕과 팔진도[八陣圖] 그리던 제갈량도 내 절개는 못 막지요. 팔월 보름달이 되어 비추어나 보고지고. 팔십 노모 불쌍하다. 팔팔 뛰다 죽게 되면 팔다리를 뉘 거둘까? 팔원팔개[중국 전설의 여덟 명씩의 얌전한 사람과 착한 사람] 되려는가, 팔선녀가 되고지고. 팔결이나[엄청나게] 틀린 말씀 다시 마오."

"매우 치라."

"쨰 때리오."

또 하나 딱 붙이니,

"애고."

구자(九字)로 우는 말이

"구년 홍수 다스리던 우임금도 산을 뚫고 길을 내려 애를 쓰고, 구월 구일 망향대는 손님 보내는 글귀로다. 구월에 피는 꽃은 꺾을 수 없나니, 구구하게 춘향이는 구차한 말을 듣고 구천을 돌아가서 구곡수(九曲水)에 씻어 볼까? 구산(丘山—언덕)같이 굳은 절개 구관자제 못 잊겠소."

"매우 치라."

"쨰 때리오."

또 하나 딱 붙이니,

"애고."

십자(十字)로 운을 단다.

"십생구사(十生九死) 겨우 살아 남았더니 십면(十面)에서 매복을 만났구나. 시왕전(十王殿)에 매인 목숨 십육 세에 죽으리까? 십악대죄(열 가지 큰 죄) 오늘인가, 십 년 공부 허사로다. 애고애고, 내 팔자야!"

사또 호령하되,

"요년, 아직도 수청 거행 못 할까?"

춘향 독 오른 눈을 똑바로 뜨고,

"여보, 사또. 백성을 사랑하고 정치를 바로 하는 것이 나라를 다스리는 도리인데, 음란한 행실 본을 받아 매질하는 것으로 줏대를 삼으니 다섯 대만 더 맞으면 죽을 터인즉, 죽거들랑 사지를 찢어내어, 굽거나 지지거나 갖은 양념에 주무르거나 잡수시고 싶은 대로 잡수시고, 머리를 베어다가 한양성 안에 보내시면, 꿈에도 못 잊을 낭군 만나겠소. 어서 바삐 죽여주오."

"고년 정말 독하다. 내가 사람 잡아 먹는 것 보았느냐? 저 년을 큰 칼 씌워 하옥하라."

춘향이 정신차려,

"애고 애고, 이것이 웬 일인고? 삼강오륜을 몰랐던가? 부모에게 불효를 하였던가? 사람을 속이고 물건을 훔쳤는가? 나라 곡식을 훔쳐 먹었는가? 한 번만 매 맞아도 죽을 지경이거늘, 칼 쓰고 족쇄 차기가 웬 일인고?"

이 때 춘향 어미는 삼문간에서 들여다 보고 땅을 치며 우는 말이,

"신관사또는 사람 죽이러 왔나? 팔십 먹은 늙은 것이 무남독녀 딸 하나를 금이야 옥이야 길러내어 이 한 몸 의탁코자 하였더니, 저 지경을 만든단 말이오? 마오 마오. 너무 마오!"

와르르 달려들어 춘향을 얼싸안고,

"아따, 요년아. 이것이 웬 일이냐? 기생이라 하는 것이 수절이 다 무엇이냐? 열 소경의 외막대[매우 긴요한 물건]같은 네가 이 지경이 되었으니 어디 가서 의탁하리? 할 수 없이 죽었구나."

향단이 들어와서 춘향의 다리를 만지면서,

"여보 아가씨, 이 지경이 웬 일이오? 한양 계신 도련님이 내년 삼월 오신댔는데, 그 동안을 못 참아서 황천객이 되시겠네. 아가씨, 정신차려 말 좀 하오. 백옥같은 저 다리에 유혈이 낭자하니 웬일이며, 실낱같이 가는 목에 큰 칼이 웬일이오?"

청심환과 소합환을 어린애 오줌에 갈아 입에 흘려 넣으면서,

"정신 차려 말 좀 하오."

여러 기생들이 달려들며,

"여보, 형님!"

"여보게, 동생! 정신 차려 날 좀 보게. 가냘프고 연약한 몸에 저 심한 매를 맞았으니 영락없이 죽겠구나."

한 기생 나오면서,

"얼씨구나 절씨구나. 춘향이가 죽었다지. 진주의 초선이는 왜놈 장수 잡은 공이 길이길이 전하는데, 우리 고을 춘향이는 열녀정문[烈女旌門] 얻었구나. 이 아니 좋을쏜가."

향단이는 춘향 업고 여러 기생은 칼머리 들고 옥문 안에 들어간다.

춘향이 감옥 모양 살펴보니,

"꽃무늬 비단 보료 어디 두고 거적자리가 웬 말이며, 비취 베개 어디 가고 칼베개가 웬 말인가? 옛 일을 생각하면, 문왕[文王]같은 성군도 유리옥에 갇혔고, 탕왕[湯王]같은 성현도 한때 옥에 갇혔으며, 소무[蘇武] 같은 충절로도 십구 년 고생에 머리가 백발 되고, 문천상[文天祥] 같은 충신도 옥중에 갇혔다가 끝내 죽음 맞았으니, 뜻밖에 당한 재난은 운수가 불길하다 하지마는, 원통할사 내 일이야. 뜻밖에 당한 일을 어찌하여 면해볼까? 무정한 도련님은 이런 줄을 아시는지, 이 소식을 누가 전할꼬? 아득한 구름 속에 울고 가는 저 기러기야, 내 말 들었다가 도련님께 전해다오. 애고 애고, 내 팔자야. 영락없이 죽겠구나."

칼머리 세워 베고 우연히 잠이 드니, 향기 진동하며 여동[女童] 둘이 내려와서 춘향 앞에 꿇어앉으며 여쭈오되,

"소녀들은 황릉묘[순임금의 아내인 아황과 여영의 묘] 시녀로서 부인의 명을 받아 낭자를 모시러 왔사오니 사양치 말고 가사이다."

춘향이 공손히 답례하는 말이,

"황릉묘라 하는 곳은 소상강 만 리 밖 멀고도 먼 곳인데, 어떻게 가
잔 말인가?"

"가시기는 염려 마옵소서."

손에 든 봉황부채 한 번 부치고 두 번 부치니 구름같이 이는 바람
춘향의 몸 훌쩍 날려 공중에 오르더니 여동이 앞에 서서 길을 인도하
여 석두성[石頭城]을 바삐 지나 한산사[寒山寺] 구경하고, 봉황대 올라가
니 왼쪽은 동정호[洞庭湖]요 오른쪽은 팽려호[彭蠡湖]로다. 적벽강 구름
밖에 열두 봉우리 둘렀는데, 칠백 리 동정호의 오초동남 여울목에 오
고가는 상인들은 순풍에 돛을 달아 범피중류[泛彼中流] 떠나가고, 악양
루에서 잠깐 쉬고, 푸른 풀 무성한 군산에 당도하니, 흰 마름꽃 핀 물
가에 갈까마귀 오락가락 소리하고, 숲속 원숭이가 자식 찾는 슬픈 소
리, 나그네 마음 처량하다. 소상강 당도하니 경치도 기이하다. 대나무
는 숲을 이루어 아황 여영 눈물 흔적 뿌려 있고, 거문고 비파 소리
은은히 들리는데, 십층 누각이 구름 속에 솟았도다. 영롱한 전주발과
안개같은 비단 장막으로 주위를 둘렀는데, 위의도 웅장하고 기세도
거룩하다.

여동이 앞에 서서 춘향을 인도하여 문 밖에 세워두고 대전에 고하니,

"춘향이 바삐 들라 하라."

춘향이 황송하여 계단 아래 엎드리니 부인이 명령하시되,

"대전 위로 오르라."

춘향이 대전 위에 올라 손을 모아 절을 하고 공손히 자리에서 일어
나 좌우를 살펴보니, 제일층 옥가마 위에 아황부인 앉아 있고 제이층
황옥가마에는 여영부인 앉았는데, 향기 진동하고 옥으로 만든 장식

소리 쟁쟁하여 하늘나라가 분명하다. 춘향을 불러다 자리를 권하여 앉힌 후에,

"춘향아, 들어라. 너는 전생 일을 모르리라. 너는 부용성 영주궁의 운화부인 시녀로서 서왕모 요지연에서 장경성[長庚星—선관(仙官)의 이름]에 눈길 주어 천도[天桃—선경에 있다는 전설의 복숭아]로 희롱하다 인간 세상에 귀양 가서 시련을 겪고 있거니와 머지않아 장경성을 다시 만나 부귀영화를 누릴 것이니 마음을 변치 말고 열녀를 본받아 후세에 이름을 남기라."

춘향이 일어서서 두 부인께 절을 한 후에 달나라 구경 하려다가 발을 잘못 디뎌 깨달으니 한바탕 꿈이라. 잠을 깨어 탄식하는 말이,

"이 꿈이 웬 꿈인가? 뜻 이룰 큰 꿈인가? 내가 죽을 꿈이로다."

칼을 비스듬히 안고

"애고 목이야, 애고 다리야. 이것이 웬 일인고?"

향단이 원미[쌀죽]를 가지고 와서,

"여보, 아가씨. 원미 쑤어 왔으니 정신 차려 잡수시오."

춘향이 하는 말이,

"원미라니 무엇이냐, 죽을 먹어도 이죽을 먹고, 밥을 벅어도 이밥을 먹지, 원미라니 나는 싫다. 미음물이나 하여다오.['원미'가 '원님'을 연상케 하여 싫고 '이도령'을 연상케 하는 '이밥'을 먹겠다는 말]"

미음을 쑤어다가 앞에 놓고,

"이것을 먹고 살면 무엇할고? 어두침침 옥방 안에 칼머리 비스듬히 안고 앉았으니, 벼룩 빈대 온갖 벌레 무른 등의 피를 빨고, 궂은 비는 부슬부슬, 천둥은 우루루, 번개는 번쩍번쩍, 도깨비는 휙휙, 귀신 우는 소리 더욱 싫다. 덤비는 것이 헛것이라. 이것이 웬일인고? 서산에 해

떨어지면 온갖 귀신 모여든다. 살인하고 잡혀 와서 아혼 되어 죽은 귀신, 나라 곡식 훔쳐 먹다 곤장 맞아 죽은 귀신, 죽은 아낙 능욕하여 고문 당해 죽은 귀신, 제각기 울음 울 고, 제 서방 해치고 남의 서방 즐기다가 잡혀와서 죽은 귀신 처량히 슬피 울며 '동무 하나 들어왔네' 하고 달려드니 처량하고 무서워라. 아무래도 못 살겠네. 동방의 귀뚜라미 소리와 푸른 하늘에 울고 가는 기러기는 나의 근심 자아낸다."

한없는 근심과 그리움으로 날을 보낸다.

이 때 이도령은 서울 올라가서 밤낮을 가리지 않고 공부하여 글짓는 솜씨가 당대에 제일이라. 나라가 태평하고 백성이 평안하니 태평과(太平科)를 보려 하여 팔도에 널리 알려 선비를 모으니 춘당대[창경궁 안에 있는 시험장] 넓은 뜰에 구름 모이듯 모였구나. 이도령 복색 갖춰 차려 입고 시험장 뜰에 가서 글 제목 나오기 기다린다.

시험장이 요란하여 현제판(縣題板-문제가 걸리던 널빤지)을 바라보니 '강구문동요(康衢聞童謠-길거리에서 아이들 노랫소리를 듣는다]'라 하였겠다. 시험지를 펼쳐놓고 한번에 붓을 휘둘러 맨 먼저 글을 내니, 시험관이 받아보고 글자마다 붉은 점이요 구절마다 붉은 동그라미를 치는구나[예전에 과거 시험 답안지를 평가할 때에는 잘된 곳에 붉은 색으로 표시하였다]. 이름을 뜯어 보고 승정원 사령이 호명하니, 이도령 이름 듣고 어전(御前)에 들어 간다.

주상께서 보시고 칭찬하여 친히 술 석 잔에 홍패(紅牌)와 어사화(御賜花)를 주시면서 한림학사 홍문관 벼슬을 내리시고 어악(御樂)을 연주하게 하시는구나. 한림이 사은숙배[謝恩肅拜]하니, 머리에는 어사화요 몸에는 청삼(靑衫)이요 허리에는 옥대로다. 백마에 높이 앉아 화동을 앞세우고 청홍개[靑紅蓋─문무과 급제자에게 내린 의장] 높이 들어 한양 큰 거리를 유유히 나갈 적에, 바람 부는 대로 푸른 도포 자락은 팔랑팔랑, 부르나니 신래[新來─과거 급제자를 이르는 말]로다.

집에 알리고 삼일유가한 후에 어전에 사은하고 조정의 일을 의논할 제, 한림이 여쭙기를,

"구중궁궐이 깊고 깊사와 백성의 옳고 그름과 수령의 잘 다스리고 다스리지 못함을 알 수 없사오니, 신이 호남지방을 돌아다니며 백성의 고통을 살피리이다."

주상께서 기특히 여기시어 호남지방 어사를 시키시고 수의[繡衣─수를 놓은 옷]와 마패를 주시니, 평생 소원이라.

한림이 경건히 절을 하고 하직하여 집에 돌아와서 사당에 절을 하고 부모님께 하직하고, 비장, 서리며 수하들을 먼저 보내고 길 떠날 차비를 차린다. 테 없는 헌 파립, 끈 떨어진 헌 망건에 박 조각으로 관자 삼고, 물렛줄로 당끈 매어 초라하게 눌러 쓰고, 다 떨어진 베 도포를 칠푼짜리 무명줄로 가슴 한복판 졸라 매고, 헌 짚신에 발 싸매고, 버선 목 주머니와 곱돌 담뱃대 제법이구나. 너덜너덜 가는 살 부채를 솔방울로 장식하고 휘휘 내두르며 나가는 거동, 어사 행색 꾸몄구나.

남대문 밖 썩 나서서 칠패, 청파, 배다리, 돌모로, 백사장, 동작강 얼른 건너, 승방뜰, 남태령, 과천읍 얼른 지나, 안술막, 밖술막, 갈뫼, 사근내, 수원, 팔달문 내리 달려, 상류천, 하류천, 중미, 오뫼, 진위, 칠원, 소사, 성환, 비토리, 새술막, 천안, 삼거리, 김제역, 덕평원, 활원, 모로원, 광정, 떡전거리, 금강을 얼른 건너, 높은 한길, 무너미, 노성, 평촌역, 은진 닥다리, 황화정, 능기울, 여산이 여기로다.

전라도 들어가는 길목이라. 여기저기 탐문하며, 서리 하인을 불러 들여,

"배비장!"

"예."

"자네는 호남을 오른쪽으로 돌되, 금구, 태인, 정읍 아래 고창, 무장, 함평, 나주, 장성, 무안, 영광, 고부, 흥덕, 김제, 만경, 용안, 임피, 강진, 해남, 순천, 담양 다 본 후에, 아무 날 아무 시에 광한루에 대령하소."

"예."

"서리, 너는 호남을 왼쪽으로 돌되, 여산에서 익산으로 전주, 임실, 구례, 곡성, 진안, 장수, 진산, 금산, 무주, 용담, 옥구, 옥과, 남평을 돌아 아무 날 아무 시에 남원읍 대령하라."

"예."

여기 저기 빠짐없이 보낸 후에 어사또 고을마다 돌아다니며, 부모께 불효한 놈, 부녀자를 겁탈하는 놈, 나라 곡식 훔쳐 먹은 놈, 남을 속이고 물건 훔친 놈, 일가친척과 화목하지 아니한 놈, 소나무 벌목하는 놈, 큰일 끝에 말썽부리는 놈, 죽은 아낙 욕보이는 놈, 나이도 어린 것이 어른 능욕하는 놈과 백성의 피땀 빨아먹는 수령들 탐문하며, 이러저리 내려간다. 전주에 들어가 염탐할 제, 이방 호장 놈들 어사또 났단 말을 듣고 세금 걷는 관리 놈과 한 통속이 되어 문서 고친다는 말을 듣고, 임실에 다다르니,

때는 마침 봄날이라, 녹음은 우거지고 향그러운 풀은 무성한데, 천도복숭아나무, 은행나무, 십리 안에 오리나무, 느릅, 박달, 능수버들, 하인 불러 상나무, 방구 뀌어 뽕나무, 양반되어 귀목[느티나무인 '欅木(귀목)'을 '貴木(귀목)'으로 받은 말놀이], 잣나무, 장송, 눈나무, 반송, 갈애봉 칡

넝쿨, 넙적 떡갈잎, 미친 바람을 못 이기어 우쭐 활활 춤을 춘다. 또 한 편을 바라보니, 울창한 숲에서 온갖 새들이 서로 희롱하여 짝을 지어 오며 가며 날아든다. 말 잘하는 앵무새, 춤 잘추는 학두루미, 몸 집 좋은 공작, 수억이, 따오기, 천마산 기러기, 호박새 주루룩, 방울새 딸랑, 장끼는 꺽꺽, 까투리 푸드덕, 까막까치 날아들 제, '솥 적다' 우는 새는 한 해 풍년을 노래하고, 슬피 우는 저 두견은 촉나라의 불여귀[不如歸-두견새의 별칭]라 피눈물을 뿌렸구나.

쳐다보니 천만 봉우리와 골짜기요, 내려다보니 너른 들판이라. 이 골 물이 주루룩, 저 골 물이 쏼쏼, 열의 열 골 물이 한 데 모여 하늘로 올랐다 땅으로 고꾸라졌다 건너편 병풍바위에 에으르룽 꽝꽝 부딪히니, '삼산은 하늘 밖에 반쯤 떨어져 솟았고, 두 물은 백로주에서 나뉘었구나'[이백의 시 〈금릉의 봉황대에 올라(登金陵鳳凰臺)〉의 한 구절]라던 경치가 바로 여기로구나. 저 쑥꾹새 거동 보소. 이 산으로 가며 쑥꾹, 저 산으로 가며 쑥꾹. 산따오기 떼를 지어 산기슭을 뱅뱅 돌며 따옥따옥 소리하니, 천하의 절경이 여기로다.

한 곳에 다다르니, 위아래 논밭에서 농부들이 갈거니 심거니 풍년가로 노래한다.

징 장고 두드리며,

'얼럴럴 상사데야, 시절은 화평한데 풍년 맞은 농부네야. 얼럴럴럴 상사데야, 이 농사 지어다가 나라 세금 바쳐보세. 얼럴럴럴 상사데야, 나라 세금 바친 후에 부모 봉양 하여보세. 얼럴럴럴 상사데야, 순임금 만든 쟁기로 역산(歷山)의 밭을 가세. 얼럴럴럴 상사데야, 쾌두퉁퉁 꿩매쟁, 온달같은 논배미를 반달같이 심어 가세. 얼럴럴럴 상사데야, 네

다리 빼라, 내 다리 박자 구석구석 심어주게. 얼럴럴럴 상사데야, 하나 둘이 심어가도 열 스물이 심는 듯이 웃썩웃썩 심어가세. 얼럴럴럴 상사데야, 사람은 많아도 소리는 적다. 얼럴럴럴 상사데야, 흰 등허리 굽히면서 고추같은 상투를 까딱여라. 얼럴럴럴 상사데야, 오늘 밤에 들어가서 검불을 긁어 군불을 때고. 얼럴럴럴 상사데야, 거적자리 추켜 덮고, 연적 같은 젖통이를 불컹불컹 주물러 봅세. 얼럴럴럴 상사데야. 다목다리 치켜 들고 연적 같은 젖을 쥐고 응애응애 놀아봅세. 얼럴럴럴 상사데야, 늦어간다 늦어간다 점심참이 늦어간다. 얼럴럴럴 상사데야, 쾌두퉁퉁 꽹매꽤야, 어이러러 상사데야.'

징 장고 두드리며 한꺼번에 나와 논두렁에서 쉴 제, 여인들은 편을 갈라 쉬는구나.

변덕 있는 늙은 할미 변덕을 피우는데,

"여보게 김도령, 담배 한 대 주게. 자네 수염 자국 보니 어여쁜 계집을 맘에 그려 왼손질[수음]에 잠 못 자네. 여보게 밤덕이, 내 머리에 이좀 잡게. 자네 보면 불쌍하대. 밤낮으로 그 매를 맞고 어찌나 견디는가? 분꽃같이 곱던 얼굴 검버섯이 돋았네그려."

밤덕이네 눈물지며,

"그런 집은 처음 보았소. 작년 섣달 시집 와서 금년 정월에 아들하나 낳았더니, 시어머니 의심하여 말끝마다 흉을 보며 시시때때 볶아대니, 시집온 지 두 해 만에 자식 낳기 변이리까? 차마 설워 못 살겠소."

저 할미 거동 보소. 머리를 긁적이며,

"자네 모녀나 그러하지. 나 같으면 붙어 있을 개딸년 없네."

"그러한들 어찌하오?"

"새벽 달 그믐밤에 마음에 드는 총각, 눈짓하여 앞세우면 어디간들 못 살려구. 내 하나 일러줌세. 나 시집올 때 일이니 옛 일일세. 시집온 지 석 달 만에 아들 하나 낳았더니, 시아버지 좋아라고, 손자 일찍 보았다고, 동네집에 자랑하대."

한참 수작할 제, 어사또 비슥비슥 들어가며,

"농부들, 많이 모였군. 자, 누구 담배 한 대 주면 어떠한고?"

한 농부 내달으며,

"이 양반, 병풍 뒤에서 잠을 잤소? 약계[藥鷄] 모퉁이를 핥고 왔소? 싸라기밥을 자셨소? 아래턱이 무너졌소? 어금니가 빠졌소? 누구에게 반말이오? 아니꼬운 꼬락서니 다 보겠네."

"언제 반말 하였다고."

늙은 농부 내달으며,

"이 사람들 어사 났다네. 그 양반을 보아하니 맹물은 아닐세. 너무 괄세하지 마오."

담배 한 대 주거늘, 어사 생각하기를, '어질기는 노인만한 사람이 없다더니 그 말이 옳은지고.' 하며 담배 담아 피어 물고 묻는 말이,

"본읍 원님이 누군고?"

"변씨지요."

"공사[公事]는 잘 하나?"

"명사[名士]지요. 공사[公事]로 말할 것 같으면 참나무 휘여대는 공사요."

"그 공사 이름이 무엇인고?"

"코뚜레 공사요. 여색[女色]이라면 홀홀 날지요. 열녀 춘향 잡아다가 수청 아니 든다 하고 세 차례나 매질하고 하옥하여 오일오일 올려치며 칼을 씌워 가뒀으되, 구관의 아들인가 갈보의 아들인가는 그런 기

생과 정을 맺고서 한번 가고는 소식이 없으니, 그런 개자식이 있나?"

어사 그 말 듣고, 정신이 아득하여 다시 물으려다가,

"남의 사정은 알지도 못하면서 욕은 왜 그리 심히 하노?"

춘향이가 죽게 되었다는 말을 듣고는 한시가 급한지라.

"자 여러 농부, 일들이나 잘하게나."

그 곳을 하직하고, 한 곳에 당도하니, 한 농부 검은 소로 밭을 갈거늘,

"저 농부, 말 좀 묻지."

"무슨 말이오?"

"검은 소로 흰 밭을 가니 응당 어두우렷다[검다와 어둡다를 이용한 말놀이]?"

"어둡기에 볕 달았소[쟁기의 부속인 '볏'과 햇'볕'의 발음이 같은 것을 이용한 말놀이]."

"예끼 사람, 무슨 말을 그리 하나?"

"왜요?"

"볕 달았으면 응당 더우렷다?"

"덥기에 성에 올렸지[쟁기의 부분인 '성에'와 겨울에 끼는 '성에'의 발음이 같은 것을 이용한 말놀이]."

"성에 올렸으면 응당 추우렷다?"

"춥기에 소에게 양지머리 달았지요[쟁기의 손잡이인 '양지머리'와 볕이 드는 '양지'의 발음이 같은 것을 이용한 말놀이]."

"그 농부 말 잘 하네그려. 헌데 남원부사가 정치를 잘한다지?"

"남원부사 말을 마오. 욕심이 어떠한 도적놈인지 쌀이든 돈이든 옷 감이든 마구 쓸어 담아 백성이 모두 죽을 지경이오."

또 한 곳에 다다르니, 어떤 사람이 섧게 울며 하는 말이,

"여보, 이런 원님 보았나? 살인을 고발하니 판결문에 이르기를 '죽은 놈은 이왕에 죽었거니와, 죽인 놈을 죽이면 두 백성을 잃는구나, 그만 두어라.' 하고 내쫓으니, 그런 재판을 보았나?"

하며, 관가에 하소연하러 가는구나.

그 곳을 떠나 한 주막에 당도하니, 머리가 희끗희끗한 노인이 한가히 앉아 칡덩굴 껍질 벗겨 손질하며,

"반 넘어 늙었으니 다시 젊진 못하리라. 이후는 늙지 말고 늘 이만만 하였으면, 백발이 짐작하여 더디 늙게."

슬슬 벗기며 매만지거늘, 어사 곁에 앉으며,

"노인장, 한가하네. 이 주막 이름이 무엇인고?"

"술청거리요."

"본읍이 몇 리나 되는고?"

"팔십 리요"

"본관 정치가 어떠한고?"

노인이 역정내어,

"여보, 보아 하니 예의를 알 만한 사람인데, 조정에서는 벼슬 높은 사람이 제일이요, 시골에서는 나이 많은 사람이 제일이라 하였는데 말 끝마다 반말이오?"

"내 잘못하였고."

"원님의 말을 마오. 계집질은 훨훨 날지. 열녀 춘향 잡아들여 수청 아니 든다 하고, 월삼동추(月三同推—한 달에 세 번 형벌을 가하는 일) 매를 때려, 거의 죽을 지경이 되었다던데 죽었는지 살았는지 모르거니와, 구

관사또 아들 이도령인지 무엇인지 그런 계집 버려두고 한 번 간 후로
는 소식이 없으니, 양반의 자식 되어 그런 법이 세상에 어디 있소? 가
엾은 일이로고."

"노인, 다음에 또 보지."

하직하고 한 모퉁이 돌아가니, 짧은 머리 초동들이 호미와 쇠스랑
을 둘러매고 올라오며 노래한다.

"어떤 사람은 팔자 좋아 좋은 옷 입고 좋은 밥 먹고, 어떤 사람은
팔자 기박하여 한 몸 살기 어려운고?"

또 한 아이 노래한다.

"이 마을 총각, 저 마을 처녀들이 시집 장가가는구나."

어사 서서 보며,

"조 아이놈은 의붓어미 손에 밥 얻어 먹는 놈이요, 저 아이놈은 장
가 못 들어 애쓰는 녀석이로구나."

그 곳을 떠나 한 곳에 다다르니, 한 아이놈이 산유화 소리하며 지팡
막대 걸터잡고 팔랑 보자기 둘둘 말아 왼편 어깨에 둘러매고 주춤주
춤 올라오며,

"오늘은 여기서 자고 내일은 어디 가리. 조자룡이 강 건너던 청총마
를 타게 되면 지금 바로 한양에 가련마는, 이대로 가자 하면 며칠이
될지 모르겠네."

총총 올라오니, 어사또 우뚝 서며,

"아나, 너 어디 사노?"

"내 말씀이요? 다 죽고 남원 사오[남원의 발음이 '나만'과 비슷한 것을 이용

한 말놀이』.”

"나이 몇 살이니?"

"목 부러진 일천 천[干], 두 단 없는 또 역[亦]자요[十六을 말함].”

"이놈, 몹시 세다."

"세기에 걸음 걷지요."

"너, 어디 가노?"

"서울 가오."

"무엇 하러 가노?"

"죄수 춘향이 편지 가지고 삼청동 이참판댁에 가오."

"이애, 그리하면 편지 좀 보자."

"그 양반, 염치 좋다. 남의 편지를 함부로 보자 하오?"

"이애, 옛 글에 하였으되, '편지 부치기 전에 또 다시 열어본다'[行人臨發又開封—당나라 장적의 〈가을생각(秋思)〉의 한 구절] 하였으니 잠깐 보고 봉해 주마."

"생긴 꼴보다 문자는 맹랑하오."

편지를 내어주며,

"잠깐 보고 주오."

어사, 편지 받아들고 겉봉을 보니 '삼청동 이참판댁 이도령님께 전해주시오'라 하고 '남원 죄수 춘향 올림'이라 하였거늘, 열어 보니,

'황공하옵게도 엎드려 문안드리옵나니, 먼 곳에 계셔 살펴 드리지 못하는 이때에 서방님 평안하옵시며 영감님과 대부인께서도 안녕하옵신지, 삼가 사모하는 마음 끝이 없습니다. 바라옵건대 천첩의 처지를 돌보아주십시오. 소녀는 도련님 올라가신 후에 그리움으로 병이 들어 목숨이 경각에 달렸더니, 신관사또 부임 초에 수청 아니 든다

하고 마구 매를 쳐서 칼 씌워 옥에 가두었으니, 도망할 길 전혀 없어 서러운 말을 누구에게 전하리까? 추운 겨울 기나긴 밤과 더운 여름 긴 긴 낮에 눈물 흘리며 세월을 보내나니, 이 소식을 누가 전해주리오? 혈서를 써서 들고 북쪽 하늘 바라보니, 기러기 슬피 울며 높은 하늘에 떠 가기로, 편지를 부치려 하나 소무(蘇武)의 편지 전해 주던 흰기러기 아니어든 누가 이 내 편지 전해 줄까? 망망한 구름 속에 허튼 소리뿐이로다. 칼머리 돋워 베고 처량하게 누웠더니, 꿈에 오셨다가 흔적 없이 가셨으니 더욱 가슴이 답답하여 칼머리만 두드린즉, 실낱 같은 목만 아프니 하염없이 눈물만 흐릅니다. 이 고생 하는 줄을 도련님이 알게 되면, 정녕코 내려와서 죽게 된 이 내 몸을 살리련만, 어이 그리 못 오시오? 글공부에 바빠 나를 잊어 못 오시나, 세간 팔아 미주(美酒) 마셔 술 취하여 못 오시나? 봄물이 못마다 가득하니 물이 많아 못 오시나, 여름 구름 봉우리에 가득하니 산이 높아 못 오시오? 아니 올 리 없건마는 어서 바삐 내려와서 칼과 차꼬 벗겨주어 걸음이나 걷게 되면 곧 죽어도 한이 없겠소. 그다지도 무정하오. 행여나 내려와서 목소리나 좀 들었으면 무슨 한이 되오리까? 오로봉(중국의 명산인 여산(廬山)의 최고봉)으로 붓을 삼고 푸른 하늘로 종이를 삼은들 마음속에 품은 말씀 어찌 다 하오리까? 눈물이 앞을 막고 어머니도 꾸짖으시어 정신이 혼미하기로 대강 아뢰오니 살펴보시옵고, 가엽게 여기시어 죽기 전에 뵈옵기를 빌고 또 비나이다.'

편지 끝에 손가락을 깨물어서 소상강 기러기 모양으로 뚝뚝 떨어뜨리고, '정유월 십팔일 죄수 춘향 올림'이라 하였구나.

어사또 편지 보고 가슴이 막히고 눈물이 비 오듯 하여 편지지가 잿물 내리는 시루 같이 되었으니, 아이놈 물끄러미 보다가,

"이 양반, 남의 편지 꼴 좀 보오. 남의 편지 보고 우는 맛이 무슨 맛이오? 남의 부모 병환에 단지[斷指]한다더니 이 양반이 그 꼴이네. 그 편지 쓸 수 있소? 길 바쁜데 별 일 다 보겠네."

어사또 눈물 흘리며

"그 편지를 보니 이참판댁으로 보내는 것이로구나."

"그러하오."

"그리하면 잘 되었다. 여기서 나를 아니 만났으면 육백여 리를 공연히 헛길할 뻔하였구나."

"그건 또 무슨 말씀이오?"

"너, 이참판댁 도련님이 과거도 못 하고 우연히 집안이 몰락하여 집도 없이 남의 곁방에서 잠을 자다가, 화병[火病]을 못 이기어 시골로 내려가 밥이나 실컷 먹자 하고 나와 함께 내려오다가, 그 양반은 함평 원님과 친하여 옷이나 얻어 입자고 함평으로 가고, 다음 달 보름에 남원 광한루에서 만나자고 나와 단단히 약속하였느니라."

"그댁 일을 어찌 그리 자세히 아시오?"

"나와 육촌 형제간이니라."

"정말로 그러하오?"

"어른이 어린 아이 데리고 헛말 할까? 두말 말고 도로 내려가거라. 이 편지는 내가 가졌다가 그 양반에게 전해 주마."

"그리하면 잘 전하여 주오."

"염려 마라."

아이를 돌려보낸 후에, 춘향 생각 간절하여 눈물을 삼키며 한 곳에 당도하니, 강당을 높이 짓고 선비들이 공부를 하는구나. 강당에 올라

가 담배 담아 피워 물고 선비에게 묻는 말이,

"본읍에 고소할 일이 있어 가는 길인데, 본관 사또의 정치가 어떠하오?"

"명사지요. 갖은 풍류 들여 놓고 기생 불러 춤 추이고 노래시키는 것으로 일을 삼고, 공사는 제쳐두고 명기 춘향이를 수청 아니 든다 하고 세 번이나 매질하여 하옥하였다오. 춘향이는 장독이 나서 죽을 지경이 되었다던데 그 뒤로는 어찌 된 줄 모르겠소."

어사또 그 말 듣고 눈물이 그렁그렁, 입술이 비쭉비쭉 하는구나. 한 선비 어사 모양을 보고 하는 말이,

"내가 어제 읍에 들어가니 춘향이가 죽었다고 옥문에서 끌어낼 제, 기생들도 와서 울고 저의 어미가 몸부림을 탕탕하며 우는 모양, 참혹하대. 이 너머 고개에 묻었다는데 그 절개 불쌍하대."

어사또 그 말 듣고 정신이 아득하여 일어서며,

"나중에 다시 만납시다."

"평안히 가오."

선비들이 어사 모양을 보고 비문 하나를 써서 길가 아무 무덤에나 꽂아 놓고 숨어서 보니, 어사또 산모퉁이를 돌아가며 탄식하여 우는 말이,

"정말로 죽었구나. 이를 어찌 한단 말인고?"

울고 울고 가다가 자세히 보니 무덤 앞에 비석이 꽂혔으되, '남원읍 기생 춘향원사패[南原邑妓生春香寃死牌]'라 하였거늘, 어사또 거동 보소. 무덤 앞에 달려들며,

"애고, 이것이 웬 일이냐? 자나 깨나 잊지 못하던 춘향이가 죽었단 말이 웬 말이냐?"

무덤을 탕탕 두드리며,

"애고 답답 내 일이야. 봄 바람 꽃 필 적에 너를 찾아 오마 하고 천 번 만 번 언약키로, 천 리 만 리 머나 먼 길에 비바람도 피하지 않고 내려왔건마는, 애고 애고 내 일이야. 좀 일어나보아라, 얼굴이나 다시 보자. 한 걸음 한 걸음 내려올 때, 고생한 말을 어찌 다 하리. 날 못 잊어서 어찌 죽었노? 구구절절 너의 편지 오던 길에 내 보았다. 고운 방, 비단 창문 어디 두고 이 지경이 웬 일이냐? 원수로다 원수로다, 신관사또가 원수로다. 천하의 열녀 춘향이를 무슨 죄로 쳐죽였노? 이 원수를 어찌할까? 아무튼지 불쌍하고 불쌍하다. 그 몹쓸 매를 맞고 옥 중에서 죽었으니, 원통하고 원통하다. 원혼인들 오죽할까? 적막한 북망산에 무슨 일로 누웠길래 나 온 줄도 모르느냐? 일어나보아라. 살아도 같이 살고 죽어도 같이 죽자 하고 백년가약 맺었더니 날 버리고 죽었단 말이냐? 목소리나 다시 듣자."

무덤을 헐어 놓고 시체를 끌어안고,

"애고, 이것이 웬 일이냐?"

시체를 싼 베를 풀어 내던지며,

"얼굴이나 다시 보자. 나무등걸 되었구나. 애고 답답 내 일이야."

시체를 끌어안고 데굴데굴 뒹굴면서

"날 잡아 가거라! 나로 하여 죽었으니 내가 살면 무엇하리. 몹쓸 놈의 사자(使者−저승사자)로다. 며칠만 더 살았으면 생전에 만나 보지. 염탐 말고 곧 왔으면 살아서나 만나 볼 걸. 수의어사 자원하길 너를 보려 하였는데 이 지경이 웬 일이냐? 원통하여 못 살겠네, 이 노릇을 어찌할꼬? 춘향아 춘향아, 어서 바삐 날 데려 가거라. 꽃같은 얼굴, 달같은 자태, 곱던 모양이며 향기는 어디 가고 썩은 내가 웬 일이냐?"

얼굴을 한데 대고 목을 놓아 슬피 울 제,

건너 마을 강좌수 삼형제 중 막내 상제 쌍언청이 사랑에 앉았다가 제 어머니 무덤에서 어떤 사람이 슬피 울며 가슴을 아주 탕탕 치며, '춘향아 춘향아' 하는 소리 듣고,

"형님, 저것 좀 보오. 어머니 무덤에서 어떤 사람이 데굴데굴 뒹굴면서, '춘향아 춘향아' 하며 서럽게 우니, 야단났소. 어머니 이름이 춘향이오?"

맏상제가 하는 말이,

"'춘자'는 들었느니라. 외삼촌 한 분이 난봉으로 집 떠난 지 십년이라더니 이제야 왔나보다."

"외삼촌 같으면 이름을 부르겠소?"

"어쨌든지 올라가 보자."

"큰일났소. 형님은 모를 것이오. 나 어려서 철모를 때 형님은 향청에 가고, 작은형은 장에 가고, 나 혼자 있노라니까, 어떤 사람 들어오니 어머니가 안방에 들여앉히고 갖은 음식 먹이더니, 날더러 사랑에 가보라 하시기로 사랑에 나와 문구멍으로 들여다보니, 둘이 안고 맹꽁이 씨름을 하더니 뒷문으로 나갑디다. 말이 났으니 말이지 어머니가 행실은 아주 고약하옵디다. 그 놈이 와서 저 발광하는 것이지. 내 올라가서 꽁무니를 분질러 보내리라."

하고 막대 짚고 내달으니, 맏상제가 하는 말이

"그럴 리가 있나? 잔말 말고 올라가자."

상복을 갖춰 입고 애고애고 행꿍행꿍 올라간다.

어사또는 이런 줄을 모르고서,

"애고애고 내 일이야. 혼이라도 네 오너라, 넋이라도 네 오너라. 나

하고 같이 가자꾸나."

서럽게 울 제, 상제 삼형제가 올라가서 보니 어떤 사람이 시체를 내어놓고 야단하는지라.

삼형제 어이없어,

"여보, 이 양반아. 이것이 웬일이오?"

어사또 울다 쳐다보니, 상제 세 사람이 상복을 갖춰 입고 지팡이 짚고 섰는 거동, 틀림없이 죽었구나.

언청이 상제 달려들며,

"어떤 놈이 남의 무덤 헐어 시체를 내고 염포를 모두 푸니, 이 지경이 웬 일인가? 이유나 들어보세. 이놈을 발길로 박살을 낼까?"

지팡이를 들어 엉덩이를 한 번 후려치니, 어사또 정신이 번쩍 나서,

"여보, 상제님. 내 말씀 잠깐 듣고 죽여 주오. 내가 학질에 걸린 지 올해로 다섯 해요. 세상 약을 다 써 봐도 조금도 차도 없어 살림살이 탕진하고 명의에게 물어본 즉, 다른 약은 쓸 데 없고 삼형제 있는 무덤에 가서 시체를 안고 울다가 매를 실컷 맞으면 즉시 나으리라 하기로 무덤 찾아와서 벌써부터 울되, 상제 기척이 없기에 헛노릇한 줄 알았더니, 이제야 만났으니 실컷 때려주오."

언청이 상제 심술 보소.

"형님, 그 놈 털끝도 건드리지 마오. 분풀이도 아니 되고, 그 놈 약만 하여 준단 말이오. 이놈, 어서 가서 학질이나 앓다 죽어라."

어사또 눈치보고 매 맞을 재수도 없다 하고, 비슥비슥 걸어 한 모퉁이 돌아가서, 걸음아 날 살려라 도망가며,

"망신살이 뻗쳤구나. 하마터면 생죽음 당할 뻔했다. 강당의 선비놈들 똥 한 번을 싸리라."

하며 종일 울고 나니 시장하여 두 눈이 깜깜하여 정처 없이 가다가
탄탄대로 내버리고 산골짜기 속으로 들어간다.

물결은 잔잔한데 버들가지는 초록 휘장 드리운 듯. 꾀꼬리 거동 보
소, 황금 갑옷 떨쳐입고 벽력같이 소리를 지른다.

'나뭇가지의 꾀꼬리야, 나를 원망 마라. 봄 낮에 곤히 든 잠 깨울까
봐 가지를 쳐서 너를 날리나니[당나라 시인 개가운의 〈이주의 노래(伊州歌)〉의
한 구절]'.

경치 따라 들어가니, 종소리가 뎅그렁 뎅그렁 들리거늘, 절이 있구
나 찾아가니, 그림 같은 누각이 구름 하늘에 솟았구나. 중생들 모여
서서 수륙재[물과 육지에서 헤매는 외로운 영혼에게 공양을 드리는 불교의식]를
올리는데, 어떤 중놈은 꽹과리 들고, 어떤 중은 죽비 들고, 어떤 중은
열두폭 가사 감고 서서 백팔 염주 목에 걸고 불경을 손에 들고 경 외
는 거동, 생불임이 분명하고, 엊그저께 머리 갓 깎은 상좌 중놈 갈애
봉 등칡 넝쿨 양손에 감아 잡고 세모시 고깔 추켜 쓰고 커다란 북을
두리둥 울리면서 나무아미타불 인도하는 모습은 별세계의 모습이라.

법당으로 올라가니 한 미인이 부처님 앞에 네 번 절하고 꿇어 앉아
합장하여 비는 말이,

"비나이다 비나이다, 부처님께 비나이다. 소녀 생전에 임자생 성씨
안주인과 임자생 이도련님이 백년가약 하온 후에 이별하고 올라가신
뒤로 소식조차 없사온데, 뜻밖에도 갑자기 신관사또 부임하자마자 수
청 아니 든다 하고 매를 매우 쳐서 옥중에서 거의 죽게 되었으되, 한
양 계신 이도련님은 세월이 흘러가도 끝내 소식 없사오니 불쌍한 소
녀 생전에 춘향아씨 죄 없이 죽게 되면, 주인 없는 외로운 혼이 되겠

사오니, 석가여래, 아미타불, 관세음보살, 십신제왕님네 내려와 임하
시고 큰 자비를 베푸시어 한양 계신 이도련님 장원급제하여 전라어사
를 하옵시거나 남원부사를 하옵시거나 어서 어서 내려와서 죽어가는
춘향아씨 살려내게 하옵시고, 백년해로하여 아들 낳고 딸 낳아 부귀
공명 누리시게 점지하옵소서. 작은 정성 크게 받으시고 속히 이루어
주옵소서."

　두 손을 합장하여 백배 사례하다가, 그 자리에 주저앉아 애련히 울
면서 하는 말이,

　"그 동안에 미음 시중은 누가 할까? 이년의 팔자 어찌 할꼬? 끈 떨
어진 뒤웅박이요, 개밥에 도토리라. 이 아니 가련한가? 애고애고, 설
운지고."

　애련히 우는 소리, 애간장이 다 끊어진다.

　어사또 한참 듣다가 가슴이 답답, 정신이 아득하여,

　"아나아나, 네가 향단이냐?"

　깜짝 놀라,

　"누구시오?"

　"나다. 가까이 와서 말 좀 하여라."

　향단이 음성은 귀에 익으나 모양을 본즉 의아하여, 눈 씻고 가까이
가 보니 틀림없는 서방님이로다.

　"이것이 웬 일이요? 상전[桑田]이 벽해[碧海] 되기 금방이라더니, 저 지
경이 웬 일이요? 바람에 불려왔소, 구름에 싸여 왔소, 부처님이 보내
셨나? 반갑기도 그지 없소."

　어사또 눈물 씻으며,

　"향단아, 울지 마라. 그 사이 잘 있었냐는 말도 못 하겠다. 고생인들

오죽하였느냐? 내 사정 좀 들어보아라. 나도 서울 가서 과거도 못하고, 우연히 집안이 몰락하여 집도 없이 남의 사랑에서 잠을 자다가, 추위와 배고픔을 못 이기어 밥이나 실컷 얻어먹자 하고 내려왔다가, 춘향이 소식이나 알려고 여기 와서 다녔더니, 천만 뜻밖에 너를 보니 반가운 중 서러워라. 전날에 춘향이와 했던 언약 모두 다 틀어지니, 춘향이 볼 낯이 없다. 기특하다. 기특하다. 네 정성 갸륵하다. 너의 상전 살리겠다. 나는 이곳에서 너를 보니 춘향이 본 듯 반갑기 그지없다. 지금이라도 내려가서 보고 싶은 생각 간절하나, 모양도 이러하고 빈손을 들고 무슨 낯으로 가겠느냐? 너나 내려가서 날 보았단 말 말고 몸조리나 아무쪼록 잘 하고 있으면, 하늘이 무너져도 솟아날 구멍은 있다고 하였으니, 죄 없으면 죽는 법이 없느니라. 금석같이 굳은 마음 변치 말고 있으면, 며칠 후에 한번 가 보마.”

향단이 눈물지으며,

“날이면 날마다 간절히 바랐건만 저 지경이 되었으니 이를 어쩐단 말이오? 저 모양으로 내려오실 때야 시장인들 오죽하시리까? 서방님 부디 그냥 가지 마옵시고 집에 다녀가옵소서.”

“오냐, 염려 말고 잘 내려가서 춘향이 옥바라지나 잘 하여라.”

향단이 열 번 당부하고 내려가더라.

이 때 춘향이는 옥중에서 그리움이 병이 되어, 시름에 겨워 누웠다가 근심 끝에 꿈을 꾸니, 꿈인 듯 생시인 듯 거울 한복판이 갈라지고, 앵두꽃이 떨어지며, 문 위에는 허수아비 달려 있고, 바다는 모두 마르고, 태산은 무너지고, 강물은 맑아 보이며, 도련님이 물고기 네 마리 잡아들고 말 타고 구름 사이를 왔다 갔다 하는지라. 깜짝 놀라 깨어보

니, 한갓 꿈이라. 칼머리 빗겨 안고 수심에 싸여 한탄하는 말이,

"이 꿈이 웬 꿈인가, 내가 죽을 꿈이로다. 한양 계신 이도련님, 날 못 잊어서 병이 되어 출입을 못 하시나? 진정 무슨 일이 있나 보다. 새벽 서리 찬바람에 울고 가는 저 기러기야, 너 어디로 향하느냐? 한양을 지나거든 열녀 춘향 죽는다고 한 마디만 부디 전해다오. 앉았으니 님이 올까? 누웠으니 잠이 올까?"

엎치락뒤치락하다가, 다음날 아침결에 건너 마을 허봉사가 옥 모퉁이를 지나가며,

"점 보시오. 점 보시오."

소리 지르니, 춘향이 반겨 듣고 옥졸 불러 점쟁이 소경을 불러 달라 하니, 옥졸 대답하고,

"여보, 봉사님. 죄수 춘향이가 부르니 들어가 보오."

저 봉사 거동 보소. 감은 눈을 희번덕이며 휘파람을 불며 들어온다.

춘향이,

"봉사님. 이리 앉으시오."

봉사놈 음흉하여 하는 말이,

"혼자 갇혔느냐?"

"혼자 갇혔소."

"매를 많이 맞았다더니 몹시 상하지나 아니 하였느냐? 어디 만져 보자."

춘향이 두 다리를 내어 놓으니, 봉사놈 더듬으며,

"아뿔싸, 많이 상했구나."

이리저리 만지면서

"어느 놈이 이다지도 몹시 쳤노? 저와 무슨 원수를 졌느냐? 김가 놈

이 치더냐, 이가 놈이 치더냐? 이 치욕은 내가 씻어줄 터이니 바른 대로 일러다오."

아래 위를 만지다가 불쑥 가랑이 사이를 범하거늘 춘향이 분을 참지 못해 발로 머릴 차려다가 꿈풀이를 제대로 못할까 걱정하여 딴전 피우며 하는 말이,

"여보, 봉사님. 내 말씀 좀 들어보오. 우리 아버지 살았을 때 우리 집에 찾아와서 나를 안고 귀하다 하시고, 술집에 안고 가서 안주를 받아주면 내 딸이라고 하시더니, 우리 아버지 돌아가신 후에 지금 와서 봉사님을 다시 뵈오니, 슬픈 마음 헤아릴 길 없소. 부녀지간에 이러지 마시고 점이나 쳐 주오."

봉사님 말 눈치 알아듣고,

"네 말이 당연하다. 이제야 생각났구나. 네가 참 춘향이로구나. 그 사이 이렇게 컸단 말이냐? 하마터면 실수할 뻔 하였다. 그래, 무슨 점이냐?"

"운수나 한번 봐 주시고, 간밤에 꿈자리도 고약하니 꿈풀이도 해 주오."

"오냐. 염려마라."

산통을 내어 손에 들고 절레절레 흔들면서,

"엎드려 비오나니 하늘이 어찌 말씀하시오며 땅이 어찌 말씀하시리오마는, 아뢰면 곧 응답하시고 응답하시면 곧 신을 내려 주시고, 신을 내려주시면 반드시 영험하시오니, 감응하시어 통하게 하여 주시옵소서.

원형이정은 천도의 네 가지 덕이고, 인의예지는 사람의 네 가지 본성입니다. 대인(大人)이라면 천지와 그 덕이 합하고, 일월과 그 밝음이 합하고, 사계절과 그 질서가 합하고, 귀신과 길흉이 합하여, 하늘보다

앞서도 하늘이 어기지 못하고, 하늘보다 뒤에 있어도 천시(天時)를 받드니, 하늘도 또한 어기지 못하거든 하물며 사람은 어찌하겠습니까? 또 하물며 귀신은 어찌하겠습니까?

길하면 길하고 흉하면 흉하오니, 괘불난상하며 효불난동하소서.

태세 유원월 이십일 정술 길신의, 해동 조선국 전라좌도 남원부 사는 임자생 성씨, 삼가 여쭙는 것은 잊지 못할 낭군 이도령이, 한 번 떠난 후에 소식이 끊겼사오니 그 사이 죽었는지 살았는지 여부와 살았으면 언제 만날 수 있는지, 어느 날 춘향이 풀려날 수 있을 것인지 엎드려 바라건대 신께서 곽박, 이순풍, 정명도, 정이천, 홍계관, 제갈무후[제갈공명], 제위선생 호위하여 마땅히 좋은 괘로 지시하여 감추지 말고 밝게 보여주시옵소서."

산통을 거꾸로 잡고 패를 내어 하나, 둘, 셋, 넷을 빼어 보더니 중얼중얼 짝을 짓는다.

"천진 괘로구나. 육용이 여천지래요, 광대 포류지상이라. 그 괘 매우 좋다. 관직운이 왕성하니 이도령이 장원급제하였나보다. 음양이 서로 합하였으니 귀한 사람이 네 몸을 구할 것이오, 토호가 곡소리를 맞는다 하니 본관이 도리어 해를 볼 듯하고, 신호자가 일어나서 복과 덕을 만났으니 아마도 그리던 임을 만나겠다. 염려 말고 근심 마라. 해몽을 하여보자. 꽃이 떨어지니 열매를 이룰 것이요, 거울이 깨어질 때 소리가 없겠느냐? 문 위에 허수아비가 달려 보이니 뭇 사람이 모두 우러러 보도다. 꿈도 몹시 좋다."

"새벽녘에 또 꿈을 꾸었는데 바다는 모두 마르고 태산은 무너지고 강물은 맑아 보이며 도련님이 물고기 네 마리를 잡아들고 말 타고 구름 사이를 왔다 갔다 하였으니, 그 꿈 흉몽이지요?"

봉사 놈 한 번 웃고 하는 말이,

"네가 까투리 모양으로 꿈은 몹시 자주 꾸는구나. 해몽을 하여보자. 바다가 말랐으니 용의 얼굴을 볼 것이요, 태산이 무너지면 평지가 되리로다. 강물이 맑으면 달이 사람에게 가까이 올 터이니, 반가운 소식을 곧 듣겠구나. 이도령이 고기 넷을 잡아들고 말 타고 구름 사이를 왔다 갔다 하니, 고기 어[魚]자에 넉 사[四]자라. 이애 춘향아, '어' 자와 '사' 자를 붙여 보아라. '어사' 아니냐? 이도령이 어사가 되었구나. 말을 탄 것은 마패를 차고 동작강을 벌써 건넜다는 말이구나. 걱정 마라. 머지 않아 좋은 일이 있을 터이니, 네 덕에 술잔이나 얻어먹어보자."

춘향이 퍽 좋아라고,

"그렇기를 바라리까마는 난데없는 저 까마귀, 옥 담 위에 올라 앉아 '가옥가옥', '갈가옥', '오비약', '꽥꽥' 듣기 싫게 우는구나. 애고, 여보. 봉사님. 저 까마귀 날 잡아갈 소린가 보오. 이상하고 고약하오."

저 봉사님 하는 말이,

"그 소리를 네 모르느냐? '가옥가옥' 하는 것은 '아름다울 가[佳]'자 '구슬 옥[玉]'자이니, 너를 형산에서 난다는 보옥[寶玉]같다 하여 칭찬하는 소리로다."

"'갈가옥'하니 무슨 소리오?"

"그 소리는 더욱 좋다. '다할 갈[竭]'자, '집 가[家]'자, '감옥 옥[獄]'자, '갈가옥[竭家獄]'하니 옥방살이 다 하였단 말이다."

"'오비약' 하니 무슨 소리오?"

"'나 오[吾]'자, '아닐 비[非]'자, '약 약[藥]'자, '오비약[吾非藥]'이니, 매 맞고 고생하여도 내가 약을 아니 줄까란 소리다."

"'꽥꽥' 하는 것은 무슨 소리요?"

"모난 몽둥이로 팰지라도 할 말은 꽉꽉 하라는 소리로다. 짐승들도 저러하니, 반드시 호강할 것이로다."

춘향이 좋아하며,

"봉사님 말씀은 좋소마는, 그렇기를 바라리까?"

"헛말 아닐 것이니, 우리 내기하자."

허봉사가,

"염려 말고 잘 있어라. 나중에 다시 보자."

춘향이 돈 석 냥을 내어주며,

"약소하나 술이나 한 잔 하옵소서."

봉사 길게 빼면서,

"아서라. 그만 두어라. 우리 사이에 복채가 없다 한들 점 한 번 못 봐 주겠느냐? 그만 두어라."

왼손을 내밀면서

"액수나 맞는지. 요즘 동전은 못 쓴단다."

받아 가지고 돌아가고, 춘향은 봉사 말 듣고 한편으로는 기뻐하고 한편으로는 슬퍼하며, 도련님 오기를 기다린다.

이 때 어사또는 밤을 지내고, 이튿날 춘향이 생각 간절하여 읍으로 내려온다. 천천히 걸어 박석치[남원 북쪽의 고개] 얼른 넘어 남원 입구에 다다르니, 객사의 버들 푸른빛이 새로우니 나귀 매던 버들이요, 푸른 나무 너른 뜰은 옛 다니던 길이로다. 광한루야 잘 있더냐? 오작교야 무사하냐? 산도 옛 보던 청산이요, 물도 옛 보던 녹수로다.

춘향 옛 집을 찾아가니 송죽[松竹]은 그대로인데 춘향의 집 가련하다. 안채는 쓰러지고 바깥 담은 자빠지고 서까래는 벗겨지고 초련당도 무너지고 석가산도 헐어지고 꽃동산은 개똥밭이 되었구나. 대문간에 다다르니, 울지경덕[당나라 장수로 초상화가 귀신을 쫓는 수문화(守文畵)로 쓰였다] 진숙보[당나라 장수로 역시 수문화] 붙인 그림 바람에 닳고 비에 씻겨, 몸은 떨어지고 목만 남아 눈깔을 부릅뜨고 늦게 왔다 흘깃하고 보는구나. 벽에 붙인 입춘서 하나 없이 떨어지고, '효제충신 예의염치[孝悌忠信 禮義廉恥]', 내 손으로 붙인 글자 모조리 떨어지고, 충성 충[忠]자 남은 것이 가운데 중[中]자는 어디로 가고 마음 심[心]자만 먼지 폭삭 뒤집어쓰고 희미하게 뵈는구나. 청삽사리 거동 보소. 비루 먹어 기운을 못 차리고 발로 휘적이며 옛 정을 몰라보고 목 쉰 소리로 짖는구나. 학두루미 한 쌍 놀던 것이 한 마리는 저절로 죽고 또 한 마리 남은 것은 한 죽지는 개가 물어 축 처지고 남은 죽지 펼치면서 아는 얼굴 반갑다고 '길룩 뚜루룩' 우는 모습, 처량도 하다. 연못에 놀던 붕어 하나도 없이 어디 가고, 올챙이만 우물우물 하는구나. 노송, 반송, 금사오죽만 푸르디 푸르구나.

어사또 그 모양을 보고 한숨 쉬며 하는 말이,

"집 모양이 이러한데, 제 모양이야 오죽할까? 불쌍하고 가엾구나."

서산에 해 지고 황혼이 되었구나. 중문을 들어가니 춘향어미 거동 보소. 마당을 깨끗이 쓸고 소반에 정화수 떠다 놓고 목욕재계 깨끗이 하고 새 자리 펼쳐 깔고, 두 무릎 모아 꿇고, 두 손 모아 비는 말이,

"하늘의 해님 달님, 땅의 후토부인이시여, 넓고 넓은 하늘의 삼태성과 북두칠성이시여, 영험하신 산신과 바다의 용왕이시여, 모든 부처님과 나한 보살님들, 오방[五方─동서남북과 중앙의 다섯 방위]의 신장님들이

시여, 고개고개 살피시고, 서낭신께서도 한 마음으로 내려오시어 굽어 살피소서. 삼청동에 사는 임자생 이씨 도령과 임자생 성씨 처녀가 백년가약 맺은 후에 일 년이 못 되어서 이별할 살이 끼었는지 이별하고 간 후에 소식조차 끊겼습니다. 그러던 중에 신관 사또가 수청 아니 든다 하고 고문하고 하옥하여 너댓 달 만에 거의 죽게 되었습니다. 소소한 정성을 바치오니 모든 제왕님들 감응하옵시고, 이도령 장원급 제하여 남원부사를 하옵거나 전라어사를 하옵거나, 무엇이든 하여 와서 죽게 된 춘향이 살려내어, 금슬 좋아 아들 낳고 딸 낳고 부귀공명하여, 나라의 충신 되고 부모께 영화 보여, 집안이 번성하고 대대로 이름을 떨치게 하여 주옵소서."

손을 들어 백배 사례하고, 자리에 돌아앉아 땅바닥을 탕탕 두드리며 우는 말이,

"하늘도 무심하지. 이 정성 바치기를 너댓 달이 되었으나, 도련님은 안 오시네. 정성이 부족한가, 춘향이 죽을 운수인가? 옥바라지 징그럽다. 세간살림 없앴으니, 무얼 팔아 구완할까? 야속하다 야속하다, 도련님도 야속하다. 한 번 떠나가신 후에 편지 한 장 없었으니, 내 딸 살기 어렵도다. 서러운 말을 누구에게 할까? 팔십 먹은 늙은 년이 무슨 죄가 그리 깊어 어린 나이에 과부 되어 철모르는 어린 딸 앞세우고 살아갈 제, 고생한 말 하자 하면 한 입으로 다할쏘냐? 딸을 길러 다 자란 후에 이때나 편해볼까 저때나 편해볼까, 세월이 날 속이고 갈수록 이러하니, 몹쓸 놈의 귀신들아, 이팔청춘 귀한 자식 잡아가지 말고 나 같은 년이나 잡아가거라. 못 죽어 원수로다, 애고애고 서러운지고. 영감아 영감아, 날 데려가게. 여산 악귀야, 날 잡아가거라. 이 설움을 어찌 할꼬?"

한참 이리 우는구나.

어사또 한참 서서 듣다가 혼잣말로,

"내가 조상 덕분에 급제한 줄 알았더니, 춘향어미와 향단이 덕이로다."

춘향어미 일어서며,

"향단아."

"예."

"미음솥에 불 넣어라. 밤에 먹게 갖다주자."

어사또 병신처럼,

"여보게, 집에 누구 있나?"

춘향어미 부르는 소리 듣고 노랑머리 비켜 꽂고 행주치마 두루 치며,

"거 누구요?"

나오다가 어사 보고 돌아서며,

"거지는 눈도 없지. 이런 집에 무얼 달라 보채는고?"

"여보게, 낼세."

"내라니, 누구시오? 옳지, 저 건너 김풍원인가? 돈 몇 푼 빌린 것을 몹시도 재촉하지. 오는 장날은 피 묻은 속옷을 팔아서라도 갚을 것이니 염려 말고 건너가오."

"이 사람, 낼세."

"애고, 이놈의 눈 좀 보게. 늙거들랑 죽어야지. 홍문거리 약재상 양반이구려. 약은 고맙게 갖다 쓰고 여태 못 갚아 걱정은 종종 하나, 할수 없어 못 갚았네. 염치는 없소마는 곧 가져 갈 것이니 염려 말고 건너가오."

"저 사람 보게, 낼세."

"애고 내라니, 누구야? 굴뚝새 아들인가?"

"서울 이서방일세."

"오호, 배골 배장사 이서방이로구나. 해 다 저문 밤에 무슨 일로 찾아왔소? 내 서러운 말 들어보오. 금산서 온 옥섬이는 신관 사또 수청 들어 논 열 섬지기 밭 보름갈이 장만하고, 저의 아버지는 행수군관 되고, 오라비는 관청고자 되어, 세간살림 장만하고 호강이 남 부러울 것 없는데, 춘향의 짓을 보오. 구관 아들 못 잊어서 수절인가 정절인가 한다 하고, 대문 닫고 손님 사절하다가 신관에게 걸려들어 옥귀신이 되겠으니 이런 년의 짓이 있소? 이서방도 서울 살지만은, 노여워는 마시구려. 서울 이가라면 대가리를 버썩버썩 깨물고 싶어 못 살겠소. 볼일은 다 보았소? 어느 때나 올라가오? 옥바라지 골몰하여 반가운 손님 본들 약주 한 잔 대접 못 하니 면목없기 한이 없소."

어사,

"그 이서방이 아니로세. 목소리도 몰라보나? 책방 이서방일세."

"책방 이서방이라니, 지금 책방은 골주부라던데. 이서방이라니 누구야? 눈이 어두워 모르겠네."

"구관 자제로세."

춘향어미 깜짝 놀라,

"구관 자제라니, 참말인가, 헛말인가? 얼씨구나, 웬 말인가? 내 몰랐네, 내 몰랐네. 인제 춘향이는 살았구나. 지화자 좋을시고. 들어오게."

춤을 추며 달려들다가 어사 차림새를 들여다보고 깜짝 놀라 물러서며,

"이런 놈의 세상 보게. 사람이 죽게 되니까, 비렁뱅이가 다 속이네. 속이 상해 못 살겠다."

어사또 어이없어,

"이 사람아, 자네 사위 구관 자제 이서방일세. 늙은이 망령 작작 피우고 날 좀 자세히 보게."

춘향어미 들여다보니, 목소리는 비슷하다마는 모양을 보니 딴 사람이라.

"향단아, 불 내오너라. 얼굴을 자세히 보자."

불 켜들고 자세히 보니 영락없는 이서방이라. 왈칵 달려들며,

"어허, 이게 웬 일인가? 상전[桑田]이 벽해[碧海] 된다더니, 이 지경이 웬 일인가? 이런 놈의 꼴 좀 보게. 종로 상거지는 저에게 대면 신선일세. 옳다. 이놈의 꼴 잘되었다."

달려들어 도포 소매 감쳐 잡고,

"대여섯 달 축원하기를 급제하라 빌었더니 거지되라 빌었던가? 이제야 잘 되었다. 만난 김에 결판내자. 우리 춘향이 죽었으니 나도 마저 죽여다오."

멱살을 틀어쥐고, 이러저리 흔들면서,

"내 집 꼴 좀 보소. 누구 때문에 이리 되었는가? 얼굴도 뻔뻔하지. 저 지경이 되어 가지고 무엇 하러 찾아왔나? 이런 놈의 일이 있나? 애고 애고 설운지고. 시시때때로 바랐더니, 거지 오길 바랐던가? 꼼짝없이 죽었구나. 지난 일을 생각하면 깨물어 먹어도 시원치 않다."

몸부림을 땅땅 치니 향단이 달려들어,

"마님, 그러지 마시오. 옛 정을 생각한들 이 지경이 웬 일이오? 저 모양으로 오실 때에 그 마음이 오죽할까? 언약이 중하다고 천 리 먼 길 내려올 때, 고생인들 오죽하였을까?. 서방님, 노여워 마오. 늙은이 망령으로 역정 김에 한 말이오."

어사또 어이없어 둘러대며 하는 말이,

"여보게, 장모. 내 말 좀 듣게."

춘향어미 역정 내어,

"장모라니, 웬 말이오? 아무 말도 듣기 싫소."

"나도 올라가서 운수가 불행하여 집도 없이 다니다가 다시 보잔 언약이 중하기로 비바람도 마다 않고 내려올 때, 고생한 말 어찌 다 할까? 원두막의 참외껍질 아니 먹었으면 벌써 죽었다네. 내려와서 들어본즉, 춘향이가 옥에 갇혔다니 할 말은 없네마는, 죄 없으면 죽는 법이 없을 테니 얼굴이나 한 번 보게 해 주게."

"보면 무엇할꼬? 다른 데나 가서 보게."

향단이 어사또 손을 잡고,

"서방님, 노여워 말고 방으로 들어가십시다."

어사또 춘향어미 놀리려고,

"이애, 향단아. 밥맛 본 지 며칠인지 밥 모양도 잊어버리겠다. 요기 좀 시켜다오."

향단이 부엌에 들어가서 먹던 밥을 정갈히 차려,

"서방님, 시장한데 우선 요기나 하옵소서."

어사또 미운 짓을 하느라고,

"물 좀 떠다오."

두 손을 훌쩍 걷고, 찬밥을 듬뿍 떠서 한 덩어리씩 들이켜고, 눈을 부릅뜨고 삼키면서 물 한 번씩 마시니, 춘향어미 어사 밥 먹는 거동을 보고,

"음식 먹는 꼴이 얼마나 더 빌어먹을는지 모르겠다. 글씨나 잘 쓰는 덕분으로 남원 책방 명정이나 써라. 아주 쓸모없는 물건이네. 저런 착

실한 서방 못 잊고서, 수절인지 기절인지 미친 년의 계집아이, 옥귀신을 면해볼까?"

어사또 밥상 물려놓으며,

"향단아, 요기는 면하였다마는 양은 반도 아니 찼다. 다음에는 밥 좀 많이 하여다오. 여보, 장모. 이왕 살아왔으니, 나하고 같이 가서 얼굴이나 보게 하오."

"그래도 수컷이라 계집 생각은 나나 보다. 헌 누더기 입는 살림에 쌍둥이 밴 격이지. 쓸데 없네, 어서 돌아가게. 생각하여 무엇할꼬?"

향단이 하는 말이,

"서방님, 염려마오. 미음 가지고 갈 것이니 같이 가서 보옵소서."

춘향어미 한숨 지며,

"향단아, 등불 들어라. 미음이나 먹이러 가자."

어사 일어서며,

"같이 가세."

앞을 서서 가는 거동, 바람맞은 병신같이 비슥비슥 걸어가니, 춘향어미 뒤에 가며 어사 가는 모양 보고 한탄하며 우는 말이,

"원수 같은 계집애년, 어서 어서 죽었으면 제 팔자도 좋거니와 내 팔자는 더욱 좋다. 저런 것을 서방이라 믿고 수절합네 기절합네."

옥문에 도착해서 독을 내어 하는 말이,

"아따 이년! 죽었느냐 살았느냐? 이것이 웬일이니? 팔십 먹은 늙은 년이 밤낮을 가리지 않고 옥 문턱이 닳았구나. 바라고 믿었더니 믿던 일도 허사로다. 잘 되었다, 요런 구경 다시 없다. 가슴 시원히 내다보아라."

춘향이 혼미하여 누웠다가 깜짝 놀라,

"애고 어머니, 어둔 밤에 왜 왔소?"

"왔단다."

"무엇이 왔나, 기별이 왔나? 삼청동에서 편지가 왔소?"

"살아 왔으니 내다보려무나."

춘향이 반겨 듣고 무릎을 짚고 일어서며,

"애고 다리야, 애고 목이야. 거기 누가 날 찾아 왔나? 반야산 바위 밑의 숙낭자(고전소설 〈숙향전〉의 주인공)가 서러운 말 하자 하고 나를 찾아 내려왔나? 수양산 백이숙제가 충성과 절개를 의논코자 내려왔나? 상산의 네 늙은이 바둑 두자 찾아왔나? 날 찾을 이 없건마는 거기 누가 날 찾는고?"

옥 문 틈으로 내다보며,

"누가 내려왔소?"

춘향어미 하는 말이,

"아따, 요년. 반갑기도 하겠다. 종로 상거지 하나 여기 와 섰다."

춘향이 내다보고,

"애고 어머니, 망령이오. 눈이 어두워도 정도가 있지요. 만져본들 모른단 말이오?"

"아따, 요년. 밝은 눈에 자세히 보아라. 이가 놈이 아니면 어떤 녀석의 아들이냐?"

어사또 문틈으로 가까이 가서,

"춘향아, 내가 왔다. 이 지경이 웬 말이냐? 반갑고도 서럽구나. 내 사정 좀 들어보아라. 나도 운이 불행하여 거의 죽을 지경이 되었으나, 너와의 언약 중하기로 터벅터벅 왔더니만, 이 지경이 되었으니 할 말이 없거니와 네 고생이 오죽하랴?"

춘향이 칼머리 빗겨 안고 그 자리에 주저앉아,

"애고 애고, 설운지고. 저 지경이 웬 일인가? 내가 죽을 운수로다. 저 모양으로 내려올 때야 남의 천대 오죽하며 배고픔인들 오죽할까? 누구를 원망하고 누구를 탓하랴? 팔자나 한을 하지. 그리움으로 맺힌 한이 뼛속 깊이 병이 들어, 생전에 다시 못 볼까 한이더니 하늘이 도우시고 귀신이 도우사 오늘날 다시 만나보니 이제 죽어도 한이 없소. 나 죽거든 매장꾼 시키지 말고 서방님이 달려들어 긴 베로 질끈 묶어 짊어지고 선산 아래 묻어주면, 설 한식 단오 추석 돌아와서 조상님께 제사하고 남은 음식 받아놓고, 서방님이 술 한 잔을 친히 들고 '춘향아' 부르면서 무덤 앞에 부어주면, 그 아니 좋은 일이오? 내 집에 찾아가서 나 자던 방에 비단 이불 펴서 편안히 주무시고, 내일 일찍 와서 죄인 올리라 명령 내리면 칼머리나 들어주오. 내가 한 말 잊지 마오."

"오냐, 울지 마라. 하늘이 무너져도 솟아날 구멍이 있고, 죽을 병에도 사는 약이 있느니라. 신관인지 시관[尸官-무능하여 하는 일 없이 녹만 받아 먹는 벼슬아치]인지는 늘 호강만 한다더냐? 염려 말고 몸조리나 잘하여라. 내일 오마."

하직하니,

춘향이 저의 어미 부르더니,

"서방님 모시고 가서 더운 방에 비단이불 펴고 잘 주무시게 하고, 노리개며 보석 팔아 의복, 갓, 망건을 갖춰드리고, 부디 잘 대접하여 주오."

춘향어미 역정이 나서 손바닥을 두드리며,

"동네 사람 들어보소. 낳은 구멍은 몰라보고 하는 구멍은 안다 하더니만, 이런 년의 말이 있나? 팔십 먹은 늙은 년이 너댓달을 옥바라지

하는데도 술 한 잔, 담배 한 대 먹어보란 말이 없더니만, 원수 같은
놈 보더니만 노리개 팔아라, 옷을 팔아라, 잠재워라, 잘 먹여라, 이것
이 웬 말이냐? 마음 같아선 몰매질이나 실컷 하면 시원하겠다."

춘향이,

"아이고, 어머니. 이것이 무슨 말씀이오? 옛정을 몰라보고 배은망덕
될 말이오. 서방님, 늙은이 망령으로 알고 노여워 말고 부디 내 한 말
씀 잊지 마오."

"오냐, 그것일랑 염려 마라. 죽는 법이 없느니라. 몸조리나 잘 하
여라."

하직하고 돌아올 제, 한 모퉁이 돌아와서 춘향어미 하는 말이,

"서방님은 어디로 가시려오?"

"자네 집으로 가지."

"여보, 이것이 될 말이오? 옥바라지하느라고 집 팔아먹고 남의 곁방
에 든 줄 뻔히 알면서, 집이라니 무슨 말이오?"

어사또 하는 말이,

"여보게, 장모. 곁방인들 하룻밤이야 못 잘까? 너무 괄시하네. 눈치
를 그다지도 모르는가? 이것 좀 보게."

마패를 내어 보이니 춘향어미 한참 들여다보다가,

"이런 놈의 심사 보게. 남의 집 접시를 뚜드려 차고 다니네그려. 멀
쩡한 도적놈이로구나."

뿌리치고 달아난다.

어사 할 수 없이 광한루 찾아가서, 좌우산천 살펴보니 옛 모양 그대
로라. 난간에 의지하여 밤을 새울 제, 각 읍 수령 잘잘못과 방방곡곡

염탐한 문서와 신관 죄목을 일일이 적어두고, 내일 출두할 생각으로 좌우도에 보낸 하인들이 내일이면 올까 하고 앉았더라.

이윽고 동쪽 하늘이 밝아오거늘 비장과 서리들이 돌아온다. 어사또 곳곳의 문서를 받은 후에 분부하되,

"오늘 정오에 본읍에 출두할 터이니 착실히 거행하라."

곳곳의 역졸들이 명령을 듣고 대기하더라.

이 날은 본관의 생일이라. 공방 불러 잔치 자리를 준비하라 분부하니, 동헌 마루에 구름 차일 높이 치고, 산수병풍, 인물병풍, 한무제의 돗자리 깔아놓고, 사롱[紗籠], 촛대, 양각등[羊角燈]을 줄줄이 달아놓고, 악공 불러 풍악을 준비시키고, 수노 불러 기생 대령시키고, 관청색[지방 수령의 식사를 담당하던 사람] 불러 음식 준비하게 하고, 호장 불러 잔치상 점검하게 하고, 예방 불러 손님 대접하라 한참 분주할 때, 이웃 읍 수령들이 모였구나.

임실 현감, 구례 현감, 진주 판관, 운봉 영장이 차례로 들어와 앉은 후에, 아이 기생은 녹색 저고리에 붉은 치마를 입고, 어른 기생은 전립을 쓰고, 늙은 기생은 아래 기생들 거느리며, 거문고는 남자 소리요 해금은 여자 소리라. 먼저 춤과 노래로 인사하고 상 올린다. 어사또 대문 앞을 다니면서 들어갈 틈을 찾을 때 감시가 대단하다. 문 옆에 비켜 서서 도사령에게,

"여보, 오늘 생일잔치에 음식이 풍성하니 술잔이나 얻어 먹으면 어떠하오?"

도사령 놈 채찍 들고 후리치며,

"못 하지요. 사또 분부 엄하시어 잡인을 들였다가는 곤장으로 다스린다 하니 꿈도 꾸지 마오."

어사 할 수 없이 관문 거리로 다니면서 혼잣말로,

"매우 잘들 논다마는 한 번 똥을 싸 보리라."

다니다가 문간을 들여다보니, 도사령놈 똥을 누러 간 사이에 주먹을 불끈 쥐고 동헌을 쳐다보며,

"여쭈어라 여쭈어라, 원님 앞에 여쭈어라. 빌어먹는 걸인, 술잔이나 얻어먹자 여쭈어라."

안에서 호령이 난다.

"저 걸인 내쫓아라."

하니, 양쪽에서 나졸들이 달려들어 상투 잡고 뺨 치며 팔 끌고 다리 들며 폭풍같이 몰아낼 때, 도사령 놈 화가 나서 채찍으로 후려치며,

"이놈! 너 때문에 벌을 받게 생겼으니 잘되었다."

함부로 탕탕 후려치니 어사또 욕을 보고,

'저놈은 눈에 흉터가 있구나.' 나중에 혼내리라 표해두고, 돌아다니다가 행랑 틈새로 들어가서 모진 양반 행청에 올라가듯 불쑥 올라가, 운봉 옆에 앉으니, 본관이 호령하되,

"저런 고얀 놈이 있나? 아랫자리에 있다가 술잔이나 주면 먹고 가는 것이 아니라 함부로 윗자리로 올라온단 말인가?"

운봉 영장이 청하는 말이,

"그 양반을 보아하니, 우리와 같이 앉을 만한 양반인 듯하니 괜찮소."

좌상에 상 올린다. 운봉 영장이 분부하여,

"저 양반에게도 상 올려라."

어사 앞에 상 올릴 제, 가만히 살펴보니 모서리 떨어진 개다리 소반에 대추 하나, 밤 하나, 저린 김치, 찌꺼기 술 한 사발이라. 내 상 보고 남의 상 보니 없던 심술 절로 난다. 어사또 상을 받아 실수한 체하고,

발길로 차며 좌상에 엎어놓고,

"아뿔싸, 먹을 복 없는 놈은 이럴 때 알겠구나."

도포 자락으로 술을 훔쳐 좌상에 뿌리면서,

"실수하여 이리 되었으니 달리 생각 마오."

손님들의 얼굴에 술이 튀니, 본관이 얼굴을 찡그리며,

"망측한 꼴 다 보겠다. 운봉 영장 때문에 이 봉변을 당했겠다."

어사또 하는 말이,

"점잖은 자리에 실수를 하였으니 미안하오."

운봉 영장이 상을 물려 어사 앞에 밀어 놓으니, 어사또 하는 말이,

"이것이 웬 일이오?"

부채를 거꾸로 잡고, 운봉 영장 옆구리를 불쑥 찌르며,

"갈비 한 대 먹어봅시다."

운봉 영장 깜짝 놀라,

"이 양반, 생갈비를 떼려드오?"

어사또 솔방울 부채고리를 함부로 휘두르니 운봉 영장이 고개를 비키면서,

"이 양반, 부채고리 그만 휘두르시오. 눈 빠지겠소."

어사또 다시 부채로 운봉을 찌르며,

"술이라 하는 것이 권주가[勸酒歌]가 없으면 맛이 없으니, 기생 하나 불러 권주가 한 번 들으면 어떠하오?"

운봉 영장 하는 말이,

"어린 기생 하나 내려와 권주가 하여 술 권하라. 부채바람에 옆구리 창[瘡] 나겠다."

어린 기생 하나 내려오며,

"운봉 사또는 남 부리러 왔나? 망측한 꼴 다 보겠네. 권주가가 아니면 술이 아니 넘어가나?"

온갖 욕설을 해 가며 곁에 와 앉는구나. 어사또,

"고년, 얌전하다. 술 부어라, 먹자."

어린 기생이 술 부어들고 권주가 할 제 어사또를 외면하고,

"잡으시오 잡으시오, 이 술 한 잔 잡으시면, 천만 년이나 밥 빌어 먹으리다."

어사또 술 마시며,

"좋다."

산적꼬치를 빼어 질겅질겅 씹으면서,

"요년, 이것 마주 물어라."

"고기 먹을 줄 몰라요."

입가로 부연 물을 흘리면서,

"요년, 입 한 번 맞추자."

기생 년 일어서서 욕지거리하며,

"지난 밤 꿈자리가 사납더니, 망측한 꼴을 다 보겠네."

욕설이 분분하니,

'조년은 눈 밑에 사마귀 났겠다.' 나중에 혼내리라 표해두고,

"여보 운봉, 밥 먹은 후 제일 맛있는 게 담배라니, 담배 한 대 붙여 주면 어떠하오?"

"어린 기생 하나 와서 담배 한 대 붙여 드려라."

어린 기생이 얼굴을 찡그리고 머리를 긁적이며,

"이 양반, 담뱃대 이리 주오."

담뱃대 내어주니, 담배 담아 붙여 담배통을 불쑥 들이밀며,

"옛소. 담배 잡수."

어사또 깜짝 놀라

"아따 요년, 수염 다 그을리겠다. 방정맞은 년이로구나."

'저 년은 턱 밑에 점이 있겠다.' 표해두고, 어사또 앉은 사람들을 둘러보며,

"오늘 성대한 잔치에 음식을 잘 먹었으니, 시 제목을 내어주면 글이나 한 수 짓고 가면 어떠하오?"

이방 불러,

"종이와 붓을 들여와라."

지필묵을 들여 놓으니, 운자는 피 혈[血], 기름 고[膏], 높을 고[高]자라. 어사또 단번에 붓을 휘둘러 운봉을 주니, 운봉이 받아 가지고 자세히 본즉,

'금준미주천인혈[金樽美酒千人血—금동이에 좋은 술은 천 사람의 피요]

옥반가효만성고[玉盤佳肴萬姓膏—옥쟁반의 화려한 안주는 만 백성의 기름이라]

촉루락시민루락[燭淚落時民淚落—촛불 눈물 떨어질 때 백성 눈물 떨어지고]

가성고처원성고[歌聲高處怨聲高—노랫소리 높은 곳에 원망 소리 높구나]'

하였거늘, 글이 매우 뜻깊구나.

어사또 글 지어 운봉 영장 주고 일어서며,

"음식 잘 먹고 가오."

삼문간으로 나간 후에 모두 글을 들어 보니, 본관을 비판하고 백성 위한 뜻이니 삼십육계가 상책이라. 운봉 영장이 본관에게 하는 말이,

"여보, 나는 내일 백성들에게 곡식을 빌려주기로 하였기로 끝까지 함께 놀지 못하고 먼저 가오."

운봉이 돌아간 후, 곡성 현감이 운봉 가는 것을 보고,

"오늘 저녁이 아버님 제삿날이라서 먼저 가오. 평안히들 노시오."

하니, 본관이

"먹을 것 없다고 먼저들 가시오?"

하며 한참 분주하더라.

어사또 거동 보소. 세살부채 번뜻 들어 신호를 보내니 역졸들 거동 보소. 순천, 담양, 대평서 온 역졸들이 육노리 채찍 손에 들고, 석자 세치 발에 감고, 보름달 같은 쌍마패로 대문을 두드리며,

"암행어사 출두하오!"

소리를 지르면서 관청으로 들어가며,

"이방, 호방!"

"네!"

몽둥이로 후려치며

"공방!"

"네!"

"예방 이놈, 어서 나오너라!"

지끈지끈 두드리며,

"이놈들, 어서 대령하라!"

"애고 뺨이야, 눈 빠지네!"

"행수 병방!"

"네!"

"어서 바삐 나와 삼현취타三絃吹打 등대하라!"

애구지구 야단할 제, 동헌 마루 장관이로구나. 부셔지느니 양금, 해금, 거문고요, 깨어지느니 장고, 북통이요, 부러지느니 피리, 젓대[대금], 요강, 타구, 재떨이, 사롱, 촛대로다. 양각등은 바람결에 깨어져서

조각조각 부서지는구나.

임실 현감은 말을 거꾸로 타고,

"말 목이 원래 없더냐?"

허겁지겁 도망가고,

구례 현감은 오줌 싸고 칼을 보고 겁을 내어 쥐구멍에 상투 박고,

"누가 날 찾거든 벌써 갔다고 하여다오."

전주 판관은 갓을 뒤집어 쓰고,

"어느 놈이 갓 구멍을 막았단 말이냐?"

개구멍으로 달아나고,

본관은 똥을 싸고 안채에 들어가서 다락에 들어 앉아,

"문 들어온다. 바람 닫아라."

대부인도 똥을 싸고 실내부인도 똥을 싸서 온 집안이 똥빛이라. 하인 급히 불러,

"거름장사 빨리 불러 똥을 대강이라도 치워다오."

저 역졸 놈 심사 보소. 길청, 장청, 형방청 닥쳐 들어 와직끈 뚝딱하고, 육방 아전 불러들여, 모든 패물 조사하고 환곡과 세금을 점검한 후에, 우선 본관은 봉고파직하라 하고 임금님께 보고하더라. 형리 불러,

"죄인 들여라."

하여 죄인들 다시 다스리고, 각 관청의 노비와 곳곳의 죄인을 이리저리 옮겨 수감하고,

"춘향 올리라."

형방이 급히 가며 간수를 재촉하여,

"춘향 급히 올리라."

간수가 옥문을 열고

"죄수 춘향, 나오너라."

춘향이 깜짝 놀라,

"애고, 오늘 잔치 끝에 무슨 일이 있다더니, 인제는 죽나 보다. 한양 계신 서방님이 어제 저녁 오셨기로, 오늘 와서 칼머리나 들어달라 하였더니 배고픔과 추위를 못 이기어 배를 채우러 가셨는가? 아니 올 리 없건마는 어찌 이리 늦으시나? 혼자서 어찌 걸어 올라갈까? 애고 다리야, 애고 목이야."

무거운 칼을 빗겨 안고, 비틀비틀 올라가며,

"애고애고, 서러운지고. 어머니는 어디 가고 따라올 줄 모르는고?"

도사령 놈 소리 질러,

"빨리 걸어라."

동헌 뜰에 다다르니, 어사또 흰 장막 사이로 춘향을 내려다보고 불쌍하고 반가우나 체통도 생각하고 한 번 놀려 보느라고,

"칼을 풀어라."

칼 벗기고 분부하되,

"네가 춘향이냐?"

춘향이 정신 차려,

"네"

"너는 어떤 계집으로 본관사또 수청도 아니 들고 관청에서 발악하며 관장을 능욕하였다니, 그런 도리가 있단 말이냐? 길거리에 핀 버들가지와 꽃은 사람들이 모두 꺾을 수 있거늘, 너 같은 년이 그다지도 모질고 거만하냐?"

형방이 분부하니, 춘향이 기진한 목소리로,

"아뢰리다 아뢰리다, 사또님께 아뢰리다. 소녀 본래 기생으로 구관

아드님과 백년가약 맺은 후에 기생 명부에서 이름을 뺐사옵고, 전임 사또 서울로 올라가실 때 함께 가지 못하와, 문을 잠그고 손님을 사양하면서 도련님 데려 가실 날만 기다리고 있었더니, 신관사또 부임 초에 수청 거행하라 하시기에 못하겠다 아뢰니, 형벌을 내려 매를 치며 손발을 묶어 옥에 가두었으니, 소녀 비록 죽는다 하더라도 '열녀는 두 남편을 섬기지 않는다'는 것을 잠시라도 잊으리까? 수절하다 죽으면 옳은 귀신 될 터이니 애써 죽기를 원하나이다."

어사또, 춘향 모습 보고 목소리를 들으니 바삐 내려가서 붙들고 싶으나 억지로 진정하며,

"여봐라. 본관사또 수청은 거역하였거니와, 오늘부터 내 수청도 거역할까? 바삐 올라와서 거행하라."

춘향 다시 꿇어 엎드리며,

"애고애고 내 팔자야. 조약돌을 면하니 바윗돌을 만났구나. 여보 어사또님, 이것이 웬 말씀이요? 암행어사로 오실 때는 부모에게 불효하고 형제에게 반목하는 놈, 삼강오륜을 모르는 놈, 백성들의 피와 땀을 쥐어짜는 수령, 공사를 다스리지 않는 수령 염탐하러 오셨지요? 이런 일은 밝혀주지 않으시고, 수절하는 계집더러 수청들라 하는 법이 어느 법전에 있나이까? 이런 구차한 소리 들은 귀를 영천수[潁川水-중국 은나라 때의 은사 허유(許由)가 요임금이 자신에게 선위하겠다는 말을 듣고 귀를 씻었다는 꺵에 씻어볼까? 살면 무엇하오? 어서 바삐 죽여주오. 혼이라도 그리운 우리 낭군 좇아가지. 애고 애고 서러운지고."

어사또 우는 소리를 듣고 가슴이 막혀,

"춘향아, 얼굴을 들어 나를 보아라."

"보기도 싫고 듣기도 싫고, 기운 없어 말도 하기 싫사오니, 어서 바

삐 죽여주오."

어사또, 비단 주머니를 열어 옥가락지를 내어 형리 주며,

"춘향이 갖다주어라."

하고 흰 장막을 걷어치운다.

춘향이 옥가락지를 보니, 이별할 때 도련님께 드린 선물이라, 정신 차려 대 위를 보니 꿈에도 잊지 못하던 낭군이 거기 있네. 천금같이 무겁던 몸이 깃털같이 가벼워 몸을 날려 일어서며, 얼시고나 절시고나, 지화자 좋을씨고. 춤을 추며 올라가서 어사또 목을 얼싸안고, 여산 폭포 돌 구르듯 데굴데굴 구르면서,

"이것이 웬일인가? 하늘에서 내려왔나, 땅에서 솟았는가, 바람에 불려왔나, 구름 속에 싸여왔나? 어제 저녁은 거지더니 오늘은 어사로다. 얼씨고나 절씨고나, 어사낭군 좋을씨고, 지화자가 좋을씨고. 동정호 너른 물에 기러기 오기 제 격이요, 춘삼월 좋은 시절에 벌 나비 오기 제 격이요, 칠월 칠석 오작교에 견우직녀 만난 듯이, 열녀 춘향 죽어갈 때 어사서방 제 격이로구나."

안고 떨며,

"사람을 이다지도 속이시오?"

동헌이 분주하더라.

이때 춘향어미는 강변으로 빨래 갔다가 이 소문을 넌지시 듣고, 빨래그릇을 담아 이고 오다가, 빨래그릇을 이고 똥을 누는데, 향청 방자 놈이 나오면서,

"할머님, 요새 기운이 어떠시오?"

"기운이고 뭐고, 밑 좀 씻어다오."

방자 놈 새끼 도막을 들고,

"궁둥이를 조금 드시오."

한참 들여다보다가,

"여보 할머니, 구멍이 둘이니 어느 구멍을 씻으리까?"

"아따, 요 녀석아. 도끼 자국같은 구멍은 말고, 초상 상제 상복 끈 바싹 조인 듯한 구멍을 씻어다오."

씻어주고,

"할머니는 그런 경사가 있소? 춘향이가 어사또 수청들어 호강을 하옵디다."

춘향어미 빨래 그릇을 이고서,

"참말이냐, 헛말이냐?"

엉덩이를 흔들다가 빨래 그릇 밑이 쑥 빠져 물을 뒤집어쓰는구나.

"얼씨구나 절씨구나, 지화자 좋을씨고."

삼문간을 흔들며 들어올 제, 군뢰사령 문안하니, 춘향어미 심술 부려 변덕을 피우는데,

"이놈의 삼문간, 몹시도 세다지. 얼마나 드센가 보자."

하며,

"기특하다 기특하다, 우리 춘향이 기특하다. 팔십 먹은 늙은 어미, 고생한다 생각하여 수청 허락 하였다지. 탁주 한 잔 먹었더니 엉덩춤이 절로 나고, 약주 한 잔 먹었더니 어깨춤이 절로 난다. 얼씨구나."

호장이 나오다가 축하하니,

"그만 두게. 내 딸 춘향이 죽어갈 때 말 한마디 아니 하대. 구관 자제 이서방인지 어제 저녁 찾아와서 자고 가자 애걸하기에 괄시하여 보내었지."

호장이 하는 말이,

"이 사람, 지금 어사또가 구관 자제라네. 공연히 알지도 못하고 담 방담방 하노?"

춘향어미 그 말 듣고, 기가 막혀 문 틈으로 들여다보니 괄시하던 거지구나. 무안하고 황송하여 문을 열고 엎드려서,

"비나이다 비나이다, 어사 전에 비나이다. 사람이라 하는 것이 늙어지 면 쓸데없소. 어제 저녁 오신 것을 관리들이 알게 되면 소문날까 염려하 여 괄시하듯 하였는데, 그 눈치를 아셨는가? 몰랐으면 죽여주오."

어사또 춘향어미를 내려다보고,

"요즈음도 사람 속이기 잘 하는가? 늙은이가 한 일을 조금이라도 개의할까? 어서 빨리 올라오게."

춘향어미 일어서며,

"어허 그렇지, 내 사위야. 내 딸 춘향이 길러다가 어사 사위 좋을시 고. 얼씨구나 절씨구나, 지화자 좋을씨고. 내 딸이냐 네 딸이냐, 댕기 끝에 구슬이요, 눈 덮인 산에 꽃이로다. 고을 사람들아, 들어보게. 양 귀비를 보고 나서 천하의 부모들이 딸 낳기를 원했다더니, 나를 두고 한 말일세. 내 보지는 금보지, 네 보지는 은보지라. 지화자 좋을씨고. 이 궁둥이를 두었다가 논을 사나 밭을 사나. 흔들 대로 흔들어보세."

야단할 제, 어사또 춘향이 데리고 고생했던 일과 어사 자원하여 오 다가 곳곳에서 욕 당한 일을 낱낱이 이야기하고, 이방 불러 춘향 모녀 착실히 모시게 하고, 허봉사 점이 용하다 하며 옷감과 상금을 후하게 주고, 괄시하던 기생들과 문지기 잡아들여 죄로 다스리고, 곳곳의 죄 인들을 처결하여 가둘 놈 가두고 풀어줄 놈 풀어주며, 각 읍 공사를 밝게 하더라.

춘향 모녀 데리고 서울로 올라가 임금님께 봉명[奉命]하고 춘향의 정
절을 아뢰니, 임금께서 기특히 여기시고 예부에 명령하시어 정렬부인
[貞烈夫人-조선 시대에 정조를 굳게 지킨 부인에게 나라에서 내리던 칭회] 작위를
내리시매, 춘향과 즐거움을 함께 하며 아들 낳고 딸을 낳아 대대로
이었으니, 세상 부녀들아, 이런 일을 본받아 남편에게 순종하고 어른
께 효도하여 예절을 잃지 말지어다.

명치[明治] 사십삼 년[1910년] 경술 12월 13일

이 책 주인 박창용이라.

이 책의 글자에 오자가 들었어도 보시는 이가 짐작하여 보시옵소서.

명치 사십사 년[1911년] 경술 12월 13일 필[畢-글쓰기를 마침].

이 책이 오자 낙서가 있으니 보시는 이가 자세히 눌러 보시옵소서.

책 주인은 새점 박창용.

이고본 춘향전 원문과 주석

李古本 春香傳

숙종대왕 즉위 초에 충신(忠臣)은 만조정(滿朝廷)이요, 효자(孝子) 열녀 (烈女)는 가가재(家家在)라. 국태민안(國泰民安)하고 가급인족(家給人足)하 여 강구연월(康衢煙月)[1]에 격양가(擊壤歌)[2]로 화답(和答)하니, 요지일월 (堯之日月)이요 순지건곤(舜之乾坤)이라. 태평성대(太平聖代) 좋을시고.

이때 삼청동(三淸洞)[3]에 한 양반이 있으되 성(姓)은 이(李)요, 명(名)은 한규라. 대대(代代) 명문거족(名門巨族)으로 남원부사(南原府使) 낙점(落 點)[4]으로 도임(到任)한지 일삭(一朔)이라. 사또 자제 이도령이 책방(冊房) 에 있어 학업(學業)에 힘쓰더라. 호협방탕(豪俠放蕩)하여 청루주사(青樓酒 肆)[5] 출입을 즐기더라.[6] 때는 마침 오월 천중가절(天中佳節)[7]이라. 춘흥 (春興)을 못 이기어 방자 불러 분부하되, "너희 고을 강산승지(江山勝地) 몇 군댄고?" 방자놈 여짜오되, "공부하시는 도련님이 승지 찾아 무엇하 오?" 도련님 하는 말이, "악양루(岳陽樓)[8] 높은 집에[9] 소동파(蘇東坡)[10]의 글이 있고, 악양루 높은 집에 두자미(杜子美)[11]도 놀아 있고, 상산사호(商

---

1) 강구연월 : 태평한 시대의 번화한 거리의 평화스러운 모습.
2) 격양가 : 풍년이 들어 농부가 태평한 세월을 즐기는 노래.
3) 삼청동 : 현재의 서울시 종로구 삼청동. 삼청동이라는 지명은 도교의 삼청전(三淸殿)에 서 유래되었다.
4) 낙점 : 조선 시대에 관리를 선임할 때, 임금이 여러 명의 후보자 가운데 마땅한 사람의 이름 위에 점을 찍어서 뽑던 일.
5) 청루주사 : 술집이나 기생집 등의 총칭.
6) 이 부분은 원본의 훼손이 심하여 정확한 내용을 복원하기 어렵다. 교주본의 내용은 알아볼 수 있는 글자들을 토대로 최소한의 맥락만을 재구한 것이다.
7) 천중가절 : 좋은 명절이라는 뜻으로 '단오'를 달리 이르는 말.
8) 악양루 : 호남성(湖南省) 악양현(岳陽縣) 동정호(洞庭湖)의 동쪽 기슭에 있는 누각. 동정 호를 부감(俯瞰)하여 경치가 매우 수려하기로 유명하다.
9) 악양루 높은 집에 : 원문에는 이 구절 앞에는 약 14자 정도를 판독할 수 없다. 이 부분은 재구하기 어려워 교주본에서는 생략하였다.
10) 소동파 : 중국 북송(北宋)의 문인인 소식(蘇軾). 자는 자첨(子瞻). 동파는 그의 호이다. 당송팔대가(唐宋八大家)의 한 사람으로 서화(書畵)에도 능하였다.
11) 두자미 : 성당(盛唐) 때의 시인으로 이름은 보(甫), 호는 소릉(少陵). 자미는 그의 자(字) 이다. 이백과 함께 그 이름을 나란히 하여 이두(李杜)라고 불림.

山四皓)12) 네 노인도 바둑 두고 놀았으니, 아니 놀고 무엇하리. 승지강산
(勝地江山) 일러라고." 방자놈 시기가 왕거미 똥구녁이었다. "승지를 물으
시니 자세히 들어보오. 평해 월송정(越松亭)13), 울진 망양정(望洋亭)14), 삼
척 죽서루(竹西樓)15), 강릉 경포대(鏡浦臺)16), 양양 낙산사(洛山寺)17), 고성
삼일포(三一浦)18), 간성 청간정(淸澗亭)19), 통천 총석정(叢石亭)20)은 관동지
팔경(關東之八景)이요. 진주 촉석루(矗石樓)21), 공주 공산성(公山城)22), 해
주 매월왕23), 성천 강선루(降仙樓)24), 의주 통군정(統軍亭)25)이 승지 강산
이라. 상운서무(祥雲瑞霧)26)가 자욱하여 매일 신선(神仙)이 세 번 가웃27)

---

12) 상산사호 : 진(秦)나라 말년에 전란을 피하여 섬서성 상산에 은거한 네 사람의 노인인
　　동원공(東園公), 하황공(夏黃公), 녹리선생(甪里先生), 기이계(綺異季). 후에 모두 한
　　(漢)나라 혜제(惠帝)의 스승이 되었음.
13) 평해 월송정 : 관동팔경의 하나로 경상북도 울진군 평해읍 월송리에 있는 정자. 현재는
　　주춧돌만 남아 있다.
14) 울진 망양정 : 경상북도 울진군 기성면 해안에 있는 정자.
15) 삼척 죽서루 : 강원도 삼척읍에 있는 누각. 오십천(五十川)가의 낭떠러지 위에 있음. 고
　　려 충렬왕 1년(1275)에 이승휴가 창건하였다.
16) 강릉 경포대 : 강원도 강릉시 저동에 있는 누대.
17) 양양 낙산사 : 강원도 양양군 강현면 전진리에 있는 절. 신라 문무왕 때 의상법사가 창
　　건하였음.
18) 고성 삼일포 : 강원도 고성군에 있는 호수. 사선정(四仙亭), 몽천암(夢天庵) 등의 고적이
　　있다.
19) 간성 청간정 : 강원도 고성군 토성면 해안에 있는 정자.
20) 통천 총석정 : 강원도 통천군 고저에 있는 정자. 주위에 현무암으로 된 여러 개의 돌기둥
　　이 바다 가운데에 모여 서서 절경을 이룸.
21) 진주 촉석루 : 경상남도 진주시 본성동에 있는 누각. 남강에 임한 벼랑 위에 자리 잡은
　　단층 팔작집의 웅장한 건물로 진주성의 주장대(主將臺)이다.
22) 공주 공산성 : 충청남도 공주시 산성동에 있는 산성. 백제의 도읍지였던 공주를 수호하
　　기 위해 축성됨.
23) 해주 매월왕 : '매월왕'은 미상. 다른 이본에는 거의 해주 부용당(芙蓉堂)으로 되어 있는
　　것으로 보아 이것의 오기인 듯하다. 부용당은 황해도 해주에 있는 누각으로 임진왜란
　　때 인조가 이곳에서 태어난 것으로 유명하다.
24) 성천 강선루 : 관서팔경(關西八景)의 하나. 평안남도 성천군 성천읍 비류강가에 있는
　　누각. 조선시대에 광해군이 창건하였음.
25) 의주 통군정 : 평안북도 의주군 의주읍 압록강변 고대(高臺)에 있는 정자.

씩 똑똑 내려와 노는 줄로 아뢰오." 도련님 좋아라고, "그리하면 광한루(廣
寒樓)28) 구경가자."

　방자놈 거동보소, 나귀 안장 짓는다. 홍영자공산호편(紅纓紫鞚珊瑚鞭)
옥안금천황금륵(玉鞍錦韉黃金勒)29) 층층(層層) 다래30)는 상모(象毛)31) 물려
덥썩 매니 호피(虎皮)도듬32) 태(態)33)가 난다. 방자놈 거동보소. 방짜바
지34) 통행전(筒行纏)35) 눌날경조36) 좋은 신을 삭(索)곡지로 들메이고37) 우
단요대(羽緞腰帶)38) 전(錢)주머니 주황당사(朱黃唐絲)39) 벌매듭40) 느지막
이 잡아매고 한산모시41) 진솔42) 창옷43) 앞을 접어 부납띠44)를 눌러 띠고

---

26) 상운서무 : 복되고 좋은 일이 있을 조짐이 보이는 구름과 안개.

27) 가웃 : 되, 말, 자 등의 수를 셀 때, 그 단위의 약 반에 해당하는 분량이 더 있음을 나타내
　　는 말.

28) 광한루 : 조선 세종 원년(1419)에 정승으로 있다가 남원으로 유배된 황희가 세운 누각으
　　로 처음에는 광통루(廣通樓)라고 하였으나 그 후 세종 26년(1444)에 전라도 관찰사로
　　있던 정인지(鄭麟趾)가 월궁항아(月宮姮娥)가 산다는 광한청허부(廣寒淸虛府)에 비유
　　하여 그 때부터 광한루라고 불리게 되었다.

29) 홍영자공산호편 옥안금천황금륵 : 붉은 실로 만든 가슴걸이 끈과 붉은 빛의 굴레며 산
　　호로 만든 채찍, 옥으로 만든 안장과 비단으로 지은 언치와 황금색 실로 얽은 굴레.
　　잠삼(岑參)의 〈위절도적표마가(衛節度赤驃馬歌)〉에 나오는 구절이다.

30) 다래 : 말다래의 준말. 말의 배 양쪽에 달아서 흙이 튀는 것을 막는 제구.

31) 상모 : 삭모(槊毛). 기(旗)나 창(槍) 따위의 머리에 다는 붉은 빛깔의 가는 털.

32) 호피도듬 : 호랑이 가죽으로 접어 괴어 놓은 것.

33) 태 : 맵시. '태가 난다'는 말은 옷 따위를 차린 모양이 맵시가 있다는 뜻.

34) 방짜바지 : 바지의 일종으로 보이지만, 자세한 것은 미상.

35) 통행전 : 아래에 귀가 달리지 않은 보통 행전. 행전은 바지, 고의를 입을 때 정강이에
　　감아 무릎 아래에 대는 물건. 반듯한 헝겊으로 소맷부리처럼 만들고 위쪽에 끈을 두
　　개 달아 매게 되어 있음.

36) 눌날경조 : '육날경조'의 오기로 보인다. '육날경조'란 청올치로 만든 육날 미투리를 말하
　　는데, 줄여서 '육날 미투리'라고도 한다. 원래 삼으로 삼는 짚신은 4개의 날줄을 써서
　　만들지만, 좀 더 고급인 칡껍질로 짜는 신은 6개의 날줄을 쓰기 때문에 '육날 미투리'
　　혹은 '육날경조'라고 한다.

37) 들메이고 : 신이 벗어지지 않도록 신을 발에다 끈으로 동여매고.

38) 우단요대 : 비단으로 만든 허리띠.

39) 주황당사 : 주황색의 명주실.

40) 벌매듭 : 틈이 벌려져 있는 매듭.

손뼉 같은 황록피(黃鹿皮)45)를 등채찍46)에 접었구나. 보기 좋게 빗기 들고, 나귀 견마(牽馬)47) 밧토48) 쥐고, 노두에 둘러대며, "나귀 안장 지었소." 이도령 거동보소. 신수(身手) 좋은 얼굴 분세수(粉洗手)49) 정(淨)히 하고, 감태(甘苔)같은50) 채 긴머리 귀를 눌러 넓게 땋아 궁초(宮綃)51)댕기 석웅황(石雄黃) 달아52) 끝만 물려 잡아매고, 여의사(如意紗)53) 겹저고리54), 육사단(六紗緞) 접배자(裌褙子)55)의 자물단추56) 달아 입고, 길상사(吉祥紗)57) 겹바지58), 운문영초(雲紋英綃)59) 허리띠를 섭으렁이 잡아매고, 양태문60) 귀주머니61) 대구(帶鉤)62) 팔사(八絲)63) 꼬아 차고, 생명주(生明紬)64)

---

41) 한산모시 : 충청남도 서천군 한산 지방에서 나는 모시. 품질이 매우 좋기로 유명하다.
42) 진솔 : 진솔옷. 한 번도 빨지 않은 새 옷.
43) 창옷 : 예전에 중치막 밑에 입던 웃옷의 하나. 두루마기와 같되 소매가 좁고 겨드랑이 밑의 폭이 거의 없음.
44) 부남띠 : 분합대(分閤帶)의 사투리. 웃옷 위에 눌어 띠는 실띠.
45) 황록피 : 누런 빛깔의 사슴 가죽.
46) 등채찍 : 등편(藤鞭). 무장(武裝)할 때 쓰던 채찍. 굵은 등(藤)의 도막 머리 쪽에 물들인 사슴 가죽이나 비단끈을 달았다.
47) 견마 : 남이 탄 말을 몰기 위해 잡는 고삐.
48) 밧토 : 길이가 아주 짧게.
49) 분세수 : 세수하고 분(粉)을 바르는 일. 혹은 덩어리 분을 개어 바르고 하는 세수.
50) 감태같은 : 머리가 까맣고 윤기가 나는.
51) 궁초 : 엷고 무늬가 둥근 비단의 한 가지.
52) 석웅황 달아 : 노란 빛이 나는 천연 광물인 석웅황을 댕기 끝에 잡아 물려. 석웅황은 황색빛의 염료로 사용됨.
53) 여의사 : 방승 매듭과 같은 무늬가 있는 중국에서 나는 비단의 일종.
54) 겹저고리 : 솜을 두지 않고 거죽과 안을 맞추어 지은 저고리.
55) 육사단 접배자 : 깁과 비단으로 만든 접배자. 접배자는 저고리 위에 덧입는 옷.
56) 자물단추 : 직각형이나 타원형으로 된 암단추의 구멍에 수단추를 끼게 되어있는 단추. 금, 은, 옥 따위로 만듦.
57) 길상사 : 발이 고운 면직물. 목면류로서 포저(布紵)의 일종.
58) 겹바지 : 솜을 두지 않고 거죽과 안을 맞추어 겹으로 지은 바지.
59) 운문영초 : 구름 무늬가 있는 비단. 영초는 중국산 비단의 일종.
60) 양태문 : '양태'란 갓양태의 준말로 갓모자의 밑둘레 밖으로 둥글넓적하게 된 부분이다. 양태문은 양태의 무늬.

홑단 창옷, 은색빛 모시도포 몸에 맞게 지어 입고, 색좋은 분합대를 흉당
(胸膛)⁶⁵⁾을 눌러매고, 삼승(三升)⁶⁶⁾ 겹버선⁶⁷⁾의 비단바탕 태사혜(太史鞋)⁶⁸⁾
를 보기 좋게 도도 신고, 소상반죽(瀟湘斑竹)⁶⁹⁾ 쇄금선(碎金扇)⁷⁰⁾을 반만
펴 높이들어 일광(日光)을 가리우고, 갑사복건(甲紗幅巾)⁷¹⁾ 옥판(玉板)⁷²⁾
달아 머리 위에 도도 쓰고 성천초(成川草)⁷³⁾ 좋은 담배 꿀물에 촉촉히 축
여 천은설합(天銀舌盒)⁷⁴⁾에 가득 넣어 통인(通引)⁷⁵⁾ 들려 뒤에 세우고, 은
(銀)동물림⁷⁶⁾ 부산대를 김해 간죽(竿竹)⁷⁷⁾ 길게 맞춰 방자등에 빗기 꽂고,
나귀 등에 선뜩 올라 맹호연(孟浩然)⁷⁸⁾의 본을 받아 탄탄대로(坦坦大路) 가

---

61) 귀주머니 : 네모지게 지어 아가리께로 절반을 세 골로 접어 아래의 양쪽에 귀가 나오게
  만든 주머니.
62) 대구 : 혁대의 두 끝을 서로 끼워 맞추게 하는 자물단추.
63) 팔사 : 여덟 가닥의 실로 꼰 노끈.
64) 생명주 : 삶아서 익히지 않은 명주실인 생사로 짠 명주.
65) 흉당 : 가슴의 한복판. 복장.
66) 삼승 : 굵은 베.
67) 겹버선 : 솜을 대지 않고 겹으로 만든 버선.
68) 태사혜 : 남자의 마른 신의 한 가지. 울을 헝겊이나 가죽으로 하고, 코와 뒤에 선문(線紋)
  을 새겼음.
69) 소상반죽 : 소상강(瀟湘江) 주변에서 나는 대나무. 이 대나무에는 붉은 점무늬가 있어
  '소상반죽'이라 불리는데, 이는 요임금의 딸이며 순임금의 두 부인이 된 아황과 여영의
  눈물 자국이라는 전설이 있다.
70) 쇄금선 : 아름다운 시나 글귀가 쓰여있는 부채.
71) 갑사복건 : 품질이 좋은 비단인 갑사로 만든 복건. 복건은 도복(道服)에 갖추어서 머리
  에 쓰던 건.
72) 옥판 : 잘게 새김을 한 장식용의 얇은 옥조각.
73) 성천초 : 평안도 성천 지방에서 나는 질이 좋은 담배.
74) 천은설합 : 가장 좋은 은으로 만든 서랍.
75) 통인 : 조선 시대에 수령(守令)의 잔심부름을 하던 구실아치. 이서(吏胥)나 공천(公賤)
  출신이었다.
76) 은동물림 : 은으로 만든 동물림. 동물림이란 가늘고 긴 물건들을 이을 때 그 마디에 장식
  을 하는 일이나 그 장식 자체를 이르는 말.
77) 김해간죽 : 김해에서 생산된 간죽. 간죽이란 담배설대를 이르는 말로 담배통과 물부리
  사이에 끼워 맞추는 가느다란 대.
78) 맹호연 : 성당(盛唐)의 시인. 양양 사람. 일찍부터 세상에 뜻이 없어 녹문산(鹿門山)에

는 거동, 두목지(杜牧之)79) 풍채(風采)로다.

바삐 몰아 광한루 다다르니 주란화각(朱欄畫閣)80) 솟은 집에 수호문창
(繡戶紋窓)81) 좋을시고. 나귀 등에서 선뜻 내려 층계상에 올라서며 사면을
살펴보니 화동(畵棟)은 조비남포운(朝飛南浦雲)이요 주렴(珠簾)은 모권서
산우(暮捲西山雨)82)라. 등왕각(滕王閣)83)이 완연(宛然)하고, 한 편을 바라보
니 삼산반락(三山半落)하고 이수중분(二水中分)84)하니, 봉황대(鳳凰臺)85)
방불(彷佛)하다. 오작교(烏鵲橋) 흐른 물이 은하수(銀河水) 되리로다. 무릉
(武陵)이 어디메냐, 도원(桃源)이 여기로다. 견우성(牽牛星) 내가 되면 직녀
성(織女星)은 누가 될꼬. 뒷짐지고 배회(徘徊)하며, 어진 글귀도 생각하며,
"방자야 술 들이라, 곡강춘주인인취(曲江春酒人人醉)86)라. 너도 먹고 나도
먹자." 방자놈 술 부어들고, "도련님, 우리 둘이 편발(編髮)87)은 일반(一般)
인즉 연치(年齒)88) 찾아 먹으면 어떠하오?" "이 자식 네 나이 몇 살인고?"

___

은거하다가, 나이 40에 비로소 경사(京師)에 나와 왕유 등과 사귀었음. 불우하고 고독한
생활 속에서 세속을 떠난 한적한 자연의 정취를 사랑했는데, 그의 시는 이러한 자연에
친근하여 비감하고 처량한 느낌을 줌. 맹호연은 나귀를 타고 가면서 시상을 가다듬었다
고 함.

79) 두목지 : 당나라 때의 시인. 이름은 목(牧), 호는 번천(樊川), 목지는 그의 자이다. 만당
(晚唐)의 시인으로 성당의 시인인 두보에 비견하여 소두(小杜)라 일컫는다.

80) 주란화각 : 단청칠을 곱게 하여 화려하게 꾸민 누각.

81) 수호문창 : 수를 놓은 문과 무늬를 놓은 창.

82) 화동조비남포운 주렴모권서산우 : "단청 기둥에서 아침에 구름이 일어 남포로 날고, 저
물녘 주렴을 걷으니 서산에 비 내리네." 왕발(王勃)의 〈등왕각서(滕王閣序)〉에 나오는
구절.

83) 등왕각 : 중국 강서성 남창시의 장강문의 위에 있는 누각. 당고조의 아들인 등왕 이원영
이 세웠음.

84) 삼산반락 이수중분 : 당나라 시인인 이백의 시 〈등금릉봉황대(登金陵鳳凰臺)〉의 한 구
절. "삼산은 하늘 밖에 반쯤 떨어져 솟았고, 두 물은 백로주에서 나왔다네(三山半落靑天
外 二水中分白鷺洲)".

85) 봉황대 : 중국 강소성(江蘇省) 남경시(南京市) 남쪽에 있는 누대의 이름.

86) 곡강춘주인인취 : 곡강의 봄 술에 사람마다 취한다는 뜻. 곡강은 중국 협서성 서안시
동남쪽에 황하수가 꺾여 돌아가는 곳으로서 당 현종 때 명절의 유람 승지로 꾸몄던
곳이다.

87) 편발 : 예전에 관례를 하기 전에 머리를 길게 땋아 늘이는 일. 또는 그 머리.

"소인의 나이 열 일곱살 가웃[89]이오." "이 놈 가웃이라니?" "유월이 생일이요." "그리하면 나보다 일년 가웃이 맏이로구나, 지금은 차례로 먼저 먹으라." 일배일배부일배(一杯一杯復一杯)[90]를 진취(盡醉)케 먹은 후에, 안석(案席)에 의지하여, "방자야 달여치라[91]. 앞으로 영주(瀛州) 고각(高閣), 뒤로 방장(方丈) 봉래(蓬萊)[92], 앞 냇버들[93]은 초록장(草綠帳) 드리운 듯, 황금 같은 저 꾀꼬리 벽력(霹靂)같이 소리 질러 나의 취흥(醉興) 자아낸다. 물은 본시 은하수(銀河水)요, 경(景)은 본시 옥경(玉京)[94]일다.

이 때 본읍 기생 월매딸 춘향이 추천차(鞦韆次)[95]로 의복치장(衣服治粧) 치레할 제, 흑운(黑雲) 같은 헛튼 머리 반달같은 와룡소(臥龍梳)[96]로 어리쌀 쌀 내리 빗겨 전반(剪板)[97] 같이 넓게 땋아 자지항라(紫芝亢羅)[98] 너른 댕기 수부다남(壽富多男) 금을 박아 끝 물려 잡아 매고, 백저포(白紵布)[99] 깨끼적삼[100], 초록갑사(草綠甲紗)[101] 곁마기[102], 물명주[103] 고장바지[104], 백순인

---

88) 연치 : 나이의 높임말.
89) 가웃 : 가웃. 수량을 나타내는 표현 뒤에 붙어 그 단위의 절반 가량을 나타내는 말.
90) 일배일배부일배 : "한 잔, 한 잔, 또 한 잔." 당나라 시인 이백의 시 〈산중여유인대작(山中與幽人對酌)〉의 한 구절.
91) 달여치라 : 미상. '달어치라' 즉 빨리 가라는 뜻의 말의 오기일 수 있다.
92) 영주 고각, 방장, 봉래 : 영주, 방장, 봉래는 바다 가운데 있으며 신선이 산다는 삼신산(三神山)의 이름인데, 여기에서는 광한루 앞 호수에 있는 세 개의 섬을 가리킨다. 선조 15년(1582)에 정철이 전라도 관찰사로 부임하여 광한루 주변에 호수를 조성하고 주위를 석축하여 3개의 섬을 만들고 신선이 산다는 삼신산의 이름을 붙였다. 특히 영주 고각은 지금도 남아 있는 영주각(瀛州閣)을 말한다.
93) 냇버들 : 냇가에 자라는 버드나뭇과의 활엽 관목으로 높이는 3~4미터 정도이며 퇴비와 땔감으로 쓰인다.
94) 옥경 : 옥황상제가 산다고 하는 천상을 지칭하는 말.
95) 추천 : 그네.
96) 와룡소 : 손잡이 부분에 용틀임 조각이나 무늬를 넣은 얼레빗.
97) 전반 : 인두질을 하기 위해 종이나 옷감을 넓고 길게 펼쳐놓는 판자. 흔히 편편하게 땋아 길게 늘어뜨린 댕기머리를 비유함.
98) 자지항라 : 자줏빛의 여름 옷감. 항라는 명주, 모시, 무명실 등으로 짠 피륙의 일종. 구멍이 송송 뚫려 있어 여름 옷감으로 쓰이는 천이다.
99) 백저포 : 잿물에 담갔다가 솥에 쪄 내어 빛깔이 하얀 모시.

(白純仁)105) 너른속곳106), 난봉항라(鸞鳳亢羅)107) 대단(大緞)치마108) 잔살 잡
아 떨쳐 입고, 고양나이109) 속버선110), 몽고삼승111) 겉버선112)에 자지상침
(紫芝上針)113) 수당혜(繡唐鞋)114)를 날 출(出)자로 제법 신고, 앞에는 은죽절
(銀竹節)115)이요 뒤에는 금봉차(金鳳釵)116)요, 귀에는 월기탄117)이요 손에는
옥지환(玉指環), 은(銀)조롱118), 금(金)조롱, 옥장도(玉粧刀)119), 산호(珊瑚)가

---

100) 깨끼적삼 : 안팎 솔기를 발이 얇고 성긴 깁을 써서 곱솔로 박아 지은 적삼. 적삼은
윗도리에 입는 홑옷으로 모양은 저고리와 같다.
101) 초록갑사 : 초록색의 갑사. 갑사는 품질이 좋은 비단으로 얇고 성겨서 여름 옷감으로
많이 쓴다.
102) 곁마기 : 여자가 예복으로 입는 저고리의 일종. 연두나 노랑 바탕에 자줏빛으로 겨드
랑이, 깃, 고름, 끝동을 단다.
103) 물명주 : 엷은 남빛 명주실로 짠 피륙.
104) 고장바지 : 고쟁이바지(고장이). 가랑이 통이 넓은 여자 속옷의 하나. 속곳 위 단속곳
밑에 입음.
105) 백순인 : 하얀 빛의 순인. 순인은 견직물의 하나로 무늬 없는 갑사. 경사는 생사(生絲),
위사는 연사(練絲)로 짜며 바닥은 평직과 사직(紗織)의 혼합 조직으로 봄이나 가을용
옷감에 많이 쓰인다.
106) 너른속곳 : 너른바지를 이르는 말인 듯하다. 너른바지는 여자의 한복 차림에서 단속곳
위에 입는 속옷. 단속곳과 비슷하나 밑이 없는 긴 속곳으로 흔히 명주붙이로 짓는다.
107) 난봉항라 : 난새와 봉황 무늬의 구멍이 송송 뚫린 여름 옷감.
108) 대단치마 : 중국에서 생산되는 비단의 일종인 대단으로 만든 치마.
109) 고양나이 : 경기도 고양 지방에서 생산되던 무명.
110) 속버선 : 솜버선 속에 덧신는 겹버선.
111) 몽고삼승 : 몽고에서 생산되는 굵은 베를 이르는 말인 듯하나 자세한 것은 미상.
112) 겉버선 : 솜버선 위에 덧신는 홑버선.
113) 자지상침 : 가장자리를 올이 겉으로 드러나도록 자주빛으로 꿰맴.
114) 수당혜 : 수를 놓은 당혜. 당혜는 가죽신의 일종으로 울이 깊고 코가 작으며 앞 코와
뒤에 당초문을 새겨놓았다.
115) 은죽절 : 은으로 된 대나무 마디 모양의 머리 장식.
116) 금봉차 : 금으로 된 봉황 모양의 비녀.
117) 월기탄 : 문맥으로 보아 귀에 다는 장신구의 일종인 듯하나 자세한 것은 미상.
118) 은조롱 : 은으로 만든 조롱. 조롱은 어린 아이들이 액막이로 주머니끈이나 옷끈에 차
는 물건. 나무 따위로 밤톨만 하게 호리병 모양을 만들어 붉은 물을 들이고 그 허리에
끈을 매어 끝에 엽전을 단 것으로, 동짓날부터 차고 다니다가 이듬해 음력 정월 열나
흗날에 제웅을 가지러 다니는 아이들에게 준다. 여자아이가 차는 것은 '서캐조롱'이라

지120), 밀화불수(蜜花佛手)121), 옥(玉)나비122), 진주월(眞珠鉞)123), 청강석(靑
剛石)124), 자개향125), 비취향(翡翠香)126), 인물향(人物香)127) 걸이 오색당사
(五色唐絲)128) 끈을 하여 보기 좋게 드리우고, 자지유사(紫地柔紗)129) 칙수
건130)을 척척 접어 손에 쥐고, 청포(靑布)131) 고단(庫緞)132) 박쥐우산133)을
일광(日光)을 가려 들러메고, 행심일경(行尋一徑)134) 빗긴 길로 섭분섭분 올
라가며 백만교태(百萬嬌態) 다 부릴 제, 철쭉화 뚝뚝 꺾어 머리에 꽂아보며,
삼단화 죽죽 훑어 맑고 맑은 구곡수(九曲水)에 이리저리 흩어보며, 시내
청탄(淸灘) 여울가에 손에 맞는 조약돌을 양류간(楊柳間)에 털털 던져 꾀꼬
리도 날려보며, 맑은 물 덤썩 쥐어 양치질로 꼴깍꼴깍, 경개 찾아 올라가
니, 도화유수묘연거(桃花流水杳然去) 별유천지비인간(別有天地非人間)135)이

고 한다.
119) 옥장도 : 자루와 칼집을 옥으로 만들거나 꾸민 작은 칼.
120) 산호가지 : 산홋가지. 나뭇가지처럼 생긴 산호의 가지로 만든 노리개로 대삼작(大三
作)노리개의 하나.
121) 밀화불수 : 밀랍 같은 누런빛이 나고 젖송이 같은 무늬가 있는 호박(琥珀)인 밀화로
부처의 손같이 만든 여자의 패물. 대삼작노리개의 하나.
122) 옥나비 : 옥으로 나비 모양을 만들고 금으로 장식한 노리개.
123) 진주월 : 진주로 장식한 도끼 모양의 패물.
124) 청강석 : 단단하고 빛깔이 푸른 옥돌. 짙고 푸른 무늬가 나뭇결처럼 있다.
125) 자개향 : 금조개 껍데기를 썰어낸 조각으로 장식한 향(香). 향은 향기를 피우는 노리개
의 하나로 향료를 반죽하여 만드는데, 주로 여자들이 몸에 지니고 다녔다.
126) 비취향 : 비취로 만든 향. 비취는 반투명체로 된 짙은 푸른색의 윤이 나는 구슬로 보석
의 일종이며 장신구에 사용된다.
127) 인물향 : 향을 넣어 향기를 풍기도록 만든 사람 모양의 패물.
128) 오색당사 : 다섯 가지 빛깔의 당사. 당사는 예전에 중국에서 들여온 명주실.
129) 자지유사 : 보랏빛 나는 부드러운 비단천.
130) 칙수건 : '깁수건'의 오기인 듯하다. '깁'이란 명주실로 바탕을 조금 거칠게 짠 비단.
131) 청포 : 푸른 빛깔의 베.
132) 고단 : 중국 비단의 하나로 가는 실로 촘촘히 짠 것으로 윤이 나고 두껍다.
133) 박쥐우산 : 폈을 때 박쥐날개와 비슷하다하여 검은 빛 천의 우산을 말함.
134) 행심일경 : 다니는 길. 두목의 시 〈환속노승(還俗老僧)〉의 한 구절.
135) 도화유수묘연거 별유천지비인간 : "복사꽃 물에 흘러 멀리 내려가니, 별다른 천지요
인간 세상이 아니로다." 당나라 시인 이백의 〈산중문답(山中問答)〉의 한 구절.

라. 양류청청(楊柳靑靑) 녹음간(綠陰間)에 벽도화(碧桃花) 제일지(第一枝)에
휘어 잡아 그네 매고, 백릉(白綾)버선[136] 두 발길로 몸을 날려 올라서서
한 번 굴러 앞이 높고 두 번 굴러 뒤가 높아, 백운간(白雲間)의 들락날락
춘일반공(春日半空) 종다리 뜨듯 각각 도화 늘어진 가지 툭툭 차 날리나니
도화난락여홍우(桃花亂落如紅雨)[137]라. 추천에 올라서서 원근산천(遠近山
川) 바라보며 춘광(春光)을 자랑할 제, 홀홀거(忽忽去) 홀홀래(忽忽來)[138] 하
는 거동 연자삼춘비거태(燕子三春飛去態)[139]라. 칠월칠석(七月七夕) 오작교
(烏鵲橋)에 직녀성(織女星)이 건너는 듯, 단산오동(丹山梧桐) 봉(鳳)도 같
고[140], 서왕모(西王母)[141] 요지연(瑤池宴)[142]의 천년벽도(千年碧桃)[143] 지켜
섰는 선녀(仙女)의 태도로다. 풍화일난(風和日暖)[144]하여 나상(羅裳)[145]을
못 이기어 치마끈을 활활 풀어 도화낙지(桃花落枝)[146] 걸어놓고 수건 들어
땀 씻을 제, 밀기름[147]의 재인머리[148] 가닥가닥 떨어져서 옥빈(玉鬢)[149]에

---

136) 백릉버선 : 어른어른하는 무늬가 있는 흰 비단으로 만든 버선. '백릉(白綾)'이란 흰 빛
　　의 얇은 비단.
137) 도화난락여홍우 : "복사꽃 어지러이 떨어지니 흡사 붉은 비 내리는 듯 하구나." 당나라
　　시인 이하(李賀)의 〈장진주(將進酒)〉의 한 구절.
138) 홀홀거 홀홀래 : 홀연히 갔다가 홀연히 오는 모양. 그네를 타고서 앞뒤로 크게 움직이
　　는 모양.
139) 연자삼춘비거태 : 삼월에 제비가 날아오르는 모양이로구나. 사명당이 13세 때 지은
　　〈추천(鞦韆)〉의 한 구절.
140) 단산 오동 봉도 같고 : 단산의 오동나무에 깃든 봉황과도 같고. 단산은 단혈산(丹穴山)
　　을 말하는데, 〈산해경(山海經)〉에 단혈산에 새가 있는데 모양은 학같이 생겼고 오색
　　의 무늬가 있다. 이 새를 봉(鳳)이라 한다는 기록이 전한다. 또 〈시경(詩經)〉에 보면
　　"봉황새가 우는구나 / 저 높은 언덕에서 / 오동나무에 사는구나 / 저 아침 햇빛에(鳳凰
　　鳴矣 于彼高岡 梧桐生矣 于彼朝陽)"라는 구절에서 봉황이 벽오동에 깃든다는 말이
　　나온다.
141) 서왕모 : 중국 신화에 나오는 여선(女仙). 불사약을 갖고 곤륜산에 살았다고 함.
142) 요지연 : 주나라 목왕이 서왕모와 만났다는 곤륜산의 선경.
143) 천년벽도 : 선경(仙境)에 있다는 전설 상의 복숭아.
144) 풍화일난 : 바람은 부드럽고 날씨는 따뜻함.
145) 나상 : 얇고 가벼운 비단으로 만든 치마.
146) 도화낙지 : 복숭아꽃나무 축 늘어진 가지.

흩날린다.

　이 때 이도령이 광한루(廣寒樓)에 높이 앉아 좌우산천(左右山川) 돌아보
니 녹음방초승화시(綠陰芳草勝花時)[150]에 문여하사서벽산(問余何事棲碧山)
고 소이부답심자한(笑而不答心自閑)[151]을, 안산녹음(案山綠陰)[152] 살펴보
니, 울긋불긋 해 비추어 들락날락 하는 거동 눈 씻고 망견(望見)타가, 심
신(心身)이 황홀하여 어깨를 솟구치며 눈 위에 손을 얹고, 온몸을 벌벌 떨
며, "방자야, 네 저것 좀 보아라." 방자놈이 도련님 떠는 것을 보고 조금
더 떨며, "어디 무엇이오?" 도련님이 방자 떠는 것을 보고, "이 자식 나는
떠는 것이 근본(根本)이 있어 떨거니와 너는 무슨 맛으로 떠노? 네 떠는
것도 돌림이지?" "도련님 떠시더니 소인은 동풍(凍風)에 사시나무요." "그
놈 대단히 떤다. 이 자식 작작 떨고 저 건너 저것이 무엇이니?" 방자놈
한참 보다가, "무엇인지 아니 뵈오." "네 눈에 삼승겹포장[153]을 둘렀느냐?
자세히 보아라" "축시(丑時)에[154] 보아도 아니뵈오." "상놈의 눈은 양반의

---

147) 밀기름 : 밀랍과 참기름을 섞어서 끓여 만든 기름.
148) 재인머리 : 착 붙어 자리가 잡히게 한 머리.
149) 옥빈 : 옥같은 귀밑머리라는 뜻으로 젊고 아리따운 여자의 얼굴을 이르는 말.
150) 녹음방초승화시 : "방초는 푸르고 꽃은 활짝 피는 좋은 시절." 송나라의 문인이며 당송
　　팔대가(唐宋八大家)의 한 사람인 왕안석(王安石)의 〈초하즉사(初夏卽事)〉의 한 구절
　　이다. 이 시의 전문은 다음과 같다. "石梁茅屋有灣碕(돌다리 초가집은 구비진 산 언덕
　　에 있고) 流水濺濺度兩陂(개울물은 철철 제방 사이를 지나가네) 晴日暖風生麥氣(맑
　　은 햇살 따스한 바람에 보리내음 풋풋하니) 綠陰芳草勝花時(방초는 푸르고 꽃은 활짝
　　피는 좋은 시절이라네)."
151) 문여하사서벽산 소이부답심자한 : "내게 묻기를 '그대는 무슨 일로 벽산에 사는가?',
　　웃으며 대답하지 않으니 마음이 절로 한가롭네." 이백의 시 〈산중문답(山中問答)〉의
　　한 구절.
152) 안산녹음 : 눈 앞에 보이는 산의 녹음. 안산(案山)이란 원래 풍수지리에서 집터나 묏자
　　리의 맞은편에 있는 산을 뜻하는데, 본문에서는 광한루에 올랐을 때 눈 앞에 보이는
　　산들을 가리킨다.
153) 삼승겹포장 : 굵은 삼베로 겹겹이 둘러 만든 휘장. 삼승(三升)은 240올의 날실로 짠
　　베라는 뜻으로 성글고 굵은 베를 말한다. 포장(布帳)은 베, 무명 따위로 만든 휘장.
154) 축시에 : 언어유희. 자세히의 '자'를 십이지간의 '자(子)'로 보고, 그 다음 간지인 '축(丑)'
　　으로 받고 있다.

발의 티눈만도 못하것다. 저 건너 송림(松林)중에 하양 희뜩하고 별 진
(辰) 잘 숙(宿)하니 아마도 선녀(仙女) 하강(下降)하였나보다." 방자놈 대답
하되, "도련님, 망령이오. 신선출처(神仙出處) 들어보오. 춘풍(春風) 석교
(石橋) 높은 곳에 성진(性眞)155)이 없었으니 선녀 희롱 뉘가 할까, 선녀라
니 될 말이오." "그러면 금(金)이냐?" "금 출처(出處) 들어보오. 여수(麗水)
가 아니어든 금이 있으리까156)? 진나라 진평(陳平)이가 범아부(范亞父) 잡
으려고 황금 사만 흩었으니157) 금도 지금 없으리다." "그러면 옥(玉)이
냐?" "옥출곤강(玉出崑岡)158) 하였으니 옥 있을리 만무하고 곤륜산(崑崙
山)159)에 불이 붙어 옥석(玉石)이 구분(俱焚)하였으니 옥도 지금 없으리
다." "해당화(海棠花)냐?" "명사십리(明沙十里)160) 아니어든 해당화가 될 말
이오." "귀신(鬼神)이냐?" "구리 영산(靈山) 아니어든 귀신(鬼神)이 될 말이
오." "도깨비냐?" "황제 무덤 아니어든 도깨비가 웬말이오." "구미호(九尾
狐)냐?" "진승(陳勝)이 기병시(起兵時)에 낮에 울던 불여우161)가 지금 어이

---

155) 성진 : 김만중이 지은 소설 〈구운몽(九雲夢)〉의 주인공의 이름. 성진은 스승인 육관대
사의 심부름을 다녀오던 길에 석교 위에서 팔선녀를 만나 수작하였다는 죄로 인간
세상으로 내처진다.

156) 여수가 아니어든 금이 있으리까? : '금생여수(金生麗水)'를 풀이한 말. 무릇 땅 중에서
생산되는 모든 물산 중 가장 귀중한 황금은 여수라는 하천의 모래 중에서 나온다는
말로 〈천자문(千字文)〉에 나온다.

157) 진나라 진평이가 ~ 흩었으니 : 한고조 유방과 초패왕 항우가 싸울 때, 한고조의 승상
이었던 진평이 항우와 항우의 신하인 범증(范增) 사이를 이간질하기 위해 황금으로
뇌물을 써서 결국 범증을 쫓겨나게 하였다는 고사.

158) 옥출곤강 : 세상 사람들이 가장 진귀하게 여기는 옥은 곤륜산(崑崙山)에서 나온다는
말로 출처는 〈천자문〉이다.

159) 곤륜산 : 중국의 전설에 나오는 신성한 산.

160) 명사십리 : 함경남도 원산에 있는 모래톱. 곱고 부드러운 모래의 해수욕장과 해당화로
유명함.

161) 진승이 ~ 불여우 : 진승은 진(秦)나라 말기에 오광(吳廣)과 더불어 봉기했던 군웅으
로 자는 섭(涉)이다. 본문의 구절은 진승이 자신에게 사람들의 이목을 집중시키기
위해서 오광으로 하여금 숲 속 신사(神祠)에 가서 여우로 위장하여 큰 소리로 "대흥초
(大興楚), 진승왕(陳勝王)"이라고 외치도록 하였다는 고사. 〈사기(史記)〉 '진섭세가(陳
涉世家)'편에 나오는 고사이다.

있으리까?" 이도령 역정내어, "그러면 네 할미냐? 내 첩이냐? 조롱 말고
일러다고. 너는 이곳에서 생어사장어사(生於斯長於斯)162) 하였으니 자세
히 일러다고." 방자놈 민망하여, "저 건너 녹림간(綠林間)에 추천(鞦韆)하
는 처녀를 물으시오?" "그 처녀를 보아하니 여항(閭巷) 처녀는 아니로다."
"바로 이르리다. 본읍 기생 월매 딸 춘향인데 불승춘정(不勝春情)하여 추
천(鞦韆)을 하나 보오." 이도령이 그 말을 듣고 정신이 황홀하여, "이애 방
자야, 네 말 그러하면 창기(娼妓)가 분명하니 한 번 보면 어떠하냐?" 방자
여짜오되, "그런 분부 두 번 마오. 사또 만일 아시면 소인 볼기에 널 드려
놓고, 오는 해 창고자(倉庫子)163)는 거지중천(居之中天) 떠나가니 그 아니
원통하오. 죽으면 죽었지 못하겠소." 떨떠리고 돌아서니 도련님 성화가
나서 방자를 달래는데, "내 말을 들어보아라. 탐화광접(探花狂蝶) 미친 마
음 아무래도 죽겠구나, 네 나를 살려주면 내년(來年) 수노(首奴)164) 갈 데
있나. 어서 바삐 불러다고." 방자놈 여짜오되, "도련님, 그러시오. 반상분
의(班常分義) 내버리고 형우제공(兄友弟恭) 하옵시다." 도련님 욕심에 계관
(係關)하여 "그래주마." "그리하면 나보다 손아래니 날더러 호형(呼兄)하
소." 이도령 그 말 듣고 "이애, 이것은 소조(所遭)165)로다. 을축갑자(乙丑甲
子) 어떠하냐?166)" 방자놈 돌아내려 "반심(班心)을 못 버리고 오입(誤入)이
란 무엇이오? 싫거든 그만두오." 도련님 기가 막혀 "참말이지 난중(難重)
하다. 이런 줄을 알았다면 모년(冒年)167)이나 하여볼 걸. 천하천지 몹쓸놈
아, 이다지도 조르느냐?" 방자놈 뿌리치며 "다시는 말을 마오." 이도령 급

162) 생어사장어사 : 이 곳에서 나고 이 곳에서 자랐으니.
163) 창고자 : 창고지기.
164) 수노 : 관아에 딸린 관노의 우두머리. 관노 중에 나이가 가장 많아 사정에 밝은 사람이
맡았다.
165) 소조 : 치욕이나 고난을 당하는 일.
166) 을축갑자 어떠하냐? : 원래의 간지 순서인 '갑자' '을축'을 뒤바꾸어 한 해 뒤에 태어난
이도령이 자신이 먼저 태어난 것으로 하려는 일종의 언어유희.
167) 모년 : 나이를 속이는 것.

한 마음 죽으면 대수냐, "방자야!" "네." "형님!" 방자놈 돌아서며, "우애, 내 아우냐?" 이도령 무안하나, "인제 어서 불러다오." "그리하오."

방자놈이 춘향이를 부르러 건너간다. 진허리[168] 참나무 뚝 꺾어 거꾸로 잡고 출림풍종(出林風從) 맹호(猛虎)같이 바삐 뛰며 건너가서 눈 위에다 손을 얹고 벽력(霹靂)같이 소리를 질러, "이애, 춘향아! 말 듣거라, 야단났다, 야단났다." 춘향이가 깜짝 놀라 추천줄에서 뛰어내려와 눈흘기며 욕을 하되, "애고, 망칙해라. 제미씹 개씹으로 열두 다섯 번 나온 녀석, 눈깔은 얼음에 자빠진 경풍(驚風)[169]한 쇠눈깔같이, 최생원의 호패(號牌)[170]구녁같이 똑 뚫어진 녀석이 대가리는 어러동산에 문달래 따 먹던[171] 덩덕새대가리[172] 같은 녀석이, 소리는 생고자(生鼓子)[173] 새끼같이 몹시 질러 하마트면 애보[174]가 떨어질 뻔 하였지."

방자놈 한참 듣다가 어이없어, "이애, 이 지집아년아. 입살이 부드러워 욕은 잘한다만은 내 말을 들어보아라. 무악관[175] 처녀가 도야지 타고 기추(騎芻)[176] 쏘는 것도 보고, 소가 발톱에 봉선화 들이고 장에 온 것도 보고, 고양이가 성적(成赤)[177]하고 시집가는 것도 보고, 쥐구멍에 홍살문[178] 세우고 초헌(軺軒)[179]이 들락날락하는 것도 보고, 암캐 월우(月憂)[180]하여

<hr>

168) 진허리 : 잔허리의 우묵하게 들어간 부분.
169) 경풍 : 어린 아이에게 나타나는 증상의 하나로 풍(風)으로 인해 갑자기 의식을 잃고 경련하는 병.
170) 호패 : 조선 시대에 신분을 증명하기 위해 16세 이상의 남자가 가지고 다녔던 패.
171) 어러동산에 문달래 따 먹던 : 자세한 뜻은 미상. '문달래'란 '무른 달래'로 볼 수 있으므로, 야무지고 똑똑하지 못한 모양을 나타내는 말로 보인다.
172) 덩덕새대가리 : '덩덕새머리'를 낮잡아 이르는 말. 빗질을 하지 않아 더부룩한 머리.
173) 생고자 : 생식기가 불완전한 사내.
174) 애보 : 자궁 속에 있는 아이.
175) 무악관 : '무악관(舞樂館)'인 듯하나 자세한 것은 알 수 없다.
176) 기추 : 조선 후기에 무과 초시에 있던 과목으로, 말을 타고 달리면서 활 쏘는 일.
177) 성적 : 혼인날 신부가 얼굴에 분을 바르고 연지 찍는 일.
178) 홍살문 : 능(陵)·원(園)·묘(廟)·궁전 등의 정문에 세우던 붉은 칠을 한 문. 둥근기둥 두 개를 세우고 지붕 없이 붉은 살을 세워서 죽 박는다.

서답[181]찬 것도 보았으되 어린 아이년이 애보 있단 말은 너한테 첨 듣겠다." "애고, 저 녀석 말 고치는 것 좀 보게. 사람 죽겠네, 애보라더냐?" "그럼 무엇이랬노?" "낙태(落胎)할 뻔 했댔지." "더군다나 십삭이 찼느냐?" "내 언제 낙태라더냐, 낙상(落傷)[182]이랬지." "어린 년이 피아말[183] 궁둥이 둘러대듯 잘 둘러댄다마는 내 말을 들어보아라. 규중처자(閨中處子)라 하는 것이 침선(針線)을 배우거나 방적(紡績)을 힘쓰거나 양단간(兩端間)에 할 것이지, 크나큰 계집아이가 의복단장 치레하고 번화지지(繁華之地) 녹음간(綠陰間)에 추천을 높이 매고 들락날락 별짓이 무쌍(無雙)하여 사또 자제(子弟) 도련님이 광한루 피서 오셨다가 백순인(白純仁)[184] 속것가래[185] 희뜩 펄펄 날리는 양에 정신이 혼미하여 눈에 만경이 되고[186], 온몸에 힘줄이 용대기(龍大旗) 뒷줄 켕기듯 하고[187], 두 눈에 동자 부처가 발동거리를 하고[188], 손을 육갑(六甲)[189]하며, 새끼 낳은 암캐 떨듯 불러오라 재촉하니 어서 가자 바삐 가자 생사람 죽이겠다. 미장가(未杖家) 아이놈이 네 거동 보게 되면 안 미칠 이 뉘 있으리."

춘향이 역정 내어 "책방의 도련님이 나를 언제 보았노라고 불러오라 재촉더냐? 네 녀석이 안질(眼疾)에 노랑 수건[190]이요, 터진 방앗공이에 보리

---

179) 초헌 : 조선시대 종2품 이상의 벼슬아치가 타던 수레.
180) 월우 : 달거리, 월경.
181) 서답 : 개짐의 방언. 여성이 생리할 때 차는 물건.
182) 낙상 : 떨어지거나 넘어져서 다치는 일. 혹은 그런 상처.
183) 피아말 : 피마, 다 자란 암말.
184) 백순인 : 하얀 빛의 순인. 순인은 견직물의 하나로 무늬 없는 갑사. 경사는 생사(生絲), 위사는 연사(練絲)로 짜며 바닥은 평직과 사직(紗織)의 혼합 조직으로 봄이나 가을용 옷감에 많이 쓰인다.
185) 속것가래 : 속곳가랑이, 가래는 가랑이의 방언.
186) 눈에 만경이 되고 : 눈에 정기가 없어지고.
187) 온몸에 ~ 켕기듯 하고 : 온몸의 힘줄이 임금이 거동할 때 들고 나가는 용대기의 버팀줄처럼 팽팽하다는 뜻으로, 사람이 극도로 흥분한 경우를 비유적으로 이르는 말.
188) 두 눈에 ~ 발동거리를 하고 : 두 눈이 뒤집히고.
189) 육갑 : 남이 하는 언동을 비속하게 이르는 말.

알격[191]으로 턱밑에 다가 앉아 춘향이니 고양이니, 경신년(庚申年) 글강
외듯[192] 읽어 바치라더냐?" "이 애, 춘향아. 남의 애매한 말 너무 하지 마
라. 우리댁 도련님이 중방 밑 귀뚜라미[193]란다. 말이 났으니 말이지, 책방
도련님이 인물이 일색(一色)이요, 풍채(風采)는 두목지(杜牧之)[194]요, 문장
은 사마천(司馬遷)[195]이요, 세간이 갑부(甲富)요, 오입이 장령(壯齡)[196]이
요, 지체는 국족(國族)이요, 외가(外家)는 청풍(淸風)[197]이요, 성품(性品)이
호탕(浩蕩)하여 너 같은 계집아이 이번에 건너가서, 초친 무럼[198]을 만든
후에 물명주 속것가래를 슬쩍궁 베어다가 왼편 볼기짝에 딱 붙이면 이
애, 남원 것이 모두 네 것이요, 나도 네 덕에 소년수노(少年首奴)나 한번
하여 보자꾸나." 춘향이 하는 말이 "네 말은 좋다마는 남녀가 유별(有別)
커든 남의 집 규중처자(閨中處子)를 부르기도 실례요, 남녀칠세부동석(男

---

190) 안질에 노랑수건 : 눈병이 나면 노란 눈곱이 끼어서 눈곱 닦는 수건이 노랗게 된다는
　　뜻으로 가까이 두고 매우 요긴하게 쓰는 물건을 이르는 말. 전하여 눈병과 노랑 수건
　　은 서로 떨어질 수 없다는 뜻에서, 매우 친밀한 사람을 이르는 말.
191) 터진 방앗공이에 보리알 : 원래 이 속담은 버리자니 아깝고 파내자니 품이 들어 할
　　수 없이 내버려 둘 수밖에 없음을 비유적으로 이르거나, 성가신 어떤 방해물이 끼어
　　든 경우를 비유적으로 이르는 말이다. 그러나 본문에서는 문맥상 방앗공이의 터진
　　틈에 꽉 끼어 있는 보리알처럼 방자가 이도령에게 달라붙어 있는 모양을 비유적으로
　　표현하고 있다.
192) 경신년 글강외듯 : 경신년에 과거 보기 위하여 글을 열심히 반복해 읽듯이, 필요치
　　않은 말을 거듭 반복함을 비유하는 속담.
193) 중방 밑 귀뚜라미 : 무엇이고 잘 아는 체하는 사람을 비유적으로 이르는 속담.
194) 두목지 : 당나라 때의 시인. 이름은 목(牧), 호는 번천(樊川), 목지는 그의 자이다. 만당
　　(晩唐)의 시인으로 성당의 시인인 두보에 비견하여 소두(小杜)라 일컫는다.
195) 사마천 : 중국 전한(前漢)의 역사가. 자는 자장(子長). 기전체의 역사서인 〈사기(史
　　記)〉를 집필하였다.
196) 장령 : 혈기왕성한 나이, 곧 30~40대.
197) 청풍 : 청풍은 충청북도 제천군에 있던 옛 지명. 본문에서는 청송 심씨, 달성 서씨
　　등과 함께 조선 시대에 세도가문으로 이름을 떨쳤던 청풍 김씨를 일컫는다. 청풍
　　김씨는 상신(相臣) 8명, 대제학 3명, 왕비 2명을 배출하였다.
198) 초친 무럼 : 초를 친 무럼생선. 무럼생선은 해파리의 다른 말로 몸이 허약하여 힘없이
　　보이는 사람을 놀림조로 이르는 말이다. 본문에서는 유혹당해 마음이 흐늘흐늘해진
　　상태를 비유하고 있다.

女七歲不同席)을 성경현전(聖經賢傳)199) 일렀으니 처자(妻子)의 행실(行實)로는 건너가기 만무하다."

방자놈 대답하되, "한 번 사양이 전례(典例)200)이나 내 말을 들어보아라. 사람이 나도 산세(山勢)를 좇아 나느니라. 경상도는 산이 험준하여 사람이 나도 우악하고, 전라도는 산이 촉하기로 사람이 나면 재주 있고, 충청도는 산세가 유순하여 사람이 나면 유순하고, 경기도 삼각산은 호거용반세(虎踞龍盤勢)201)로 사람이 나면 강유(剛柔)를 겸전(兼全)하여 알자 하면 아주 알고 모르자면 알던 정 보던 정 없이 칼로 베고 소금을 넣느니라. 이번 길에 틀어지면 너의 자당(慈堂) 잡아다가 성장(聲張)202)치고 태장(笞杖)203)쳐서 착가엄수(着枷嚴囚)204) 할 터인즉 오려거든 오고 말려거든 말아라." 떨떠리고 돌아서며 "나는 간다." 을러대니, 춘향의 약한 마음에 "방자야, 내 말 조금 듣고 가거라. 귀중하신 도련님이 부르신 일 감격하나 여자 염치에 못 가겠다. 두어 자 적어주마. 갖다가 드려다고." "무슨 글이니? 적어다고." 홍공단(紅貢緞)205) 두리주머니206) 끈 끌러 열떠리고207) 필묵(筆墨) 내어 손에 들고 갈잎 뜯어 일필휘지(一筆揮之) 적어주니 방자놈 받아들고 "가기는 간다마는 너 가니만 못하리라. 이후 일 있거든 내 원망은 다시 말라."

떨치고 돌아오니 도련님이 방자 보고 반겨라고, "이 자식 춘향을 만들

199) 성경현전 : 유학의 성현들이 남긴 글. 성인(聖人)의 글을 '경(經)'이라 하고, 현인(賢人)의 글을 '전(傳)'이라 한다.
200) 전례 : 전거가 되는 사례.
201) 호거용반세 : 범이 걸터앉고 용이 서리어 있는 듯한 산세의 웅장함을 일컫는 말.
202) 성장 : 소리를 크게 지르는 일. 여기서는 잡아다가 곤욕을 치르게 한다는 의미로 쓰이고 있다.
203) 태장 : 곤장으로 볼기를 치는 형벌.
204) 착가엄수 : 죄인에게 칼을 씌워 단단히 가두다.
205) 홍공단 : 붉은 빛의 두껍고 무늬가 없는 비단.
206) 두리주머니 : 둥그스름한 주머니.
207) 열떠리고 : 열어뜨리고.

었더냐. 어서 바삐 내려오라." 방자놈 갈잎을 올리면서, "춘향 받으시오."
이도령 받아보니 글자 넷이 쓰였구나. 기러기 안(雁), 나비 접(蝶), 게 해
(蟹), 비둘기 구(鳩), 짝을 적었구나. 이리 보고 저리 보되 문리(文理)를 모
르겠다. "방자야 이 글이 무슨 글인지 아무래도 모르겠다." 방자놈 받아들
고, "문장이라 일컫더니 글 네 자를 모르시오. 이것은 무슨 자요?" "기러기
안자다." "소인은 무식하니 육담(肉談)으로 아뢰리다. 물 본 기러기 물 보
고 오라는 안자요. 이것은 무슨 자요?" "나비 접자다." "탐화광접(探花狂蝶)
이 꽃 보고 오라는 접자요. 이것은 무슨 자요?" "게 해자다." "게는 구멍
따라 오라는 해자요. 또 이것은 무슨 자요?" "비둘기 구자다." "관관저구
재하지주(關關雎鳩 在河之洲)208) 요조숙녀(窈窕淑女) 찾아와서 금슬우지(琴
瑟友之)209) 즐기자는 구자요." 이도령 그 말을 듣고, "그놈 맹랑하다. 이
자식, 건너가서 수작이 장황하였으니 웃국을 질렀나부다.210)" "천첩(賤妾)
에 무상피(無相避)211)나 형제간에 될 말이오?" "미친 놈아, 말 대려라. 은
안수곡이 성번화(銀鞍繡轂盛繁華)하니 가련금야숙창가(可憐今夜宿娼家)212)
하자."

　　나귀 등에 선뜻 올라 낙조(落照)를 바라보며 책방(冊房)에 돌아와서 옷
벗어 홰213)에 걸고 상방(上房)214)에 잠깐 다녀나와 앉아서 생각하니 일각

---

208) 관관저구 재하지주 : 〈시경(詩經)〉의 첫머리. '관관'은 암수가 서로 부르는 소리이며,
　　'저구'는 새이름이다.
209) 금슬우지 : 부부가 화락하는 일. 금(琴)과 슬(瑟)의 소리가 잘 어울리듯이 부부가 사이
　　좋게 지낸다는 뜻이다.
210) 웃국을 질렀나부다 : '웃국'이란 간장이나 술 따위를 담가서 익힌 뒤에 맨 처음 떠낸
　　진한 국을 이르는 말이다. 본문에서 '웃국을 질렀나부다'란 말은 방자가 먼저 성적
　　관계를 맺었다는 비유적 표현으로 볼 수 있다.
211) 천첩에 무상피나 : 천한 계집에 서로 꺼릴 것이 없으나. 상피(相避)란 가까운 친척
　　사이의 남녀가 성적 관계를 맺는 일을 의미하는데, 여기서는 방자의 계책으로 형제
　　사이가 된 이도령과 방자가 함께 한 여인과 관계하는 일을 가리킨다.
212) 은안수곡성번화 가련금야숙창가 : "은안장과 수놓은 수레는 아름다운데, 가련하도다
　　오늘밤은 창기집에 머무는도다." 왕발의 〈임고대(臨高臺)〉의 한 구절. 귀공자가 화려
　　한 마차를 타고 창기집을 전전함을 나타내는 말.

(一刻)이 삼추(三秋)로다. 해 지기를 기다릴 제 춘향이 열이 잔뜩 올라, "보고지고, 보고지고. 칠년대한(七年大旱) 빗발같이, 무월동방(無月洞房) 불현 듯이 보고지고. 전전반측(輾轉反側)215) 보고지고. 기둥을 안고 돌아다니면서 손톱만치 보고지고." 소리를 한껏 질렀더니, 동헌에서 사또 취침하셨다가 깜짝 놀라 살평상216)에서 똑 떨어져 담배대에 목을 찔려 통인(通引)을 급히 부르니 통인이 대답을 길게 하니 사또 꾸중하되, "이놈 급한 때는 그 대답을 두어 도막에 잘라하여라. 책방에서 생침맞는 소리가 나니 손아귀 센 놈이 신(腎)다리217)를 쥐었느냐, 영때 큰 놈이 살랑을 지르느냐218), 문틈에다 불알을 끼었느냐? 바삐 가서 알아보아라." 통인이 급히 나가며 "쉬! 무슨 소리를 그다지 질렀느냐? 사또께서 평상(平床)에서 취침하셨다가 담배대에 목을 찔려 유혈(流血)이 낭자(狼藉)하고 탕건(宕巾)219)이 벗겨져서 호박(琥珀)을 개가 물고 가고 통숫간220) 집 위에 곤 호박 떨어지듯 똑 떨어져서 기지사경(幾至死境)221)이오."

　도련님이 깜짝 놀라, "이 자식, 쉬라니? 내가 육칠월 푸독사(毒蛇)222)냐? 남문 밖 장날인데 술주정꾼 책방 담모퉁이로 소리를 질렀단다." "도련님 목소리를 알고 묻는 것을 방색(防塞)223)하여 무엇하오?" "이 말 저

---

213) 홰 : 횃대. 옷을 걸 수 있게 만든 막대. 간짓대를 잘라 두 끝에 끈을 매어 벽에 달아매어 둔다.
214) 상방 : 예전에 관아의 우두머리가 거처하던 방.
215) 전전반측 : 누워서 몸을 이리저리 뒤척이며 잠을 이루지 못하는 모양.
216) 살평상 : 바닥에 통나무를 대지 않고 나무오리로 일정한 사이를 띄어 죽 박아 바닥을 만든 평상.
217) 신다리 : 남성의 생식기.
218) 영때 ~ 지르느냐 : 전후 문맥으로 미루어 볼 때, 비명을 지른다는 표현인 듯하나, 자세한 것은 미상.
219) 탕건 : 예전에 벼슬아치가 갓 아래 받쳐 쓰던 관. 말총으로 앞은 낮고 뒤는 높게 만듦.
220) 통숫간 : 뒷간의 방언.
221) 기지사경 : 거의 죽을 지경에 이름.
222) 푸독사 : 새파랗게 독이 세게 오른 독사.
223) 방색 : 들어오지 못하게 막는 것. 받아들이지 않고 막는 것.

말 할 것 없이 글 읽다가 시전(詩傳)²²⁴⁾ '칠월편(七月篇)'²²⁵⁾을 보고지고 하였다고 여쭈어라." 통인이 들어가서 여쭈오되, "도련님이 글을 읽어 쌍교(雙轎)를 띄워²²⁶⁾ 보고지고 하였는 줄 아뢰오." 사또 좋아라고 웃음을 웃는데, 하햐 줄을 외더니만²²⁷⁾ 목낭청(睦郎廳)²²⁸⁾을 부르니, 목낭청 대답하고 들어오니, 사또 희색(喜色)이 만면(滿面)하여 "자네, 거기 앉소." "앉으라면 앉지요." "문장(文章) 났네." "문장 났지요." "무던하지." "무던하지요." "자네 뉘 말인지 알고 대답하나?" "글쎄요." "에이 사람 헛대답을 하였네. 우리 아이 말일세." "예, 장하외다." "자네도 어려서 지내본 일이지마는 글 읽기처럼 싫은 것이 없느니." "그렇지요." "우리 아이는 그런 법이 없네." "없지요." "과거는 갈 데 없지." "없지요." "벼슬하리." "벼슬하지요. 하다 못하면 무명실이라도 하지요²²⁹⁾." "에이 이 사람 나가소." "나가라면 나가지요."

통인을 급히 불러 서책(書冊)을 내어주며 도련님 갖다주고 "부지런히 읽으라고 하여라." 통인이 책을 안고 책방에 갖다주니 도련님이 책을 받아 앞에 놓고 차례로 읽을 적에 천자문(千字文)을 내어놓고 "하늘 천(天), 따 지(地), 검을 현(玄), 누루 황(黃) 황당하여 못 읽겠다." 방자놈 달려들며, "여보, 도련님. 천자를 읽거들랑 체격(體格)²³⁰⁾을 알고 읽어보오." "에라 이 놈 미친 놈아! 체격이 무엇이냐?" "내 읽을게 들어보오. 부채를 펼쳐

---

224) 시전 : 〈시경(詩經)〉의 주해서.
225) 칠월편 : 〈시전(詩傳)〉의 한 편명인데, 한 해의 농사일과 여인들의 길쌈 등이 주 내용이다.
226) 쌍교를 띄워 : 쌍가마를 띄워, 즉 높은 벼슬에 오른 사람을 가리킴. 쌍교는 가마 앞 뒤에서 말 두 필이 끄는 고관대작의 가마.
227) 하햐 줄을 외더니만 : '하햐허혀호효…'를 외웠다는 말로, 계속해서 웃었음을 뜻하는 표현이다.
228) 낭청 : 조선조 5, 6품의 문관 벼슬아치. 품계 이름이 '랑'으로 끝나는 당하관으로 참상관이 된다. 〈춘향전〉의 목낭청은 이래도 응하고 저래도 응하는 사람을 일컫는 말.
229) 벼슬하지요 ~ 하지요. : 언어유희. '벼슬'을 '베실'로 듣고, 이와 음이 비슷한 '무명실'로 댓구를 만들어 답하고 있다.
230) 체격 : 시문(詩文)의 체례(體例)와 율격(律格).

들고 쳐다보니 하늘 천, 날아보니 따 지, 홰홰친친 감을 현, 황당하다 누
루 황, 풍기풍기 잘한다. 어떠하오?" 이도령이 어이없어 "에라 이 놈, 잡놈
일다. 장타령231)을 배웠구나. 천자출처(千字出處)를 네 들어라. 자시(子時)
에 생천(生天)하니 호호탕탕(浩浩蕩蕩)232) 하늘 천(天), 축시(丑時)에 생지
(生地)하니 만물(萬物)이 장생(長生) 따 지(地), 삼월춘풍(三月春風) 호시절
(好時節)에 현조남남(玄鳥喃喃)233) 검을 현(玄), 금목수화(金木水火) 오행(五
行)234) 중에 중앙(中央)을 맡았으니 토지정색(土之正色)235) 누루 황(黃), 추
풍삽이석기(秋風颯而夕起)236)하니 옥우쟁영(玉宇崢嶸)237) 집 우(宇), 안득광
하천만간(安得廣廈千萬間)238)에 살기 좋다 집 주(宙), 구년지수(九年之水)
어이하리 하우천지(夏禹天地)239) 넓을 홍(弘), 세상만사(世上萬事) 믿지 마
소 황당(荒唐)하다 거칠 황(荒), 요간부상삼백척(遙看扶桑三百尺)240) 본 듯
하도다 날 일(日), 일락서산(日落西山)에 해는 똑 떨어지고 월출동령(月出
東嶺)에 달 월(月), 춘일공산(春日空山) 저문 날에 낙화분분(落花紛紛) 찰 영
(盈), 미색(美色) 불러 술 부어라 넘쳐간다 기울 측(昃), 하도(河圖) 낙서(洛
書)241) 잠깐 보니 일월성신(日月星辰) 별 진(辰), 원앙침(鴛鴦枕)242) 비취금

---

231) 장타령 : 구전민요의 하나. 동냥하는 사람이 장이나 길거리로 돌아다니면서 구걸을
   할 때 부르는 노래.
232) 호호탕탕 : 넓고 넓어 끝이 없다는 말로 범중엄(范仲淹)의 〈악양루기(岳陽樓記)〉에 나
   오는 구절.
233) 현조남남 : 제비가 시끄럽게 재잘대는 모양. 현조는 제비의 별칭이다.
234) 오행 : 우주 만물을 이루는 다섯 가지 원소. 쇠(金), 물(水), 불(火), 나무(木), 흙(土).
235) 토지정색 : 토지의 원색깔.
236) 추풍삽이석기 : 가을 바람이 저녁에 쓸쓸히 불어오니.
237) 옥우쟁영 : 매우 아름다운 전각들의 웅장한 모양.
238) 안득광하천만간 : "어찌 천만간의 큰 집을 얻겠는가." 두소릉(杜少陵)의 〈모옥위추풍
   소파가(茅屋爲秋風所破歌)〉의 한 부분.
239) 하우천지 : 하나라 우임금의 천지. 하나라 우임금이 9년 동안 계속된 홍수를 다스렸던
   일을 가리킨다.
240) 요간부상삼백척 : 멀리 해가 뜨는 동쪽 바다 삼백 척을 바라보니. '부상'이란 동쪽 바다
   의 해 돋는 곳에 있다는 전설상의 신목(神木).
241) 하도 낙서 : 하도는 복희씨가 하수(河水)에서 나온 용마의 등에 있는 무늬를 보고 팔괘

(翡翠衾)243) 활활 벗고 잘 숙(宿), 양각(兩脚)을 번쩍 들고 사양 말고 벌릴 열(列), 어허둥둥 두드리고 만성회포(晚成懷抱)244) 베풀 장(張), 채역을 서후 깊이 들어245) 소한대한(小寒大寒) 찰 한(寒), 어허 그 날 참도 차다 어서 오게 올 래(來), 엄동설한(嚴冬雪寒) 춥다 마소 유월염천(六月炎天) 더울 서(暑), 선거이 가는 놈을 아주 하직 갈 왕(往), 이제 가면 언제 올까 엽락오동(葉落梧棟) 가을 추(秋), 너희 홀로 짓는 농사 자연 성수(成遂) 거둘 수(收), 추야공산(秋夜空山) 저문 날에 낙화분분(落花紛紛) 겨울 동(冬), 님 올까 지은 옷을 지어 심심장지(深深藏持) 감출 장(藏), 일년난득재봉춘(一年難得再逢春)의 윤식(潤飾) 들어 부루 윤(潤)246), 관산험로(關山險路)247) 바라보니 천리만리 남을 여(餘), 이 몸 홀쩍 날게 되면 평생 소원 이룰 성(成), 춘하추동(春夏秋冬) 다 보내고 송구영신(送舊迎新) 해 세(歲), 조강지처(糟糠之妻)248)는 박대 마소 대전통편(大典通編)249) 법 률(律), 네 입 내 입 대니 양구상합(兩口相合) 법중 려(呂), 시화세풍(時和歲豊)250) 좋을시고 우순풍조(雨順風調)251) 고를 조(調), 구년지수(九年之水) 설워마소 칠년대한(七年

를 그린 것이며, 낙서는 우임금이 치수를 하다가 물에서 나온 거북이의 등에 있는 글을 보고 홍범구주(洪範九疇)를 만든 것을 가리킨다.
242) 원앙침 : 원앙을 수놓은 베개를 일컫는 말로 흔히 부부가 함께 베는 베개를 가리킨다.
243) 비취금 : 비취색의 비단 이불이라는 뜻으로, 젊은 부부가 덮는 화려한 이불을 이르는 말.
244) 만성회포 : 뒤늦게 회포를 푸는 일.
245) 채역을 서후 깊이 들어 : 미상. '채역'은 '책력(冊曆)'의 오기로 볼 수도 있다. 책력이란 한 해 동안의 달과 해가 뜨고 지는 일, 일식과 월식, 절기나 다른 기상 변동 따위를 적어놓은 책을 말한다.
246) 일년난득재봉춘 ~ 부루 윤 : 한 해에 봄을 다시 맞기 어려우나 윤달들어 부루 윤. '부루'란 한정이 있는 시간이나 물량을 늘려 쓰는 모양을 가리키는 말.
247) 관산험로 : 고국으로 가는 험난한 길을 바라보니. 관산은 고향 혹은 조국의 다른 말.
248) 조강지처 : 조강은 지게미와 쌀겨라는 뜻으로 가난한 사람이 먹는 변변치 못한 음식이다. 전하여 조강지처는 가난할 때 고생을 함께 하며 살아온 본처를 말한다.
249) 조선 시대 김치인이 왕명에 따라 편찬한 6권 5책의 법전으로, 〈경국대전〉, 〈대전속록〉, 〈대전후속록〉, 〈수교집록〉, 〈속대전〉 등을 집대성한 것이다.
250) 시화세풍 : 나라가 태평하고 풍년이 듦. 시화연풍(時和年豊).

大旱) 볕 양(陽), 손을 넣어 만져보니 가닥가닥 터럭 모(毛), 어떠하냐?" "참
잘하시오." "아서라, 못하겠다."

서책(書冊)을 내어놓고, 대문대문(大文大文)[252] 차례로 읽을 적에, "천지
현황(天地玄黃)[253]하니 황혼(黃昏)되면 내 가리라. 천지지간 만물지중(天地
之間萬物之中)에 유인(唯人)이 최귀(最貴)하니[254] 귀한 중에 더욱 귀라. 무
인(戊寅) 이십삼년(二十三年)이라, 초명 진대부 위사 조적 한건(初命晉大夫
魏斯趙籍韓虔)하여 위제후(爲諸侯)하다[255]. 제 못오면 내 가리라. 원형이정
(元亨利貞)은 천도지상(天道之常)이요, 인의예지(仁義禮智)는 인성지강(人性
之綱)[256]이라. 강보[257] 때에 못 본 것이 한(恨)이로다. 맹자견양혜왕(孟子
見梁惠王)하신대 왕왈 수불원천리이래(王曰叟不遠千里而來)[258]하시니, 지
척동방(咫尺洞房)[259] 천 리로다. 유붕(有朋)이 자원방래(自遠方來)면 불역
낙호(不亦樂乎)아[260]. 아니 가진 못하리라. 관관저구(關關雎鳩) 재하지주
(在河之州)로다[261]. 요조숙녀(窈窕淑女) 찾아가자. 왈 계고 제훈(曰 稽古 帝

---

251) 우순풍조 : 바람과 비가 순조롭다는 말로 태평한 시절을 일컫는 말. 송기(宋祁)의 〈당
   서(唐書)〉에 보면 주나라 무왕이 은나라를 넘어뜨리자 세상이 평안해졌다는 구절이
   있다.
252) 대문대문 : 몇 줄이나 몇 구로 이루어진 글의 한 동강이나 단락을 띄엄띄엄 읽는 모양.
253) 천지현황 : 〈천자문(千字文)〉의 첫머리.
254) 천지지간 ~ 최귀하니 : "하늘과 땅 사이에 있는 모든 것들 중에서 오직 인간이 가장
   귀하나니." 〈동몽선습(童蒙先習)〉의 첫 구절.
255) 무인 이십삼년이라 ~ 위제후하다 : "무인 23년에 처음으로 진나라 대부 위사, 조적,
   한건을 명하여 제후로 삼았다." 송나라의 강지(江贄)가 지은 편년체 사서인 〈통감절
   요(通鑑節要)〉의 첫머리.
256) 원형이정은 ~ 인성지강이라 : "원형이정은 천도의 네 가지 원리이며, 인의예지는 인
   성의 네 가지 강목이라." 〈소학(小學)〉 '제사(題辭)'에 나오는 구절.
257) 강보 : 포대기. 어린아이의 작은 이불. 덮고 깔거나 어린아이를 업을 때 쓴다.
258) 맹자견 ~ 수불원천래이래 : "맹자가 양혜왕을 뵈었는데, 왕이 말하기를 '그대가 천리
   길을 멀다 않고 찾아주시니..'." 〈맹자(孟子)〉의 첫머리.
259) 지척동방 : 아주 가까운 동방. 동방(洞房)은 침실, 특히 신방(新房)을 일컫는 말.
260) 유붕이 ~ 불역낙호아 : "벗이 있어 멀리서 찾아오면 이 또한 즐거운 일이 아니겠는
   가?" 〈논어(論語)〉의 첫머리.
261) 관관저구 재하지주 : 〈시경(詩經)〉의 첫머리.

勳)262)대. 혼미(昏迷)하여 못 읽겠다. 대학지도(大學之道)는 재명명덕(在明明德)263)하며, 멍멍이도 오라더니. 이 건(乾) 원(元)코 형(亨)코 이(利)코 정(貞)코264), 춘향이코 내 코 한데 대니 좋고." 방자놈 달려들며, "도련님 글은 아니 읽으시고 코문서를 정구(精究)265)하시니 소인 코는 어찌하오?" "에라 이놈, 물렀거라. 경서(經書)를 보랴 하면 언해(諺解) 없어 못하겠다. 가갸거겨 가기야 가지마는 걸어가기 어려워라." 방자놈 달려들며, "언문(諺文)을 배우거든 문리(文理)를 들어보오." "네 어디 읽어보아라." "가갸거겨 가엾은 이 내 몸이 거지없이 되었구나. 나냐너녀 날 오라고 부르기로 너고나고 가자꾸나. 다댜더뎌 다닥다닥 부친 정이 덧없이도 되었구나. 라랴러려 날아가는 원앙새야 너고나고 짝을 짓자. 풍기풍기 잘한다." "에라 이놈 상놈일다. 이 글은 못 읽겠다. 한 줄이 두 줄이 되고 글자마다 뒤뵈이니 하늘 천(天)자 큰 대(大)되고, 따 지(地)자 못 지(池)되고, 날 일(日)이 눈 목(目)이 되고, 묘할 묘(妙)자 요자 보소, 춘향일신 분명하다. 천자(天字) 감자되고, 맹자(孟子)는 탱자가 되고, 시전(詩傳)은 사전(辭典)이요, 서전(書典)266)은 딴전이요, 논어(論語)는 잉어되고, 주역(周易)은 누역(縷繹)267)이요, 중용(中庸)은 도롱뇽이라. 이 글 읽다가는 미친 놈이 되겠구나. 방자야 해가 어찌 되었느냐?" "백일(白日)이 도천중(到天中)268)하야 오도 가도 아니하오." "해도 용심(用心)도 불량하다. 저 해를 어찌 보내느냐?

---

262) 왈 계고 제훈대 : "상고 시대를 살펴보건대 요임금은 이름을 방훈이라 하셨다." 〈서경(書經)〉의 한 구절. 그러나 본문의 구절은 일부분이 누락되어 있다. 원문은 "曰 稽古 帝堯曰放勳"이다.

263) 대학지도는 재명명덕 : "대학의 도는 밝은 덕을 밝히는 데 있다." 〈대학(大學)〉의 첫머리.

264) 이 건 ~ 정코 : "건(乾)은 크게 통하니 곧고 바른 것이라야 이롭다." 〈주역(周易)〉 육십사괘(六十四卦) 가운데 첫 번째 괘인 '건위천(乾爲天)'을 설명하는 구절로 〈주역〉의 첫머리이다.

265) 정구 : 정밀히 연구하는 일.

266) 서전 : 중국 송나라 때 주희가 제자 채침을 시켜 〈서경(書經)〉에 주해를 달아 펴낸 책.

267) 누역 : 누더기.

268) 백일이 도천중 : 밝은 해가 하늘 가운데 높이 떠 있음.

불고(不顧) 무정세월약류파(無情歲月若流波)²⁶⁹)라 하더니 허황한 글이로
고. 방자야 해 좀 보아라." "일락서산(日落西山)하고 월출동령(月出東嶺)하
오." "그리하면 동헌에서 퇴등(退燈)²⁷⁰)하였느냐?" "아직 멀었소." 도런님
괴탄하되, "야속하다, 야속하다 우리 부친이 야속하다. 남의 사정도 모를
적에야 원질인들 잘할손가. 육선달 포폄(褒貶)시켜 중(中) 맞기는 가례(嘉
禮)로다²⁷¹). 방자야 동헌 좀 쳐다보아라." "아직 멀었소." "방자야." "네, 대
모관자(玳瑁貫子) 아니면 뛰겠소²⁷²). 말씀하오." "상방(上房)에 가서 사또
눈을 좀 보고 오너라." "눈을 보면 어떠하오?" "대중이 있느니라. 쉽게 주
무시려 하면 자주 금적거리고, 더디 주무시려 하면 드문드문 금적이느니
라." 방자놈 갔다오더니, "어보 그 눈 대중을 못하겠습데다. 어떤 때는 새
씹하듯 깜짝이듯 깜짝깜짝하다가 어떤 때는 비맞은 쇠눈 금적이듯 금적
금적 하니 알 수 없습네다." "에라, 홀레 개자식 그만두어라. 내가 보마."
도런님이 상방에 들어가니 사또 오수경(烏水鏡)²⁷³)을 쓰고 평상(平床)에
누웠는데 눈을 뜨고 나를 보시나 감고 주무시나 한참 서서 궁리타가 잠을
아니들었으면 나를 보고 말할테요, 잠이 깊이 들었으면 자취 없이 나가리
라 한 번 대중을 보자 하고 안경 앞에 가서 손가락을 꼼작꼼작하니 사또
그 거동을 보고 "이것이 무슨 짓인고?" 도런님이 깜짝 놀라 두 손을 마주
잡고 둘러대는 말이, "안경테에 벌러지가 기는 듯하여 그리하였지요." "어

---

269) 불고 무정세월약류파 : 미처 돌아보지 못하는 사이에 무정한 세월은 물처럼 흘러가는
    구나. 주희의 〈권학문(勸學文)〉에 나오는 구절.
270) 퇴등 : 시골 관아에서 원님이 잠잘 때에 등불을 끄던 일.
271) 육선달 ~ 가례로다 : 6월과 12월에 정기적으로 이루어졌던 관리 평가에서 상중하 중
    중급으로만 평가되어도 집안의 경사라는 뜻이다. 조선시대에는 '포폄' 혹은 '전최(殿
    最)'라 불리는 관리 근무성적 평정제도가 있었다. 이는 매년 6월과 12월을 기준으로
    업무처리능력을 알아보는 것이었는데, 지방관의 경우는 농상의 장려, 공물 징수 등이
    주요한 평가 항목이었다.
272) 대모관자 아니면 뛰겠소 : 대모관자라도 너무 자주 끈을 매었다 풀었다 하면 그 끈이
    떨어지겠다는 뜻으로, 사람을 너무 자주 부를 때 이르는 말이다. 대모관자는 바다거
    북의 껍데기로 만든 관자. 관자는 망건에 달아 망건 당줄을 꿰는 고리이다.
273) 오수경 : 안경알을 빛이 검은 수정으로 만든 안경.

서 나가 일찍 자고 글공부를 부지런히 하라." 도련님이 무안하여 나오면
서, "늙어갈수록 잠도 없지." 책방에 돌아와 성화나서 기다릴 제 이윽고
퇴등(退燈)한다. 이도령 좋아라고, "방자야, 청사초롱274)에 불 켜들고 춘향
의 집 찾아가자."

방자 불 들려 앞에 세우고 삼문거리 홍살문 네거리로, 향청(鄕廳)275) 뒤
로 도로 홍살문 네거리를 지나갈 제 방자놈 이도령을 속이려고 부중(府中)
을 감돌아 홍문(紅門)276)거리를 오륙차나 가니 도련님 의심하여, "이애 방
자야, 남원부사 홍살문이 몇 채더냐?" "홍살문이 일곱이요." "어떤 홍살문
이 일곱이냐?" "그러기에 대모관이지요." "그러면 춘향의 집이 몇 리나 되
노?" "아직 멀었소." "내가 온 분수 가령하면277) 삼사십리 걸었는데 이제도
멀었다니 아무래도 모르겠다." 방자놈 돌아서며 "도련님 말씀 들으시오.
기생의 집 가는 길에 우리 둘이 편발(編髮)인즉 방자라고 마시고 이름이
나 불러주오." "그리하마. 네 이름이 무엇이냐?" "이름이 몹시 거북하지요.
소인의 성(姓)은 아시오?" "성이 무엇이냐?" "벽성(僻姓)278)이지요." "무엇이
냐?" "아가요." "성도 고약하다. 이름은 무엇이니?" "버지요." "그 놈 성명도
고약하도다. 양반이야 부르겠느냐? 상놈일다." "여보 도련님 말씀 들으시
오. 구성명(具姓名)하여 불러주시면 모시고 가려니와 방자라고 부를 터이
면 도련님이 혼자 가시오. 소인은 다른 데로 갈터인즉 가려건 가고 말려
건 마시구려." 이도령 바쁜 마음이 일각이 삼추로다. 가만히 생각하여 성
명을 붙여보니 부르기가 난감하고 부르지 말자니 갈 길을 못 가겠네. "이
애 방자야, 오늘밤만 성명을 고쳐부르면 어떠하냐?" "되지 못할 말을 마

---

274) 청사초롱 : 원래는 궁중에서 사용하였던 등롱. 푸른 운문사(雲紋紗)로 바탕을 삼고,
    위아래에 붉은 천으로 동을 달아서 만든 옷을 둘러씌웠다.
275) 향청 : 유향소(留鄕所). 고려, 조선 시대에 지방의 수령을 보좌하던 자문 기관. 풍속을
    바로잡고, 향리를 감찰하며, 민의를 대변하였다.
276) 홍문 : 홍살문.
277) 분수 가령하면 : 거리를 생각해보면, 수를 나누어 짐작해보면.
278) 벽성 : 매우 드문 성씨.

오. 아무리 상놈인들 변명역성(變名易姓)279)이 될 말이요. 갈테거든 혼자 가오. 내일 아침에 책방에서 만납시다." 떨치고 도망하니 이도련님이 황망하여 좇아가며 "이애 마라, 어서 가자." 방자놈이 등불 끄고 가만히 숨었으니 허다한 인가(人家) 중에 찾을 길이 전혀 없다. 이도령 민망하여 이리저리 찾으면서 이놈이 여기 어디 숨었겠다. 중얼중얼 하는 모양은 혼자 보기는 아깝다. 도련님이 생각하되, '방자야 부르면 더군다나 안 되겠구나. 성명을 부르자니 난중(難中)하여 못하겠네. 이런 놈의 성명도 세상에 있나. 밤은 점점 깊어가고 내일이 바빠 할 수 없다. 한 번만 불러 보자.' 가만히 시험하겠다. "아버지." 크게야 부를 수 있나. 몹쓸놈의 성명도 있다 하릴없이 불러 보자. "아버지야." 방자놈이 썩 나서며, "우애." 도련님 기가 막혀, "천하의 몹쓸놈아. 이다지도 몹시 속이느냐. 장난 말고 어서 가자." 방자놈 불 켜들고 탄탄대로(坦坦大路) 상에 완완(緩緩)히 나가면서 좌우를 살펴보니 월색(月色)은 명랑(明朗)한데 갑제천맹은 분척리(甲第千甍分戚里)한데 수호문창이 조기롱(繡戶文窓雕綺櫳)280)이라. 호탕한 유협소년(遊俠少年) 야입청루(夜入靑樓) 하는구나.

　한모퉁이 훌쩍 돌아 죽림심처(竹林深處) 들어가니 적적시문(寂寂柴門) 개 짖는다. 대 심어 울281)하고 솔 심어 정자(亭子)로다. 문전학종(門前學種) 유사사(柳絲絲)282)로 휘어져 광풍(狂風)을 못이기어 우줄활활 춤을 춘다. 동편에 우물이요, 서편에 연당(蓮塘)283)이라. 문전에 삽사리 앉아 오는

---

279) 변명역성 : 이름을 바꾸고 성을 고침.
280) 갑제천맹분척리 수호문창조기롱 : '화려한 집과 높은 용마루는 장안에 분명하고, 무늬 놓은 비단 창에 아로새긴 창틀이로다.' 당나라 시인 왕발(王勃)의 악부시 〈임고대(臨高臺)〉의 한 구절.
281) 울 : 울타리.
282) 문전학종 유사사 : 문 앞에 심은 가는 버들. 당나라 시인 왕유(王維)의 〈노장행(老將行)〉에 보면 '門前學種先生柳'라는 구절이 보인다. 이는 '문 앞에서는 도연명의 버들 심기를 배운다네'라는 뜻으로, 도연명의 〈오류선생전(五柳先生傳)〉을 염두에 두고 쓴 구절이다. '유사사'는 실처럼 가는 버드나무 가지를 의미한다.
283) 연당 : 연못.

객을 싫어한다. 사면(四面)을 살펴보니 집 치레 굉장하다. 안팎 중문(中門)[284], 줄행랑(行廊)[285]에 고주대문(高柱大門)[286] 높이 달고, 안방 삼간(三間), 대청(大廳)[287] 육간, 월방(越房)[288] 간반(間半), 골방[289] 한 간, 부엌 삼간, 굴도리[290] 선자(扇子)추녀[291], 완자창(卍字窓)[292], 가로닫이[293], 국화새김, 완자문(卍字門)[294], 영창(映窓)[295], 갑창(甲窓)[296], 장지[297] 어코, 층층벽창(層層壁窓)[298], 초헌(草軒)다락[299] 찬란도 하다. 참 어지간하곤.

　사랑(舍廊)[300] 앞에 연못 파고 못 가운데 석가산(石假山)[301] 모으고 숙석(熟石)[302]으로 면(面)을 보아 층층계를 모았는데 쌍쌍(雙雙) 징경이[303], 양양(兩兩) 비오리[304], 대접같은 금붕어는 물을 켜고 노니는데, 화계(花

---

284) 중문 : 대문 안에 또 세운 문.
285) 줄행랑 : 대문의 좌우로 죽 벌여 있는 종의 방.
286) 고주대문 : 솟을대문. 행랑채의 지붕보다 높이 솟게 지은 대문. 좌우의 행랑채보다 기둥을 훨씬 높이어 우뚝 솟게 짓는다.
287) 대청 : 한옥에서 몸채의 방과 방 사이에 있는 큰 마루.
288) 월방 : 건넌방.
289) 골방 : 큰 방의 뒤쪽에 딸린 작은 방.
290) 굴도리 : 둥글게 만든 도리.
291) 선자추녀 : 서까래를 부챗살 모양으로 댄 추녀. 서까래의 안목들을 점점 가늘게 다듬어서 끝은 벌어지고 안쪽은 한데 붙어 부챗살 모양을 이룬다.
292) 완자창 : 창살이 만(卍)자 모양으로 된 창. 만자창이라고도 한다.
293) 가로닫이 : 가로로 여닫게 되어 있는 창이나 문.
294) 완자문 : 문짝 살대가 만(卍)자 모양으로 된 문. 만자문 혹은 완자쇄문이라고도 한다.
295) 영창 : 방을 밝게 하기 위하여 방과 마루 사이에 낸 두 쪽의 미닫이.
296) 갑창 : 추위와 밝은 빛을 막으려고 안팎으로 두껍게 종이를 발라 미닫이 안쪽에 덧끼우는 미닫이.
297) 장지 : 방과 방 사이, 또는 방과 마루 사이에 칸을 막아 끼우는 문. 장지는 미닫이와 비슷하나 운두가 높고 문지방이 낮다.
298) 벽창 : 햇빛을 받거나 바람이 통하도록 하기 위하여 벽에 낸 창.
299) 초헌다락 : 초당(草堂). 모옥(茅屋).
300) 사랑 : 한옥에서 집의 안채와 떨어져서 바깥 주인이 거처하며 손님을 접대하는 곳.
301) 석가산 : 정원 같은 곳에 돌을 모아 쌓아서 만든 산.
302) 숙석 : 인공으로 다듬은 돌.
303) 징경이 : 물수리.

階)305)를 돌아보니 일층이층 삼사층의 화초(花草)도 찬란하다. 왜철쭉, 진달래, 맨드라미, 봉선화, 모란(牧丹), 작약(芍藥), 치자(梔子)306), 동백(冬柏), 파초(芭蕉)307), 난초(蘭草), 원추리308), 구기자(枸杞子), 노송(老松), 반송(盤松)309), 월사계초310), 주화, 백일홍(百日紅), 한련화(旱蓮花)311), 영산홍(映山紅), 국화(菊花), 수국(水菊), 불두화(佛頭花)312)며 홍도(紅桃)313), 벽도(碧桃)314), 석축화며 벽오동(碧梧桐), 향일화(向日花)315) 동(東)에 매설백(梅雪白), 남(南)에 적작약(赤芍藥), 서(西)에 백학령(白鶴翎)316), 북(北)에 금사오죽(金絲烏竹)317) 가운데 황학령(黃鶴翎)318) 법수차려 심었구나.

---

304) 비오리 : 오리과의 물새. 암수가 항상 함께 다님.
305) 화계 : 화단(花壇). 꽃을 심기 위하여 흙을 한층 높게 하여 꾸며놓은 꽃밭.
306) 치자 : 꼭두서닛과의 상록 활엽 관목. 높이는 1~4미터이며, 6월에 흰 꽃이 하나씩 가지 끝에 핀다. 열매는 이뇨제 혹은 주홍색 물감의 원료로 쓴다.
307) 파초 : 파초과의 여러해살이풀. 높이는 2미터 정도이며, 여름에 노란색을 띤 흰색의 꽃이 핀다. 약재로 쓰이기도 하지만 주로 관상용으로 재배한다.
308) 원추리 : 백합과의 여러해살이풀. 잎은 뿌리에서 모여나고 좁고 길다. 여름에 잎 사이에서 나온 1미터 정도의 긴 꽃줄기 끝에 백합 비슷한 등황색 꽃이 핀다. 어린잎과 꽃은 식용하고 뿌리는 약재로 쓰인다.
309) 반송 : 키가 작고 옆으로 퍼진 소나무.
310) 월사계초 : 월계화(月季花)를 이르는 말인 듯하다. 월계화는 장미과의 상록 관목으로 초여름에서 가을까지 홍색, 백황색 꽃이 계속 피고 열매는 이과(梨果)로 가을에 빨갛게 익는다. 월계화는 월계(月季), 사계(四季) 등으로 불린다.
311) 한련화 : 한련과의 덩굴성 한해살이풀. 높이는 1.5~2미터이며 잎은 어긋나고 연꽃잎 모양이다. 7~8월에 잎겨드랑이에서 나온 꽃대 끝에 노란색, 붉은색, 노란색을 띤 흰색의 오판화(五瓣花)가 피고, 열매는 삭과(蒴果)로 9월에 익으며 매운맛이 난다.
312) 불두화 : 인동과의 백당나무의 한 품종. 백당나무와 비슷하지만 꽃이 모두 무성화(無性花)이다. 주로 절에서 관상용으로 재배한다.
313) 홍도 : 복숭아나무의 하나. 겹꽃잎이 짙은 붉은 색이며 열매가 없어 관상용으로 재배한다.
314) 벽도 : 복숭아나무의 하나로 꽃은 희고 꽃잎이 여러 겹으로 되어 있다. 벽도는 흔히 선경에 있다는 전설상의 복숭아나무에 비유된다.
315) 향일화 : 해바라기.
316) 백학령 : 흰 색의 국화.
317) 금사오죽 : 반죽(斑竹)의 일종으로 줄기가 가늘고 마디가 툭 불거졌으며 작은 점이 박혀있다.

대문을 들어서니 서화부벽(書畵付壁) 입춘서(立春書)[319]가 분명하다. 대
문에 울지경덕(蔚遲敬德)[320], 중문에 진숙보(秦叔寶)[321]라. 입춘대길(立春大
吉) 건양다경(建陽多慶)[322] 춘도문전증부귀(春到門前增富貴)[323]를 뚜렷이
붙였는데, 왕희지(王羲之)[324] 난정기(蘭亭記)[325]와 도연명(陶淵明)[326] 귀거
래사(歸去來辭)[327]를 사면에 붙여있고 대청(大廳)을 쳐다보니 삼층장, 이층
장, 탁자, 괴목(槐木)뒤주[328], 용충항아리[329] 올려놓고 제상(祭床)[330], 교의
(交椅)[331], 향상(香床)[332]이며 칠함지[333], 대목판[334], 나주판[335], 통영술

---

318) 황학령 : 누런빛의 국화.
319) 입춘서 : 입춘에 벽이나 문짝 문지방 따위에 써서 붙이는 글.
320) 울지경덕 : 당나라 장수로 이름은 공(恭), 경덕은 그의 자이다. 후에 당태종이 되는
    진왕(秦王) 이세민(李世民)에게 귀순하여 심복으로서 천하통일의 큰 공을 세웠다.
321) 진숙보 : 이름은 경(瓊). 울지경덕과 함께 진왕(秦王) 이세민의 심복 명장이었다. 울지
    경덕과 진숙보는 대문에 붙여 귀신을 쫓는 수문화(守門畫)이다.
322) 입춘대길 건양다경 : 입춘서에 흔히 쓰이는 대구(對句)로 '입춘을 맞이하여 크게 좋은
    일이 있고, 새해가 시작됨에 경사스러운 일이 많기를 바란다'는 뜻이다.
323) 춘도문전증부귀 : 봄이 문 앞에 이르러 부귀를 더하네. 입춘서에 흔히 쓰이는 글귀.
324) 왕희지 : 중국 동진(東晉)의 서예가. 해서, 행서, 초서의 세 가지 서체를 다듬었다.
325) 난정기 : 왕희지는 진나라 영화 3년(353)에 당시의 명사인 사안(謝安), 손작(孫綽) 등
    40여인을 절강성 소흥현에 있는 정자인 난정에 모아 시를 짓고 시집을 엮었다. 이
    시집의 서문이 왕희지의 〈난정기〉이다.
326) 도연명 : 동진(東晋)의 시인이며, 이름은 잠(潛)이고 연명은 자이다.
327) 귀거래사 : 도연명이 팽택(彭澤)의 영(令)이 되었다가 80일 만에 사직하고 전원으로 돌
    아가며 지었다는 작품이다.
328) 괴목뒤주 : 느티나무로 만든 뒤주. 뒤주는 곡식을 넣는 나무로 만든 궤짝.
329) 용충항아리 : 조선시대 대청에 뒤주를 놓고 그 위에 장식을 위해 흔히 놓았던 항아리.
    '용충'은 '용준(龍罇)'의 변형으로 청화백자 중에서 용이 그려진 술항아리를 의미한다.
330) 제상 : 제사에 쓰이는 상.
331) 교의 : 제사를 지낼 때 신주(神主)를 모시는 다리가 긴 의자.
332) 향상 : 제사 때에 향로나 향합을 올려놓는 상. 향안(香案)이라고도 함.
333) 칠함지 : 옻칠을 한 함지. 함지는 나무로 네모지게 짜서 만든 그릇으로 운두가 조금
    깊으며 밑은 좁고 위는 넓다.
334) 대목판 : 대목(大木)으로 만든 상. 판은 상(床)의 방언.
335) 나주판 : 나주반(羅州盤). 전라남도 나주에서 만들어지는 소반(小盤). 굵은 변죽에 얇
    은 천판을 끼우고 네 귀는 각이 지게 한다. 다리는 호랑이나 개의 것을 본떠서 굵게

반336), 죽죽이 쌓았구나.

이도령 가만히 들어가서 화초(花草) 속에 몸을 숨겨 춘향의 자취 살펴보니, 춘향의 거동보소. 사창(紗窓)을 반개(半開)하고 오동복판(梧桐腹板) 거문고337)에 새 줄 얹어 줄 골라 빗기 안고, 공주감영(公州監營) 청심박이338) 상방초339)에 불달여놓고 불우리340)로 앞 가리고, 섬섬옥수(纖纖玉手)를 들어다가 줄 고를 제, 대현(大絃)341)은 농농342) 노룡(老龍)의 울음이요, 소현(小絃)343)은 영영344) 청학(靑鶴)의 소리로다. 칠월편(七月篇) 외우면서 거문고로 화답한다. "칠월유화(七月流火)여든 구월수의(九月授衣) 하느니라. 일지일필발(一之日觱發)하고, 이지일률열(二之日栗烈)하나니, 삼지일우사(三之日于耜)하고, 사지일거지(四之日擧趾)하나니, 엽피남묘(饁彼南畝)하거든 전준지희(田畯至喜)하느니라345)." 덩지둥덩 징346). "대인난대인

만든다.

336) 통영술반 : 통영에서 만든 소반. 아래 위 두 개의 중대(中臺)가 있고 네 다리가 곧은 것이 특징이다.

337) 오동복판 거문고 : 오동나무로 아랫판을 댄 거문고. 거문고는 우리나라 현악기의 하나로 오동나무와 밤나무를 붙여 만든 장방형의 통 위에 명주실을 꼬아 만든 여섯 개의 줄이 걸쳐 있다.

338) 공주감영 청심박이 : 공주에서 나는 청심촉(靑心燭). 푸른 솜으로 심지를 박은 쇠기름의 초로 충청남도 공주의 특산물이다.

339) 상방초 : 한 집의 주인이 거처하는 방에 켜는 초.

340) 불우리 : '불어리'의 오기(誤記). 불어리는 불티가 바람에 날리는 것을 막으려고 화로에 들씌우는 제구. 위에는 바람이 통하도록 구멍이 뚫려 있다.

341) 대현 : 거문고의 네 번째 줄.

342) 농농 : 거문고 대현(大絃)에서 나는 소리의 구음(口音).

343) 소현 : 원래 소현은 칠현금(七絃琴)의 줄 이름이지만, 본문에서는 거문고의 유현(遊絃)을 지칭하는 말로 보인다. 거문고는 몸 가까운 곳에서부터 문현(文絃), 유현(遊絃), 대현(大絃), 괘상청(棵上淸), 괘하청(棵下淸), 무현(武絃)의 6줄로 되어있다.

344) 영영 : 거문고 유현(遊絃)에서 나는 소리의 구음.

345) 칠월유화여든 ~ 전준지희 하느니라 : "칠월에는 심성이 흐르고 구월에는 겨울옷을 준비하네. 동짓달에는 바람이 차고 섣달에는 날씨가 차다네. 정월에는 보습을 닦고, 이월에는 밭갈러 가네. 저 건너 남쪽 이랑에 들밥 내가면 농사 맡은 관리가 기뻐한다네." 〈시경(詩經)〉의 한 구절.

346) 덩지둥덩 징 : 거문고의 각 줄에서 나는 음색을 본떠 만든 구음(口音). 거문고는 전체

난(待人難待人難)³⁴⁷⁾하니 계삼오야(鷄三五夜)³⁴⁸⁾ 오경(五更)³⁴⁹⁾이라. 둥덩
출문망(出門望) 출문망 월괘오동(月掛梧桐)의 상상지(上上枝)라 둥지둥. 아
마도 백난지중(百難之中)의 대인난(待人難)이라." 지두둥덩지. 영산도드리
며 자진한잎³⁵⁰⁾을 타는 거동 사람의 간장(肝腸)을 다 녹인다.

이도령이 한참 듣다가 기침 한 마디를 하였더니 춘향이가 깜짝 놀라며
거문고 비켜놓고 가만히 망견(望見)타가 안방에 건너 가서 저의 모를 깨
우는데, "어머니 일어나오. 화계(花階) 속에 인적(人跡) 있소. 어머니 어서
일어나오." 춘향 어머니가 깜짝 놀라, "인적이 무엇이니?" 문 펄쩍 열떠리
고 "무엇이 왔나, 허깨비가 왔나? 방정맞은 계집아이 무엇을 보고 그러느
냐?" 노랑머리 비켜 꽂고 지팡막대 걸터 짚고 헌신짝 찍찍 끌고, "내 집에
도적이 왔나, 동네 글방 아이들이 앵도 도적질 왔나보다." 이리저리 나오
면서, "모란화 그늘 속에 은근히 앉은 것이 신동(神童)인가, 선동(仙童)인
가? 봉래(蓬萊), 천태(天泰)³⁵¹⁾ 어디 두고 누구를 보자고 여기를 왔나?" 이
도령이 무안하여 일어서며 대답하되, "할미집이 미주영준(美酒盈樽)³⁵²⁾하

6줄로 되어 있는데, 이 중 가락을 연주할 때 주로 쓰는 줄은 유현과 대현의 두 줄이며,
나머지 줄에서는 모두 고정된 음이 난다. 거문고의 구음은 어떤 줄을 써서 어떤 음을
내는가에 따라 붙여진다. 거문고를 탈 때, 왼손은 장지, 식지, 모지를 쓰는데 유현일
경우 손가락 순서대로 '당·동·징'의 구음이 쓰이고, 대현일 경우 같은 순서로 '덩·둥
·등'의 구음이 쓰인다. '지'라는 구음은 오른손에 잡고 있는 술대로 줄을 쳐서 소리
내지 않고 왼손가락으로 줄을 쳐서 자출성(自出聲)으로 소리 낼 때 사용된다.
347) 대인난대인난 : 사람을 기다리기가 매우 어려우니.
348) 계삼오야 : 오야란 하룻밤을 다섯으로 나눈 갑야(甲夜), 을야(乙夜), 병야(丙夜), 정야
    (丁夜), 무야(戊夜)의 통칭이다. 계삼오야란 하룻밤 동안에 닭이 세 번 운다는 말이다.
349) 오경 : 하룻밤을 다섯으로 나눈 것 중 맨 마지막으로 새벽 3시에서 5시 사이를 가리
    킨다.
350) 영산도드리며 자진한잎 : 여기서의 영산도드리와 자진한잎은 각각 영산회상(靈山會
    相)과 가곡(歌曲)을 가리키는 말로, 춘향이가 격조 있게 풍류(風流)를 즐기는 인물이
    라는 것을 묘사하기 위한 장면으로 볼 수 있다. 기악곡인 영산회상과 성악곡인 가곡
    은 조선 후기 풍류를 즐기던 선비들이 좋아하던 대표적인 곡들이다.
351) 천태 : 천태산(天泰山). 천태산은 고전소설 〈숙향전〉에서 숙향을 구하기 위해 인간 세상
    에 내려와 술장사를 하는 마고선녀의 선계.
352) 미주영준 : 좋은 술이 술동이에 가득함.

다기로 술 사먹자고 내가 왔네. 목동이 요지행화촌(牧童遙指杏花村)하니 차문주가(借間酒家)353) 내 아닐세." 서로 문답할세 방자놈 떡 나서며, "여보 들네지마오." 춘향어미가 깜짝 놀라, "너는 또 누구냐?" "책방의 방자요." "옳지. 요년의 씹다리를 둘러메고 나온 녀석, 작년에도 앵도 복사 훑어가더니 두 녀석이 또 왔구나." "여보, 떠들지 말고 남의 말 좀 들어보오." "말이 무슨 말이니?" "오늘날 책방 도련님 모시고 광한루 피서 갔더니 춘향인가 무엇인가 추천을 하다가 도련님 눈에 들켜서 성화(星火)같이 불러달라 하기에 부르러 간 즉, 좀년의 계집애가 편지 쓰기를 오늘 저녁에 오라 하고 떡집이 산병(散餠)354) 마추듯, 사기장사 종짓굽 맞추듯355) 저희끼리 군우(群友)하고 발광(發狂)나서 가자기로 데리고 온 일이지 어느 바삭의356) 아들놈 욕 먹으러 왔소? 공연히 알지도 못하고 욕만 더럭더럭 하여 가오?"

춘향어미 말듣고 잔도래치는 말이357), "책방 방자 고두쇠냐? 어둔 밤에 몰랐구나. 내가 너의 어머니와 정동갑(正同甲)358)일다. 노야지 마라. 저기 책방 도련님이냐? 귀중하신 도련님이 심야(深夜) 삼경(三更)359)에 무슨 일로 와 계신고?" 이도령이 처음 오입이라 무안하여, "자네 딸과 언약이 있기로 유의미망(有意未忘) 찾아왔네." 춘향어미 하는 말이, "여보 도련님, 그런

---

353) 목동이 ~ 차문주가 : 두목의 시 〈청명시(淸明詩)〉의 한 구절을 이용한 대답이다. 두목의 시 원문은 "술집이 어디 있느냐고 물으니, 목동은 멀리 행화촌을 가리키네(借間酒家何處有 牧童遙指杏花村)"이다.

354) 산병 : 흰떡을 재료로 하여 개피떡 비슷하게 반달 모양으로 빚어 소를 넣은 떡. 보통 아주 잘게 만들며, 갖가지 색의 물감을 들여 서너 개씩을 붙이는데, 봄에 먹거나 웃기떡으로 쓴다.

355) 사기장사 종짓굽 맞추듯 : 들락날락함이 없이 꼭 같게 맞춤을 비유적으로 이르는 말. '종짓굽'이란 종지의 밑굽.

356) 바삭 : '바삭'이란 말은 '팔삭이'에서 온 것으로 보인다. 팔삭이란 어리석고 재주가 없는 사람을 가리키는 말.

357) 잔도래치는 말이 : 말재주를 부려 둘러대면서 하는 말이.

358) 정동갑 : 나이가 꼭 같음.

359) 삼경 : 하룻밤을 오경(五更)으로 나눈 셋째 부분. 밤 11시에서 새벽 1시 사이이다.

말씀일랑 두 번 마오. 내 딸 춘향 매몰하여 친구 왕래 전혀 없고 사또 만일 아시면 우리 모녀 두 신세는 부지하경(不知何境) 될 것이니 어서 바삐 돌아가오." 이도령 하는 말이, "할미, 그는 염려마오. 사또도 소시(少時)에 우리 앞집의 꾀쇠누님 친하여 가지고 개구멍 출입하다가 울타리 가지에 눈퉁이를 걸끄미여 게뚜더기360)가 여태 있네. 염려말고 들어가세."

춘향어미가 그 말을 듣고, "귀중하신 도련님이 밤중에 오셨다가 공행(空行)으로 돌아가면 피차(彼此) 섭섭할 터이니 잠깐 다녀 가옵소서. 춘향아 이리 좀 오너라. 책방 도련님이 오셨구나. 어서 바삐 나와 영접해라." 춘향이 대답하되, "누가 왔어요?" "귀객(貴客)이 오셨구나." "귀객이면 누구시오?" "일가(一家)란다." "어찌 되는 일가요?" "네가 모르지 알겠니? 촌수(寸數)를 일러주마. 네게 대면 작은 오라비 맏누이 시아버지 큰아들의 외조부 손자 사위다. 나로 대면 오라버니 생질사위다. 원당근당(遠堂近堂) 모두 대면 도합이 일백사십여촌일다. 가까이 계촌(計寸)하면 복상칠촌(腹上七寸)일다." 춘향이가 듣고 좋아라고, "내 평생 원하기를 일가 없어 한이더니 일가라니 반가워라." 연보(蓮步)를 자주 옮겨 도련님 영접한다.

당상에 올라서며 좌우를 살펴보니 기둥에 붙은 입춘서(立春書) 작조채봉함춘지(昨朝彩鳳含春至)요 금일천관사복래(今日天官賜福來)361)라. 원득삼산불로초(願得三山不老草) 배헌고당학발친(拜獻高堂鶴髮親)362)을 뚜렷이 붙여 있고, 동벽(東壁)을 바라보니 진처사(晉處士) 도연명(陶淵明)이 팽택령(彭澤令) 마다하고 추강(秋江)에 배를 띄워 시상으로 가는 경(景)363)과 주(周)나라

---

360) 게뚜더기 : 눈가의 살이 헐거나 다친 자국이 있어 꿰맨 것처럼 보이는 것. 또는 그런 것을 가진 눈.

361) 작조채봉함춘지 금일천관사복래 : 어제 아침에는 다채로운 봉황이 봄을 머금고 이르더니, 오늘은 하늘의 선관(仙官)이 복을 안고 이른다. 입춘서에 흔히 쓰이는 대구.

362) 원득삼산불로초 배헌고당학발친 : 원하건대 삼신산에 있다는 불로초를 얻어서 높은 집에 거하시는 머리가 흰 양친에게 절하여 바치고 싶다는 뜻. 입춘서에 흔히 쓰이는 대구.

363) 진처사 ~ 가는 경 : 도연명은 동진(東晉)의 시인이며, 이름은 잠(潛)이고 연명은 자이다. 본문의 구절은 팽택 지방의 수령으로 부임했던 도연명이 80일 만에 관직을 사임

강태공(姜太公)이 선팔십궁곤(先八十窮困)하여 위수변(渭水邊)에 낚싯대를
드리우고 주문왕(周文王) 기다리는 경(景)³⁶⁴⁾을 역력히 그려있고, 서벽(西
壁)을 바라보니 황산관 항도령³⁶⁵⁾이 떠오는 기러기 맞추려고 철궁(鐵弓)에
왜전(矮箭)³⁶⁶⁾을 먹여 흉허복실(胸虛腹實)³⁶⁷⁾ 비정비팔(非丁非八)³⁶⁸⁾ 전추남
산(前推南山)³⁶⁹⁾ 우타 북해경으로 삼지(三指)³⁷⁰⁾를 맞춰 숨통이 터지도록
끝까지 받자 하여 깍지손³⁷¹⁾ 눌러떼니 번개같이 빠른 살이 바람같이 건너
가 기러기 죽지 맞아 공중에 빙빙 도는 것이 저 한량 받으려고 궁시(弓矢)를
팔에 걸고 마래기³⁷²⁾를 젖혀 쓰고 주춤주춤 하는 거동 역력히도 그렸구나.
　남벽(南壁)을 바라보니 상산사호(商山四皓) 네 노인이 바둑 한 판을 앞
에 놓고 한 노인 흑자 들고 이만하고 앉았다가 천하지중(天下之中) 잃었다
고 선웃음 치고, 또 한 노인은 청의황건(靑衣黃巾)에 백우선(白羽扇)³⁷³⁾을

하고 자신의 고향으로 돌아갔다는 고사를 원용하고 있다. 도연명은 팽택령을 사임하
고 돌아가면서 유명한 작품인 〈귀거래사(歸去來辭)〉를 지었다.
364) 주나라 강태공이 ~ 기다리는 경 : 강태공은 태공망으로도 불리며, 주나라 초기의 정
치가이자 재상이다. 본명은 상(尙). 위수에서 낚시를 하다가 주나라 문왕을 만나 그의
군사(軍師)가 되었으며, 뒤에 무왕을 도와 은나라를 멸하고 천하를 평정하였다. 본문
의 '선팔십궁곤'은 강태공이 80년 동안은 낚시질을 하면서 힘들게 살았으나, 이후의
80년은 재상이 되어 잘 살았다는 고사.
365) 황산관 항도령 : 미상.
366) 철궁에 왜전 : 철궁은 전체가 쇠로 만들어진 활이고, 왜전은 길이가 짧은 화살을 말한다.
367) 흉허복실 : 숨을 다 내쉬고 배에 힘을 꽉 줌을 이르는 말.
368) 비정비팔 : 두 발을 '정(丁)' 자도 아니고 '팔(八)' 자도 아닌 모양으로 벌리고 서서.
369) 전추남산 : 활을 잡은 앞 손으로 남산을 밀듯 해야 한다는 뜻. 이는 활을 쏘는 원칙
중 하나인 '전추태산 발여호미(前推泰山 發如虎尾)'를 약간 변형한 것이다. 이 말은
'줌 손은 태산을 밀 듯 묵묵히 밀며, 깍지 손은 호랑이 꼬리를 떨치듯이 날쌔게 빼야
한다'는 의미이다.
370) 삼지 : 활을 쏠 때 활을 쥐는 세 손가락.
371) 깍지손 : 활시위를 잡아당기는 손. 깍지는 활을 쏠 때 시위를 잡아당기기 위해 엄지손
가락의 아랫마디에 끼는 뿔로 만든 기구.
372) 마래기 : 중국 청나라 때 관리들이 쓰던 모자의 한 종류. 황해도에서 무당들이 쓰기도
하였다.
373) 백우선 : 흰 새깃을 모아 만든 부채.

쥐고 승부를 보다가 춘일(春日)이 심곤(深困)이라 한 무릎 깍지 끼고 꼽빡
꼽빡 조는 경과 또 한 노인은 황의청건(黃衣靑巾)에 청려장(靑藜杖)³⁷⁴⁾ 호
리병³⁷⁵⁾ 달고 한 손은 등에 얹고 허리를 반만 굽혀 바둑 훈수(訓手) 하노
라고 흑기(黑碁) 놓고 죽는다고 말로는 못하고 발로 미죽미죽 하는 양을
백기(白碁) 노인 눈치채고 훈불청 일불퇴(訓不聽─不退) 작정하고 훈수한
다 눈 흘기니 저 노인 무안하여 얼굴이 붉어지며 이만치 돌아섰는 경과
청의동자(靑衣童子) 홍의동자(紅衣童子) 쌍상투 짜고 색동고리 입고 차관
(茶罐)³⁷⁶⁾에 차를 부어 지성으로 권하는 경을 역력히 붙여 있고, 북벽(北
壁)을 바라보니 한종실(漢宗室) 유황숙(劉皇叔)³⁷⁷⁾이 남양초당(南陽草堂) 풍
설(風雪) 중에 삼고초려(三顧草廬) 하랴 하고 관공장비(關公張飛) 데리고
걸음 좋은 적토마에 채를 얹어 바삐 몰아 융중(隆中)³⁷⁸⁾에 다다르니 시문
(柴門)이 반개(半開)한데 동자 불러 문답하며 삼림서 있으되 초당(草堂)³⁷⁹⁾
의 공명선생(孔明先生) 백우선(白羽扇) 손에 쥐고 안석(案席)을 의지하여
대몽(大夢)을 꾸노라고³⁸⁰⁾ 언연(偃然)히³⁸¹⁾ 누운 경을 현연(現然)히³⁸²⁾ 붙
여있고 계견사호(鷄犬獅虎)³⁸³⁾ 십장생(十長生)³⁸⁴⁾을 범주 찾아 붙였구나.

---

374) 청려장 : 명아주 대로 만든 지팡이.
375) 호리병 : 호리병박 모양으로 생긴 병. 술이나 약 따위를 담아 가지고 다니는 데 쓴다.
376) 차관 : 다관. 찻물을 끓이는 그릇. 모양이 주전자와 비슷하다.
377) 한종실 유황숙 : 유비. 중국의 삼국시대 촉한(蜀漢)의 초대 황제. 자는 현덕(玄德). 유
　　비는 한나라 황실의 후손이므로 '한종실 유황숙'이라고 불렸다.
378) 융중 : 중국 호북성 양양현 서쪽에 있는 산 이름. 제갈공명이 이 산에 숨어서 초려를
　　짓고 살았다.
379) 초당 : 집의 원채에서 따로 떨어진 곳에 억새나 짚 따위로 지붕을 인 조그만 집채.
380) 대몽을 꾸노라고 : 본문의 '대몽'은 제갈량의 고사와 관련된다. 유비가 삼고초려(三顧
　　草廬)하며 부탁했을 때, 제갈량은 "큰 꿈을 누가 먼저 깨달을까, 평생을 나 스스로
　　알리라(大夢誰先覺 平生我自知)"라는 시를 읊고 나서 수락했다고 한다.
381) 언연히 : 거드름을 피우며 거만한 자세로.
382) 현연히 : 뚜렷하게.
383) 계견사호 : 동서남북에 닭, 개, 사자, 호랑이의 민화를 붙이는 일.
384) 십장생 : 열 가지의 장생불사(長生不死) 한다는 물건. 곧 해(日), 산(山), 물(水), 돌(石),
　　구름(雲), 소나무(松), 불로초(不老草), 거북(龜), 학(鶴), 사슴(鹿) 등을 이르는 말.

방안을 들어가니 침향(沈香)내 촉비(觸鼻)하고385) 각장장판(角壯壯版)386),
소란(小欄)반자387), 장유지(壯油紙)388), 굽도리389), 백릉화(白菱花) 도배하
고, 세간도 찬란하다. 용장(龍欌) 봉장(鳳欌)390), 궤(櫃)391), 뒤주392), 자개함
롱393), 반닫이394), 가께수리395), 돌미장396), 게자다리397), 옷걸이, 절침398),
퇴침(退枕)399), 벼룻집400), 피행담(皮行擔)401) 좋을시고. 쌍봉(雙鳳) 그린 빗
접고비402), 용두(龍頭)머리 장목비403), 요강, 타구(唾具)404), 재떨이, 유경(鍮

---

385) 침향내 촉비하고 : 침향 냄새가 코를 찌르고. 침향은 팥꽃나무과의 상록 교목. 나무진
　　으로 향료를 만든다.
386) 각장장판 : 아주 넓고 두꺼운 장판지인 각장으로 바른 장판.
387) 소란반자 : 천장 전체를 '정(井)'자를 여럿 모은 것처럼 소란을 맞추어 짜고, 그 구멍마
　　다 네모진 널조각을 얹어 만든 반자. 소란은 본 바탕을 파거나 나무조각을 덧붙여
　　턱이 지게 만든 물건.
388) 장유지 : 들기름에 절인 두꺼운 장지(壯紙).
389) 굽도리 : 방 안 벽의 아랫부분.
390) 용장 봉장 : 용과 봉황을 조각한 옷장.
391) 궤 : 물건을 넣도록 나무로 네모나게 만든 그릇.
392) 뒤주 : 쌀 따위의 곡식을 담아두는 세간의 하나. 나무로 궤짝 같이 만드는데, 네 기둥
　　과 짧은 발이 있으며 뚜껑의 절반 앞쪽이 문이 된다.
393) 자개함롱 : 자개로 장식한 함롱(函籠). 함롱은 옷을 넣어두는 큰 함처럼 생긴 농.
394) 반닫이 : 앞의 위쪽 절반이 문짝으로 되어 아래로 젖혀 여닫게 되어있는 궤 모양의
　　가구.
395) 가께수리 : 화장할 때 쓰는 여러 가지 물건을 넣어두는 거울이 달린 작은 함.
396) 돌미장 : 옷과 이불을 넣는 장.
397) 게자다리 : 몸에 쓰는 물건을 넣어두는 궤.
398) 절침 : 베개의 일종으로 보이나 자세한 것은 미상.
399) 퇴침 : 서랍이 있는 목침. 속에는 빗과 같은 화장 도구를 넣으며 거울을 붙여 만들기도
　　한다.
400) 벼룻집 : 벼루, 먹, 붓, 연적 등을 넣어두는 납작한 상자.
401) 피행담 : 행담이란 길 가는데 가지고 다니는 작은 상자. 흔히 싸리나 버들 따위를 짜서
　　만든다. 피는 물건을 담거나 싸는 가마니, 마대, 상자 따위의 총칭.
402) 쌍봉 그린 빗접고비 : 두 마리의 봉황을 그려 넣은 빗접고비. 빗접고비는 빗접을 꽂아
　　걸어두는 기구. 가는 나무오리로 네모지게 짜고 앞뒤를 종이로 바른 뒤에 다시 앞쪽
　　에 두꺼운 종이를 틈이 뜨게 붙였는데 그 틈에 빗접을 꽂는다.
403) 용두머리 장목비 : 용머리 모양을 장식한 장목비. 장목비는 꿩의 꽁지깃을 묶어 만
　　든 비.

檠)촛대[405], 청동화로(靑銅火爐) 백탄(白炭)[406] 피우고, 은수복(銀壽福)[407]
부산대, 김해간죽(金海簡竹)[408] 길게 맞춰 죽으로 세워놓고, 희(喜)자 놓은
오동 서랍에 평안도 성천초(成川草)를 꿀물에 촉촉이 축여 가득 넣어두고
산호필통(珊瑚筆筒) 붓 꽂아 세웠는데, 당주지(唐周紙)[409], 분주지(粉周
紙)[410]를 죽죽이 쌓아놓고 사서삼경(四書三經)[411] 예기(禮記)[412] 춘추(春
秋)[413] 길길이 쌓아두고 인물병(人物屛)[414], 모란병(牧丹屛), 사수병(四睡
屛)[415] 둘둘 말아 봉족자(鳳簇子), 대단(大緞)이불[416], 선단요[417], 원앙금(鴛
鴦衾)[418], 잣베개[419]를 반닫이에 쌓아놓고 자지천의 집수건을 횃대에 걸어
두고 쇄금경대(鎖金鏡臺)[420] 반만 닫아 머리맡에 비켜 놓고 화문(花紋)등

---

404) 타구 : 침이나 가래를 뱉는 그릇.
405) 유경촛대 : 놋쇠로 만든 등잔 받침이 있는 촛대.
406) 백탄 : 빛깔은 맑지 못하고 흰 듯하며 화력이 매우 센 참숯.
407) 은수복 : 그릇 따위의 겉면에 은으로 새겨넣는 '壽福'자 모양의 장식.
408) 김해간죽 : 김해에서 나는 대나무로 만든 담배 설대.
409) 당주지 : 당지(唐紙)를 길게 이어 만든 두루마리. 당지는 중국에서 생산되었던 종이의
    일종으로 색이 누렇고 찢어지기 쉬우나 먹물이 잘 흡수되어서 묵객(墨客)들이 애용하
    였다.
410) 분주지 : 무리풀을 먹이고 다듬어서 만든 빛이 매우 희고 단단한 두루마리. 주로 전라
    도에서 생산되었다.
411) 사서삼경 : 〈논어(論語)〉, 〈맹자(孟子)〉, 〈대학(大學)〉, 〈중용(中庸)〉의 네 경전(經典)
    과 〈시경(詩經)〉, 〈서경(書經)〉, 〈주역(周易)〉의 세 경서(經書)를 아울러 이르는 말.
412) 예기 : 예(禮)의 이론과 실제를 기술한 오경(五經)의 하나. 한나라 무제 때에 하간(河
    間)의 헌왕이 공자와 그 후학들이 지은 131편의 책을 모아 정리한 뒤에 선제 때에
    유향(劉向)이 214편으로 엮었다.
413) 춘추 : 오경(五經)의 하나. 공자가 노나라 은공(隱公)에서 애공(哀公)에 이르는 242년
    (B.C.722~B.C.481) 동안의 사적을 편년체로 기록한 책.
414) 인물병 : 인물을 그려 넣은 병풍.
415) 사수병 : 한산, 습득, 풍간의 세 선사가 범과 함께 졸고 있는 모습을 그려 넣은 병풍.
416) 대단이불 : 중국에서 나는 비단의 일종인 대단으로 만든 이불.
417) 선단요 : 조선 시대에 비단을 파는 가게였던 선전(縇廛)에서 사온 비단으로 만든 요.
418) 원앙금 : 원앙을 수놓은 이불로 주로 부부가 함께 덮는 이불.
419) 잣베개 : 색색의 헝겊 조각을 조그맣게 고깔로 접어 돌려가며 꿰매 붙여 마구리의 무
    늬가 잣 모양으로 되게 만든 베개.

메⁴²¹⁾, 만화방석(滿花方席)⁴²²⁾, 빛 좋은 호탄자⁴²³⁾를 줄 맞추어 깔아놓고
좌종시계(坐鐘時計)⁴²⁴⁾, 자명종(自鳴鐘)은 여기저기 걸어놓고 의(衣)걸이,
화류문갑(樺榴文匣)⁴²⁵⁾ 좌우에 벌여놓고 오동복판(梧桐腹板) 거문고와 생황
(笙簧)⁴²⁶⁾, 양금(洋琴)⁴²⁷⁾, 가야금을 여기저기 걸었구나.

춘향이 거동보소. 성홍전(猩紅氈)⁴²⁸⁾ 떨쳐펴며, "도련님 이리 앉으시오."
이도령이 황송하여 두 무릎을 공손히 꿇고 앉으시니 춘향이가 담배 담아
백탄(白炭)불⁴²⁹⁾에 잠깐 대어 홍상(紅裳)자락 부여잡아 보도독 씻어 둘러
잡고 "담배 잡수시오." 이도령이 두 손으로 공손히 받아들고 "춘향아, 손
님 대접 하노라고 수고가 대단하다." 춘향어미가 노랑머리 비켜 꽂고 곰
방대 빗겨 물고 춘향 곁에 앉아 딸 자랑 하여가며 횡설수설 잔소리로 밤
을 새우려는구나. 이도령이 민망하여 춘향어미를 떼려 한들 눈치도 모르
고 저 원수를 채우는데 이도령이 의사(意思)내어 두 손으로 배를 잡고 "애
고 배야." 소리 소리를 지르면서 좌불안석(坐不安席) 하는구나. 춘향어미

---

420) 쇄금경대 : 자물쇠가 달려 있는 경대. 경대는 거울을 버티어 세우고 그 아래에 화장품
　　따위를 넣는 서랍을 갖추어 만든 기구.
421) 화문등메 : 꽃무늬를 수놓은 등메. 등메는 헝겊으로 가장자리 선을 두르고 뒤에 부들
　　자리를 대서 꾸민 돗자리.
422) 만화방석 : 여러 가지 꽃무늬를 놓아서 짠 방석.
423) 호탄자 : 호랑이 가죽 무늬로 짠 담요. 탄자는 담요의 다른 말.
424) 좌종시계 : 책상이나 탁자에 따위에 올려놓게 만든 자명종.
425) 화류문갑 : 화류로 만든 문갑. 화류는 목재의 일종으로 붉은 빛을 띠며 결이 곱고 몹시
　　단단하여 건축, 가구, 미술품 따위의 고급 재료로 쓴다.
426) 생황 : 생황은 팔음(八音) 중 포부(匏部)에 속하는 악기이며, 바가지로 만든 통에 여러
　　개의 죽관을 돌려 세우고 금속으로 된 주전자 귀때 모양의 부리 즉 취구(吹口)에 김을
　　불어 넣어 연주한다. 우리나라 관악기 중 유일하게 여러 음을 동시에 내는 특징이
　　있으며, 요즘은 단소와 함께 생소(笙簫)병주로 많이 연주한다.
427) 양금 : 양금은 조선조 말 청나라를 통해 들어왔으며, 금속현을 대나무 채로 두드려
　　소리를 내는 악기. 맑고 영롱한 소리가 매력적이어서 거문고 등의 현악기가 중심이
　　되는 줄풍류 음악에 편성되어 쓰이기도 한다.
428) 성홍전 : 짐승의 털로 색을 맞추고 무늬를 놓아 두툼하게 짠 짙은 붉은 빛깔의 부드러
　　운 요.
429) 백탄불 : 화력이 가장 강한 참나무 숯불.

가 겁을 내어, "이것이 웬일인가 곽란(癨亂)430)인가, 회충(蛔蟲)인가? 이질
(痢疾)곱질431)의 청심환(淸心丸)432)을 내어라. 수환반을 드려라. 생강차를
달여라." 급히 흘려 떠넣으되 일호동정(一毫動靜) 없었구나. 춘향어미가
겁을 내어 "여보 도련님, 정신차려 말 좀 하게. 이전에 앓던 본병(本病)인
가? 가끔가끔 그어하여 무슨 약을 쓰오리까?" "약 먹어 쓸데없지." "그리하
면 어찌할까?" "전부터 의중(擬症)433)이 나게 되면 뜻뜻한 배를 대면 돌이
는데." "여보 그리하면 관계할까. 내 배나 맞대여보세." "그만두게. 쓸데없
네. 늙은이 배는 소용없네." 춘향어미 이 눈치 알고 "어허, 인제 알겠구나.
늙어지면 쓸데없지. 죽는 것이 섧지 않아도 늙는 것이 더욱 섧대. 그리하
면 나는 간다 너희끼리 하여보라." 떨떠리고 건너간다.

　도련님이 그제야 일어나 앉아, "인제 조금 낫는구나." 춘향이 정신없이
앉았다가 "도련님 어떠시오?" "관계치 아니하다. 이리 가까이 오너라. 네
인물 네 태도는 천만고(千萬古)에 무쌍(無雙)일다. 앉거라, 보자. 서거라,
보자. 쌍긋 웃어라, 잇속을 보자. 아장아장 거닐어서 백만교태(百萬嬌態)
다 부려라." 만첩청산(萬疊靑山) 늙은 범이 살진 암캐 물어다 놓고 흥에
겨워 노닐듯이 옥수(玉手)도 만져보며 머리알도 만지면서, "네 성이 무엇
이냐?" "성(成)가요." "더욱 좋다. 내 성은 이(李)가다. 이성지합(二姓之合,
李成之合)434) 어떠하냐. 또 나이가 몇 살인고?" "이팔(二八)이요." "나는 사
사십육(四四十六)일다. 생일은 언제냐?" "하사월 초팔일 자시(子時)요." "나
는 그 달 그 날 해시(亥時)니 이상하고 맹랑하다. 동년 동월 동일생에 시

----

430) 곽란 : 음식이 체하여 토하고 설사하는 급성 위장병.
431) 이질 곱질 : 이질은 변에 곱이 섞여 나오며 뒤가 잦은 증상을 보이는 전염병. 곱은
　　　이질에 걸린 사람의 변에 섞여 나오는 희거나 피가 섞여 불그레한 점액.
432) 청심환 : 심경(心經)의 열을 푸는 환약, 우황청심환.
433) 의중 : 비슷한 증세.
434) 이성지합 : 원래 이성지합이란 서로 두 성씨가 합해졌다는 뜻으로 남녀의 혼인을 이르
　　　는 말인데, 본문의 구절은 이가인 이도령과 성가인 춘향의 결합까지 의미하는 것으로
　　　일종의 언어유희이다.

가 조금 틀렸으니 우리 아버지가 한 무릎만 다가서 꿇었으면, 나나 너의
어머니가 불수산(佛手散)[435]을 거꾸로 자셨다면 동시생이 될 뻔 하였구나.
춘향아 화촉동방(華燭洞房)[436] 여차양야(如此良夜)에 술 없이는 무미(無味)
하다." 춘향이 향단 불러 "마누라님께서 주효(酒肴) 차리었거든 들여오라."

춘향어미는 능군[437]이라 주효를 질배한 제 팔모접은 대모반(玳瑁盤)에
안성유기(安城鍮器)[438], 실굽다리[439]의 동래반상(東來飯床)[440], 왜사기(倭砂
器)에 갖은 안주 담았구나. 청술레[441], 황술레[442], 깎은 생율(生栗), 접은
준시(蹲柿)[443], 용안(龍眼)[444], 여주(荔枝)[445], 당(糖)대추를 놓고 오색정과
(五色正果)[446], 문어, 전복쌈[447]에 화채를 곁들이고, 약과(藥果), 다식(茶
食), 중배끼[448]며 귤병(橘餠)사탕[449], 오화당(五花糖)[450] 놓고 대양푼[451]에

---

435) 불수산 : 해산 전후에 흔히 쓰는 탕약.
436) 화촉동방 : 첫날밤에 신랑 신부가 자는 방. 화촉이란 빛깔을 들인 밀초로 흔히 혼례
    의식에 쓰인다.
437) 능군 : 능수(能手)꾼. 일솜씨가 능수능란한 사람.
438) 안성유기 : 경기도 안성 지방에서 생산되는 놋그릇.
439) 실굽다리 : 가늘고 작은 받침이 둘러있는 그릇.
440) 동래반상 : 동래에서 생산되는 반상기. 반상기는 격식을 갖추어 밥상 하나를 차리도록
    만든 한 벌의 그릇. 사기나 놋쇠 따위로 만든다.
441) 청술레 : 배의 일종. 일찍 익으며 빛이 푸르고 물기가 많다.
442) 황술레 : 배의 일종. 누렇고 크며 맛이 좋다.
443) 접은 준시 : 꼬챙이에 꿰지 않고 납작하게 말린 감.
444) 용안 : 무환자과의 상록 교목인 용안의 열매. 맛이 달아 식용으로 쓴다.
445) 여주 : 박과의 한해살이풀. 어린 열매를 따서 먹는다.
446) 오색정과 : 다섯 가지 빛깔의 정과. 정과는 여러 가지 과일, 생강, 연근, 인삼 따위를
    꿀이나 설탕물에 졸여 만든 음식.
447) 전복쌈 : 마른 전복을 물에 불려 얇게 저미고, 잣으로 소를 넣어 접은 뒤에 반달 모양
    으로 오려 만든 마른 반찬. 주로 술안주에 쓴다.
448) 중배끼 : 유밀과의 일종. 밀가루를 꿀과 기름으로 반죽하여 네모지게 잘라 기름에 지
    져 만든다.
449) 귤병사탕 : 설탕이나 꿀에 졸인 귤인 귤병으로 만든 사탕.
450) 오화당 : 오색으로 물들여 만든 둥글납작한 사탕.
451) 대양푼 : 커다란 양푼. 양푼은 음식을 담거나 데우는 데에 쓰는 놋그릇. 운두가 낮고
    아가리가 넓어 모양이 반병두리 같으나 더 크다.

갈비찜, 소양푼에 영계찜452), 신선로(神仙爐)453) 곁들이고 무생채 계란 얹어 전골에 기름 둘러 사지(絲紙)454) 꽂아 들여놓고 두 귀 발쪽 송편455), 먹기 좋은 꿀설기, 세붓치 갈되떡456), 수단(水團)457), 경단(瓊團)458) 꿀 버무려 증편459)을 곁들이고 보기 좋은 송기460), 주악461) 웃기462)로 얹었는데 생청(生淸)463), 겨자, 초장 등속 틈틈이 세여놓고 문어, 전복 봉(鳳) 오려, 대구 받쳐 올려놓고 청유리병(靑琉璃瓶)에 백소주(白燒酒)464) 넣고 백유리병(白琉璃瓶)에 홍소주(紅燒酒)465) 넣고 노자작(鸕鷀杓)466) 앵무배(鸚鵡杯)467)를 호박대에 받쳤구나. 춘향이가 받아 들여놓고, "도련님 약주 잡수

---

452) 영계찜 : 어린 닭을 통째로 삶은 뒤에 뼈를 추려 낸 것에다가 끓인 밀가루와 녹말을 부어 양념을 치고 고명을 얹어 만든 음식.

453) 신선로 : 상 위에 놓고 열구자를 끓이는 음식. 구리, 놋쇠 따위로 굽 높은 대접 비슷하게 만든 것인데, 가운데 숯불을 담는 통이 있고, 통 둘레에 여러 가지 음식을 담아서 끓인다.

454) 사지 : 제사나 잔치 때에 누름적이나 산적을 꽂은 꼬챙이 끝에 감아 늘어뜨린 좁고 가늘게 오린 종이. 제사에는 흰 종이, 잔치에는 오색 종이를 쓴다.

455) 두 귀 발쪽 송편 : 양쪽 끝이 뾰족한 모양의 송편.

456) 세붓치 갈되떡 : '세(歲) 붙이(는) 가래떡'의 오기로 보인다. 가래떡은 '나이를 한 살 더 먹는 떡'이라 하여 '첨세병(添歲餠)'이라고도 불렸다.

457) 수단 : 쌀가루나 밀가루를 반죽하여 경단같이 만들어서 삶은 후에 냉수에 헹구어 물기가 마르기 전에 꿀물에 넣고 실백잣을 띄운 음식. 흔히 유월 유두에 먹는다.

458) 경단 : 찹쌀가루나 찰수수 따위의 가루를 반죽하여 밤톨만한 크기로 동글동글하게 빚어 끓는 물에 삶아낸 후 고물을 묻히거나 꿀이나 엿물을 바른 떡.

459) 증편 : 여름에 먹는 떡의 하나. 멥쌀가루를 막걸리를 조금 탄 뜨거운 물로 묽게 반죽하여 더운 방에서 부풀려 밤, 대추, 잣 따위의 고명을 얹고 틀에 넣어 쪄서 만든다.

460) 송기 : 소나무 속껍질을 쌀가루와 섞어 반죽하여 만든 떡.

461) 주악 : 웃기 떡의 하나. 찹쌀가루에 대추를 이겨 섞고 꿀에 반죽하여 깨나 팥을 넣어 송편처럼 만든 다음 기름에 지진다.

462) 웃기 : 떡, 포, 과일 따위를 괴어놓은 위에 모양을 내기 위하여 얹는 재료. 주악, 화전 따위가 있다.

463) 생청 : 벌의 꿀물에서 떠낸 가공하지 않은 그대로의 꿀.

464) 백소주 : 빛깔이 없는 보통 소주.

465) 홍소주 : 중국에서 나는 붉은 빛으로 물들인 쌀인 홍곡(紅穀)을 우려 붉은 빛깔을 낸 소주.

466) 노자작 : 가마우지 모양으로 꾸민 술을 풀 때 쓰는 국자 모양의 도구.

시오." "부어라, 먹자. 너도 먹고 나도 먹어보자. 장취미성(長醉未醒) 놀아
보자."

일배일배부일배(一杯一杯復一杯)를 진취(盡醉)케 먹은 후에 횡설수설 주
정하며, 거문고를 만지면서, "춘향아 이것이 무엇이냐?" "거문고요." "옷칠
한 궤(櫃)냐? 무엇하는 것이냐?" "타는 것이지요." "타면 하루 몇 리나 가노?"
"뜯는 것이요." "뜯는다니 잘 뜯으면 몇 조각이나 뜯느냐?" "줄을 희롱하면
풍류 소리 나서 노래를 화답하는 것이오." "이애 그리하면 한번 놀아 보자.
너는 거문고로 화답하면 나는 별별 소리 한 번 하마." "그럽시다." 춘향이
섬섬옥수(纖纖玉手)를 들어다가 줄 골라 빗겨 안고 징징둥덩 지둥덩지 두두
덩덩 "어서 하오." 이도령 취흥(醉興)을 못 이기어 노래를 부르는데, "황성에
허조벽산월(荒城虛照碧山月)이요, 고목에 진입창오운(古木盡入蒼梧雲)이라
하던 한퇴지(韓退之)468)로 한짝하고, 채석강(采石江) 명월야(明月夜)에 기경
상천(騎鯨上天)하던 이청련(李青蓮)469) 짝을 짓고, 곡강춘주(曲江春酒) 전의
(典衣)하던 두공부(杜工部)470)로 웃짐쳐서, 취과낙양귤만거(醉過洛陽橘滿車)
하던 두목지(杜牧之)471)로 말 몰려라." 둥덩덩낙. "낙하(落霞) 여고목제비(與

467) 앵무배 : 자개를 가지고 앵무새의 부리 모양으로 만든 술잔.
468) 황성에 ~ 한퇴지 : '헐어진 성곽 부질없이 벽산의 달에 비치고, 늙은 나무는 모두 창
오의 구름에 들었구나'라고 읊던 한유. 본문의 구절에는 약간의 착오가 있다. 본문의
구절은 당나라 시인인 이백의 시 〈양원음(梁園吟)〉의 한 구절이다. 한유는 당나라
중기의 문장가로 당송팔대가의 한 사람이며 퇴지는 그의 자이다.
469) 채석강 ~ 이청련 : 채석강 달 밝은 밤에 고래를 타고 하늘로 올라가던 이백. 청련은
그의 호이다. 채석강은 안휘성 당도현 서북에 있는 강이름인데, 이곳은 이백이 달
구경을 하다가 빠져죽었다는 곳이다. 본문의 구절은 매성유(梅聖兪)의 시 〈채석월증
곽공보(采石月贈郭功甫)〉의 한 구절로 원문은 "不應暴落飢蛟涎(이무기의 입 안에 갑
자기 먹혔을 리 없으니) 便當騎鯨上青天(아마도 고래 타고 푸른 하늘에 올라갔으리)"
이다.
470) 곡강춘주 ~ 두공부 : 날마다 옷을 저당잡히고 곡강에서 술을 마시던 두보. 두보가 지
은 〈곡강(曲江)〉이라는 시에 보면, "조회에서 돌아오면 날마다 봄옷 저당잡히고, 날마
다 강머리에서 만취해서 돌아온다네(朝回日日典春衣 每日江頭盡醉歸)"라는 구절이
있다. '공부'는 두보가 최후로 맡았던 벼슬 이름인데, 이로 인해 두보를 '두공부'라고도
부른다.
471) 취과낙양귤만거하던 두목지 : 취하여 낙양을 지날 때 마차에 귤이 가득했던 두목. 목

孤鶩齊飛)하던 왕자안(王子安)[472]으로 한 짝하고, 모기내창냥뉴사 하던 왕
환지[473]로 짝을 짓고, 방초처처앵무주(芳草萋萋鸚鵡洲)하던 최호(崔顥)[474]
로 웃짐쳐서 춘풍도리화개야(春風桃李花開夜)와 추우오동엽락시(秋雨梧桐
葉落時)라 하던 백낙천(白樂天)[475]으로 말 몰려라." 둥지둥덩. "편주부호(片
舟浮湖)하여 오강(烏江)에 침서시(沈西施) 하던 범려(范蠡)[476]로 한 짝하고,
소거백마(素車白馬)로 조위조석(潮爲朝夕)하던 오자서(伍子胥)[477]로 짝을 짓
고, 육십근반일두(肉十斤飯一斗)하야 상마시가용(上馬示可用)하던 염파(廉

지는 그의 자이다. 두목의 풍채가 뛰어나 마차를 타고 길을 지나면 장안의 기생들이
그의 얼굴을 보기 위하여 귤을 던져 마차에 귤이 가득했다는 고사.

472) 낙하 ~ 왕자안 : '지는 노을은 한 마리 따오기와 더불어 나네'라고 읊던 왕발. 당나라
시인 왕발의 〈등왕각서(滕王閣序)〉의 한 구절. 자안은 그의 자이다.

473) 모기내창냥뉴사하던 왕환지 : 왕환지는 미상. 이와 비슷한 이름의 당나라 시인으로는
왕지환(王之渙)이 있다. 그러나 왕지환의 시 구절 중에는 본문의 구절을 찾을 수 없
다. 왕지환의 시 중에서 특히 사랑받은 것은 〈등관작루(登鸛雀樓)〉와 〈양주사(涼州
詞)〉가 있는데, 이 중 〈양주사〉의 일부가 약간의 유사성을 보인다. 이 시의 전문은
다음과 같다. "黃河遠上白雲間(황하 아득히 흰 구름 사이로 흘러가는데) / 一片孤城
萬仞山(높고 험한 산 위에 외로운 성 하나) / 羌笛何須怨楊柳(오랑캐 피리는 어쩌자
고 '절양류'곡만을 불어대는가) / 春風不渡玉門關(봄바람은 옥문관을 넘어오지도 못
하는 것을)."

474) 방초처처앵무주하던 최호 : '꽃같은 풀은 앵무 물가에 무성하네'라고 읊던 최호. 최호
는 당나라의 시인. 이 구절은 최호가 황학루를 지나다가 지은 〈등황학루(登黃鶴樓)〉
의 한 구절이다.

475) 춘풍도리 ~ 백낙천 : '봄바람에 복숭아꽃 오얏꽃이 피어나는 밤과 가을 비에 오동잎
이 떨어지는 때'라고 노래했던 백낙천. 이는 백낙천이 지은 〈장한가(長恨歌)〉의 한
구절이다.

476) 편주부호 ~ 범려 : 한 조각 배를 띄워 오강에서 서시를 빠뜨려 죽였던 범려. 범려는
중국 춘추 시대의 초나라 사람이다. 월왕 구천을 도와 오나라를 멸망시켰다. 범려가
성공한 뒤의 행적에는 두 가지 설이 전한다. 그 하나는 서시를 데리고 제나라에 숨었
다는 것이며, 다른 하나는 서시를 물에 빠뜨려 죽였다는 것이다. 서시는 오왕 부차에
게 항복하는 수치를 당했던 월왕 구천이 부차의 마음을 해이하게 만들기 위해 바쳤던
절세의 미녀이다.

477) 소거백마 ~ 오자서 : 흰 말이 끄는 흰 수레를 타고 아침저녁으로 파도가 되어 나타났
던 오자서. 오자서는 춘추시대 오나라의 대부. 오왕 부차의 노여움을 사서 자결하라
는 명령을 받았으며, 그 시체 또한 강물에 던져졌다. 〈태평광기〉에는 오자서가 전당
(錢搪) 강가의 파도가 되어, 아침저녁으로 백마가 끄는 소거를 타고 출몰했다는 이야
기가 실려 있다.

頗)⁴⁷⁸⁾로 웃짐쳐서, 정질좌우(廷叱左右)하고 완벽이귀(完璧而歸)하던 인상여
(藺相如)⁴⁷⁹⁾로 말 몰려라." 두덩지덩. "축어부암(築於傅巖)하여 궐상유초(闕
上有礎)하던 부열(傅說)⁴⁸⁰⁾로 한 짝하고, 영수(潁水)에 세이(洗耳)하고 기산
(箕山)의 괘표(掛瓢)하던 소부(巢父)⁴⁸¹⁾로 짝을 짓고, 위수(渭水)에 낚시 놓고
이대문왕(以待文王)하던 강자아(姜子牙)⁴⁸²⁾로 웃짐쳐서, 분수의 침자미(侵紫
微)하고 동강(東江)의 밭 갈던 엄자릉(嚴子陵)⁴⁸³⁾ 말 몰려라." 둥덩지둥. "도

---

478) 육십근 ~ 염파 : 염파는 전국시대 조나라의 장수. 조나라의 도양왕이 사자를 보내 그
가 아직도 장수직을 맡을 만한 능력이 있는가를 시험했을 때, 염파가 한 끼에 한
말의 쌀과 고기 열 근을 먹고 갑옷을 입고 말을 달려 건재함을 과시하였다는 고사.
본문의 구절은 〈사기(史記)〉 '염파인상여열전'의 글을 약간 변개한 것이다. 〈사기〉에
는 다음과 같이 실려 있다. "廉頗爲之一飯斗米肉十斤 被甲上馬 以示尙可用"
479) 정질좌우 ~ 인상여 : 진(秦)나라의 조정에서 좌우를 꾸짖고, 화씨벽을 온전히 하여 조
(趙)나라로 돌아왔던 인상여. 인상여는 전국시대 조나라의 명신이다. 진나라의 소양
왕(昭襄王)이 열다섯 성을 조나라의 화씨(和氏)의 벽(璧)과 바꾸자고 하였을 때 사신
으로 갔던 인상여는 소양왕의 간계를 간파하고 그 조정에서 대국의 도리를 지키라고
꾸짖고, 계책을 써서 벽(璧)을 잘 보존하고 돌아왔다는 고사이다.
480) 축어부암 ~ 부열 : 부암에서 노역을 하다가 대궐에 들어와 나라의 기초를 닦았던 부
열. 부열은 은나라 고종 때의 현명한 재상이다. 본문의 구절은 고종이 어느날 꿈에서
본 사람의 모습을 그리게 하고, 이를 찾았는데 마침내 부암(傅巖)의 들에서 노역으로
길을 닦고 있던 부열을 찾아 재상으로 삼았는데, 그 이후로 어지러웠던 나라가 평화
로워졌다는 고사. 〈사기〉 '은본기(殷本紀)'에 나오는 구절이다.
481) 영수에 ~ 소부 : 영수에서 귀를 씻고 기산에 표주박을 걸었던 소부. 본문의 구절에는
약간의 착오가 있다. 위 고사의 주인공은 소부가 아니라, 허유(許由)이다. 허유는 세
상을 피해 기산에 숨어 살았는데, 아무런 소유도 없었다. 이를 딱히 여긴 사람이 표주
박 하나를 주었는데, 이조차도 짐이 된다 하여 버렸다고 한다. 이로부터 '허유괘표(許
由掛瓢)'라는 말이 나왔다. '영수세이'는 요임금으로부터 양위 제안을 받고서 영수에
귀를 씻었다는 고사이다.
482) 위수에 ~ 강자아 : 위수에서 낚시하면서 자신을 알아줄 군주를 기다렸던 여상(呂尙).
여상은 강자아, 태공망(太公望) 등으로도 불리는데, 태공이란 원래 주 문왕의 할아버
지인 고공단보(古公亶父)를 가리킨다. 고공단보가 오랫동안 기다렸던 사람이라 하여
태공망으로도 불린다. 문왕이 위수 북쪽으로 사냥을 나가면서 점을 쳤을 때, 제왕의
스승이 될 사람을 얻으리라는 점괘가 나왔는데, 과연 여상을 만났다는 고사이다. 여
상은 문왕의 아들인 무왕(武王)을 도와 은(殷)을 멸하고 주나라를 세웠다.
483) 분수의 ~ 엄자릉 : 후한(後漢)의 은자. 이름은 광(光), 자릉은 그의 자이다. 후한의 광
무제(光武帝)와 어려서 함께 수학했는데, 광무제가 즉위한 후에 세상을 피해 동양강
(東陽江) 칠리탄(七里灘)에 숨어 살았다. 본문의 구절은 엄광이 궁에 들어가 광무제와

궁이비수현(圖窮而匕首見)하고 파하수허청금하던 형경(荊卿)[484]으로 한짝
하고, 장검독행(杖劍獨行)하여 결목면피(抉目面皮)하던 섭정(聶政)[485]으로
짝을 짓고, 삼전삼패(三戰三敗)하여 투비하단(投比下壇)하던 조말(曹沫)[486]
로 웃짐쳐서, 송자당(宋子堂)의 격축(擊筑)하여 방황불능거(彷徨不能去)하던
고점리(高漸離)[487]로 말 몰려라." 둥덩둥덩. "신패육국상인(身佩六國相印)하

같이 잠을 잤을 때 광무제의 배 위에 다리를 올려놓고 잤는데, 그 다음날 역관이
황제의 별인 자미성(紫微星)에 위험한 기운이 느껴진다고 아뢰자 광무제가 웃으면서
그것은 엄광의 다리 때문이라고 했다는 고사. 〈후한서(後漢書)〉 '일민열전(逸民列傳)'
에 나오는 고사이다.

484) 도궁이비수현 ~ 형경 : 지도가 다 펼쳐졌을 때 비수가 드러나자, 왼손으로는 진시황
의 소매를 붙들고 오른손으로는 비수를 쥐고 진시황을 찌르려 했던 형가(荊軻). 형가
는 전국시대 위(衛)나라 사람. 형경은 그의 별칭이다. 형가는 연나라의 태자 단(丹)을
위해 진시황을 죽이려 하다가 실패하고 주살(誅殺)되었다. 본문의 구절은 형가가 진
시황에게 지도를 바치는 척 하면서 그 속에 숨겨놓았던 비수로 진시황을 찌르려 했다
는 고사. 〈사기(史記)〉 '자객열전'에는 다음과 같은 구절이 있다. "圖窮而匕首見 因左
手把秦王之袖 而右手持匕首揕之". 본문의 '파하수 허청금'은 이러한 내용을 지칭하는
것으로 보이지만, 자세한 것은 미상.

485) 장검독행 ~ 섭정 : 칼을 지니고 홀로 한(韓)나라로 가서 스스로 눈을 도려내고 얼굴
가죽을 벗겨냈던 섭정. 섭정은 전국시대의 자객이다. 한나라의 재상인 협루(俠累)와
원수지간이었던 엄중자(嚴仲子)가 섭정의 능력을 알아보고 그에게 정중한 예를 갖춰
협루를 죽여달라고 부탁하자 섭정은 모셔야 할 모친이 있음을 들어 사양하였다. 후에
모친이 죽자 섭정은 엄중자를 위해 협루를 죽이고 자결하였다. 본문의 구절은 섭정이
홀로 한나라로 가서 협루를 죽인 후 자신의 정체가 탄로나면 엄중자에게 화가 미칠
것을 염려하여 스스로 눈을 도려내고 얼굴 가죽을 벗기고 죽었다는 고사이다.

486) 삼전삼패 ~ 조말 : 세 번 싸워 세 번 패하고 비수를 단상 아래로 던지던 조말. 조말은
춘추시대 노(魯)나라 장수. 제(齊)나라의 환공이 노나라를 쳤을 때, 조말은 장수가
되어 제나라 군대와 맞서 싸웠다. 그러나 세 번 싸워 세 번 패하자 노나라의 장공(莊
公)이 수읍(遂邑) 땅을 바치고 화친하려 하였다. 환공과 장공이 단상에서 맹약을 맺고
있을 때 조말이 손이 비수를 쥐고 환공을 위협하여 빼앗은 땅을 돌려주겠다는 약속을
받아낸 후에야 비수를 단상 아래로 던졌다는 고사이다. 〈사기(史記)〉 '자객열전(刺客
列傳)'에 나오는 고사이다.

487) 송자당의 ~ 고점리 : 송자의 주인 집 마루 위에서 객이 타는 축소리를 듣고 주변을
서성거리며 떠나지 못하던 고점리. 고점리는 전국시대의 연나라 사람으로 축(筑 : 비
파와 비슷한 현악기)의 명수. 형가(荊軻)의 친구로서 그의 유지를 받들어 진시황을
죽이려 하다가 이루지 못하고 주살되었다. 본문의 구절은 진이 천하통일을 이룬 후
고점리가 성과 이름을 바꾸고 송자라는 곳에서 머슴 생활을 할 때, 주인 집 마루
위에서 객이 타는 축소리를 듣고서 그 주변을 서성대면서 축의 연주를 평가하곤 하였

고 행과낙양(行過雒陽)하던 소진(蘇秦)[488]으로 한 짝하고, 입위진상(入爲秦相)하고 출위위상(出爲魏相)하던 장의(張儀)[489]로 짝을 짓고, 절협납치(折脅摺齒)하야 양사측중(詳死厠中)하던 범수(范雎)[490]로 웃짐쳐서, 출이방학(出而放鶴)하고 공수견초왕(空手見楚王)하던 순우곤(淳于髡)[491]으로 말 몰려라." 둥덩둥덩. "전필승공필취(戰必勝功必取)하던 한신(韓信)[492]으로 한 짝하고, 운주유악지중(運籌帷幄之中)하여 결승천리지외(決勝千里之外)하던 장자방(張子房)[493]으로 짝을 짓고, 육출기계(六出奇計)하던 진평(陳平)[494]으로

다는 고사.

488) 신패육국 ~ 소진 : 여섯 나라 재상의 인장을 차고 고향인 낙양을 지나가던 소진. 소진은 전국시대의 책사(策士)로 낙양 사람이다. 그는 연나라, 조나라 등 육국을 합종(合從)하여 진나라와 대적케하고 자신은 육국의 재상이 되었다.

489) 입위진상 ~ 장의 : 들어와서는 진나라의 재상이 되었다가 나가서는 위나라의 재상이 되었던 장의. 장의는 전국시대(戰國時代)의 유세가로 위나라 사람이다. 제후에게 유세하여 소진(蘇秦)의 합종설(合從說)에 반대하고, 열국(列國)이 진나라를 섬겨야 한다는 연횡책(連衡策)을 주장하였다. 본문의 구절은 장의가 위나라와 진나라를 오가면서 재상 노릇을 하였다는 고사이다.

490) 절협납치 ~ 범수 : 갈비뼈가 부러지고 이빨도 부러진 채 변소에서 죽은 척하던 범수. 범수는 범저(范雎)라고도 하며, 전국시대 위나라 사람. 원교근공책(遠交近攻策)을 진나라 소양왕에게 진언하여 재상이 되었음. 본문의 구절은 범수가 위나라 공자인 위제(魏齊)와 대부인 수고(須賈)의 노여움을 사서 고문을 받고 갈비뼈와 이빨이 부러진 채로 변소에 버려졌던 일을 이야기한 것이다.

491) 출이방학 ~ 순우곤 : 도성문을 나서자 고니를 놓아주고 빈 손으로 초나라 왕을 만났던 순우곤. 순우곤은 전국시대 제나라 사람으로 박학하고 변설에 능했다. 제나라 왕이 순우곤을 시켜 초나라에 고니를 바치게 하였는데, 순우곤은 도성문을 나서자마자 고니를 놓아주고서 빈 새장만을 들고 초왕에게 가서, 그럴듯한 말로 유세하여 초왕에게 더 큰 선물을 받고 돌아왔다는 고사이다. 〈사기(史記)〉 '골계열전(滑稽列傳)'에 나오는 고사이다. 〈사기〉에는 위의 구절에 나오는 새가 '고니(鵠)'로 되어 있다.

492) 전필승공필취하던 한신 : 싸우면 반드시 승리하고 반드시 공을 세웠던 한신. 한신은 한 고조 유방의 공신. 소하(蕭何), 장량(張良)과 함께 삼걸(三傑)로 일컬어짐. 본문의 구절은 유방이 황제에 오른 후 낙양의 남궁에서 연회를 벌이면서, 자신이 항우(項羽)를 이기고 천하의 패권을 차지할 수 있었던 것은 책략(策略), 내치(內治), 전투(戰鬪)에 각기 뛰어난 공을 세운 장량, 소하, 한신이 있었기 때문이었다고 했던 말의 일부로 〈사기〉 '고조본기(高祖本紀)'에 나오는 구절이다.

493) 운주유악 ~ 장자방 : 임금의 처소에서 전략을 짜고 천리 밖의 전쟁을 이기게끔 했던 장자방. 장자방은 한고조의 공신으로 이름은 량(良), 자방은 그의 자이다. 본문의 구절은 유방이 황제에 오른 후 장량의 공을 평가하면서 했던 말이다. 한신 고사 참조.

웃짐쳐서, 두발(頭髮)이 상지(上指)하고 목자진열(目眥盡裂)하던 번쾌(樊
噲)495)로 말 몰려라." 두덩두덩. "좌진관중(坐陣關中)하여 부절양도(不絶糧
道)하던 소하(蕭何)496)로 한짝하고, 유관입알(儒冠入謁)하여 책책거견장(責
責倨見長)하던 역이기(酈食其)497)로 짝을 짓고, 중후소문(重厚少文)하야 연
안유씨(然安劉氏)하던 주발(周勃)498)로 웃짐쳐서 시호시호부재래(時乎時乎
不再來)하던 괴철(蒯徹)499)로 말 몰려라." 둥지덩둥덩. "초우남궁의 기신(紀
信)500)으로 한짝하고, 와기조절(臥起操節)하고 수발진백(鬚髮盡白)하던 소무

494) 육출기계하던 진평 : 여섯 번의 기이한 계책을 내서 한고조의 위기를 모면하게 했던
진평. 진평은 한고조의 공신으로 지모에 뛰어나 한고조가 천하를 평정하게 하였으며,
혜제 때 좌승상을 지냈다.
495) 두발이 ~ 번쾌 : 머리털이 곧추 서 있고, 몹시 성내어 눈을 부릅뜨고 있던 번쾌. 번쾌
는 한고조의 무장. 홍문(鴻門)의 회합에서 항우의 위협으로부터 고조를 구출하였으며
많은 전공(戰功)을 세워 뒤에 무양후(舞陽侯)로 봉해졌다.
496) 좌진관중 ~ 소하 : 관중에 진을 치고 있으면서, 나라를 진정시키고 백성을 위무하였
으며, 군량을 대주고 군량미의 보급로를 끊이지 않게 했던 소하. 소하는 한고조를
도와 한나라의 기틀을 마련했으며, 율구장(律九章)이라는 법률을 제정하였다. 본문의
구절은 유방이 한신, 장량과 함께 소하를 평가했던 구절의 일부이다. 한신의 고사
참조.
497) 유관입알 ~ 역이기 : 선비의 관을 쓰고 유방을 알현하여 나이 든 사람을 오만하게
대하는 유방을 꾸짖었던 역이기. 역이기는 한초(漢初)의 책사(策士)로 고양(高陽) 사
람이다. 역이기는 유방이 관을 쓰고 유세하는 선비를 모독한다는 소문을 듣고도, 관
을 쓰고 유방을 알현하여 발을 씻으면서 거만하게 앉아있던 유방을 꾸짖었다. 그
후 유방은 역이기를 자신의 책사로 삼았다. 〈사기(史記)〉 '역생육고열전(酈生陸賈列
傳)'에 나오는 고사.
498) 중후소문 ~ 주발 : 성품이 온후하고 진중하여 비록 학문은 얕지만 한(漢) 왕실을 편안
하게 할 인물이라고 평가되었던 주발. 주발은 한 고조 유방의 공신으로 한나라 건국
후에 강후(絳侯)에 봉해졌다. 본문의 구절은 유방이 임종을 앞두고 주발을 평가하면
서 했던 말이다. 주발은 실제로 유방 사후에 여후(呂后)를 비롯한 여씨 일족의 반란을
승상이었던 진평(陳平)과 함께 진압하고, 효문제(孝文帝)를 옹립하였다. 〈사기〉 '고조
본기'에 나오는 구절이다.
499) 시호시호부재래하던 괴철 : 때는 다시 오지 않는다고 말하던 괴철. 괴철은 초한(楚漢)
시대의 유명한 변사(辯士)로 무제(武帝)와 이름이 같아 괴통(蒯通)이라고도 불린다.
본문의 구절은 한 고조 유방의 신하인 한신(韓信)에게 찾아가 한나라에 모반한 것을
권유하면서 하였던 말이다.
500) 초우남궁의 기신 : 기신은 한나라의 장군. 한나라와 초나라가 천하를 쟁패하고 있을
때, 항우가 한고조 유방을 형양(滎陽)에서 포위하여 사세가 위급하였다. 이 때 유방의

(蘇武)501)로 짝을 짓고, 충신불사이군(忠臣不事二君)하고 열녀불경이부(烈女不敬二夫)라 하던 왕촉(王蠋)502)으로 웃짐쳐서, 지세장란(知世將亂)하고 괴란이도(愧亂而逃)하던 매복(梅福)503)이로 말 몰려라." 등지둥덩. "계명구도지웅(鷄鳴狗盜之雄)의 맹상군(孟嘗君)504) 한 짝, 도병부부급난(盜兵符扶急難)하던 신릉군(信陵君)505) 짝을 짓고, 편편탁세가공자(翩翩濁世佳公子) 평원군(平原君)506) 웃짐치고, 식객(食客)이 섭주리(躡珠履)하던 춘신군(春申君)507)

장수였던 기신은 한고조를 가장하여 거짓으로 항복하였고, 이 틈을 타서 유방은 탈출할 수 있었다. 속임을 당한 항우는 기신을 삶아 죽였다. 유방은 그후 기신의 사당을 짓고, '충우(忠祐)'라는 시호를 내렸다. 본문의 구절은 이러한 고사를 지칭하고 있는 것으로 보이나 '초우남궁'의 정확한 뜻은 알 수 없다.

501) 와기조절 ~ 소무 : 잘 때나 일어났을 때나 부절을 쥐고 있었으며, 한나라로 돌아왔을 때에는 수염과 머리카락이 모두 하얗게 세어있던 소무. 소무는 한나라 사람으로 자는 자경(子卿)이다. 무제 때 중랑장(中郞將)의 자격으로 황제가 내린 칙사의 표시인 부절(符節)을 지니고 흉노에 사신으로 갔다가 19년 동안 억류되었다가 풀려났다. 소제(昭帝)는 그의 절개를 기리어 전속국(典屬國)이라는 벼슬을 내렸다. 본문의 구절은 흉노가 소무를 북해에 유폐시켰을 때 소무가 언제나 황제가 내린 부절을 움켜쥐고 있었다는 고사이다.

502) 충신불사이군 ~ 왕촉 : 충신은 두 임금을 섬기지 않고 열녀는 남편을 바꾸지 않는다고 했던 왕촉. 왕촉은 제(齊)나라 사람. 본문의 구절은 연(燕)나라 장수 악의(樂毅)가 제나라를 치려고 하면서 왕촉이 어질다는 말을 듣고 그를 맞아들이려 했을 때 왕촉이 했던 말이다. 왕촉은 이 말을 남기고 자살하였다.

503) 지세장란 ~ 매복 : 세상이 장차 어지러워질 것을 알고서 세상을 버리고 달아나 숨었던 매복. 매복은 한나라 사람으로 남창위(南昌尉)가 되어 성제(成帝), 애제(哀帝) 때 자주 상소하여 시사(時事)를 논했다. 왕망(王莽)이 집권하자 처자를 버리고 은거하여 신선이 되었다고 전한다.

504) 계명구도지웅의 맹상군 : 맹상군이 닭우는 흉내를 내는 식객의 도움으로 함곡관을 빠져나오고, 개의 흉내를 내는 식객으로 하여금 도둑질하게 하였다는 고사. 맹상군은 전국시대 제나라 사람으로 이름은 문(文)이다. 제나라의 정승이 되었을 때 현사(賢士)를 초빙하여 식객이 3천명에 이르렀다. 본문의 구절은 진나라에 들어가 소주(昭主)에게 피살당할 뻔 했던 것을 식객 중에 닭과 개 흉내 내는 사람의 도움으로 위기를 모면했던 일을 가리킨다.

505) 도병부부급난하던 신릉군 : 병부를 훔쳐서 조나라의 위기를 구해주었던 신릉군. 전국시대 위나라 소왕(昭王)의 공자. 이름은 무기(無忌), 신릉군은 그의 봉호(封號)이다. 진나라가 조나라를 포위하였을 때 자형(姉兄)인 조나라 평원군(平原君)이 그에게 도움을 청하자 병부(兵符)를 훔쳐서 군대를 이끌고 가서 조나라를 구원하였다.

506) 편편탁세가공자 평원군 : 혼란한 시대에 하늘 높이 나는 새처럼 뛰어난 공자였던 평원

으로 말 몰려라." 둥지덩덩. "장책추지(杖策追之)하던 등우(鄧禹)508)로 한짝
하고, 대수장군(大樹將軍) 풍이(馮異)509)로 짝을 짓고, 유지자사경성(有志者
事竟成)하던 경감(耿弇)510)으로 웃짐쳐서, 안적좌영하던 마원(馬援)511)으로
말 몰려라." 둥지둥덩. "청백리자손(淸白吏子孫)하던 양백기(楊白起)512)로
한 짝하고, 부급종사(負笈從師)하던 이고(李固)513)로 짝을 짓고, 독매거륜(獨

군. 〈사기(史記)〉 '평원군·우경열전(平原君虞卿列傳)'의 한 구절. 평원군은 전국시대
조나라 무령왕의 아들이며, 이름은 승(勝)이고 평원군은 그의 봉호이다.
507) 식객이 ~ 춘신군 : 식객에게 구슬로 장식된 신발을 신겼던 춘신군. 춘신군은 전국시
대 초나라의 재상이었던 황헐(黃歇)의 봉호. 조나라의 평원군이 춘신군에게 사신을
보냈을 때, 조나라의 사신들이 춘신군의 식객들이 구슬로 장식된 신발을 신고 있는
것을 보고 부끄러워했다는 고사이다.
508) 장책추지하던 등우 : 광무제가 군사를 일으켰을 때 말에 채찍을 가해 달려갔던 등우.
등우는 후한 창업기의 명신으로 자는 중화(仲華)이다. 등우는 어려서 장안에서 유학하
면서 훗날 광무제가 된 유수(劉秀)와 친하였다. 광무제가 군대를 일으키자 등우는
곧바로 달려가 광무제를 보좌하였으며, 그 공으로 벼슬이 대사도(大司徒)에 이르렀다.
509) 대수장군 풍이 : 겸손하여 공을 논하지 않고 늘 큰 나무 아래로 물러나있던 풍이. 풍이
는 후한 광무제 때의 장군으로 자는 공손(公孫)이다. 다른 장수들이 공을 다툴 때
홀로 나무 아래로 물러나 공을 논하지 않았기 때문에 대수장군이라 불렸다.
510) 유지자사경성하던 경감 : 하고자 하는 뜻이 있으면 반드시 이루고야 만다는 평가를
받았던 경감. 경감은 후한(後漢) 광무제 때의 공신으로 자가 백소(伯昭)이다. 전한(前
漢) 말 왕망(王莽)이 나라를 세우고 국호를 신(新)이라 하자, 경감은 군사를 일으켜
광무제가 천하를 제패하는 데 큰 공을 세웠으며, 그 공으로 건위대장군(建威大將軍)
에 봉해졌다. 본문의 구절은 광무제가 전장에서 승리하고 돌아온 경감을 치하하면서
했던 말의 일부로, 〈후한서(後漢書)〉 '경감열전'에 나오는 말이다.
511) 안적좌영하던 마원 : 마원은 후한 광무제 때의 정치가. 광무제에 투신하여 복파장군
(伏波將軍)이 되었으므로 세간에서 마복파(馬伏波)라고도 불렸다. 본문의 구절과 관
련하여 〈악부(樂府)〉에 실려 있는 '짝타령'의 마원 관련 대목을 참고할 수 있다. '짝타
령'에는 '白首邊庭의 蕩掃妖塵하던 마원'이라고 되어 있는데, 이는 마원이 나이 칠순
이 넘어서도 변방을 굳게 지켰다는 것을 지칭한다. 그러나 '안적좌영'은 미상.
512) 청백리자손하던 양백기 : 자손들이 후세에 청렴결백한 관리의 자손이라고 불리도록
하겠다던 양진(楊震). 양진은 후한의 학자로, 백기는 그의 자이다. 학식이 많고 제자
가 많아 당시 사람들이 관서(關西)의 공자(孔子)라고 불렀다. 본문의 구절은 재산이
거의 없었던 양진에게 자손을 위해 무언가 대비하라고 권유하는 사람에게 양진이
대답하였다는 말이다. 양진이 형주자사(荊州刺史)로 있을 때 왕밀(王密)이라는 사람
이 밤에 몰래 찾아와 황금 열 근을 내어놓으며 아무도 모를 테니 받으라고 하자,
"하늘이 알고, 귀신이 알고, 나와 당신이 아는데 어찌 아무도 모른다고 하는가?"라며
받지 않았다는 고사는 유명하다.

埋車輪)하던 장강(張綱)514)이로 웃짐쳐서, 불우반근착절(不遇槃根錯節)이면
하이별이기(何以別利器)라 하던 우후(虞詡)515)로 말 몰려라." 둥진둥덩. "이
십(二十)에 남유강회(南游江淮)하던 사마천(司馬遷)516)으로 한 짝하고, 요지
연(瑤池宴)에서 투도(偸桃)하던 동방삭(東方朔)517)으로 짝을 짓고, 동도부(東
都賦) 짓던 반고(班固)518)로 웃짐쳐서, 후세(後世)의 양자운(揚子雲)이 지지
(知之)라 하던 양웅(揚雄)519)이로 말 몰려라." 둥지둥덩. "효지불탁(淆之不濁)

---

513) 부급종사하던 이고 : 스승이 먼 곳에 있더라도 찾아가서 배웠던 이고. 이고는 후한
    환제(桓帝) 때 태위(太尉)를 지낸 사람으로 자는 자견(子堅)이다. 그는 배우기를 좋아
    하여 훌륭한 스승이 있으면 천 리가 멀다하지 않고 찾아가 수학하였다. '부급종사'란
    책 보따리를 싸서 타향으로 유학한다는 뜻.

514) 독매거륜하던 장강 : 혼자서 수레바퀴를 파묻던 장강. 장강은 후한 사람으로, 자는
    문기(文紀)이다. 광릉(廣陵)의 태수를 지냈으며, 충직한 것으로 유명하였다. 순제(順
    帝) 원년에 8명의 저명한 유생을 선정하여, 전국을 순행(巡行)하게 하였는데 나이도
    어리고 관직도 미미하였던 장강이 선정되었다. 그러나 장강은 순행을 거부하고, 수레
    바퀴를 낙양의 한 정자에 묻으면서, "승냥이와 이리가 길을 가로막고 있는데, 어찌
    여우와 너구리에게 물어보겠는가?(豺狼當路, 安問狐狸)"라고 탄식했다고 한다. 여기
    서의 '승냥이와 이리(豺狼)'란 당시 정권을 장악하고 전횡을 일삼던 대장군 양기(梁
    冀)와 그의 아우인 하남윤(河南尹) 불의(不疑)를 가리킨다. 〈후한서(後漢書)〉 '장강
    열전'에 나오는 말.

515) 불우반근 ~ 우후 : "활처럼 휜 뿌리와 엉클어진 나무 줄기가 아니라면 어찌 칼날의
    예리함을 알 수 있겠는가?'라고 말하던 우후. 우후는 후한 무평(武平) 사람으로 자는
    승경(升卿)이다. 본문의 구절은 우후가 관장을 살해하는 도적떼가 들끓던 조가(朝歌)
    땅으로 부임하게 되었을 때, 그를 위로하던 사람들에게 했던 말이다. 〈후한서(後漢
    書)〉 '우후열전(虞詡列傳)'에 나오는 말.

516) 이십에 ~ 사마천 : 스무 살에 남쪽으로 장강(長江)과 회하(淮河)를 둘러보았던 사마
    천. 〈사기(史記)〉의 '태사공자서(太史公自序)'에 나오는 구절.

517) 요지연 ~ 동방삭 : 요지연에서 복숭아를 훔치던 동방삭. 동방삭은 중국 전한의 문인
    으로 자는 만천(曼倩)이다. 무제를 섬기어 금마문시중(金馬門侍中)이 되었으며, 해학
    (諧謔)과 변설(辯舌)에 능하였다. 속설에 서왕모가 살고 있는 곤륜산의 요지연에서
    복숭아를 훔쳐 장수하였다고 하여 '삼천갑자 동방삭'으로 불린다.

518) 동도부 짓던 반고 : 동도인 낙양(洛陽)에 대한 부(賦)를 짓던 반고. 반고는 중국 후한
    초기의 역사가이자 문인으로 자는 맹견(孟堅)이다. 기전체 역사서인 〈한서(漢書)〉를
    편찬하였다. 반고는 서도(西都)인 장안(長安)과 동도인 낙양에 대한 부를 각기 지었는
    데, 이를 일러 〈양도부(兩都賦)〉라 한다.

519) 후세의 ~ 양웅 : 훗날에는 자신을 알아줄 것이라던 양웅. 양웅은 전한(前漢) 말의 명
    신으로 자운(子雲)은 그의 자이다. 어려서부터 학문에 뛰어난 재질을 보였으며, 시와

하고 징지불청(澄之不淸)하던 황헌(黃憲)[520]으로 한짝하고, 주찰인사(晝察人事)하고 야관건상(夜觀乾象)하던 곽태(郭泰)[521]로 짝을 짓고, 불외강어(不畏彊禦)하던 이응(李膺)[522]이로 웃짐쳐서, 천하모해(天下模楷)하던 진원례(陳元禮)[523]로 말 몰려라." 둥지덩 "백리부미(百里負米)하던 자로(子路)[524]로 한짝하고, 원술(袁術) 석상(席上)의 회귤(懷橘)하던 육적(陸績)[525]이로 한 짝하고, 선침(扇枕)하던 황향(黃香)[526]이로 웃짐쳐서, 병리(竝鯉) 얻던 왕상(王

부(賦)에도 능했다.

520) 효지불탁 ~ 황헌 : 맑게 하려 해도 깨끗해지지 않으며 흔들어도 흐려지지 않을 정도로 큰 도량을 가지고 있다고 평가되었던 황헌. 황헌은 동한(東漢) 시대의 여남(汝南) 신양(愼陽) 사람이며 자는 숙도(叔度)이다. 당시 사람들이 '안자(顔子)'가 다시 태어났다'고 할 만큼 존경을 받았다. 본문의 구절은 곽태(郭泰)가 황헌을 만나고 난 이후에 그를 평가했다는 말의 일부이다. 원문은 다음과 같다. "叔度汪汪 如萬頃之波 澄之不淸 淆之不濁 其器深廣 難測量也(숙도의 넓고 넓음은 마치 만(萬) 이랑이나 되는 못과 같아서 이를 맑게 하려 해도 깨끗해지지 않으며 흔들어도 흐려지지 않으니 그의 기량은 깊고도 넓어서 측량하기 어렵다)"

521) 주찰인사 ~ 곽태 : 낮에는 사람의 일을 관찰하고, 밤에는 천체의 형상을 살폈던 곽태. 곽태는 후한의 명사(名士)로 자는 임종(林宗)이다. 여러 가지 경전에 두루 달통했으며, 제자가 수천명에 이르렀다. 본문의 구절은 곽태에게 벼슬자리에 나아가기를 권하는 이에게 곽태가 거절하면서 한 말이다.

522) 불외강어하던 이응 : 포악함을 두려워하지 않았던 이응. 이응은 후한 사람으로 자는 원례(元禮)이다. 본문의 구절에는 약간의 착오가 있다. 〈후한서(後漢書)〉 '열전(列傳)'에 보면, 이응 당대의 유생들이 그 당시의 명사(名士)들인 이응, 진번(陳蕃), 왕창(王暢)을 칭송하여, "천하의 모범인 이원례(天下模楷李元禮), 포악함을 두려워하지 않는 진중거(不畏彊禦陳仲擧), 천하의 수재인 왕숙무(天下俊秀王叔茂)"라고 말했다고 한다.

523) 천하모해하던 진원례 : 천하의 모범이라 하던 진번(陳蕃). 이 구절은 바로 앞의 이응의 고사와 서로 뒤바뀌어 있다. 원례(元禮)는 이응의 자이고, 진번의 자는 중거(仲擧)이다. 진번은 후한말의 유명한 정치가. 이응의 고사 참조.

524) 백리부미하던 자로 : 날마다 백리 밖에서 쌀을 구하여 부모를 봉양하던 자로. 자로는 춘추시대 노나라 사람으로 성은 중(仲), 이름은 유(由)이며, 자로는 그의 자이다. 공자의 제자로 십철(十哲)의 한 사람이며, 정사(政事)에 뛰어났다.

525) 원술 ~ 육적 : 원술과 만났을 때 어머니를 위해 귤을 가지고 나가던 육적. 육적은 삼국시대 오나라 사람으로 자는 공기(公紀)이다. 육적이 6살 때 구강(九江)에서 원술을 만났을 때, 원술이 귤을 꺼내놓자, 그 중 3개를 소매 속에 넣어두고 있었다. 떠날 때에 인사하면서 귤이 떨어지자 원술이 귤을 가지고 가는 이유를 묻자, 육적이 가지고 가서 어머니께 드리려 한다고 말했다는 고사이다.

526) 선침하던 황향 : 부채로 아버지의 베개를 부치던 황향. 황향은 후한 시대의 사람으로

祥)527)이로 말 몰려라." 둥지둥덩. "오관참장(五關斬將)하던 관운장(關雲
長)528)으로 한 짝하고, 아두(阿斗)를 품에 안고 일신(一身)이 도시담(都是膽)
이라 하던 조운(趙雲)529)으로 짝을 짓고, 장판교(長坂橋) 상에서 퇴각백만(退
却百萬)하던 장익덕(張益德)530)으로 웃짐쳐서, 할수기포(割鬚棄袍)하던 마맹
기(馬孟起)531) 말 몰려라." 둥지둥덩. "남양풍설(南陽風雪) 중에 초당춘수족
(草堂春睡足) 하던 제갈량(諸葛亮)532)으로 한 짝하고, 벌수이망(伐樹而望)하

9살 때에 어머니를 여의고 아버지를 지극한 정성으로 모셨다. 황향은 여름에는 부채
로 아버지의 베개를 부쳐드렸고, 겨울이면 주무시는 자리를 몸으로 덥혔다고 한다.
지극한 효성을 나타내는 '선침온석(扇枕溫席)'이라는 말이 황향의 고사에서 나왔다.
527) 병리 얻던 왕상 : 두 마리의 잉어를 얻었던 왕상. 왕상은 후한 사람으로 자는 휴징(休
徵)이다. 어려서 어머니를 여의고 계모인 주씨를 모셨는데, 지극한 효도를 다하였다.
왕상은 부모가 병에 걸리면 간호하느라 허리띠를 풀지 않았으며, 어머니가 생선을
먹고 싶다고 하자 추운 겨울에 옷을 벗고 얼음을 깨고 들어가려 하였다. 이 때 얼음이
저절로 갈라지면서 그 속에서 두 마리의 잉어가 튀어나왔다고 한다.
528) 오관참장하던 관운장 : 다섯 개의 관(關)을 지나면서 그 곳의 장수들의 목을 모두 베었
던 관우. 관우는 중국 삼국 시대 촉한(蜀漢)의 용장(勇將). 이름은 우(羽). 운장은 그의
자이다. 유비, 장비와 의형제를 맺고 촉한을 세웠다. 후에 형주(荊州)를 지키다가 살
해되었다.
529) 아두를 ~ 조운 : 아두를 품에 안고 적진을 홀로 헤쳐나올 정도로 용감했던 조운. 조운
은 삼국시대 촉한의 무장(武將)이며, 자는 자룡(子龍)이다. 본문의 구절은 유비가 조조
에게 쫓겨 남으로 달아날 때, 조운이 유비의 아들인 아두를 품에 안고 적진을 빠져나오
자, 그의 용기에 감탄해 유비가 그의 몸은 온통 담인 것 같다고 말했다는 고사이다.
530) 장판교 ~ 장익덕 : 장판교에서 홀로 적의 백만대군을 퇴각시켰던 장비. 장비는 삼국
시대 촉한의 용장. 익덕은 그의 자이다.
531) 할수기포하던 마맹기 : 조조에게 수염을 자르고 도포를 벗어던지게끔 했던 마초(馬
超). 마초는 삼국시대의 맹장(猛將)으로 맹기는 그의 자이다. 그의 아버지 마등(馬騰)
을 따라 군대를 일으켰으며, 조조에게 반란을 일으켰다가 실패한 후 결국 유비의 부
하 장수가 되었다. 본문의 구절은 〈삼국연의〉에 나오는 구절로 동관(潼關)에서 조조
와 맞섰던 마초가 크게 승리하여 조조를 뒤쫓을 때, 조조가 자신의 정체를 감추기
위해 수염을 자르고 붉은 도포를 벗어던졌다는 내용을 가리킨다. 〈삼국연의〉 58회의
제목에서 따 온 말로, 원제목은 "馬孟起興兵雪恨 曹阿瞞割鬚棄袍(마초는 부친 마등
(馬騰)의 원수를 갚고자 군대를 일으키고, 조조는 수염을 깎고 도포를 버리는 치욕을
당했다)"이다.
532) 남양풍설 ~ 제갈량 : 유비가 찾아갔을 때 초당에서 잠을 자고 있던 제갈량. 제갈량은
삼국시대 촉한의 재상으로, 자는 공명(孔明). 융중(隆中)에 은거하고 있다가 유비의
삼고초려(三顧草廬)에 못 이겨 출사(出仕)한 후 유비로 하여금 촉나라를 건국하게

던 서서(徐庶)533)로 한짝하고, 교수연환계(巧授連環計)하던 봉추선생(鳳雛先生)534)으로 웃짐쳐서, 금중고항성(琴中高抗聲)에 지영웅(知英雄)이 절청(絶聽)하던 수경선생(水鏡先生)535) 말 몰러라." 둥지둥덩. "적벽강(赤壁江) 명월야(明月夜)에 횡삭부시(橫槊賦詩)하던 조맹덕(曹孟德)536)으로 한 짝하고, 청매자주(靑梅煮酒)의 문뢰실저(聞雷失筯)하던 유황숙(劉皇叔)537)으로 짝을 짓

하였다.
533) 벌수이망하던 서서 : 유비가 나무를 모두 베게 하여 떠나는 뒷모습이라도 바라보고자
    했던 서서. 서서는 삼국시대 영천(穎川) 사람. 원래 이름은 복(福)이며, 자는 원직(元
    直)이다. 젊어서부터 의협심이 강했으며, 후이 이름을 서(庶)로 바꾼 후부터 학문에
    정진하였다. 형주에서 제갈량을 만나 친교를 맺고 그의 추천으로 유비에게 등용되었
    다. 본문의 내용은 〈삼국지연의〉 36회에 나오는 것으로 서서가 정욱의 계략에 빠져
    조조에게로 떠나자, 유비가 서서의 모습을 가리는 나무를 모두 베어버렸던 것을 가리
    킨다.
534) 교수연환계하던 봉추선생 : 조조에게 거짓 계책을 일러주어 승리를 얻었던 방통(龐
    統). 방통은 삼국시대 촉한 사람이며, 자는 사원(士元)이다. 유비에게 출사하여 치중
    종사(治中從事)가 되었으며, 제갈량과 더불어 복룡봉추(伏龍鳳雛)라고 불리었다. 본
    문의 구절은 나관중(羅貫中)이 지은 〈삼국연의(三國演義)〉의 47회 제목에서 따온 말
    로, 원제목은 "闞澤密獻詐降書 龐統巧授連環計(동오의 감택이 황개의 거짓밀서를 조
    조에게 보내어 조조를 속이더니, 방통까지 연환계로 조조를 속이다)"이다.
535) 금중고항성 ~ 수경선생 : 거문고가 갑자기 높게 튀는 소리를 내자 영웅이 몰래 거문
    고 소리를 듣고 있음을 알아차렸던 사마휘. 수경선생은 삼국시대의 명사였던 사마휘
    (司馬徽)의 별칭. 사마휘는 자가 덕조(德操)이며, 인물에 대한 평가를 잘 하기로 이름
    이 높았다. 특히 유비에게 제갈량과 방통을 추천했던 고사는 유명하다. 본문의 구절
    은 〈삼국연의〉 35회에 등장하는 이야기로, 자객에게 쫓기던 유비가 산 속에서 만난
    동자를 따라 사마휘를 만나러 갔을 때, 사마휘가 거문고 소리가 갑자기 높게 튀는
    것을 보고 영웅이 찾아왔음을 알아차렸다는 내용이다.
536) 적벽강 ~ 조맹덕 : 적벽강 달 밝은 밤에 창을 뉘어놓고 시를 짓던 조조(曹操). 조조는
    후한 사람으로 맹덕은 그의 자이다. 권모(權謀)에 능하고 시를 잘 하였다. 헌제 때
    재상이 되고 위왕(魏王)으로 봉해졌다. 그의 아들 비(丕)가 제위에 올라 무제(武帝)라
    고 추존하였다. 본문의 구절은 〈삼국연의〉 48회에 나오는 구절로 방통의 연환계에
    속아 배를 전부 묶었던 조조가 출전하기 전 의기양양하게 시를 지었다는 내용이다.
537) 청매자주 ~ 유황숙 : 푸른 매실과 따뜻한 술이 있는 술상 앞에서 벼락치는 소리를
    듣고서 젓가락을 놓치던 유비. 유비는 삼국시대의 촉한의 초대 황제. 한(漢)의 황실과
    인척 관계에 있었으므로 유황숙이라고 불렸다. 본문의 구절은 조조가 유비의 사람됨
    을 시험하기 위해 매실이 익었다는 핑계로 마련한 술자리에서 유비가 거짓으로 벼락
    을 무서워하는 척 하면서 조조를 속였다는 이야기이다. 〈삼국연의〉의 21회에 나오는
    이야기.

고, 협사일인하던 초패왕(楚覇王)538)으로 웃짐쳐서, 건괵부인지복(巾幗婦人
之服)을 웃고 받던 사마의(司馬懿)539)로 말 몰려라." 둥지둥덩. "북창청풍하
(北窗淸風下)의 희황상인(羲皇上人)이라 하던 도연명(陶淵明)540)으로 한 짝
하고, 강좌풍류재상(江左風流宰相)의 사동산(謝東山)541)으로 짝을 짓고, 상
산(商山)에 바둑 두던 사호(四皓)542)로 웃짐쳐서, 화음지장(華陰抵掌)의 대소
출려(大笑出驢)하던 진단(陳摶)543)으로 말 몰려라." 둥지둥덩. "출장입상(出

---

538) 협사일인하던 초패왕 : 초패왕은 항적(項籍)의 별칭. 항적은 진말(秦末)의 하상(下相)
　　 사람으로 자는 우(羽)이다. 진말에 진승(陳勝)과 오광(吳廣)이 거병하자 숙부인 양(梁)
　　 과 오중(吳中)에서 군사를 일으켜 스스로 서초(西楚)의 패왕(覇王)이라고 일컬었기에
　　 '초패왕'이라고도 불린다. 한고조 유방과 천하를 다투다가 해하(垓下)에서 패하여 죽
　　 었다. '협사일인'은 미상.
539) 건괵부인지복을 웃고 받던 사마의 : 제갈량이 보낸 부인들의 머리장식을 웃으면서 받
　　 았던 사마의. 사마의는 삼국시대 위나라의 명장이며 정치가로 자는 중달(仲達)이다.
　　 의심이 많고 책략이 뛰어났다. 제갈량이 위나라를 정벌하기 위해 출정했을 때, 사마의
　　 는 응전하지 않고 시간을 끌었다. 이에 제갈량이 사마의를 화나게 하기 위해 부인들의
　　 머리장식을 보내 소심함을 비웃자, 사마의가 웃으면서 그것을 받았다는 고사이다.
540) 북창 ~ 도연명 : 북창 아래에 누워 서늘한 바람을 맞으면서 스스로 세상일을 잊고
　　 숨어 사는 사람이라고 하던 도연명. 이백의 〈희증정율양(戱贈鄭溧陽)〉의 한 구절로
　　 원문은 "淸風北窗下(맑은 바람 불어 오는 북창 아래에서) 自謂羲皇人(스스로 복희씨
　　 적 사람이라 했네)"이다. 이 시는 강소성 율양 지방에 있는 친구에게 이백이 지어보낸
　　 것이다. 이와 비슷한 구절은 도연명의 〈여자엄등소(與子儼等疏)〉에서도 찾아볼 수
　　 있는데, "北窗下臥 遇涼風暫至 自謂是羲皇上人"이 그것이다.
541) 강좌풍류재상의 사동산 : 강좌의 풍류재상이라고 불렸던 사안(謝安). 사안은 동진(東
　　 晉) 중기의 명신(名臣)으로 자는 안석(安石)이다. 일찍부터 문명(文名)을 떨쳤으나 40
　　 세까지 벼슬하지 않고 동산(東山)에 들어가 은거하였기 때문에 '사동산'이라고도 불린
　　 다. '강좌'란 장강(長江) 하류의 동쪽 지역을 뜻하며, '풍류재상'이란 말은 예법에 구애
　　 받지 않고 스스로 풍류를 즐길 줄 아는 재상이라는 말로, 〈남사(南史)〉 '왕검전(王儉
　　 傳)'에 보면 왕검이 늘 "강좌의 풍류재상은 생각컨대 사안만이 있을 뿐이다(江左風流
　　 宰相 惟有謝安)"라고 말했다는 기록이 있다.
542) 상산에 바둑 두던 사호 : 상산사호. 진(秦)나라 말년에 전란을 피하여 섬서성 상산에
　　 은거한 네 사람의 노인인 동원공(東園公), 하황공(夏黃公), 녹리선생(甪里先生), 기이
　　 계(綺異季). 후에 모두 한(漢)나라 혜제(惠帝)의 스승이 되었음.
543) 화음지장의 ~ 진단 : 화음을 지나다 조광윤이 즉위했다는 말을 듣고서 손뼉을 치며
　　 웃다가 나귀에서 굴러 떨어진 진단. 진단은 송나라 때의 은사(隱士)로, 자가 도남(圖
　　 南)이고 호가 부요자(扶搖子)이다. 진단은 화음(華陰)을 지나다가 송 태조 조광윤이
　　 황제가 되었다는 말을 듣고, "이제는 천하가 안정되겠구나"하고, 박장대소하다가 나귀

將入相)하던 이정(李靖)[544]으로 한 짝하고, 자죽요수(煮粥燎鬚)하던 이적(李
勣)[545]으로 짝을 짓고, 백자천손(百子千孫) 곽분양(郭汾陽)[546]으로 웃짐쳐서,
숙청궁금(肅淸宮禁)하던 서평왕(西平王)[547]으로 말 몰려라." 둥지둥덩. "천
하도리(天下桃李)가 실재공문(悉在公門)하던 적양공(狄梁公)[548]으로 한 짝하
고, 천추금경록(千秋金鏡錄) 짓던 장구령(張九齡)[549]으로 짝을 짓고, 녹야당
(綠野堂)의 음주음시(飮酒吟詩)하던 배진공(裵晉公)[550]으로 웃짐쳐서, 육곤

의 등에서 떨어졌다는 일화가 전한다. 윤두서의 〈진단타려도(陳搏墮驢圖)〉는 이를
묘사한 그림이다. 〈송사(宋史)〉 '열전'에 나오는 내용이다.

544) 출장입상하던 이정 : 나가서는 장수가 되고, 들어와서는 재상을 할 정도로 문무를 겸
비했던 이정. 이정은 중국 당나라의 명장. 당태종을 섬겨 수나라 말기의 군웅(群雄)
토벌에 힘썼다.

545) 자죽요수하던 이적 : 누이를 위해 죽을 끓이다가 수염에 불이 붙었던 이적. 이적은
당나라 초의 명장. 자는 무공(懋功). 본명은 서세적(徐世勣). 당나라에 귀순하여 이씨
성을 받았다. 본문은 〈신당서〉 '열전'에 나오는 것으로, 이적이 높은 지위에 오른 뒤에
도 그의 누이가 병이 나면 손수 죽을 끓여주다가 수염에 불이 붙었던 것을 가리킨다.

546) 백자천손 곽분양 : 백 명의 자식과 천 명의 손자를 두었던 곽분양(郭汾陽). 곽분양은
당나라의 명장으로 이름은 자의(子儀). 현종 때에 삭방절도우병마사(朔方節度右兵馬
使)가 되어 안사의 난을 평정했다. 그 공으로 분양군왕(汾陽郡王)에 봉해져서 곽분양
이라고도 불린다. 곽자의는 자손을 너무 많이 두어 일일이 기억할 수 없을 정도였다
고 한다.

547) 숙청궁금하던 서평왕 : 난을 토벌하여 궁궐을 되찾았던 이성(李晟). 서평왕은 당나라
때의 명장인 이성의 봉호(封號). 이성은 자가 양기(良器)이며, 덕종(德宗) 때에 주자
(朱泚)가 수도인 장안을 점거하고 난을 일으켰을 때, 군대를 이끌고 난을 평정하여
그 공으로 사도(司徒)가 되고, 이어 서평군왕(西平郡王)에 봉해졌다. 〈구당서(舊唐
書)〉 '이성 열전(李晟列傳)' 나오는 구절이다.

548) 천하도리가 ~ 적양공 : 우수한 인물은 모두 문하로 거느리고 있다고 평가받았던 적인
걸(狄仁傑). 적인걸은 측천무후 치하에서 재상이 되어 장간지(張柬之), 요숭(姚崇) 등
을 추천하여 부패한 정치를 바로잡으려 했다. 그가 추천한 인물들이 조정에서 명망을
얻게 되자, 본문의 구절과 같은 평가를 받았다고 한다. '적양공'은 그의 사후 내려진
시호가 '양국공(梁國公)'인 것에서 비롯된 명칭이다.

549) 천추금경록 짓던 장구령 : 당 현종에게 〈천추금경록〉을 지어올렸던 장구령. 장구령은
당 현종 때의 명상으로 자는 자수(子壽)이다. 장구령은 현종의 생일에 전고(前古)의
흥망성쇠의 이치를 적은 책을 지어 바쳤는데, 이 책이 〈천추금경록〉이다.

550) 녹야당 ~ 배진공 : 녹야당에서 술 마시고 시를 읊던 배도. 배도는 당나라 중기의 재상
으로 자는 중립(中立). 당 헌종의 명을 받고 회서(淮西)의 난을 토벌한 공으로 진국공
(晉國公)에 봉해졌다. 배도는 녹야당이라는 별장을 짓고, 백거이(白居易), 유우석(劉

잠 드리던 이덕유(李德裕)⁵⁵¹⁾로 말 몰려라." 둥지둥덩. "패교(霸橋)에 기려
(騎驢)하던 맹호연(孟浩然)⁵⁵²⁾ 한 짝하고, 목맹불맹심(目盲不盲心)하던 장적
(張籍)⁵⁵³⁾이로 짝을 짓고, 수작고퇴형(手作敲推形)하던 가도(賈島)⁵⁵⁴⁾로 웃짐
쳐서, 오언시(五言詩)가 만리장성(萬里長城)같던 유장경(劉長卿)⁵⁵⁵⁾으로 말
몰려라." 둥지둥덩. "궁도곡(窮途哭)하던 완적(阮籍)⁵⁵⁶⁾으로 한 짝하고, 요간
절웅하던 필입⁵⁵⁷⁾으로 짝을 짓고, 하삽수지(荷鍤隨之)하던 유령(劉伶)⁵⁵⁸⁾으

禹錫)과 같은 당대의 명사들과 하루 종일 시를 읊고 술을 마시며 풍류를 즐겼다고
한다.

551) 육곤잠 드리던 이덕유 : 임금에게 여섯 가지의 경계할 일을 지어바치던 이덕유. 이덕
유는 당나라 무종(武宗)과 경종(敬宗) 때의 재상으로 호는 문요(文饒). 이덕유는 경종
이 향락에 빠져 정사를 돌보지 않자 고금의 역사를 바탕으로 경계할 일들을 정리한
〈단의잠(丹扆箴)〉 6수를 지어바쳤다. '단의'란 천자가 제후를 대할 때 뒤에 치는 붉은
병풍을 뜻한다. 본문의 '육곤잠'은 〈단의잠〉 6수를 의미하는 것으로 보인다.

552) 패교에 기려하던 맹호연 : 패교를 나귀 타고 건너며 시를 구상하던 맹호연. 맹호연은
성당(盛唐)의 시인으로 양양 사람이다. 그는 눈발이 휘날리는 패교(霸橋) 위를 나귀
타고 지나갈 때 가장 멋진 시상(詩想)이 떠올랐다고 전해진다. 소식(蘇軾)의 시에 "그
대는 또 보지 못했는가 눈 속에 나귀 탄 맹호연이, 눈썹 찌푸린 채 어깨를 웅크리고
시 읊는 그 모습을"(又不見雪中騎驢孟浩然 皺眉吟詩肩聳山)이라는 시구가 있다.

553) 목맹불맹심하던 장적 : 눈은 멀었으나 마음은 멀지 않았던 장적. 장적은 당나라의 시
인으로 자는 문창(文昌)이다. 당나라 덕종(德宗) 15년(799)에 진사(進士)가 되었고, 이
후 서명사(西明寺) 태축(太祝)에 임명되어 10년 동안 옮기지 못하였다. 나이 50에 눈
이 멀었다.

554) 수작고퇴형하던 가도 : '퇴(推)'자와 '고(敲)'자를 들고 고민하던 가도. 가도는 당나라의
시인. 범양(范陽) 사람으로 자는 낭선(浪仙)이다. 본문의 구절은 가도가 〈승고월하문
(僧敲月下門)〉이라는 시를 쓸 때 '퇴(推)'와 '고(敲)' 두 글자를 두고 어느 자를 쓸까
고민하다가 마침 지나가던 경조윤(京兆尹) 한퇴지(韓退之)의 행렬에 부딪혀 '고(敲)'
자로 하라는 가르침을 받았다는 고사이다.

555) 오언시 ~ 유장경 : 유장경은 중당(中唐)의 시인으로 자가 문방(文房)이며, 하간(河間)
사람이다. 유장경은 특히 오언시에 뛰어났는데, 역대의 많은 문학사가나 평론가들이
유장경의 오언시에 대해서 높은 평가를 하였다.

556) 궁도곡하던 완적 : 길이 끝나면 통곡하던 완적. 완적은 삼국시대 위나라 사람으로 자
는 사종(嗣宗)이며 죽림칠현(竹林七賢)의 한 사람이다. 본문의 구절은 완적이 마음
내키는대로 수레를 몰고 가다가 길이 다하면 통곡하고 돌아왔다는 고사이다.

557) 요간절웅하던 필입 : 문맥으로 보아 은사(隱士)의 하나일 것으로 생각되나, 자세한 것
은 알 수 없다.

558) 하삽수지하던 유령 : 종자에게 삽을 메고 따라다니게 하였던 유령. 유령은 진(晉)나라

로 웃짐쳐서, 은어주(隱於酒)하던 석만경(石曼卿)559)으로 말 몰려라." 둥지
둥덩. "선천하우(先天下憂)하고 후천하락(後天下樂)하던 범희문(范希文)560)
으로 한 짝하고, 조천하어태산지안(措天下於泰山之安)하던 한위공(韓魏
公)561)으로 짝을 짓고, 고죽(枯竹)이 부생(復生)하던 구래공(寇萊公)562)으로
웃짐쳐서, 소사(小事)는 호도(糊塗)하고 대사(大事)는 불호도(不糊塗)하던 여
단(呂端)563)으로 말 몰려라." 둥지둥덩. "지주수교불여잠(蜘蛛雖巧不如蠶)하
던 왕원지(王元之)564)로 한짝하고, 니백어면하여 명문천하라 하던 구양수

패군(沛郡) 사람으로 자는 백륜(伯倫)이고, 죽림칠현(竹林七賢)의 한 사람이다. 본문
의 구절은 유령이 작은 수레를 타고 술 한 병을 차고, 종자에게 삽을 메고 따라다니게
하면서, "내가 죽거든 곧장 땅을 파고 묻어라"고 했다는 고사이다.
559) 은어주하던 석만경 : 술에 은거했던 석연년(石延年). 석연년은 송나라 때의 유명한 시
인으로, 만경은 그의 자이다. 본문은 구양수의 〈석비연시집서(釋祕演詩集序)〉에 나오
는 구절로, 이 글에서 구양수는 석연년과 비연을 두고 "曼卿隱於酒 祕演隱於浮屠 皆
奇男子也"(만경은 술에 은거하고 비연은 불가에 은거했으니 모두 뛰어난 남자이다)라
고 평가했다.
560) 선천하우 ~ 범희문 : 천하의 근심에 앞서서 근심하고, 천하의 즐거움 다음에 즐거워
해야 한다던 범희문. 범희문은 송나라 인종(仁宗) 때의 명상으로 이름은 중엄(仲淹)이
며 희문은 그의 자이다. 본문의 구절은 범중엄이 지은 〈악양루기(岳陽樓記)〉의 한
구절을 약간 변개한 것이다. 원문은 "其必曰先天下之憂而憂 後天下之樂而樂歟."
561) 조천하어태산지안하던 한위공 : 천하를 태산과 같이 안정하게 하였던 한기(韓琦). 한
기는 범중엄(范仲淹)과 병칭되는 송나라의 현상(賢相)으로 자는 치규(稚圭)이다. 인
종(仁宗) 때에 재상이 되어 위국공(魏國公)에 봉해졌기에, 한위공이라고도 불린다.
본문의 구절은 구양수(歐陽脩)가 지은 〈주금당기(晝錦堂記)〉의 한 구절이다.
562) 고죽이 부생하던 구래공 : 마른 대나무에서 싹이 다시 나던 구준(寇準). 구준은 북송
때의 유명한 재상으로, 요나라의 침공 때 맞서 싸워야한다고 주장해 결국 '전연의
맹약'을 이끌어냈던 인물이다. 그 후 구준은 간신들의 모함으로 좌천되어 죽었다.
백성들은 길가에 늘어서 그의 운구를 전송하면서 마른 대나무를 꽂고 지전(紙錢)을
매달았다. 그러자 마른 대나무가 모두 다시 살아났다고 전한다. 본문의 내용은 이러
한 고사를 담고 있다.
563) 소사는 ~ 여단 : 작은 일에는 판단이 느리지만, 큰일에는 그렇지 않다고 평가되었던
여단. 여단은 송나라 때의 명상(名相)으로 자가 역직(易直)이다. 본문의 구절은 태종
(太宗)이 여단을 재상으로 삼고자 했을 때, 어떤 사람이 여단은 판단이 느리다고 비판
하자 태종이 여단을 옹호하면서 했다는 말이다.
564) 지주수교불여잠하던 왕원지 : "거미가 비록 교묘하게 줄을 친다 해도 누에에는 미치지
못한다"던 왕우칭(王禹偁). 왕우칭은 송나라 때의 유명한 문인이며 명신으로 원지는
그의 자이다. 본문은 왕우칭의 시인 〈중하즉경(仲夏卽景)〉에 나오는 구절이다.

(歐陽修)565)로 짝을 짓고, 청풍(淸風)은 서래(徐來)하고 수파(水波)는 불흥(不
興)이라 하던 소동파(蘇東坡)566)로 웃짐쳐서, 위수(渭水)의 공장월(空藏月)이
라 하던 황노직(黃魯直)567)으로 말 몰려라." 둥지둥덩. "난정첩(蘭亭帖) 짓던
왕희지(王羲之)로 한 짝하고, 여중명필(女中名筆) 위부인(衛夫人)568)으로 짝
을 짓고, 황견유부(黃絹幼婦) 외손제구(外孫韲臼)라 하던 채중랑(蔡中郎)569)
으로 웃짐쳐서, 여초한(如楚漢)으로 공전(攻戰)하던 회소(懷素)570)로 말 몰

---

565) 니백어면하여 ~ 구양수 : 구양수는 송나라의 학자, 정치가로 자는 영숙(永叔)이다. 군
　　서(群書)에 널리 능통하고, 시문(詩文)으로 천하에 이름을 날려 당송팔대가(唐宋八大
　　家)의 한 사람으로 꼽혔다. 본문의 '니백어면하여 명문천하'는 미상.

566) 청풍은 ~ 소동파 : 맑은 바람은 천천히 불어오고 물결은 일어나지 않는다고 읊었던
　　소식(蘇軾). 소식은 송나라의 문장가. 자는 자첨(子瞻)이며, 동파는 그의 호이다. 소순
　　(蘇洵)의 장자(長子)로서 아버지와 동생인 소철(蘇轍)과 함께 당송팔대가의 한 사람이
　　다. 시문서화(詩文書畵)에 모두 뛰어났다. 본문의 구절은 〈적벽부(赤壁賦)〉의 첫머리
　　이다.

567) 위수의 ~ 황노직 : 위수는 헛되이 달을 감춘다고 읊었던 황정견(黃庭堅). 황정견은
　　송나라의 시인으로, 호는 산곡(山谷)이며, 노직은 그의 자이다. 시는 소동파와 어깨를
　　나란히 하였으며, 서예가로는 송대 사대가의 한 사람으로 꼽힌다. 본문은 그가 강태
　　공과 부열(傅說)을 두고 지은 시의 한 구절인 "渭水空藏月 傅岩深鎖煙"에서 따온 것
　　이다.

568) 여중명필 위부인 : 여자 가운데 명필이라고 평가되었던 위부인. 위부인은 진(晉)나라
　　의 여음태수(汝陰太守)였던 이구(李矩)의 부인인 위삭(衛鑠)을 말한다. 위삭은 자가
　　무의(茂猗)로, 유명한 서예가였던 위항(衛恒)의 딸로 예서(隸書)에 매우 능했다. 왕희
　　지가 어릴 적에 그녀에게 글씨를 배웠다고 전한다.

569) 황견유부 ~ 채중랑 : 채옹(蔡邕)은 후한 사람으로 자는 백개(伯喈). 시부(詩賦)를 잘
　　지었으며, 음률에 정통했다. 벼슬이 중랑장(中郎將)에 올랐기 때문에 채중랑으로 불
　　린다. 문집에 〈채중랑집〉이 있다. 본문의 '황견유부 외손제구'란 각기 두 글자씩 합하
　　여 '절묘호사'를 나타내는 말이다. 『세설신어』 '첩오(悂悟)'편에 보면 조조가 길을 가
　　다가 한 비석의 뒷면에 새겨진 이 글귀를 발견하고 양수(楊脩)에게 풀이하게 했다는
　　고사가 전한다. 이 여덟 글자를 채옹이 새겨놓았다고 한다.

570) 여초한으로 공전하던 회소 : 글씨가 마치 초나라와 한나라가 벌이는 전투 같았던 회
　　소. 회소는 중국 당나라의 서예가로 원래는 승려로서 자는 장진(藏眞)이다. 일찍이
　　불문에 들어갔으며 어려서부터 서도를 좋아하여 일가를 이루었다. 특히 술을 좋아하
　　여 만취가 되면 흥에 못 이겨 쓰는 초서인 광초(狂草)로 유명하였다. 원문은 "여초한
　　으로 쟁봉하던"이라고 되어 있으나 이는 오류이다. 본문은 이백(李白)의 〈초서가행
　　(草書歌行)〉의 구절을 활용한 것으로, 원문은 "左盤右蹙如飛電 狀同楚漢相攻戰(좌로
　　구부리고 우로 당기며 번개가 치는 듯하니, 그 모습이 마치 초한이 서로 싸우는 듯하

려라." 둥지둥덩. "등대자투(登臺自投)하던 한빙 처(韓憑妻)571)로 한 짝하고,
낙화유사추루인(落花猶似墜樓人)하던 녹주(綠珠)572)로 짝을 짓고, 파경이부
(破鏡二部) 합성도시(合成都市)하던 악창공주(樂昌公主)573)로 웃짐쳐서, 단
비이서(斷鼻而誓)하던 하후영녀(夏侯令女)574)로 말 몰려라." 둥지둥덩. "사
동련(辭同輦)하던 반첩여(班婕妤)575)로 한 짝하고, 거안제미(擧案齊眉)하던
맹광(孟光)576)으로 짝을 짓고, 선곡기부(善哭其夫)하던 기량지처(杞梁之

구나)"이다.

571) 등대자투하던 한빙 처 : 누대에서 스스로 뛰어내려 죽었던 한빙의 아내. 전국시대 송
(宋)나라의 강왕(康王)이 사인(舍人)인 한빙의 아내 하씨(何氏)를 빼앗고 한빙을 옥에
가두자 한빙이 자살하였다. 하씨가 누대에 올라 스스로 투신하여 죽었는데, 두 무덤
에서 서로 연결된 나무가 자라났다고 한다. 남녀 간의 지극한 사랑을 일컫는 '연리지
(連理枝)'라는 말이 한빙의 고사에서 생겨났다. 〈수신기(搜神記)〉를 비롯한 여러 책에
실려 있는 고사이다.

572) 낙화유사추루인하던 녹주 : '떨어지는 꽃잎처럼 누각에서 몸을 던진 사람'이라던 녹주.
녹주는 진(晉)나라의 거부(巨富)였던 석숭(石崇)의 애첩. 손수(孫秀)가 그녀의 미모를
탐해 석숭에게 그녀를 달라고 하였는데, 녹주는 분을 참지 못해 누각에서 떨어져 자
살하였다. 본문의 구절은 당나라 시인 두목이 지은 〈금곡원(金谷園)〉의 일부이다.
금곡원은 석숭의 별장으로 하남성 낙양현에 있다. 이 시의 전문은 다음과 같다. "繁華
事散逐香塵(번화하던 옛 일은 티끌 따라 흩어지고) / 流水無情草自春(흐르는 물은
무정한데 풀은 저절로 봄이구나) / 日暮東風怨啼鳥(해는 지고 동풍에 우는 새를 원망
하는데) / 落花猶似墜樓人(떨어지는 꽃만이 흡사 누각에서 떨어지던 사람 같구나)."

573) 파경이부 ~ 악창공주 : 거울을 두 조각으로 나누어 도시에서 맞추어보던 악창공주.
악창은 진(陳)나라 후주(後主)의 여동생으로 미색이 뛰어났다. 서덕언(徐德言)에게
시집갔는데, 진나라가 망하자 양소(楊素)의 손에 넘어가게 되었다. 서덕언과 악창이
거울을 두 조각 내어 각기 나누어 가지면서 후에 정월 보름날 도시에서 맞추어보자고
약속하였다는 고사.

574) 단비이서하던 하후영녀 : 코를 베어 맹세하던 하후영녀. 하후영녀는 중국 삼국시대
위나라 초군(譙郡) 사람인 하후문녕(夏侯文寧)의 딸. 조문숙(曹文叔)의 아내가 되었
으나, 남편이 일찍 죽자 절의를 지키며 홀로 살았다. 아버지 문녕이 그녀를 개가시키
려 하자, 자신의 코를 베어 정절을 지키겠다는 맹세를 하였다.

575) 사동련하던 반첩여 : 왕의 수레에 함께 타기를 거절했던 반희(班姬). 반희는 한나라
사람인 반황(班況)의 딸이다. 첩여는 한나라 후비(后妃)의 명칭 중 하나. 어질고 재주
가 뛰어났으며 성제(成帝)의 총애를 받았으나 조비연(趙飛燕)의 참소를 받아 장신궁
(長信宮)으로 쫓겨났다. 본문의 구절은 성제가 반희를 총애하였을 때 수레에 함께
타려고 하자, 반희가 여인을 지나치게 총애하는 것은 옳지 않다면서 사양하였다는
고사이다.

妻)577)로 웃짐쳐서, 호가십팔박(胡笳十八拍) 짓던 채문희(蔡文姬)578)로 말 몰
려라." 둥지둥덩. "장상무(掌上舞)하던 조비연(趙飛燕)579)으로 한 짝하고, 엄
루사단봉(掩淚辭丹鳳)하던 왕소군(王昭君)580)으로 짝을 짓고, 보보생연화(步
步生蓮花)하던 반희(潘姬)581)로 웃짐쳐서, 옥수후정화(玉樹後庭花) 노래하던
장려화(張麗華)582)로 말 몰려라." 둥지둥덩. "취무교무력(醉舞嬌無力)하던

---

576) 거안제미하던 맹광 : 밥상을 눈썹과 가지런하도록 공손히 들어 남편에게 드렸던 맹광.
맹광은 중국 동한(東漢) 사람인 양홍(梁鴻)의 처이다. 양홍과 맹광은 패릉산(覇陵山)
에서 밭을 갈면서 살았는데, 맹광은 양홍에게 식사를 내갈 때마다 공손하게 상을 드
렸다고 한다.

577) 선곡기부하던 기량지처 : 남편을 위해 정성스레 곡했던 기량의 아내. 기량은 춘추시대
제나라 사람으로 충절을 지키다가 거(莒)나라 군대에 피살되었다. 제나라 군주가 도
읍으로 귀환하다가 기량의 처를 만나 조문하려 했을 때, 그녀는 집을 두고 교외에서
조문을 받을 수는 없다고 거절했다. 결국 제나라 군주는 기량의 집을 직접 찾아가
조문하였다. 〈좌전〉, 〈맹자〉 등 여러 문헌에 나오는 고사이다.

578) 호가십팔박 짓던 채문 : 호가십팔박을 지었던 채염(蔡琰). 채염은 동한 사람으로 채
옹(蔡邕)의 딸이며 문희는 그녀의 자이다. 박학하였으며 음률에 밝았다. 위중도(衛中
道)라는 사람에게 시집갔으나 오랑캐 기병(騎兵)에게 사로잡혀 20년 동안 오랑캐 지
방에서 살았다. 뒤에 조조가 그녀의 재주를 아껴 많은 보화를 주고 돌아오게 하자
지었던 노래가 호가십팔박이다.

579) 장상무하던 조비연 : 손바닥 위에서 춤을 추던 조비연. 조비연은 한나라 성제의 황후.
어려서부터 가무(歌舞)를 익히고 성제에게 사랑을 받아 후궁이 되었다. 허후(許后)가
폐하여지자 황후가 되었다. 조비연은 허리가 무척 가늘어 손바닥 위에서 춤을 출
수 있을 정도였다고 전해진다.

580) 엄루사단봉하던 왕소군 : 눈물을 감추면서 단봉궐을 하직하던 왕소군. 당나라 시인
동방규(東方虬)의 시 〈소군원(昭君怨)〉의 한 구절. 왕소군은 한나라 원제(元帝)의 후
궁. 이름은 장(嬙). 소군은 그녀의 자이다. 원제 때 후궁으로 뽑혀 궁중에 들어갔는데
선우(單于)가 입궐하여 궁녀를 요구하므로 원제가 왕소군을 주어 따라가게 하였다.
단봉궐은 한나라의 궁궐이다.

581) 보보생연화하던 반희 : 발걸음마다 연꽃이 피어난다던 반희. 중국 남북조시대 제(齊)
나라의 폐제(廢帝) 동혼후(東昏侯)가 총애하던 반비(潘妃)의 걸음걸이를 비유한 고사
(故事)에서 유래된 말이다. 동혼후는 남조 제나라의 왕으로 반비의 미색에 빠져 정치
를 돌보지 않다가 결국 폐위되었다. 동혼후는 궁중의 후원에 시장을 차려놓고는 반비
와 상인 놀이를 하는 등 기행과 문란한 생활에 빠져 지냈다. 어느 날에는 금으로
연꽃을 만들어 땅에 심은 뒤에 반비로 하여금 그 위를 걷게 하고는 "발걸음마다 연꽃
이 피어나는구나(步步生蓮花也)"라고 말했다고 한다.

582) 옥수후정화 노래하던 장려화 : 장려화는 남조(南朝) 진(陳)나라의 마지막 황제인 후주
(後主)의 귀비(貴妃)로 머리 길이가 칠척이나 되었다는 미인이다. 진 후주는 유락(遊

서시(西施)583)로 한 짝하고, 침향정(沈香亭)의 방접(放蝶)하던 양태진(楊太
眞)584)으로 짝을 짓고, 대월서상하(待月西廂下)하던 앵앵(鶯鶯)585)으로 웃짐
쳐서, 백두음(白頭吟) 짓던 탁문군(卓文君)586)으로 말 몰려라." 둥지둥덩.
"해영장중(垓營帳中)의 남자장(男子裝)하던 우미인(虞美人)587)으로 한 짝하
고, 봉의정(鳳儀亭)의 연환계(連環計)하던 초선(貂蟬)588)으로 짝을 짓고, 맥

樂)에 빠져 정사를 태만히 하고 임춘(臨春), 결기(結綺), 망선(望仙)의 삼각(三閣)을
지어 장려화를 비롯한 여러 비빈들과 밤낮을 즐기다가 결국 수(隋)나라에 멸망당했
다. '옥수후정화'는 음악을 유달리 좋아했던 후주가 즐겨 들었던 남녀가 같이 부르는
노래의 명칭.

583) 취무교무력하던 서시 : '취해서 춤을 추는 모습이 힘없는 듯 교태로웠던 서시'. 이백의
〈구호오왕미인반취(口號吳王美人半醉)〉의 한 구절. 이 시의 전문은 다음과 같다. "風
動荷花水及香(연꽃에 바람이 지나니 물 위에 세운 누각이 향기로운데) / 姑蘇臺上見
吳王(고소대 위에 오왕이 나타나네) / 西施醉舞嬌無力(서시는 취해서 춤을 추는데
힘없는 듯 교태롭고) / 소의동창백옥상(동쪽 창 밑 백옥상에 기대어 미소짓네)."

584) 침향정의 방접하던 양태진 : 침향정에서 나비를 풀어주며 노닐던 양태진. 양태진은
당나라 현종의 비로 양귀비(楊貴妃)라는 이름으로 잘 알려져 있다. 재색이 뛰어나
당현종의 총애를 받았으나, 안녹산의 난이 일어나자 현종과 함께 달아나다가 마외역
(馬嵬驛)에서 피살되었다. 침향정은 당나라 궁전 안에 있던 정자의 이름. 현종이 네
가지 종류의 모란을 침향정 앞에 심고 꽃이 피면 양귀비와 함께 감상했다고 한다.

585) 대월서상하던 앵앵 : '달 뜨길 기다려 서쪽 행랑으로 나서네'라고 읊던 앵앵. 당나라
전기(傳奇)인 〈앵앵전(鶯鶯傳)〉의 한 구절. 본문의 구절은 장생(張生)이 앵앵을 만나
사모하게 되어 그 마음을 전하자 앵앵이 전한 시 〈명월삼오야(明月三五夜)〉의 첫
구절이다. 이 시의 전문은 다음과 같다. "待月西廂下(달 뜨길 기다려 서쪽 행랑으로
나서네) / 迎風戶半開(바람을 맞으려 문을 반쯤 열어놓았네) / 拂墻花影動(담벽을 쓰
는 듯 움직이는 꽃 그림자) / 疑是玉人來(행여나 님이 오신 게 아닐까?)"

586) 백두음 짓던 탁문군 : 탁문군은 한나라 촉군(蜀郡)의 부호인 탁왕손(卓王孫)의 딸. 과
부가 되어 친정에 머물고 있을 때 사마상여(司馬相如)가 방문하자 거문고 가락에 자
신의 마음을 담아 전하였다. 백두음은 탁문군이 지었다는 악부(樂府)의 이름.

587) 해영장중의 남자장하던 우미인 : 해하의 진영에서 남장을 하던 우미인. 우미인은 초나
라 항우의 총희(寵姬). 항우는 해하(垓下)에서 유방의 군대에 포위되어 절망적인 상황
에 처했다. 이때 우미인은 남장을 하고서 따라가겠다고 말한 후에 항우의 보검으로
자살했다고 전해진다.

588) 봉의정 ~ 초선 : 봉의정에서 여포와 동탁 사이를 이간질하던 초선. 초선은 삼국시대
의 절세 미녀. 사도(司徒) 왕윤(王允)이 동탁(董卓)과 그 양자가 된 여포(呂布) 사이를
갈라놓기 위해 동탁과 여포 모두에게 소개시켰던 절세의 미녀이다. 동탁의 애첩이
되었다가 여포를 유혹하여 결국 동탁을 살해하도록 만든다. 봉의정은 이미 동탁의
첩실이 된 초선이 여포를 꾀어 동탁을 죽이라고 유혹했던 장소.

상(陌上)의 계상(啓上)하던 진나부(秦羅敷)589)로 웃짐쳐서, 부지여랑(不知女郎) 목란(木蘭)590)으로 말 몰려라." 둥지덩. "백옥성(白玉聲) 회답(回答)하던 영양공주(英陽公主)591) 한 짝하고, 거문고 평론(評論)하던 난양공주(蘭陽公主)592) 짝을 짓고, 양류사(楊柳詞) 화답(和答)하던 진채봉(陳彩鳳)593) 웃짐쳐서, 위선위귀(爲仙爲鬼)하던 가춘운(賈春雲)594) 말 몰려라." 둥지둥덩. "검무(劍舞)하던 심요연(沈嬝烟)595)으로 한 짝하고, 용궁(龍宮)에서 상봉(相逢)하

589) 맥상의 ~ 진나부 : 맥상에서 임금을 훈계했던 진나부. 진나부는 중국 전국시대 조왕(趙王)의 가령(家令)인 왕인(王仁)의 처. 본문의 구절은 진나부가 어느날 언덕에서 뽕잎을 따는데 조왕이 그녀의 미모를 보고 겁탈하려 하자, 쟁(箏)을 타면서 〈맥상상(陌上桑)〉이라는 노래를 불러 왕의 욕심을 거두게 하였다는 고사를 가리킨다.

590) 부지여랑 목란 : 아무도 여인인 줄 알지 못했던 목란(木蘭). 목란은 고악부(古樂府)의 하나인 〈목란시(木蘭詩)〉에 나오는 인물. 양(梁)나라 때에 부친을 대신하여 전쟁에 나가 이기고 열두해 만에 돌아왔다는 전설이 있다. 본문은 〈목란시〉의 일부인데, 원문은 "同行十二年 不知木蘭是女郎(십이년 동안 함께 다니면서도 목란이 여인임을 아무도 알지 못했네)"이다.

591) 백옥성 ~ 영양공주 : 백옥피리 소리로 회답하던 영양공주. 영양공주는 김만중이 지은 고전소설 〈구운몽(九雲夢)〉에 나오는 인물. 정경패(鄭瓊貝)는 태후의 천거에 의해 영양공주로 책봉된다. 그런데 본문의 구절에는 약간의 착오가 있다. 백옥피리를 매개로 성진의 환생인 양소유와 가연을 맺는 이는 영양공주가 아니라 난양공주이다. 난양공주는 천자의 여동생으로 선녀의 곡조를 전수받아 피리를 연주할 때마다 청학이 내려와 춤을 출 정도로 음률에 능하였다. 태후와 천자가 난양공주에 필적하는 부마를 찾던 중 양소유가 누대에 올라 백옥피리를 연주하는 소리를 듣고 두 사람의 혼사를 추진하게 된다.

592) 거문고 ~ 난양공주 : 거문고 소리를 품평하던 난양공주. 이 구절은 바로 앞의 영양공주의 고사와 서로 뒤바뀌어 있다. 양소유와 더불어 거문고 소리를 평가했던 이는 영양공주이다. 양소유는 정경패, 즉 영양공주가 거문고에 능하다는 소문을 듣고 여도관(女道冠)의 복색으로 가장한 후 그녀의 집에 들어가 거문고를 연주한다. 이에 정경패가 그 각각의 곡조에 품평함으로써 두 사람의 결연이 이루어진다.

593) 양류사 ~ 진채봉 : 진채봉은 양소유가 처음으로 만난 여인. 과거를 보기 위해 서울로 가던 양소유가 화음현(華陰縣)의 버드나무 아래에서 양류사를 읊는데, 이에 사모하는 마음을 지니게 된 진채봉이 유모를 통해 자신이 지은 양류사를 전함으로써 가연을 이루게 된다.

594) 위선위귀하던 가춘운 : 선녀도 되고 귀신도 되었던 가춘운. 가춘운은 정경패의 시비이다. 정경패는 가춘운을 선녀로 가장시켜 양소유를 유혹하게 하며, 다시 가춘운을 귀신으로 가장시켜 양소유를 안달하게 함으로써 앞서 여도관의 복색으로 자신을 속인 양소유에게 앙갚음을 한다.

던 백능파(白凌波)596)로 짝을 짓고, 한단명기(邯鄲名妓) 계섬월(桂蟾月)597)로 웃짐쳐서, 남복통행(男服通行)하던 적경홍(狄驚鴻)598) 말 몰려라." 둥지둥덩. "낙양과객(洛陽過客) 풍류호사(風流豪士) 이도령 한 짝하고, 동정추월(洞庭秋月)599) 같고 녹파부용(綠波芙蓉)600) 같은 춘향으로 짝을 짓고, 봉구황곡(鳳求凰曲)601) 화답하던 거문고 웃짐쳐서, 광한루에서 월로승(月老繩)602) 매었던 방자놈 말 몰려라." 지두둥덩.

"어떠하냐?" "그런 소리 좀 더 하오." "남은 술 더 부어라, 단원장취불용성(但願長醉不用醒)603)일다." 광첩병풍(廣帖屛風) 열떠리고, "그림도 잘 그리고 문채도 이상하다. 저 그림이 무엇이냐?" "그것을 모르시오. 오초(吳楚)는

---

595) 검무하던 심요연 : 검무를 추던 심요연. 심요연은 양소유를 암살하기 위해 잠입한 자객이다. 그러나 양소유에게 설복되어 적석산(赤石山) 진중에서 결연하게 되며, 훗날 양소유와 월왕(越王)의 낙유원(樂遊原) 잔치 가무 겨루기에 홀연히 등장하여 검무를 보임으로써 월왕 측의 기세를 제압한다.

596) 용궁에서 상봉하던 백능파 : 용궁에서 만난 백능파. 백능파는 동정용왕의 딸이다. 양소유는 백능파의 부름을 받고 백룡담(白龍潭)에 들어가 그녀를 괴롭히는 남해용자(南海龍子)를 압도하여 그녀와 가연을 맺게 된다.

597) 한단명기 계섬월 : 한단의 명기였던 계섬월. 본문의 구절에는 약간의 착오가 있다. 계섬월은 낙양(洛陽)의 명기이며, 한단은 양소유와 남복(男服)한 적경홍이 처음 만났던 곳이기 때문이다. 계섬월은 낙양의 재자(才子)들의 시연에 우연히 동석한 양소유의 시를 낙점하여 동침함으로써 가연을 맺는다.

598) 남복통행하던 적경홍 : 남자의 복색으로 지나던 적경홍. 적경홍은 적백란(狄白鸞)이라는 이름의 미소년으로 가장하고 한단을 지나던 양소유에게 접근한 후, 계섬월 대신 양소유의 침석에 들어감으로써 양소유와 결연한다.

599) 동정추월 : 동정호 위에 뜬 가을달. 동정추월은 소상팔경(瀟湘八景) 중 하나. 소상팔경은 중국의 유명한 호남성 동정호 남쪽 언덕의 소수(瀟水)와 상강(湘江)이 모이는 곳에 있는 여덟 가지 아름다운 경치를 말한다.

600) 녹파부용 : 푸른 물결 위의 연꽃. 부용은 연꽃의 다른 말로, 미녀를 비유하는 표현으로 흔히 사용되었다.

601) 봉구황곡 : 전한(前漢)의 문인이었던 사마상여(司馬相如)가 탁문군(卓文君)에게 자신의 마음을 전하기 위해 탔다는 거문고의 곡조명.

602) 월로승 : 전설에서 월하노인이 가지고 있다는 주머니의 붉은 끈. 이것으로 남녀의 인연을 맺어준다고 함.

603) 단원장취불용성 : '그저 이대로 길이 취하여 깨어나지 말았으면.' 당나라 시인 이백(李白)의 〈장진주(將進酒)〉의 한 구절.

동남탁(東南拆)이요 건곤(乾坤)은 일야부(日夜浮)604)니 악양루(岳陽樓)가 이
아니오." "또 저기는 어디메냐?" "곡종인불견(曲終人不見)하고 강상수봉청
(江上水峰青)605)하니 소상강이 게 아니오." "또 저기는 어디메냐?" "삼산반
락청천외(三山半落青天外), 이수중분백로주(二水中分白鷺洲)606)니 봉황대
(鳳凰臺)607)가 이 아니오." "그러면 또 저기는 어디메냐?" "월락오제상만천
(月落烏啼霜滿天)한데 야반종성(夜半鐘聲)이 도객선(到客船)608)하니 한산사
(寒山寺)609)가 이 아니오." "또 저기가 어디메냐?" "비류직하삼천척(飛流直下
三千尺)의 의시은하낙구천(疑是銀河落九天)하니610) 여산폭포(廬山瀑布)611)
이 아니오." "또 저기가 어디메냐?" "청천력력한양수(晴川歷歷漢陽水)요, 방
초처처앵무주(芳草處處鸚鵡酒)612)하니 황학루(黃鶴樓)가 이 아니오. 화동
(畫棟)은 조비남포운(朝飛南浦雲)이요 주렴(珠簾)은 모권서산우(暮捲西山

---

604) 오초는 ~ 일야부 : '동쪽으로는 오, 남쪽으로는 초가 동정호(洞定湖) 강물에 의해 갈
   라져 있고, 하늘과 땅은 밤낮으로 떠 있구나.' 두보의 시 〈등악양루(登岳陽樓)〉의 한
   구절.
605) 곡종인불견 강상수봉청 : '곡은 멎었는데 사람은 보이지 않고, 강 건너 저쪽 산봉우리
   만 푸르구나.' 당나라 시인 전기(錢起)의 〈성시상령고슬(省試湘靈鼓瑟)〉의 한 구절.
   '상령(湘靈)'이란 상수(湘水)의 신령이란 말로 소상강에 빠져 죽은 아황과 여영을 가리
   킨다.
606) 삼산반락청천외 이수중분백로주 : '삼산은 하늘 밖에 반쯤 떨어져 솟았고, 두 물은 백
   로주에서 나뉘었네.' 당나라 이백의 시 〈등금릉봉황대(登金陵鳳凰臺)〉의 한 구절.
607) 봉황대 : 중국 강소성(江蘇省) 남경시(南京市) 남쪽에 있는 누대의 이름.
608) 월락오제상만천 야반종성도객선 : '달 지고 까마귀 울며 서리는 하늘에 가득한데, 한
   밤 중 종소리가 나그네 배에 이른다.' 당나라 시인 장계(張繼)의 시 〈풍교야박(楓橋夜
   泊)〉의 한 구절.
609) 한산사 : 중국 강소성 소주 서쪽 교외의 절. 당대 초기의 시승(詩僧)인 한산자(寒山子)
   가 여기 있었다고 하여 한산사라 하였다.
610) 비류직하삼천척 의시은하낙구천 : '폭포수가 날아 흘러 곧장 삼천척을 내려오니, 은하
   수가 구만리 하늘에서 떨어지는 듯 하구나.' 당나라 이백의 시 〈망여산폭포(望廬山瀑
   布)〉의 한 구절.
611) 여산폭포 : 강서성 성자현 서북에 있는 여산의 폭포. 여산은 남방의 명산이며, 최고봉
   인 오로봉(五老峯)은 경치가 절승이며, 깊은 역사를 간직한 곳이다.
612) 청천력력한양수 방초처처앵무주 : '비 갠 내에는 한양의 나무 줄 지었고, 꽃같은 풀은
   앵무 물가에 무성하네.' 당나라 시인 최호(崔顥)의 〈등황학루(登黃鶴樓)〉의 한 구절.

雨)613)하니 등왕각(滕王閣)614) 이 아니오. 조위운 모위우(朝爲雲暮爲雨)하니 무산십이봉(巫山十二峯)615) 이 아니오." "참 잘 그렸다. 오도자(吳道子)616)의 그림이냐? 화제(畫題)617)도 잘 되었다." "왕소군(王昭君) 그려내던 모연수(毛延壽)618)가 그렸지요."

춘향의 손을 잡아, "이리 앉아라. 양인이 다정하니 백년해로(百年偕老)하여보자." 젖가슴도 만지면서 사람 간장 다 녹는다. 춘향이가 떠다밀며, "어요 여보, 간지럽소. 망령(妄靈)이요, 주정(酒酊)이요? 일가라면서 그러시오?" "일가(一家)라도 무촌(無寸)은 관계치 아니하다. 승경(勝景) 각기(各其) 이뤄보자." 춘향이 궤좌(跪坐)하여 여쭈오되, "도련님, 말씀은 좋소마

---

613) 화동조비남포운 주렴모권서산우 : '단청 기둥에서 아침에 구름이 일어 남포로 날고, 저물녘 주렴을 걷으니 서산에 비 내리네.' 왕발(王勃)의 〈등왕각서(滕王閣序)〉에 나오는 구절.

614) 등왕각 : 중국 강서성 남창시의 장강문의 위에 있는 누각. 당고조의 아들인 등왕 이원영이 세웠음.

615) 조위운모위우하니 무산십이봉 : 아침에는 구름이 되었다가 저녁에는 비가 되는 무산의 열 두 봉우리. 무산은 중국 사천성(四川省) 기주부(夔州府) 무산현(巫山縣)의 동쪽에 있는 산이다. 무산에는 열 두 봉우리가 있는데, 그 이름은 독수(獨秀), 필봉(筆峯), 집선(集仙), 기운(起雲), 등룡(登龍), 망하(望霞), 취학(聚鶴), 서봉(棲鳳), 취병(翠屛), 반룡(盤龍), 송만(松巒), 선인(仙人) 등이다. 이 산에는 유명한 고사가 있다. 중국 전국시대 초나라의 회왕(懷王)이 고당(高唐)에서 놀다가 낮잠을 자는데 꿈에 어떤 부인이 나타나서 자신은 무산의 여인인데 왕이 이곳에서 논다는 소문을 듣고 잠자리를 함께하고 싶어 왔다고 하자 왕이 그녀와 사랑을 나누었다. 여인은 왕과 헤어지면서 자신은 무산의 남쪽, 고당의 험한 곳에 있으며 아침에는 구름이, 저녁에는 비가 되어 양대(陽臺)의 아래에 있겠다고 하였는데, 이로부터 남녀의 사랑의 행위를 운우지락(雲雨之樂)이라 하게 되었다.

616) 오도자 : 당나라 사람으로 본명은 도현(道玄)이며 도자는 그의 자이다. 화성(畫聖)이라 불릴 정도로 그림을 잘 그렸는데, 특히 불화(佛畫)와 산수(山水)에 뛰어났다.

617) 화제 : 그림 위에 쓰는 시문(詩文).

618) 왕소군 그려내던 모연수 : 모연수는 한나라 때 초상화를 잘 그린 화공(畫工)의 이름. 원제(元帝) 때에 후궁이 너무 많아 모연수와 같은 화공들에게 초상화를 그리게 하여 그 그림을 보고 미인을 뽑았다. 여러 후궁들이 모두 뇌물을 주었으나, 왕소군만은 뇌물을 주지 않았다. 후에 흉노족의 선우가 미녀를 요구했을 때, 원제는 그림만 보고 왕소군을 지적하였으나, 출발에 앞서 왕소군을 보고서 크게 후회하면서 거짓으로 그림을 그린 모연수를 처형하였다고 한다.

는 도련님은 귀공자(貴公子)요 소녀는 천기(賤妓)오니, 지금 아직 욕심으로 그리저리 하셨다가 사또 만일 아시면 도련님 올라가서 고관대가(高官大家) 성취(成娶)하여 금슬지락(琴瑟之樂) 보실 때에 소녀같은 천첩(賤妾)이야 꿈에나 생각하시리까?' 이도령 대답하되, "네 말이 미거(未擧)하다. 장부일언(丈夫一言)이 중천금(重千金)이라 하였나니 오늘밤 금석상약(金石相約)하고 다른 곳에 장가들 쇠아들 볶아먹을 놈 없다. 내 손수 중매하마." 춘향이 여짜오되, "그러시면 일장수기(一場手記)나 하여주오." "그러면 그리하라."

지필묵(紙筆墨) 내어놓고 일필휘지(一筆揮之) 하였으되 '우수기사단(右手記事段)619)은 아(我)는 낙양지호사(洛陽之豪士)요 여(汝)는 호남지평기(湖南之平妓)라. 우연 등루(登樓) 상봉(相逢)하니 운간지명월(雲間之明月)이요, 수중지연화(水中之蓮花)로다. 금야(今夜) 삼경(三更)에 백년동락지맹(百年同樂之盟)으로 성표(成標)620)하니 십약유후일배약지폐(十若有後日背約之弊)거나621) 타인상접지단(他人相接之端)이거든622) 이차문기(以此文記)로 고관빙고사(告官憑考査)라. 정유(丁酉) 원월(元月) 십삼일 야(夜)의 기주(記主)에 이몽룡이요, 증인(證人)에 방자 고두쇠라.' 써서 주니 춘향이 받아 이리 접고 저리 접어 금낭(錦囊)623)에 간수하고, "도련님 들어보오. 무족지언이 비천리(無足之言飛千里)624)라 하였으니 부디 조심하오. 사또 만일 아시면 우리 모녀 결단이오." "글낭은 염려마라. 술 부어라, 합환주(合歡酒)625)나 하자. 우리 둘이 백년언약(百年言約) 맺었으니 천만세(千萬世)를 유전(流傳)

---

619) 우수기사단 : 다음의 수기를 적는 것은. 조선시대 문서 작성 시 사용되던 상투어구.
620) 성표 : 증서를 작성함.
621) 십약유후일배약지폐거나 : 만에 하나라도 훗날 약속을 어기는 폐단이 있거나.
622) 타인상접지단이거든 : 다른 사람과 결연하는 일이 있거든.
623) 금낭 : 비단으로 만든 주머니.
624) 무족지언이 비천리 : 발 없는 말이 천리를 간다.
625) 합환주 : 전통 혼례식에서 신랑 신부가 서로 잔을 바꾸어 마시는 술. 혹은 남녀가 함께 자기 전에 마시는 술.

하자. 너는 죽어 회양(淮陽) 금성(金城)[626] 들어가서 오리목[627]이 되고 나는 죽어 칡넝쿨 되어 밑에서 끝까지 끝에서 밑까지 홰홰친친 감겨 있어 평생 풀리지 말자꾸나. 너는 죽어 음양수(陰陽水)라는 물이 되고 나는 죽어 원앙새가 되어 물 위에 둥실둥실 떠서 놀자꾸나. 너는 죽어 인경(人定)[628]이 되고 나는 죽어 망치가 되어 저녁은 삼십삼천(三十三天)[629] 새벽은 이십팔수(二十八宿)[630] 웅하여 남 듣기는 인경소리로되 우리들은 춘하추동(春夏秋冬) 사시장천(四時長天) 떠나지 말자꾸나. 너는 죽거들랑 암돌쩌귀가 되고 나는 죽거들랑 숫돌쩌귀가 되어 분벽사창(粉壁紗窓) 여닫힐 제마다 빼드득 빼드득 놀자꾸나." 춘향이가 하는 말이, "섬섬하고 약한 몸이니 생전사후(生前死後)를 밑에만 있으리요?" "그리하면 좋은 수가 있다. 너는 죽어 맷돌 웃짝이 되고, 나는 죽어 밑짝이 되어 암쇠[631]가 중쇠[632]를 물고 빙빙 돌고 놀자꾸나." "그러하면 좋소." "춘향아, 야심(夜深)하였으니 그만저만 자면 어떠하냐?" "도련님일랑 어서 주무시오. 소녀는 아직 자려면 멀었소. 외올뜨기[633] 잔 줄 누비여 아문 줄 더 누비고, 학두루미 밥 먹이고, 화초 밭에 물 퍼다가 주고, 담배 댓 대 먹고, 거문고 줄 늦추어 걸고 잘 터인즉 내 염려는 마옵소서." 이도령이 기가 막혀 "오늘밤이 그리기냐? 훗날하고 어서 자자."

춘향 하릴없이 치마 벗어 홰에 걸고, 선단요 대단(大緞)이불 원앙침(鴛

---

626) 회양 금성 : 회양과 금성은 모두 지금의 강원도 회양군에 속한 지명이다.

627) 오리목 : 오리나무. 자작나무과에 속한 나무의 일종.

628) 인경 : 조선시대에 통행금지를 알리기 위하여 밤마다 치던 종.

629) 삼십삼천 : '도리천'을 달리 이르는 말. 가운데 제석천과 사방에 여덟 하늘씩 있다고 하여 이렇게 부른다.

630) 이십팔수 : 천구(天球)를 황도(黄道)에 따라 스물여덟으로 등분한 구획. 또는 그 구획의 별자리.

631) 암쇠 : 맷돌 위짝 가운데에 박힌 구멍이 뚫린 쇠.

632) 중쇠 : 맷돌중쇠. 맷돌의 위짝과 아래짝 한가운데 박는 쇠. 위짝의 것은 암쇠라 하여 구멍이 뚫리고 아래짝은 수쇠라 하여 뾰족한데, 두 짝을 맞추면 위짝을 돌려도 빠지지 않는다.

633) 외올뜨기 : 외올로 뜬 망건이나 탕건.

鴦枕)을 높도 낮도 않게 편토록 벌여놓고 화류문갑(樺榴文匣) 열떠리고 민
강사탕634) 오화당(五花糖)을 내어 입에 물고 질겅질겅 씹다가서 찬 숭늉
양치하고 요강, 타구, 재떨이를 재판635)에 담아 비켜놓고, "도련님 벗으시
오." 이도령 하는 말이 "매사(每事)는 간주인(看主人)636)이라 하였으니 너
먼저 벗어라." "도련님 말씀이 옳소. 주인이 시키는 대로 하라는 말씀이니
도련님이 먼저 벗으시오." "춘향아 좋은 수가 있다. 수수께끼 하여보자.
지는 사람이 먼저 벗기 하자." "그럽시다. 도련님이 먼저 하오." "그러면
너 안다 안다 하니 먼 산 보고 절하는 방아가 무엇이냐?" "방아지 무엇이
냐."637) "또 안다 안다 하니 대대 곱사등이가 무엇이냐?" "나 모르겠다."
"그것을 몰라, 새우란다. 너 졌지? 또 안다 안다 하니 앉은 고리, 신고 뛰
는 고리, 입는 고리가 무엇이냐?" "그런 수수께끼도 있나? 나는 모르겠소."
"내 이름 들어보소. 앉은 고리는 동고리638), 선 고리는 문고리639), 뛰는
고리는 개고리640), 입는 고리는 저고리지 그것을 몰라? 인제 너 졌지, 무
슨 핑계 하려느냐?" "도련님 내 할 것이니 알아내오." "어서 하여라." "도련
님 안다 안다 하니 손님보고 먼저 인사하는 개가 무엇이요?" "개지 무엇이
냐?" "또 안다 안다 하시니 서모(庶母) 파는 장사가 무엇이오?" "세상에 그
런 장사도 있나? 나 모르겠다." "얼어미641) 장사를 몰라요?" "옳거니 참 그

---

634) 민강사탕 : 생강을 절여 만든 사탕의 일종.
635) 재판 : 방 안에 깔아두는 두꺼운 종이나 널빤지. 담배통, 재떨이, 요강, 타구 따위를
   놓거나 장판이 상하지 않게 하려고 깔아둔다.
636) 매사는 간주인 : 모든 일은 주인을 보고 판단한다는 뜻. 결국 모든 일을 주인이 하는
   대로 따라한다는 뜻이다.
637) "방아지 무엇이냐."라는 이도령의 발화 앞에는 춘향이의 "나 모르겠소."라는 발화가
   생략되어 있는 것으로 보인다. 또한 '먼 산 보고 절하는 방아'는 관습적으로 '디딜방아'
   를 지칭하는 것으로 보인다.
638) 동고리 : 고리버들로 둥글납작하게 만든 작은 고리. 고리는 고리버들의 가지나 대오리
   따위로 엮어서 상자같이 만든 물건으로 주로 옷을 넣어두는 데 쓴다.
639) 문고리 : 문을 걸어 잠그거나 여닫는 손잡이로 쓰기 위하여 문에 다는 고리. 쇠나 가죽
   따위로 만든다.
640) 개고리 : 개구리.

렇구나." "또 안다 안다 하니 나는 개, 차는 개, 미는 개, 치는 개가 무엇이
오?" "나 모르겠다." "나는 개는 소리개, 차는 개는 노리개, 미는 개는 고물
개(642), 치는 개는 도리깨(643)지 그것도 몰라, 인제 서로 비겼지요." "춘향
아, 사람 죽겠구나. 어서 자자, 먼저 벗어라." 춘향이 노야라고 벽을 안고
앵두를 딴다.(644) 이도령이 무안하여, "이애 춘향아, 노했느냐? 이리 오게."
섬섬세요(纖纖細腰)(645) 얼싸 안고, "이리 오게." 춘향이 뿌리치며, "어요 여
보, 듣기 싫소. 아무리 천기(賤妓)라고 그다지도 무례하오?" 이도령 하는
말이 "무슨 말에 노했느냐? 잘못한 것 일러다고." 춘향이 돌아앉아, "여보
도련님, 들어보오. 남가여혼(男嫁女婚) 첫날 밤에 신랑신부 서로 만나 금
슬우지(琴瑟友之) 즐길 때에 신부를 벗기려면, 큰머리(646), 화관(花冠)족두
리(647), 금봉차(金鳳釵)(648), 월귀탄(649) 벗겨놓고, 웃저고리, 웃치마, 단속
곳(650), 바지끈 끌러 벗긴 후에 신랑이 나중 벗고, 신부를 안아다가 이불
속에 안고 누워 속속곳(651) 끈 끌러 엄지발가락 힘을 주어 꼭 집어 발치로
미죽미죽 밀쳐놓고 운우지락(雲雨之樂)(652)이 좋다는데 날더러 손수 벗으

---

641) 얼어미 : 어러미. 어러미는 바닥의 구멍이 굵은 체.

642) 고물개 : 고무래의 방언. 고무래는 곡식을 그러모으고 펴거나, 밭의 흙을 고르고, 아궁
이의 재를 긁어 모으는 데에 쓰는 '丁'자 모양의 기구.

643) 도리깨 : 곡식의 낟알을 떠는 데 쓰는 농기구. 긴 장대 끝에 구멍을 뚫어 꼭지를 가로
로 박고, 그 꼭지 끝에 서너 개의 회초리를 매달아 돌게 한다.

644) 앵두를 딴다 : 눈물을 뚝뚝 흘리는 모양을 속되게 표현하는 말.

645) 섬섬세요 : 가냘프고 여린 여자의 허리.

646) 큰머리 : 예식 때에 여자의 어여머리 위에 얹던 가발. 다리로 땋아 크게 틀어 올렸다.

647) 화관족두리 : 부녀자들이 예복을 입을 때에 머리에 얹던 관의 일종. 위는 대개 여섯
모가 지고 아래는 둥글며 보통 검은 비단으로 만들고 구슬로 꾸민다.

648) 금봉차 : 머리 부분에 봉황의 모양을 새겨서 만든 금비녀.

649) 월귀탄 : 앞부분에서는 '월기탄'으로 표기되어 있다. 귀에 다는 장신구의 일종인 듯
하나 자세한 것은 미상.

650) 여자 속옷의 하나. 양가랑이가 넓고 밑이 막혀 있으며 흔히 속바지 위에 덧입고 그
위에 치마를 입는다.

651) 속속곳 : 예전에 여자들이 입던 아랫도리 속옷 가운데 맨 속에 입는 옷. 다리통이 넓은
바지 모양이다.

라 하니 반상지분의(班常之分義)653)가 있소. 이다지 섧게 하오?" 이도령 기가 막혀, "이애 춘향아, 그런 줄을 몰랐구나. 지내보지 못한 일을 책망하여 무엇하리. 그리하면 내 벗기마."

춘향의 손목을 잡고 당겨 치마끈 풀고 바지끈 풀고 도련님이 활적 벗고, "춘향아 그저 자기 무미(無味)하니 사랑가로 놀아보자." 춘향이를 들쳐업고, "어허둥둥 내 사랑아, 남창북창(南倉北倉) 노적(露積)654)같이 담불담불655) 쌓인 사랑, 연평(延坪) 바다 그물같이 코코마다 맺힌 사랑, 어허둥둥 내 간간(衎衎)656)이지." 어깨 너머로 돌아보며, "내 사랑이지." "그렇지요." "이리 보아도 내 간간이지." "그렇지요. 도련님 그만 내려노오. 팔도 아프지요? 나두 좀 업읍시다." "오냐, 그래보자. 너는 나를 업거들랑 느지막이 업어다고. 도도 업어 분수없다." 춘향이가 도련님을 들쳐 업더니만, "애고 나는 못 업겠소. 등어리에 창 나겠소. 마른 땅에 말뚝 박듯 꽉꽉 찔려 못 업겠소." "그렇기로 늦게 업어다고." 느지막이 업고 서서, "어허덩덩 내사랑, 태산(泰山)같이 높은 사랑, 하해(河海)같이 깊은 사랑, 동기동기 내 간간이지. 이리 좀 보오, 내 사랑이지." "그렇지." "내 서방이지. 아무려면 장원급제(壯元及第)할 서방, 교리(校理)657) 옥당(玉堂)658)할 서방, 승지(承旨)659) 참판(參判)660)할 서방, 정승(政丞)661) 판서(判書)662)할 서방, 어허동

---

652) 운우지락 : 남녀가 육체적으로 관계하는 즐거움. 중국 초나라 회왕이 고당에 갔을 때 꿈속에서 무산의 신녀(神女)를 만나 즐겼다는 고사에서 유래한 말.

653) 반상지분의 : 양반과 상사람을 나누는 뜻이라는 말로, 본문에서는 춘향이 자신을 천기라 하여 차별한다는 뜻.

654) 노적 : 곡식 따위를 한 데에 수북이 쌓음. 또는 그런 물건.

655) 담불 : 담불은 곡식이나 나무를 높이 쌓은 무더기.

656) 간간 : 마음이 기쁘고 즐거운 모양.

657) 교리 : 조선시대에 집현전(集賢殿), 홍문관(弘文館), 교서관(校書館), 승문원(承文院) 따위에 속해서 문한(文翰)의 일을 맡아보던 문관 벼슬. 정5품 혹은 종5품이었다.

658) 옥당 : 홍문관의 부제학, 교리, 부교리, 수찬(修撰), 부수찬 등을 통틀어 이르는 말.

659) 승지 : 조선 시대에 승정원에 속하여 왕명의 출납을 맡아보던 정 3품의 당상관.

660) 참판 : 조선 시대에 육조(六曹)에 두었던 종 2품 벼슬.

661) 정승 : 조선 시대에 문하부의 정 1품의 으뜸 벼슬. 태조 3년(1394)에 시중(侍中)을 고쳐

동 내 서방." 잘래잘래 흔들면서, "내 낭군이지." "그렇지." "우리 그만 잡
시다." "오냐, 그리하자." "원앙금침(鴛鴦衾枕)663) 잣베개를 우리 둘이 베고
누웠으니 누울 와(臥)자 비점(批點)664)이요, 백년가약(百年佳約) 이뤘으니
즐길 락(樂)자 비점이요." "너고나고 누웠으니 좋을 호(好)자 비점이요, 꽃
을 공, 흔들 요. 이애 춘향아 이것이 웬일이냐? 하늘이 돈짝만 하고, 땅이
매얌을 돌고, 인경이 매방울만 하고, 남대문이 바늘 구멍만 하고, 정신이
왔다갔다 하니 아무래도 야단났다." 한바탕 바순 후의 춘향이 도련님 배
를 슬슬 만지다가 이 하나를 잡아들고 "중아 중아 싸워라. 상제야 말려
라." 손톱에 올려놓고, "너를 죽여 보수(報讐)하자. 나는 아래로 물을 빨고,
너는 위로 피를 빨아 약하신 도련님이 견딜 수가 있겠느냐?" 연놈이 얼싸
안고 배도 살살 문지르며, "우리 둘이 이러다가 날이 곧 새면 어찌할까?
주야장천 떨어지지 말았으면."

이윽고 닭이 울고 날이 새니 춘향이 하릴없이 미리 일어나서, 생치(生
雉)665)다리 전체수(全體需)666) 섭산적667) 곁들여서 장국상 갖다 놓고, 일년
주(一年酒)668) 계당주(桂糖酒)669) 꿀물에 화청(和淸)670)하여, 도련님을 잘래
잘래 흔들면서, "일어나오, 무슨 일을 힘써 했나, 이다지 곤하시오. 일어나
오." 인몰을 덥썩 안고 뺨도 대며, "일어나오" 옆구리의 손을 넣어 지근지
근 간질이면서 "그래도 아니 일어나오." 이도령이 선뜻 일어나며 눈부비
며 "너무 야단하지 마라. 장부의 간장 다 녹는다." 해장으로 술 마시고 하

서 만들었다.
662) 판서 : 조선 시대 육조의 으뜸 벼슬인 정 2품 벼슬.
663) 원앙금침 : 원앙을 수놓은 이불과 베개로 부부가 함께 덮는 이불과 베는 베개.
664) 비점 : 시가(詩歌)나 문장 따위를 비평하면서 아주 잘된 곳에 찍는 둥근 점.
665) 생치 : 익히거나 말리지 않은 꿩고기.
666) 전체수 : 닭, 꿩, 물고기 따위를 통째로 양념하여 구운 적(炙).
667) 섭산적 : 쇠고기를 잘게 다져 갖은 양념을 해서 둥글넓적한 모양으로 구운 적.
668) 일년주 : 담근 지 한 해 만에 뜨는 술.
669) 계당주 : 계피와 꿀을 소주에 넣어 만든 술.
670) 화청 : 음식에 꿀을 타는 일.

릴없이 떠나올 제 지척동방 천리로다. "해는 어이 더디 가며 밤은 어이
수이 가오." "내일 저녁에 다시 오마." 하직하고 돌아올 제 신정미흡(新情
未洽)하여671) 한 걸음 돌아보고 두 걸음에 손짓하여 책방으로 돌아오니
춘향이 하는 거동 눈에 암암(暗暗), 여취여광(如醉如狂) 못 살겠다.

　일일(一日) 상사(相思) 글을 지어 방자 불러 보라고 할 때 삼문간(三門
間)672)이 요란커늘, "이애 방자야 삼문간이 요란하니 나가보아라." 방자놈
다녀오더니 희색(喜色)이 만면(滿面)하여 "사또 내직승품(內職陞品)673) 하
셨나보오." 이도령 그 말 듣고, "내직으로 올라가면 좋을 것이 무엇이냐.
저 놈도 나하고 웬수로구나. 내직을 그만두고 이 고을 풍헌(風憲)674)이나
하였으면 내게는 좋은 일일다." 동헌에 올라가니 사또님이 이방 불러, "북
향사배(北向四拜)675)하고 유지(諭旨)676)를 뜯어보니 이조참의(吏曹參議)677)
낙점(落點)하여 급히 상경(上京)하라 하였구나." 사또 이방 불러 중기(重
紀)678) 닦고 도련님 불러들여, "나는 재명일(再明日)679) 떠날 터인즉 너는
내일 내행당(內行), 사당(祠堂)680) 다 모시고 먼저 올라가라." 이도령 이 말
듣고 천지가 아득하여 복장(腹腸)에 맺힌 마음 눈물이 비 오듯 하매 얼굴
을 숙이지 못하고 천장을 쳐다보며, "내일 비 오실 듯하오." "이, 이 자식

671) 신정미흡하여 : 새로 생긴 정을 흡족하게 풀지 못하여.
672) 삼문 : 대궐이나 관청 앞에 세운 세 문. 정문(正門), 동협문(東夾門), 서협문(西夾門)을
　　말한다.
673) 내직승품 : 지방의 벼슬아치가 경내직(京內職)으로 영전하는 일.
674) 풍헌 : 조선시대에 유향소에서 면(面)이나 리(里)의 일을 맡아보던 사람.
675) 북향사배 : 북쪽을 향하여 네 번 절을 올리는 일. 임금이 남쪽을 향하여 앉아 있기
　　때문에 임금을 우러르거나 임금의 지시를 받을 때에는 북쪽을 향하게 되어 있는 데서
　　유래한다.
676) 유지 : 임금이 신하에게 내리던 글.
677) 이조참의 : 이조에 속한 정3품의 당상관. 이조참판의 아래.
678) 중기 : 사무를 인계할 때 전하는 문서나 장부.
679) 재명일 : 모레.
680) 사당 : 본래 사당은 조상의 신위를 모신 곳이나, 여기에서는 작은 집 모양으로 꾸며
　　신주를 모셔놓은 상자를 지칭한다.

아, 너는 잠반천기(潛盤天機)681) 하느냐? 저 자식이 무엇을 못 잊어서 저러 노? 이 사이 가만히 본즉 글도 변변히 아니 읽고 무엇하러 다녔노?" "객사 (客舍)에 새새끼 잡으러 다녔지요." "새새끼는 잡아 무엇하노?" "아버지 반 찬하여 드리지요." "그 자식 효성 있다. 어서 바삐 들어가서 치행제구 바 삐 하라." 돌아서서 눈물 씻고, "내일 배가 아플 듯 한데요." "그 자식 별소 리를 다하고 섰겠다. 썩 들어가라."

도련님 하릴없이 내아(內衙)로 들어오매 수성탄식(愁聲歎息) 하는 말이 "야속하지, 야속하지, 우리 금상(今上) 야속하지. 무슨 선정(善政) 하였다 고 내직승품 웬일인고?" 도포 소매로 낯을 싸고 내아로 들어가니 실내부 인 내달으며, "몽룡아, 왜 이리 우느냐?" "아버지가 저를 때린다오." "무슨 일로 때리더냐? 너를 낳아 기를 적에 불면 날까, 쥐면 꺼질까, 금옥(金玉) 같이 길러내어 이가후손(李家後孫) 잇자 하고 매 한 개를 아니 쳐서 이만 치나 길렀더니 매라는 것이 무엇이냐? 점잖은 수령 되어 자식이 잘못하거 든 내아로 들어와서 종아리를 칠 것이지 공사방(公舍房)에 몰아넣고 사매 질682)이 웬일인고? 어디를 치더냐? 울지 말고 말하여라." "날더러 올라가 란다오." "가라거든 나하고 가자. 어디를 맞았느냐?" 이도령이 대부인 거 동보고 한번 드레질683)을 하던 것이었다. "올라가면 그것은 어쩌고 가요?" "무슨 말이니?" "참 얌전하지." "무엇이 얌전하다느냐?" "천지에 없을테니." "어쩐 말이니? 장가를 들면 그런데 들어보게 똑똑히 말하여라." "본읍(本 邑) 기생 월매 딸 춘향이 나와 동년 동월 동일생이요, 인물이 일색(一色)이 요, 문필(文筆)이 유려(流麗)하고, 재질(才質)이 등(等)인데 그것을 버리고 가요? 나는 죽어도 데려갈 테니까." 대부인 이 말 듣고, "어허 이게 웬말이 니? 상푸동684) 그렇도록 글소리가 없던가보다." 머리채를 후려다가 선전

681) 잠반천기 : 남몰래 혼자 하늘의 이치를 알고 있음.
682) 사매질 : 권력이 있는 사람이 사사로이 사람을 때리는 일.
683) 드레질 : 사람의 됨됨이를 떠보는 일. 혹은 물건의 무게를 재어보는 일.
684) 상푸동 : '내쾌'의 방언. 생각한 바와 같이 과연 괴이하다는 뜻.

(縮魔) 시정 통비단 감듯685) 홰홰친친 감처 잡고 손잰 승 비질하듯686) 월
승 법고 치듯 아주 꽝꽝 두드리며, "죽일놈 이 말 듣거라, 미장가(未杖家)
아이놈 부형 따라 외방(外方) 갔다 기생처가 웬일이니? 조정에서 알게 되
면 과거도 못할 것이요, 일가에도 버린 놈 되었구나." 함부로 탕탕 두드리
며 죽으라고 서살하니687) 하인들이 만류하여 몸을 빼서 도망하여 책방으
로 나가면서, '공연히 말을 하고 선불만 질렀구나. 나의 심정 어반(於半)하
다. 청편지(請片紙)688) 가져가니 매 한 개 더 때리네.' 머리를 쓰다듬고 몸
은 아파도 춘향 생각 간절하여 모양 보아하니, '내일은 갈 터인즉 죽인대
도 춘향 망종(亡終)보고 사단(事端)의 말이나 하고 오리라.' 책방문 썩 나
서서 장터 뒤로 중림(中林)689) 사이로 이리저리 찾아가며 내일 떠날 생각
하니 병역이 누르는 듯 일월무광(日月無光)하여 샘솟듯하는 눈물 비오듯
이 떨어지니 두 소매로 낯을 싸며 이리 씻고 저리 씻어 눈가죽이 퉁퉁
부어 사람 보기 어렵도다.

　춘향 집 당도하니 향단이는 초당전(草堂前) 화계(花階)밭에 물을 주다
도련님 보고 반겨라고 "도련님, 누구를 또 속이려고 가만가만 나오시오?"
중문 안 들어가니 춘향모는 도련님 드리려고 밤참 음식 장만타가 도련님
보고 반가라고, "다른 사람도 사위가 이처럼 어여쁜가?" 초당에 들어가니
춘향은 도련님 드리려고 양낭(良囊)에 수를 놓다가 반겨 왈칵 달려들며
섬섬옥수 들어다가 도련님 어깨 얼싸 안고, "어서 오게, 어서 오게, 어이
그리 더디던가? 차마 그리워 못 살겠네. 어떤 기생 데리고 놀다 왔나, 어

---

685) 선전 시정 통비단 감듯 : 빨리 감거나 잘 말아들이는 모양을 비유적으로 이르는 말이
　　다. 선전은 조선 시대에 비단을 팔던 가게이다.
686) 손 잰 승 비질하듯 : 동작이 빨라 무슨 일이나 되는대로 빨리 해내는 모양을 비유
　　한 말.
687) 서살하니 : '서슬하니'의 오기인 것으로 보인다. '서슬하니'는 기세가 강하고 날카로움
　　을 이르는 말.
688) 청편지 : 어떤 일을 할 때 권세 있는 사람의 힘을 빌리기 위해서 보내는 편지.
689) 중림 : 교목과 관목이 뒤섞인 작은 숲.

느 년이 눈에 들더이까? 무엇에 골몰하여 나같은 년 잊었던가? 어서 좀 앉으시오." 이도령 기가 막혀 슬픔이 북받치고 고추 말이나 먹은 듯이 '하하' 하며 묵묵부답(默默不答) 하는구나. 춘향이 도련님 얼굴을 자세히 보다가, "여보 도련님, 권군갱진일배주(勸君更進一杯酒)[690]하여 술 취하여 혼미(昏迷)하오?" "아니." 임의 코도 대어 쌔근쌔근 맡아보며, "그러면 오시다가 남북촌 한량 만나 힐난하여 그러시오?" "아니." "그러면 사또께 꾸중을 들었소?" "아니." "그러면 서울 일가댁 부음(訃音) 편지를 보았소?" "아니." "그리하면 무슨 일에 노하셨나, 우리 모녀 간의 무슨 일을 잘못하였던가?" "아니." "그리하면 말을 하오. 전당(典當) 잡은 촛대 같이,[691] 박힌 듯이 왜 섰소?" 도련님 춘향의 하는 거동 보고 이별할 생각하니 정신이 아득하니 어찌하면 좋소, 눈물이 비 오듯 입시울이 비쭉비쭉 두 소매로 낯을 싸고 홀쩍홀쩍 우는 말이 "일가집 부음을 보고 이러할 개자식 없다." "그러면 말씀을 하오." "말하자면 기가 막혀 나 죽겠다." 춘향이 정색하며 무릎 세워 깍찌끼고 한숨 쉬며 하는 말이 "옳지 옳지, 내 알겠소. 도련님은 귀공자요 소녀는 천기라고 첩의 집에 다닌다고 사또께 꾸중 듣고 백년언약 후회되어 저러시오? 속없는 이 계집년이 이런 줄은 모르고서 외기러기 짝사랑으로 뺨을 대네 손을 잡네 오죽이 싫었을까? 혀등을 끊고 지고. 듣기 싫은 말 더하여 쓸데 없고, 보기 싫은 얼굴 더 보이면 무엇할까? 저렇게 싫은 것을 무엇하러 오셨던가? 수원수구(誰怨誰咎) 할 것 없지, 내 팔자나 한을 하지." 한숨 쉬고 일어서며 나가려고 망설일 제, 도련님 기가 막혀 춘향의 치마자락 검쳐잡고 엎드려서 대성통곡(大聲痛哭) 슬피 울며, "압다

---

690) 권군갱진일배주: '그대에게 한 잔 술을 다시 따라 권하네.' 당나라 시인인 왕유(王維)의 시 〈송원이사안서(送元二使安西)〉의 한 구절. 이 시의 전문은 다음과 같다. "渭城朝雨浥輕塵(위성에는 아침 비 내려 나부끼는 먼지들을 적시고) / 客舍靑靑柳色新(객사에는 푸릇푸릇 버들 잎이 새롭다) / 勸君更進一杯酒(그대에게 한 잔 술을 다시 따라 권하네) / 西出陽關無故人(서쪽으로 양관을 나서면 아는 이 없기 때문이라네)"
691) 전당잡은 촛대같이: 말도 없이 묵묵히 한 옆에 앉아 있기만 한 사람을 비유하여 이르는 말.

이애, 남의 간장 사르지 말고 네나 내 속 헤아려려고. 어쩌자고 이러느냐? 속모르는 말을 마라. 오나가나 이러하니 이를 어찌 하자느냐?" 치마자락 뿌리치며, "속이 무슨 속이여?" "떨어졌단다." "떨어지다니, 낙상(落傷)을 하였나 보고야! 대단히 다쳤는가? 그럼 진작 그렇지, 어딘가 만져보세." "낙상을 하여 목이 부러지면 이리 할 쇠아들 없다." "그러면 어쩐 말이오?" "사또가 갈렸단다." 속없는 저 춘향이 두 손뼉을 척척 치며, "얼사절사 좋을시고. 내 평생 원한 것이 서울 살림 원일러니 평생 소원 이뤘구나. 울기는 왜 우나? 도련님 먼저 가고 소녀 모녀 뒤에 가서 정결한 집 사서 들고 내 세간 올려다가 서울 살림 원을 풀 제 도련님 장가 들고 청운(靑雲)에 오를진대 폭폭이 맺힌 정을 올올이 풀 터인데 무엇이 서러워 저리 우나?" 도련님 그 말 듣고 가슴이 답답하여, "네 말은 좋다마는 내 사정 좀 들어 보아라. 부형따라 외방 왔다가 기생작첩(妓生作妾) 하게 되면 일가에 시비(是非) 듣고 벼슬길도 틀린다니, 사또 체귀시(遞歸時)에 너를 데려 가쟀더니 인간(人間)에 말이 많고 조물(造物)692)이 시기한즉, 후일기약(後日期約) 둘밖에 수가 없다."

춘향이 그 말 듣고 도화(桃花)같은 고운 얼굴 노랗더니 새파래지며 팔자청산(八字靑山)693) 그린 눈썹 간잔조롬하게 뜨고 온몸을 꿩 찬 매 몸같이 휩싸안고 도련님 턱밑으로 바싹 다가앉으며, "여보 도련님, 이것이 웬말이오? 데려가쟀더니, 가쟀더니라니 '더니'란 말이 웬말이오? 말이라 하는 것이 '어' 다르고 '아' 다르지, '더니'라니 말끝마다 틀려가네." 섬섬옥수 번듯 들어 쾌상(快床)694)을 탕탕 치며, "여보, '더니'란 출처(出處)를 일러주오." 가로귀는 치마자락 짝짝 찢어 내던지며, "오늘이야 사생결단(死生決斷) 하나 보다. 후기(後期)란 웬말이고, '더니'란 말은 웬 소린가? 생사람을 죽이

692) 조물 : 조물주(造物主). 우주의 만물을 만들고 다스리는 신.
693) 팔자청산 : 팔자춘산(八字春山). 미인의 고운 눈썹을 비유적으로 이르는 말.
694) 쾌상 : 네모 반듯하고 윗뚜껑이 좌우 두 짝, 서랍은 한 개이며 밑이 빈 방 세간의 하나를 말한다. 주로 문방구를 넣어둔다.

지 말고 출처를 일러주오. 어떤 년이 꼬이던가, 당초에 만날 때에 내가
먼저 살쟀던가? 도련님이 살자 하고 공연히 잘 있는 숫색시를 허락하라고
바득바득 조르더니 생과부를 만들려나? 내 집 찾아와서 도련님은 저기 앉
고 소녀 모녀 여기 앉아 백년해로 하자 하고 생즉동생 사즉동혈(生則同生
死則同穴)695) 하자 하며 이별 말자 하고 깊은 맹세 금석(金石)같이 하던 말
이 진정(眞情)인가, 농담(弄談)인가?" 홍공단(紅貢緞)696) 둘리줌치697) 끈을
끌러 열떠리고 수기(手記) 내어 펼쳐놓으며, "이 글을 누가 썼나? 장부일언
(丈夫一言)이 중천금(重千金)이라더니 한 입으로 두 말 하나? 내 손길 마주
잡고 화계초당(花階草堂) 연못가에 청청한 맑은 하늘 천 번 만 번 가리키며
반석(盤石)같이 굳게 한 말 내 정녕 믿었더니 이별하자 말을 하나?" 삼단같
이 흩은 머리 두 손으로 뜯어다가 싹싹 비벼 내던지며, "서방 없는 이 계집
이 세간하여 무엇할까?" 요강, 타구, 재떨이, 문방사우(文房四友)698) 드던지
며, "여보 도련님 말 좀 하오. 틀리거든 시원하게 말을 하오." 분통같은
젖가슴을 함부로 탕탕 두드리며 자탄가(自嘆歌)로 울음 운다. "이런 년의
팔자 있나. 서방이라 만났더니 일 년이 채 못되어 이별부터 앞을 세네.
이 노릇을 어찌할까!" 치마 부여잡아 낯을 싸고 준주(樽酒)같이 흐른 눈물
콧부리699)를 쥐어 뜯어 못할 노릇 작작하지.

　이도령이 눈물 씻고, "울지 마라, 너 우는 소리에 장부 간장 다 녹는다.
네 속이나 내 속이나 오장은 일반일다. 울지 말고 그만두어라. 내가 가면
아주 가며, 아주 간들 잊을소냐? 명년삼월(明年三月) 화류시(花柳時)에 꽃
을 따라 올 것이니 신(信)지키고 잘 있거라." 춘향이가 역정내며 "듣기 싫
소, 듣기 싫어. 이런대도 내가 알고 저런대도 내가 알지. 아무래도 못 가

---

695) 생즉동생 사즉동혈 : 살아서는 같이 살고, 죽어서는 같은 곳에 묻히자는 말.
696) 홍공단 : 붉은 빛깔의 공단.
697) 둘리줌치 : 줌치는 주머니의 옛말.
698) 문방사우 : 종이, 먹, 벼루, 붓의 네 가지 문방구.
699) 콧부리 : 콧날 위에 약간 두드러진 부분.

리다. 칼로 벗석 찌르고 갈까, 그외에는 못 갈테니." "압다 야야, 성품 혹
독(酷毒)하다. 몇 달만 참으면 장원급제 출륙(出六)[700]하여 쌍교(雙轎)에
데려가마." "듣기 싫소. 쌍교도 나는 싫고, 장독교(帳獨轎)[701]는 금란(禁
亂)[702]이요, 워낭[703] 충충[704] 걷는 말의 반부담(半負擔)[705]도 나는 싫어. 서
푼짜리 길짚신에 지팡막대 걸터 짚고 저축저축 따라가지. 그도 저도 못하
겠다면 도련님 허리띠 구해 목을 매어 대롱대롱 데려가오. 나는 두고 못
가리다." 안간힘 길게 쓰며 담배대 땅땅 떨어 성천초 섭분 담아 백탄불의
부쳐 물며, "세상 인심 무섭구나. 조그마한 창기(娼妓)라고 한 손 접고 하
는 말이오? 오장 부풀어서 담배도 못 먹겠다." 긴 장죽(長竹) 뚝뚝 꺾어
웃목에 내던지며, "여보 도련님, 꿀먹은 벙어리요, 좌우간에 말을 하오, 사
생간에 결단하세."

　한참 힐난(詰難)할 제 춘향모가 나온다. 행주치마[706] 두루치고 노랑머
리 빗겨 꽂고, 곰방대 빗기 물고 흐늘흐늘 걸어나오면서, "저것들 좀 보
게. 젊은 것들은 만나면 사랑싸움이겠다. 거드럭 뿔빠질라." 창밖에 비켜
서서 자세히 들어보니 이별일시 분명커늘 어간마루[707] 선뜩 올라 두 손뼉
을 척척 치며, "어허 별일 났네. 우리집이 야단났네." 쌍창문(雙窓門)[708]을
열떠리고 주먹 쥐어 딸을 겨누며, "에라 이년! 물러가거라. 나도 한 말 하

---

700) 출륙 : 조선시대에 참외(參外) 품위에서 육품의 계(階)로 오르던 일.
701) 장독교 : 가마의 하나. 뒤는 전체가 벽이고, 양쪽에 창을 내었으며, 앞쪽에는 들창처럼
　　된 문이 있고 뚜껑은 둥긋하게 마루가 지고 네 귀가 추녀처럼 되어있다. 바닥은 살을
　　대었는데, 전체가 붙박이로 되어있어 다른 가마처럼 떼었다 꾸몄다 하지 못한다.
702) 금란 : 법령을 어기고 어지럽히는 것을 막아서 금지함.
703) 워낭 : 마소의 귀에서 턱밑으로 늘여 단 방울. 또는 마소의 턱 아래에 늘어뜨린 쇠고리.
704) 충충 : 발걸음을 크게 매우 재게 떼며 급히 걷는 모양. '총총'의 큰 말.
705) 반부담 : 부담짝 절반 정도의 짐짝. 부담은 옷이나 책 따위의 물건을 담아 말에 실어
　　운반하는 작은 농짝.
706) 행주치마 : 부엌일을 할 때 옷을 더럽히지 않도록 덧입는 작은 치마.
707) 어간마루 : 방과 방 사이에 있는 마루.
708) 쌍창문 : 문짝이 둘 달린 창문.

여보자. 여보 도련님, 이별 말이 웬말이오? 내 딸을 버린다니 무슨 죄로 버리시오? 대전통편(大典通編) 들여놓게. 칠거지악(七去之惡)709) 범하였는가? 장공(醬工)710) 잘못하던가? 침선방적(針線紡績) 못하던가? 얼굴이 박색(薄色)인가? 행실이 부정(不貞)턴가? 잠자리를 잘못하던가? 무슨 폐로 버리시오? 팔십 먹은 늙은이가 그 딸 하나 기를 적에 금지옥엽(金枝玉葉)같이 고이 길러 생전사후(生前死後)에 의탁(依託)고자 일구월심(日久月深)이더니, 무남독녀(無男獨女) 철모르는 어린 아이 여태 꾀여다가 백년결약(百年結約)하더니 일년이 채 못되어 이별 말이 웬말인가? 이것이 양반의 자제요, 오입한 도리요, 계집의 대접이요, 몇 사람을 망쳐놓고!"

방바닥을 탕탕 치며, "동네 사람 들어보게! 오늘 내 집 두 초상 났네. 에라 요년, 이 자리에서 죽거라. 시체라도 저 양반이 치고 가지. 저 양반 없게되면 뉘 간장을 녹이려노? 네 이년, 말 들어라. 네 마음도 고이하여 양반 서방 좋다더니 이 지경이 되는구나. 지체라도 너와 같고 인물도 너와 같은 봉황의 짝을 얻어 생전사후에 의탁할까 하늘같이 바라더니 이 지경이 웬일이니? 너의 신세나 내 팔자가 비할 데가 없이 되니, 이 일을 어찌 하자느냐? 궤상육(机上肉)711)이 되었은즉 두려울 게 바이 없네. 우리 모녀 다 죽이게." 두 다리 훌쩍 뻗고 두 무릎을 두드리며, "이런 년의 팔자 있나, 애고애고 설운지고. 영감아, 영감아, 날 잡아가게. 여산악귀(驪山惡鬼)712)야, 날 잡아가거라." 진양조713)로 한참 울다가 일어서며, "서울 양반

<hr>

709) 칠거지악 : 예전에 아내를 내쫓을 수 있는 이유가 되었던 일곱 가지 허물로 시부모에게 불손함, 자식이 없음, 행실이 음탕함, 투기함, 몹쓸 병을 지님, 말이 지나치게 많음, 도둑질을 함 등이다.
710) 장공 : 간장, 된장 등을 담는 일.
711) 궤상육 : 도마 위에 오른 고기라는 뜻으로, 어찌 할 수 없는 운명을 이르는 말.
712) 여산악귀 : 여산(驪山)은 주(周)의 유왕(幽王), 진시황(秦始皇), 당의 현종 등 역대의 여러 제왕들 및 나라의 흥망(興亡)과 관련된 고사가 얽혀 있는 산이다. '여산 악귀'는 이러한 고사들과 관련하여 언급한 것으로 보이나 자세한 것은 알 수 없다.
713) 진양조 : 판소리 및 산조 등에 쓰이는 장단의 하나로, 민속음악에 쓰이는 장단 중 가장 속도가 느리다. 민요 등에 쓰일 때는 6박 1장단이 기본이지만, 판소리와 산조에 쓰일

독하다지. 내 딸 두고는 못 가리다. 옛말에 일렀으되 조강지처(糟糠之妻)
는 불하당(不下堂)714)이라 하였으니 죄 없이는 못 버리지. 춘향아 그 양반
앞에서 죽어라."

　춘향이 저의 모를 기유(譏諭)하여 내보내고, "여보 도련님 내 사정 좀
들어보오. 도련님 올라가면 고관대가(高官大家) 성취(成娶)하며 금슬지락
(琴瑟之樂) 즐길 때에 나같은 년 꿈에나 생각할까? 소녀 일신(一身) 헌 신
같이 버리시면 양류천만사(楊柳千萬絲)인들 가는 춘풍(春風) 걸어매며715),
녹엽(綠葉)이 낙화(落花)되면 어느 나비 돌아올까? 시호시호부재래(時乎時
乎不再來)716)라. 인생이 부득항소년(人生不得恒少年)717)이지. 다시 젊기 어
려워라. 춘월(春月)이 명랑(明朗)한데 불꽃같이 시름 상사 심중에 왈부나
면 북천(北天)을 바라본들 한양 소식 묘연하다. 긴 한숨 피눈물에, 애끓는
설움이 오방(五方)718)으로 들어와서, 담배대 땅땅 떨어 웃목에 치떠리고,
외로운 베개 위에 입은 옷도 아니 벗고 벽만 안고 누웠으니 전전반측(輾
轉反側)하니 잠못 이뤄 상사로 병이 되면 제 독(毒)에 못이기어 동산에 치
달아 치마끈 떼고 바지끈 떼어 한 끝은 나무에 매고 또 한 끝은 목에 매어
공중의 뚝 떨어져서 대롱대롱 달렸으니 태백산(太白山) 갈가마귀 이 내 일
신 허락한들 뉘라서 우여라 펄펄 날려줄까! 이 신세를 어이할까? 두 말
말고 날 데려가오." 도련님이 눈물 씻고, "오냐, 울지마라. 신(信)만 지켜

　　때는 음악의 짜임새에 따라 기경결해(起景結解)의 구조로 된 24박 1장단을 이루기도
　　한다.
714) 조강지처는 불하당 : 조강지처는 버릴 수 없다는 말. 조강지처란 지게미와 쌀겨로 끼
　　니를 이을 때의 아내라는 뜻으로, 몹시 가난하고 천할 때의 고생을 함께 겪어온 아내
　　를 버릴 수는 없다는 뜻이다. 〈후한서(後漢書)〉의 '송홍전(宋弘傳)'에 나오는 말이다.
715) 양류 ~ 걸어매며 : 수많은 버들가지를 쓴들 어찌 가는 봄을 잡아매랴. 이원익이 지은
　　시조의 초장에서 따 온 구절이다.
716) 시호시호부재래 : 때는 두 번 오지 않는다. 괴철(蒯徹)의 고사 참조.
717) 인생부득항소년 : 인생이 언제나 젊은 시절일 수는 없다는 뜻. 당나라 시인 잠삼의
　　〈촉규화(蜀葵花)〉에 나오는 구절.
718) 오방 : 동, 서, 남, 북, 중앙의 다섯 가지 방위.

잘 있으면 만날 때가 있으리니 남의 가슴 태우지 마라."

한참 힐난할 제 방자놈이 나오며, "여보 도련님, 야단났소. 사또께서 성화(星火)같이 부르시고, 대부인은 쌍가마 타고 십리는 가시고, 사당(祠堂)은 내 모시고 후행(後行)없이 나가다가 어느 지경 되었는지 어서 바삐 가옵시다. 거레하다719) 신주(神主) 개 물어가겠소." "에라 이놈 미친놈아, 너는 사람 잘 내모는 빗대자식 붙어 나왔느냐? 병환에 까마귀720)요, 혼인에 트레바리721)로구나." 하릴없이 일어서서 "춘향아 떠날 때에 다시 오마." 춘향이 일어서며, "다시 오면 무엇하오? 이 자리에 죽을 년이오. 오네 가네 쓸데없지. 망종(亡終) 보고 가시오." 이도령 하는 말이, "압다 야야, 끝없는 말을 말고 있다가 죽네 사네 걸레판이었다."

동헌에 들어가니 사또 호령하되, "먼 길 떠날 놈이 어디를 갔던고? 어서 바삐 사당 모시고 올라가게 하여라." 도련님이 내아에 들어가서 사당 내행 다 모시고 나귀등 선뜩 올라 남문밖 썩 나서며 죽림심처(竹林深處) 바라보니 춘향의 집 저기로다. 정신이 산란(散亂)하여 아무래도 못가겠다. 이때 춘향은 도련님 전별(餞別)722)차로 주효를 차릴 적에 풋고추, 저리김치723), 문어, 전복 곁들여서 황소주(黃燒酒)724) 화청(和淸)하여, 향단 이워 앞세우고 백포장막(白布帳幕)725) 돌돌 말아 왼편 옆에 언즛 싣고 기림관노726) 전송간다. 오리정(五里亭)727) 당도하여 백포장막 둘러치고 임 오기

---

719) 거레하다 : 까닭 없이 지체하며 매우 느리게 움직이다가.
720) 병환에 까마귀 : 가뜩이나 걱정스러운 일에 더한 흉조가 생겼음을 비유적으로 이르는 말.
721) 혼인에 트레바리 : 이유 없이 남의 말에 반대하기를 좋아하는 성격, 혹은 그런 성격을 지닌 사람.
722) 전별 : 잔치를 베풀어 작별함.
723) 저리김치 : 겉절이. 배추, 상추, 무 따위를 절여서 바로 무쳐 먹는 반찬.
724) 황소주 : 누런빛의 소주.
725) 백포장막 : 흰 무명으로 된 장막.
726) 기림관노 : 미상. 임기가 다 되어 떠나는 관리의 행차라는 의미에서 '기림(期臨) 관로(官路)'로도 볼 수 있지만, 확실하지는 않다.

를 기다릴 제, 잔디밭에 주저앉아 신세자탄(身世自嘆) 우는 말이, "애고애
고 내 신세야, 이팔청춘 젊은 년이 동지야하지일(冬之夜夏之日)에 임 그리
고 어찌 살며, 죽자 하니 청춘이요 살자하니 고생일다. 평생에 처음이요
다시 못 볼 님이로다." 신세자탄 울음 울 제, 이도령은 춘향이 다시 보랴
하고 춘향의 집 찾아가니 집은 텅텅 비었는데 청삽사리 꼬리치고 반겨라
고 달려드니, "너의 주인 어디 가고 나 온 줄은 모르느냐? 창기라 하는
것이 쓸데가 바이 없다. 만날 제는 죽자사자 하다가서, 떠날 제는 쓸데없
다. 나는 저를 못잊어서 급한 길에 왔건마는, 매몰하고 독한 것은 창기밖
에 다시 없다. 방자야, 말 몰려라." 방자놈 하는 말이, "창기라 하는 것이
도행장(導行帳)728) 그렇지요. 생각하여 쓸데없소."

바삐 몰아 나갈 적에 오리정 당도하니 처량한 울음소리 풍편(風便)에
들리거늘, 이도령 정신 차려, "방자야 어떤 사람 슬피 울어 나의 심사 비창
(悲愴)하다. 엄루사단봉(掩淚辭丹鳳)이요, 함비향백룡(含悲向白龍)729)하던
왕소군(王昭君)의 울음이냐? 바삐 가서 보고 오라." 방자놈 갔다 와서, "압
다, 그 꼴은 사람은 못볼네라." "누가 울더냐?" "누가 와서 우는데 발 뻗고
머리를 풀고 잔디밭을 한 길은 파고 우는데 불쌍하고." "누구더냐?" "말하
면 기막히지요." "바른대로 일러다고." "알면 길 가기 어렵지요." "아마도
춘향이가 왔던가 보다." "짐작은 어찌하오?" "천하의 몹쓸놈, 그다지도 무
도(無道)하냐?"

말에서 뛰어내려 울음소리 찾아가니 갈데없는 춘향이라. 반갑기도 그
지없다. 춘향의 가는 허리의 후리처 덥석 안고, "여산폭포 돌 구르듯 너구
나구 여기서 죽자, 차마 잊고 못가겠다. 울지 마라, 울지 마라. 봄사람이

---

727) 오리정 : 오 리(里)마다 만들어 놓던 이정표.
728) 도행장 : 사물이 별로 다르지 않고 으레 같음을 이르는 말. 예전에 재상(災傷) 경차관
    의 보고서가 실제로 조사한 것이 아니라 그대로 베껴 썼던 일에서 유래한 말.
729) 엄루사단봉 함비향백룡 : 눈물을 감추면서 단봉궐(丹鳳闕)을 하직하고, 슬픔을 안은
    채 백룡퇴(白龍堆)를 향하네. 당나라 시인 동방규(東方虬)의 시 〈소군원(昭君怨)〉의
    한 구절. 단봉궐은 한나라의 궁궐이며, 백룡퇴는 흉노(匈奴)의 땅 이름이다.

너무 울면 눈도 붓고 목도 쉬어 봄바람에 낯이 튼다. 울지 말고 말 들어라. 하릴없이 이별인즉, 송죽(松竹)을 본받아 나 올때만 기다려라." 춘향이 눈물 씻고, "이것이 웬일이요, 불의금자(不意今者)730) 당한 이별 이 아니 처량하오. 해수직하만리심(海水直下萬里深)731)은 아황 여영(娥皇女英)732) 이별이요, 천장지구유시진(天長地久有時盡)733)은 옥환비자(玉環妃子)734) 이별이요, 행인귀래석응어(行人歸來石應語)735)는 망부석(望夫石) 이별이요, 객산강정우미휴(客散江亭雨未休)736)는 이별하는 수심(愁心)이요, 도화담수심천척(桃花潭水深千尺)737)은 이별하는 정회(情懷)로다. 홀견맥두유색신(忽見陌頭柳色新)은 만래봉후(晚來封侯) 이별738)이요, 심양강(潯陽江) 비파(琵

---

730) 불의금자 : 뜻하지 않게 지금에 와서.

731) 해수직하만리심 : '바닷물은 발 아래로 천만 길'. 당나라 시인 이백의 악부시 〈원별리(遠別離)〉의 한 구절. 이 시의 앞부분은 아황과 여영의 고사를 이용하고 있다. 그 부분의 원문은 다음과 같다. "遠別離(아득한 이별) / 古有皇英之二女(옛날 아황과 여영 두 여인이) / 乃在洞庭之南(아직도 동정호 남쪽) / 瀟湘之浦(소상강 물가에 있다네) / 海水直下萬里深(바닷물은 발 아래로 천만 길) / 誰人不言此離苦(그 누가 이 이별 괴롭다 않으리)."

732) 아황 여영 : 아황과 여영은 모두 요(堯)임금의 딸로 함께 순(舜)임금의 아내가 되었다. 순임금이 죽자 상강(湘江)에 투신하여 죽었다.

733) 천장지구유시진 : 하늘은 길고 땅은 오래 되어도 다할 때가 있다. 백거이가 지은 〈장한가(長恨歌)〉의 마지막 부분.

734) 옥환비자 : 양귀비(楊貴妃). 양귀비는 본명이 양옥환(楊玉環)이었다. '비자(妃子)'는 황후를 가리키는 말이다.

735) 행인귀래석응어 : '떠난 사람 돌아오면 바위도 아마 말하리라.' 당나라 시인 왕건(王建)의 시 〈망부석(望夫石)〉의 한 구절.

736) 객산강정우미휴 : 환송객 이미 흩어진 정자에 비는 아직 그치지 않았구나. 당나라 시인 잠삼(岑參)의 시 〈괵주 후정에서 진강으로 부임하는 이판관을 보내면서(虢州後亭李判官使赴晋絳得秋字)〉에 나오는 구절이다.

737) 도화담수심천척 : '도화담 물 깊이 천 척이나 된다네.' 당나라 시인 이백(李白)의 〈증왕윤(贈汪倫)〉의 한 구절. 이 시는 이백이 도화담 지역으로 여행 갔을 때 교분을 나누었던 왕윤에게 이별을 아쉬워하면서 지어주었던 시이다.

738) 홀견맥두유색신은 만래봉후 이별 : 문득 밭 둔덕의 버드나무 색 새로워진 것을 보고서, 벼슬 찾아 떠났다가 돌아오지 않는 남편을 기다린다는 뜻으로 당나라 시인 왕창령(王昌齡)의 〈규원(閨怨)〉의 한 구절을 이용하고 있다. 이 시는 규방의 젊은 아낙이 먼 곳으로 벼슬 찾아 떠난 남편을 그리워하는 내용이다. 이 시의 전문은 다음과 같다.

琵)소리 상인(商人) 중 이별739)이요, 장중(帳中)의 미인(美人) 이별 초패왕
(楚覇王)도 울어 있고740), 북해(北海)의 호희(胡姬) 이별 소중랑(蘇中郎)도
슬퍼하고741) 천하의 모진 것이 이별밖에 또 있는가. 만권시서(萬卷詩書)
많은 글자 떠날 리(離)자, 이별 별(別)자, 진시황(秦始皇) 분서시(焚書時)742)
에 그 글자만 남았던가. 이별이 많다 하되 우리 이별보다 더 서러울까.
죽어 영이별은 남들도 하건마는 살아 생이별은 생초목(生草木)에 불이 붙
네. 도련님 가신 후에 이 내 일신 영결(永訣)이오."

　도련님 그 말 듣고 두 소매로 낯을 싸고 재상(在喪) 만난 상인(喪人)같
이 느껴가며 슬피 울며, "춘향아 박절(迫切)한 말을 마라, 죽는 너도 불쌍
하고 생각하는 내 마음 그 아니 한심(寒心)하랴." 춘향이 눈물 씻고, "하향
(遐鄕)743) 천첩(賤妾) 춘향이야 죽어도 제 팔자요, 살아도 제 팔자니 천금

　"閨中少婦不知愁(규방의 젊은 아낙 근심이 무엇인지 모르고서) 春日凝裝上翠樓(봄날
　한껏 단장하고 다락에 올랐다가) 忽見陌頭楊柳色新(문득 밭 둔덕의 버드나무 색 새로워
　진 것 보고서) 悔敎夫婿覓封侯(제 낭군 벼슬길 떠나보낸 것 후회하네)."
739) 심양강 ～ 이별 : 심양강은 강서성 구강현 북쪽에 있는 양자강의 줄기이다. 이 구절은
　백낙천의 유명한 시인 〈비파행(琵琶行)〉을 원용한 구절로 보인다. 백낙천의 〈비파
　행〉 서문에 보면, 이 시는 그가 강주(江州)에 있을 때 친구를 심양강까지 전송하다가
　비파를 타고 있는 한 여인을 만나 그녀의 사연을 듣고서 쓴 시라고 되어 있다. 백낙천
　이 만난 여인은 원래 장안(長安)의 기녀였으나, 나이가 든 후에 한 상인에게 몸을
　의탁하였다고 되어 있다. 이와 관련된 구절로는 "老大嫁作商人婦(마침내 늙은 몸 되
　어 상인의 아내가 되었는데) 商人重利輕別離(남편은 돈벌이만 중히 여길 뿐 남녀의
　이별은 가벼이 여기네)"가 있다.
740) 장중의 ～ 울어 있고 : 초패왕은 한 고조 유방과 천하를 다투던 항우(項羽)를 가리킨
　다. 항우가 일찍이 절강성(浙江省)에 있는 서초(西楚) 땅에서 군사를 일으키면서 자신
　을 패왕(覇王)이라 일컬었기 때문에 이렇게 불린다. 항우는 한 고조 유방에게 해하(垓
　下)에서 포위되었을 때 그의 총희(寵姬)인 우미인(虞美人)과 함께 술을 마시고 비분강
　개한 시를 읊었다.
741) 북해의 ～ 슬퍼하고 : 소중랑은 소무(蘇武). 소무가 흉노에 사신으로 갈 때의 벼슬이
　중랑장(中郎將)이었기 때문에 이렇게 불린다. 호희는 소무가 19년 동안 흉노 땅에
　억류되어 있는 동안 얻었던 여인이다.
742) 진시황 분서시 : 진시황의 분서갱유(焚書坑儒)를 이르는 말. 진시황은 학자들의 정치
　적 비판을 막기 위해 민간의 책 가운데 의약(醫藥), 복서(卜筮), 농업 등에 관한 것을
　제외한 모든 책을 불태우고, 수많은 유생을 구덩이에 묻어 죽였다.
743) 하향 : 중앙에서 멀리 떨어진 지방을 이르는 말.

일신(千金一身) 중하신 몸, 천리원정(千里遠程) 먼먼 길에 보중(保重)하여
올라가오. 향단아, 술상 들여라. 술 한 잔 망종 잡수. 첫째잔은 상마주(上
馬酒)요, 둘째잔은 합환주(合歡酒)요, 셋째잔은 이별주(離別酒)요, 또 한 잔
은 상사주(相思酒)요. 춘향 생각 잊지 마오." 술 부어 먹은 후에 도련님
금낭(錦囊) 열고 면경(面鏡)744)내어 춘향 주며, "대장부(大丈夫) 굳은 마음
거울빛과 같은지라, 내 생각 나거들랑 거울이나 열어보고 신(信) 지키고
잘 있거라." 춘향이 한숨 쉬고 면경 받아 간수하고 옥지환(玉指環) 선뜻
벗어 도련님께 드리면서 "계집의 맑은 마음 옥빛과 같은지라, 천만년 진
토(塵土)된들 옥빛이야 변하리까? 부디 한 번 찾아와서 만단회포(萬端懷
抱) 풀어볼까." 방자놈 달려들며 "여보, 이것이 이별이요? 재상(在喪)을 만
났는가? 무슨 놈 이별 만나볼 제마다 연놈이 얼싸안고 애고지고 함부로
탕탕 부딪히니, 그따위 이별 두 번만 하게되면 뼈다귀 하나 아니 남겠네.
어미가 죽었나, 아버지가 죽었나? 울기는 무슨 일고? 이별이라 하는 것이
'잘 있거라', '평안히 가오' 이 두 마디면 그만이겠구만. 일어나오. 그만치
야단을 하고도 상기 끝을 못 내었소? 어서 떠납시다. 춘향아, 너도 그만
잘 있거라. 천 리를 가나 십 리를 가나 한때 이별은 불가위(不可爲)라. 바
삐 가는 만행길에 계집아이 불길(不吉)하다." 춘향이 술 부어 방자 주며,
"천리원정(千里遠程) 먼먼길에 도련님 잘 모시고 잘 다녀 오너라." 도련님
하릴없이 나귀 등 선뜻 올라, "춘향아 부디 잘 있거라." "도련님, 부디 평
안히 가오." "오냐, 부디 잘 있거라."

한모퉁이 돌아가며 손을 들어 전송(餞送)할 제 백로(白鷺)만치 가치뵈어
아물아물 아니 뵌다. 그 자리에 털썩 주저앉아 신세자탄(身世自嘆) 하는
말이, "간다간다 간다더니 오늘에야 아주 갔네 음성(音聲)도 적적(寂寂)하
고 형용(形容)도 묘연(渺然)하다. 청춘작반호환향(青春作伴好還鄉)745)의 봄

744) 면경 : 주로 얼굴을 비추어 보는 작은 거울.
745) 청춘작반호환향 : '좋은 봄 짝하여 고향으로 돌아가자'. 두보의 시 〈문관군수하남하북
    (聞官軍收河南河北)〉의 한 구절. 이 시는 두보가 안록산의 난이 일어나 나라가 어지

을 따라 오려시나. 어느 때 다시 올까. 애고 답답 내일이야!" 한참 울 제
춘향모가 나온다. "에라, 이 년! 별스럽다. 이별도 남다르다. 기생이라 하
는 것이 이별 거기 늙느니라. 나도 소시(少時) 구실할 제 대부(大夫)를 셀
량이면 손가락이 아파 못 세겠다. 앞문으로 불러들여 뒷문으로 손짓하되
눈물은커니와 콧물도 안 나더라. 첫사랑 첫이별은 그러니라. 새로 오는
신관자제(新官子弟) 인물도 일색(一色)이요, 세간이 장안갑부(長安甲富)요,
오입(誤入)이 장경이요, 문장(文章)은 이두(李杜)란다. 어서 될될 들어가자.
저러하면 열녀(烈女)될까? 우는 입에 오줌이나 깔기겠다."
　춘향이 하릴없이 돌아가고, 이도령은 오리정 이별하고 나귀 등에 올라
앉아 오리정을 돌아보며, "모질도다, 모질도다. 이별밖에 다시 없네. 광한
루 잘 있거라, 다시 보자 오작교(烏鵲橋)야." 설움이 북받쳐서 재상(在喪)만
난 상제(喪制)처럼 애고애고 울고갈 제, 방자놈 채를 들어 나귀 등 후리치
며 도련님 댕기 끝을 가만히 끌러놓고 부지런히 달려오며, "어이어이 상사
(喪事) 말씀이야, 무슨 말을 하오리까?" 이도령이 원산(遠山)746) 짚고 울다
가서, "천하의 몹쓸 놈아, 머리끝이 풀어져서 산발(散髮)이 되었으되 일러
주지 아니하고 어이라니 무엇이냐?" "머리 풀고 애고애고하니 조상(弔喪)
하는 말이지요." "에라 이놈, 미친 놈아. 말이나 천천히 몰아가자. 꽁무니
티눈 박히겠다. 절통하고 원통하다, 만고절색(萬古絶色) 춘향이를 어느 때
에 다시 볼까? 날 바라고 있다한들 번화지지(繁華之地) 창기(娼妓)로서 그
저 있기 만무하지." 그렁저렁 수일 만에 경성(京城)의 득달(得達)하여 고을
하인 보낼 때에 만지장설(滿紙長說) 편지 써서 방자 주며 하는 말이, "편지
갖다 춘향이 주고 몸 좋이 잘 있다가 후기(後期)를 기다리라 하여라."
　방자놈 하직(下直)하고 떠나가고, 춘향은 향단에게 붙들려 돌아와서 방

　러울 때 재주(梓州)에 피해 있다가 관군이 하남과 하북을 수복했음을 듣고서 기뻐하
　며 지은 시이다.
746) 원산 : 풍잠(風簪). 망건의 당 앞쪽에 대는 장식품. 쇠뿔, 대모, 금패 따위로 만들며,
　여기에 갓이 걸려서 바람이 불어도 뒤쪽으로 넘어가지 않는다.

안을 살펴보니 무계지망망(無界之茫茫)이라. "향단아, 수건다오. 두통난
다." 저타수건(紵紽手巾)으로 머리 동이고 자리 위에 엎드려, "웬수로다 웬
수로다, 정이란 게 웬수로다. 정들자 이별하니 심사(心思)둘 데 전혀 없다.
도련님 계실 때의 나를 보고 좋아라고 호치(皓齒)하며 하는 말이 귀에 쟁
쟁 못 잊겠고, 정정영모(亭亭英髦)747) 고운 얼굴 눈에 암암 보이는 듯. 서
창(西窓)이 어른어른커늘 님이 왔나 열고 보니 그림자 날 속였네, 애고애
고 내일이야. 내문(內門) 닫고 발 떠여라. 찾아올 이 전혀 없다." 분벽사창
(粉壁紗窓) 굳이 닫고 거문고 줄을 뜯어 집 씌워 얹으면서, "너도 세월 떴
다. 화답(和答)할 이 뉘 있느냐?"

수절(守節)할 뜻을 두고 상사(想思)로 일삼을 제, 이때 구관(舊官)은 올
라가고 신관(新官)이 났으되 남촌(南村) 호박골 변학도라 하는 양반이 호
색(好色)하며 남원춘향 명기(名妓)란 말을 풍편(風便)에 넌짓 듣고 하루날
부터 신연하인(新延下人)748) 기다릴 제 잔뜩 졸나러 나흘 만에 신연하인
현신(現身)한다. "이방(吏房), 공방(工房), 통인(通引), 급창(及唱)749), 군노사
령(軍牢使令)750) 현신(現身)하오." 신관이 풀갓끈 뒷짐 지고, "여보아라, 이
방 게 있느냐?" "네." "네 고을이 몇 리나 되기에 이제야 현신하노?" 젓사
오되 "육백칠십리로 아뢰오." "네 고을에 무엇이 있지?" 이방 막지기고(莫
知其故)하고751) "있는 줄 아뢰오." "무엇이 있노?" 젓사오되, "대성지성문선
왕(大成至聖文宣王)752), 안증(顏曾)753), 명현(名賢), 공신(功臣) 계옵신 명륜

---

747) 정정영모 : '정정(亭亭)'이란 우뚝하게 높이 솟아 있는 모양을 나타내며, '영모(英髦)'란
재능이나 됨됨이가 뛰어난 젊은이를 가리키는 말이다. 본문에서는 이도령의 풍모를
지칭하는 말이다.
748) 신연하인 : 신연의 일을 맡은 하인. 신연이란 도나 군의 장교와 이속들이 새로 부임하
는 감사나 수령을 그 집에 가서 맞아 오던 일이다.
749) 급창 : 조선시대에 관아에 속하여 원의 명령은 간접으로 받아 큰 소리로 전달하는 일
을 맡아보던 사내 종이다.
750) 군노 : 군노는 '군뢰(軍牢)'가 와전된 말. 군뢰란 조선 시대에 군대에서 죄인을 다루는
일을 맡아보던 병졸(兵卒).
751) 막지기고하고 : 그 까닭을 알지 못하고.

당(明倫堂)754)도 있사옵고, 향청(鄕廳)에 좌수(座首)755), 별감(別監)756)도 있
는 줄로 아뢰오." "그 놈 말 잘하노. 그 밖에 없나?" "기생이 팔십 명으로
아뢰오." "어반(於半)하다757). 그래, 양이도 있지?" 젓사오되, "양(羊)도 있
삽고 염소도 수십필이 있는 줄로 아뢰오." "그놈 미친 놈이로고. 잘 가다
가 염소는. 사람 양이가 있지?" "예, 한량도 있는 줄로 아뢰오." "아니로다.
이런 정신 어딨을고? 금시 생각하였다가 그 사이 깜빡 잊었구나. 아! 기생
양이가 있지?" 이방 알아듣고 "예, 기생 춘향이가 있사오되 전등(前登) 사
또 자제와 백년가약(百年佳約) 하온 후 대비정속(待婢呈屬) 하온 줄로 아뢰
오." "옳지, 옳지. 이방, 뜻뜻하거든 아직 물러 있다가 속히 내려갈 터인즉
치행제구(治行諸具)를 맞춰 차려 등대하렷다." "예." 이방 나오며 혼자말로
"항아리는 큰 항아리를 가져가나보다."

　치행제구 차릴 제 이삼일 지낸 후에 이방 불러 분부하되, "내일 오시(午
時)에 발행(發行)하면 모레 오시면 득달(得達)할까?" "관 행차길은 열하루만
이라야 득달하는 줄로 아뢰오." "그때까지 어찌 참을까, 아무려나 내일 오
시면 상마(上馬) 하렷다." "네." 명일 오시 상마(上馬) 발행(發行)할 제 신관
치장(新官治裝) 볼작시면, 삼백오십테 저모립(豬毛笠)758)에 게알 같은759) 경

---

752) 대성지성문선왕 : 공자(孔子). 문선왕은 중국 당나라 현종이 내린 공자의 시호(諡號)
　　인데, 이후 송과 원을 거치면서 '대성'과 '지성'이라는 시호가 덧붙었다.
753) 안증 : 공자의 제자인 안회(顔回)와 증삼(曾參)을 아울러 이르는 말. 안회는 노나라
　　사람으로 자는 자연(子淵). 덕행으로 이름이 높았으며, 십철(十哲)의 으뜸으로 꼽힌
　　다. 증삼은 자가 자여(子輿)로 효행으로 이름이 높았는데, "나무가 고요하고자 하나
　　바람은 멎지 않고, 자식이 봉양하고자 하나 어버이는 기다려주지 않는다(樹欲靜而風
　　不止 子欲養而親不待)"라는 그의 말은 유명하다.
754) 명륜당 : 조선 시대에 성균관에서 유학을 가르치던 곳을 일컫는 말인데, 이곳에서는
　　남원의 향교를 지칭하는 것으로 보인다.
755) 좌수 : 조선 시대에 지방의 자치 기구인 향청의 우두머리.
756) 별감 : 조선 시대에 지방의 자치기구인 향청에 속한 직책으로 좌수에 버금가던 자
　　리였다.
757) 어반하다 : 어상반(於相半)하다. 양쪽의 수준, 역할, 수량, 의견 따위가 서로 걸맞아
　　비슷하다는 말. 혹은 물건을 나누거나 값을 정할 때에 양쪽에 손해가 없을 만하다는
　　말. 본문에서는 기생이 팔십 명 정도면 흡족하다는 의미로 쓰이고 있는 듯하다.

주탕건(京紬宕巾)760), 외올망건(網巾)761), 당사(唐絲)끈762)에 진옥관자(眞玉貫子)763) 설빈(雪鬢)764)에 딱 붙이고, 십량주(十兩紬)765) 남창의(藍氅衣)766)에도 홍띠 눌러매고 색 좋은 별련(別輦)767)을 좌우청장(左右靑杖)768) 벗쳐 놓고 쌍가마에 대부인 모시고 요요병교(兵校) 금란장교(禁亂將校)769) 나장(羅將)770) 한 쌍 앞세우고, 나장사령(羅將使令) 치장보소. 입 구(口)자 통영갓771)에 키같은 공작미(孔雀尾)772), 밀화(蜜花)갓끈773) 달았으며, 흑삼승(黑衫僧)같이 옷에 사발같은 왕방울을 덜렁덜렁 꽁무니에 차고, 군노사령 치레 보소. 삼승겹사774) 노랑후의 날랠 용(勇)자775) 딱 붙이고, 유목비장(裨將)776) 백목(白木)777) 감아 한 쪽 어깨 언머이고, 좌우급창(左右及唱) 치레

---

758) 저모립 : 돼지의 털로 싸개를 한 갓. 죽사립 다음가는 것이며 당상관이 썼다.
759) 계알같은 : 아주 곱게 떠서 만들었음을 비유적으로 이르는 말.
760) 탕건 : 벼슬아치가 갓 아래에 받쳐 쓰던 관(冠)의 하나.
761) 외올망건 : 외올로 뜬 망건.
762) 당사끈 : 예전에 중국에서 들여온 명주실로 만든 망건당줄.
763) 진옥관자 : 좋은 옥으로 만든 관자. 관자는 망건에 달아 당줄을 꿰는 작은 고리.
764) 설빈 : 눈과 같이 하얗게 센 귀밑털.
765) 십량주 : 한 필에 무게가 열 냥 쯤 나가는 질 좋은 중국 비단.
766) 남창의 : 쪽빛의 창의. 창의는 벼슬아치가 입던 옷으로 소매가 넓고 뒷솔기가 갈라져 있다.
767) 별련 : 좌우와 앞에 주렴이 있고 채가 긴 가마.
768) 좌우청장 : 청장은 사령(使令)이 가지는 의장(儀杖)의 한 가지.
769) 금란장교 : 금란사령(禁亂使令)을 이르는 말인 듯하다. 금란사령은 조선 시대에 금란패(禁亂牌)를 가지고 다니며, 금령을 어긴 사람을 찾아내어 잡아들이던 사람.
770) 나장 : 조선 시대에 군아(郡衙)에 속한 사령.
771) 통영갓 : 통영(統營)에서 나는 갓. 통영은 경상남도 충무의 옛 이름.
772) 공작미 : 공작 꼬리깃. 전립의 꼭대기에 잡아매어 앞으로 길게 늘어뜨린 장식.
773) 밀화갓끈 : 꿀벌의 밀과 비슷한 색깔을 지닌 호박(琥珀)의 한 종류인 밀화구슬을 꿰어 만든 갓끈.
774) 삼승겹사 : 석새삼베. 240올의 날실로 짠 베라는 뜻으로 성글고 굵은 베를 이르는 말.
775) 날랠 용자 : 군뢰들이 쓰던 전립 앞에 붙이던 놋쇠로 만든 '용(勇)'자 무늬.
776) 비장 : 조선 시대에 감사(監司), 유수(留守), 병사(兵使), 수사(水使), 견외사신 등을 따라다니며 일을 돕던 무관 벼슬.
777) 백목 : 무명.

보소. 장영(長纓) 통영립(統營笠)⁷⁷⁸⁾에, 외올망건, 대모관자(玳瑁貫子), 진사 (眞絲)당줄⁷⁷⁹⁾ 앞을 빼어 팔자(八字)격으로 언즛 쓰고, 한포단(寒蒲緞)⁷⁸⁰⁾ 허리띠, 초록 전두리 줌치⁷⁸¹⁾ 주황당사(朱黃唐絲) 끈을 꼬아 중동⁷⁸²⁾을 활적 풀고, 좌우에 벌려서서 청장(靑帳)줄⁷⁸³⁾을 갈라잡고, 금장(禁仗)⁷⁸⁴⁾소리 서리같다. 일산사지⁷⁸⁵⁾ 거동보소, 백공단(白貢緞)⁷⁸⁶⁾ 바탕에 청수화주(靑水禾紬)⁷⁸⁷⁾ 선을 둘러 자지녹피(紫芝鹿皮)⁷⁸⁸⁾ 끈을 달아 바람결에 펄렁펄렁 나장(羅將), 사령(使令), 군노(軍牢), 급창(及唱) 벽제(辟除)소리⁷⁸⁹⁾ 진동한다. 사또 뒤에 따르는 이, 회계(會計), 책방(冊房)⁷⁹⁰⁾, 중방(中房)⁷⁹¹⁾이며, 신영수로, 수배수(隨陪手)⁷⁹²⁾, 통인 부담마(負擔馬)⁷⁹³⁾에 높이 앉아, 칼자이⁷⁹⁴⁾, 공발리⁷⁹⁵⁾, 번택하인⁷⁹⁶⁾ 십리에 벌였더라.

---

778) 장영 통영립 : 긴 갓끈이 달린 통영갓.

779) 진사당줄 : 누에고치에서 켠 실인 진사로 만든 망건당줄.

780) 한포단 : 파초의 섬유로 짠 날이 굵은 베.

781) 초록 전두리 줌치 : '전두리'는 둥근 그릇의 아가리에 둘린 띠. '줌치'는 주머니. 곧 초록 색 띠를 두른 주머니.

782) 중동 : 사물의 가운데 부분이나 중간이 되는 부분.

783) 청장줄 : 휘장에 딸린 푸른 줄.

784) 금장 : 죄인을 치거나 찌르는 데에 쓰던 창처럼 생긴 형구.

785) 일산사지 : 일산보종(日傘步從)의 오기인 듯하다. 일산보종은 임금이나 관원에게 일 산을 받쳐주면서 따라다니던 역졸(驛卒). 일산(日傘)은 감사나 수령과 같은 벼슬아치 가 부임할 때 쓰던 양산으로 자루가 길고 흰 바탕에 푸른 선을 둘렀다.

786) 백공단 : 흰색으로 짠 감이 두껍고 무늬가 없는 비단.

787) 청수화주 : 푸른 빛깔의 수화주. 수화주는 품질이 좋은 비단의 하나.

788) 자지녹피 : 붉은 빛이 나는 사슴 가죽.

789) 벽제 소리 : 지위가 높은 사람이 행차할 때 구종(驅從) 별배(別陪)가 잡인의 통행을 금하기 위해 '에라 게 들어섰어라', '물렀거라' 따위로 외치던 소리.

790) 책방 : 고을 원의 비서 일을 맡아보던 사람. 관제(官制)에는 없지만 사사로이 임용 하였다.

791) 중방 : 고을 원의 시중을 들던 사람.

792) 수배수 : 행렬을 따라가며 호위하는 하인.

793) 부담마 : 부담이란 말에 싣기 위해 물건을 챙겨 넣은 고리짝을 일컫는다.

794) 칼자이 : 지방관아에서 음식을 맡아 만들던 하인. 도척(刀尺).

795) 공발리 : 미상. '공방(工房)이'의 오기로 추정해 볼 수도 있으나 확실하지 않다.

남대문 밖 썩 나서서 칠패(七牌) 팔패(八牌)797), 배다리798), 돌모로799),
동작강(銅雀江)800) 얼른 건너, 승방(僧房)뜰801), 남태령(南泰嶺)802), 과천읍
(果川邑) 중화(中火)803)하고, 밖술막804), 갈뫼(葛山)805), 사근내(沙近川)806),
수원(水原)뜰에 숙소하고, 팔달문(八達門)807) 내달아 상류천(上柳川) 하류천
(下柳川)808), 대황교(大皇橋)809), 중미(中彌)810), 오뫼(烏山), 진위(振威)811) 뜰
에 중화하고, 칠원(葛院)812), 소사(素砂)813) 성환(成歡)814) 숙소하고, 빗토
리815), 새술막(新酒幕)816) 천안(天安) 중화하고, 삼거리817) 김제역(金蹄

796) 번택하인 : '본댁하인'의 오기인 듯하다.
797) 칠패 팔패 : 오늘날 중구 중림동 부근. 패(牌)는 오늘날의 동(洞)에 해당하는 행정 단위이다.
798) 배다리 : 작은 배를 한 줄로 여러 척 띄워 놓고 그 위에 널판을 깐 다리. 선교(船橋). 지금의 서울 용산에 있었다.
799) 돌모로 : 지금의 이태원 부근의 지명.
800) 동작강 : 동작진 앞을 흘러 노량진과 흑석동에 이르는 한강의 다른 이름.
801) 승방뜰 : 금당동에서 좀 더 가서 있던 지명.
802) 남태령 : 서울과 과천 사이의 고개.
803) 중화 : 점심 식사.
804) 밖술막 : 밧점말. 현재 과천시 관문동 일대. 이곳은 조선 시대 가장 중요한 도로였던 삼남로(三南路) 변으로 술막이 많이 있어 이런 이름으로 불렸다.
805) 갈뫼 : 현재 경기도 의왕시 내손동 일대. 조선 시대 한양에서 과천과 인덕원을 지나 수원을 왕래할 때, 반드시 거쳐야 하는 교통의 요충지이자 분기점이었던 곳.
806) 사근내 : 지금의 경기도 화성군 의왕면에 있는 지명.
807) 팔달문 : 수원성의 남문. 팔달산록(八達山麓)에 있기 때문에 이렇게 일컫는다. 정조 18년(1794)에 건립되었다.
808) 상류천 하류천 : 수원 광교산(光教山)에서 발원하여 대황교를 거쳐 수원 남쪽을 흐르는 물 이름.
809) 대황교 : 수원과 경기도 병점(餠店) 사이에 있는 다리.
810) 중미 : 수원과 진위의 중간에 있는 지명.
811) 진위 : 성환 위쪽에 있던 지명.
812) 칠원 : 진위 남쪽 20리에 있는 지명.
813) 소사 : 소사평(素沙坪). 갈원과 성환의 사이에 있는 지명.
814) 성환 : 천안 남쪽 10리에 있는 동(洞)의 이름.
815) 빗토리 : 천안 북쪽 10리에 있는 지명.
816) 새술막 : 천안 북쪽 10리에 있는 동의 이름.

驛)818), 덕평원(德平院)819), 활원(弓院)820), 모로원(毛老院)821), 광정(廣亭)822), 떡전거리(餠店巨里)823), 공주(公州) 뜰에 숙소하고, 높은 행길, 무너미 얼른 지나 노성(魯城)824) 중화하고, 평촌역 얼른 지나 은진(恩津) 숙소하고, 닥다리825) 황화정리(皇華亭里)826), 능기울827) 얼른 지나 여산(礪山)828)이 중화로다. 익산 뜰에 숙소하고, 긴등829)을 얼른 지나 삼례(參禮)에서 중화하고 전주(全州) 개명 숙소하고, 이튿날 연명(延命)830)하고, 바삐 떠나 노구바위(爐口巖)831), 임실(任實)832)에서 중화하고, 남원 오리정 다다르니, 육방관속지 영대(六房官屬之迎待) 후한하다. 이방, 호장(戶長)833), 예방(禮房), 병방(兵房), 각창석, 도서원(都書員),834) 장교(將校),835) 집사(執事), 대기치(大旗幟)836) 늘어세고, 아이 기생 녹의홍상(綠衣紅裳), 어른 기생 착전립(着戰

---

817) 삼거리 : 천안군 남쪽 6리에 있는 지명. 역원(驛院)으로 삼지원(三歧院)이 있다.
818) 김제역 : 천안군 남쪽 23리에 있는 역.
819) 덕평원 : 김제역에서 아래로 18리에 있는 역참.
820) 활원 : 공주(公州) 북쪽 40리에 있는 역참.
821) 모로원 : 공주 북쪽 26리에 있는 지명.
822) 광정 : 성환역에 소속된 역참. 공주 북쪽 45리에 있음.
823) 떡전거리 : 지금의 경기도 병점. 따라서 순서에 착오가 있다.
824) 노성 : 공주목 이산현(尼山縣)의 후대 이름.
825) 닥다리 : 사교(沙橋). 논산 은진면과 부적면 사이에 있는 논산천을 건너던 다리.
826) 황화정리 : 현재 논산시 연무읍에 있는 마을. 조선시대 관찰사 등 관리들이 교체하는 황화정이 있었기에 이런 이름이 붙게 되었다.
827) 능기울 : 은진과 삼례 사이에 있는 지명.
828) 여산 : 은진현과 전주부 사이에 위치한 군.
829) 긴등 : 전라북도 익산시 영등동 일대의 지명. '긴등'은 '긴 구릉으로 이루어진 나지막한 잿마을'이란 뜻으로, 여기서 한자어 '永登'이 나왔다.
830) 연명 : 조선 시대에 감사(監司)나 수령이 부임할 때에 관청의 궐패 앞에서 임금의 명령을 알리던 의식. 또는 조선 시대에 원이 감사에게 처음 가서 취임 인사를 하던 의식.
831) 노구바위 : 만마관과 임실 사이에 있는 지명.
832) 임실 : 전라좌도에 속한 현. 전주와 남원 사이에 있음.
833) 호장 : 향리(鄕吏)의 우두머리.
834) 도서원 : 조선시대에 세금 걷는 일을 맡은 관리인 서원의 우두머리.
835) 장교 : 조선시대에 각 군영 및 지방 관아의 군무에 종사하던 낮은 벼슬아치의 총칭.

笠)837)하고, 청령집사(聽令執事) 내달으며 입성(入城) 포호(咆號)838)라, 방포
(放砲)839)하고 청도(青道)840) 한 쌍, 금고(金鼓)841) 한 쌍, 주작(朱雀)842) 한
쌍, 동남각(東南角) 서북각(西北角) 영기(令旗) 열 쌍, 곤장(棍杖) 두 쌍, 주장
(朱杖)843) 두 쌍, 나팔(喇叭) 한 쌍, 소라(小鑼)844) 한 쌍, 바라(哱囉)845) 한
쌍, 기고(旗鼓)846) 영전(令箭)847) 앞세우고848), 퍼도기 원월도 르어849), 세고

---

836) 대기치 : 조선 시대에, 진중(陣中)에서 방위를 표시하던 군기(軍旗). 청도기, 금고기(金
　　鼓旗), 문기(門旗), 각기(角旗), 금군별장 인기, 금군청 번기(禁軍廳番旗), 대오방기,
　　고초기(高招旗), 신기(神旗), 표미기 따위인데, 진영(陣營)의 문마다 그 기치의 수와
　　면이 달랐다.
837) 착전립 : 벙거지를 착용한 모양.
838) 입성 포호 : 성안으로 들어감을 큰 소리로 알리는 일.
839) 방포 : 군중(軍中)의 호령으로 포나 총을 쏘는 일.
840) 청도 : 행차 선두에 서서 길을 치우는데 쓰는 청도기(青道旗).
841) 금고 : 우리말로 쇠북이라고도 불리며, 쇠붙이로 만들어 보통의 징보다 크기가 조금
　　작은 타악기. 군대에서 전진, 후퇴, 정지 등의 명령을 내리는데 쓰였으며, 불고 치는
　　악기가 중심이 되는 취고수(吹鼓手)에 편성되어 연주되었다.
842) 주작 : 주작을 그려넣은 깃발. 주작은 남쪽을 지키는 신령이다.
843) 주장 : 주릿대나 무기 따위로 쓰던 붉은 칠을 한 몽둥이.
844) 소라 : 나각(螺角). 소라의 껍데기로 만든 옛 군악기. 길이가 40cm 정도인 소라 고동의
　　위쪽을 깎아 내어 구멍을 뚫고 그 구멍에 혀를 대어 불게 된 것으로, 고려 공민왕
　　때에 명나라에서 전래되었다고 전해진다.
845) 바라 : 얇은 놋쇠로 된 두 개의 원반을 부딪쳐서 소리 내는 악기로, 자바라, 제금(提
　　金), 발(鈸)이라고도 함.
846) 기고 : 싸움터에서 쓰는 기와 북을 아울러 이르는 말. 군대를 지휘하고 명령하는데
　　쓴다.
847) 영전 : 조선 시대 때 쓰이던 화살의 하나로 군령(軍令)을 전(傳)하던 일에 사용되었다.
　　그런데 문맥상 이는 비슷한 기능을 하던 '영기(令旗)'의 오기로 보인다. 영기는 명령을
　　전달받을 때 반드시 소지하고 다녀야하는 것으로 영내(營內) 출입 등에 필요한 깃발
　　이다. 그 크기는 사방 1척이며 깃대의 길이는 4척으로 남색 바탕에 붉은 글씨로 영
　　(令) 자가 새겨져 있다.
848) 나팔 한 쌍 ~ 앞세우고 : 임금의 거동이나 관리들의 행차, 군대의 행진이나 개선 등에
　　쓰이는 행악(行樂)을 연주하는 악대는 크게 행렬의 앞에서 연주하는 취고수(吹鼓手)
　　와 행렬의 뒤쪽에서서 연주하는 세악수(細樂手)로 나누어 볼 수 있다. 그런데, 본문의
　　구절에서는 악기 편성으로 보아서 취고수 악대가 연주하고 있음을 알 수 있다. 취고
　　수의 편성에는 '태평소, 나팔, 소라, 바라, 징, 북' 등이 쓰이며, 요즘은 센 발음을 피하
　　여 나팔(喇叭)을 나발이라고 발음한다.

(細鼓)850), 소고(小鼓)851) 초라니852) 작대하고, 술영수 불러 대답하고, 줄안 양각 대죄태하라 나는 뚜때 부중이 요란하여 하차포(下車砲)하고, 말에서 내려 여객(旅客)에 다녀 도임(到任)할 제, 팔십명 기생들이 좌우에 늘어서서 지화자 소리하며 다담상(茶啖床)853) 올려놓고 기생 불러 권주가(勸酒歌)854) 하며 일이삼배 먹을 적에 저 여러 기생틈에 춘향 예(禮)하고 난 후 별대문안(別對問安) 후에 신관이 공사(公事)를 하랑이면 환상(還上)855) 전결(田結)856) 물은 후에 공사를 하는 것이 아니라 우선 기생점고(妓生點考)857) 먼저 하라 하고 호장 불러 분부하되, "기생 도안(都案)858) 들여놓고 점고하라" 하니 관속들이 공론(公論)하되, "똥항아리 가져왔다."

호장이 기생 도안(都案) 들여놓고 차례로 호명한다. "중추 팔월 십오야(中秋八月十五夜)의 광명(光明) 좋다, 추월(秋月)이." "예, 등대(等待)하였소."

---

849) 펴도기 원월도 르어: '청도기 언월도 어르어'의 오기로 보인다. '청도기'는 조선시대에 행군할 때 앞에서 길을 치우는 데 쓰던 군기. '언월도'는 초승달 모양으로 생긴 큰 칼.

850) 세고 : 세고는 장구(杖鼓)를 뜻하며, 허리가 잘록하다고 하여 세요고(細腰鼓)라는 별칭이 있음. 삼국시대부터 쓰였으며, 무악(舞樂)·법악(法樂)·농악·속요에까지 가장 널리 쓰이는 악기이다. 오동나무나 소나무의 통에다, 오른쪽에는 쇠가죽을 얇게 매어 대나무로 만든 가느다란 채로 치고, 왼쪽에는 말가죽을 두껍게 매어 손으로 치거나 궁글채로 친다. 앉아서 치는 경우도 있고, 끈으로 어깨에 메고 춤을 추며 연주하기도 한다.

851) 소고 : 속칭 매구북이라고도 한다. 농악이나 선소리·속요 등을 할 때 손에 들고 치는 작은 북이다. 자루가 달려 있어 빙글빙글 돌리기도 하고 앞뒤를 나무채로 쳐서 장단을 맞추기도 한다.

852) 초라니 : 나자(儺者)의 하나. 기괴한 계집 형상의 탈을 쓰고 붉은 저고리에 푸른 치마를 입고 긴 대의 깃발을 흔든다.

853) 다담상 : 손님을 대접하기 위해 다과(茶菓) 따위의 음식을 차린 상.

854) 권주가 : 권주가는 술을 권할 때 부르는 노래로, 조선 후기 서울·경기 지방에서 유행했던 12가사의 하나이다.

855) 환상 : 각 고을 사창(社倉)에서 백성에게 꾸어준 곡식을 가을에 받아들이는 일.

856) 전결 : 논과 밭의 조세(租稅).

857) 점고 : 점(點)을 찍어가며 인수(人數)를 조사하는 일.

858) 도안 : 원래 도안은 조선 시대에 병조의 도안청에서 군적의 변동 사항을 등록하여 두던 대장을 일컫는 말이다. 여기서는 기생의 명단을 의미한다.

"상엽홍어(霜葉紅於) 이월화(二月花)859), 부귀강산 춘외춘(春外春)이.""예, 등대요.""일락서산(日落西山) 어둔 밤에 월출동령(月出東嶺) 명월(明月)이 왔느냐?""예, 등대요.""작소요함서 채봉860)이 왔느냐?""예, 등대요.""지재차산(只在此山) 운심(雲深)이861) 왔느냐?""예, 등대요.""옥토금섬항아궁 (玉兔金蟾姮娥宮)의 계월(桂月)862)이 왔느냐?""예, 등대요." 신관이 골을 내어, "저 많은 기생을 그렇게 부를 양이면 며칠이 될 줄 모르겠다 자주 불러라.""상설불변(霜雪不變)863) 죽엽(竹葉)이 왔느냐?""예, 등대요.""동령수고(冬嶺秀孤)864) 송절(松節)이 왔느냐?""예, 등대요.""독좌유(獨坐幽) 탄금 (彈琴)865)이 왔느냐?""예, 등대요.""사군불견(思君不見)866) 반월(半月)이 왔느냐?""예, 등대요.""어주축수(魚舟逐水)867) 홍도(紅桃)가 왔느냐?""예, 등

---

859) 상엽홍어이월화 : '서리 맞은 잎새는 이월의 꽃보다 붉구나.' 당나라 시인 두목의 〈산행(山行)〉의 한 구절. 이 시의 전문은 다음과 같다. "遠上寒山石徑斜(멀리 가을 산 위로 돌길이 비껴 있고) / 白雲生處有人家(흰 구름 이는 곳에 인가가 보인다) / 停車坐愛楓林晩(단풍 든 숲의 저녁 경치 좋아하여 수레를 멈췄더니) / 霜葉紅於二月花(서리 맞은 잎새는 이월의 꽃보다 붉구나)."

860) 작소요함서 채봉 : 미상.

861) 지재차산 운심이 : 당나라의 시인 가도(賈島)의 시 〈심은자불우(尋隱者不遇)〉의 일부 구절을 차용한 것이다. 가도의 시 원문은 "松下問童子(소나무 아래의 동자에게 물으니) / 言師採藥去(스승은 약을 캐러 가셨다 하네) / 只在此山中(이 산 속에 있기는 한데) / 雲深不知處(구름이 깊어 있는 곳을 알 수가 없네)"이다.

862) 옥토금섬항아궁의 계월이 : 옥토는 달에 있다는 토끼이며, 금섬은 달에 있다는 두꺼비인데, 둘 마 전하여 달의 이칭(異稱)이다. 항아는 남편인 예(羿)가 서왕모(西王母)로부터 받은 불사약(不死藥)을 훔쳐 달아났다는 여인이다. 항아궁은 항아가 산다는 전설상의 장소로 역시 달의 이칭으로 쓰인다. 계월은 달 속에 계수나무가 있다는 전설에서 나온 말로 달의 이칭으로 쓰인다.

863) 상설불변 : 서리와 눈이 내려도 그 빛이 변하지 않는.

864) 동령수고 : 겨울 고개에 홀로 절개를 지키며 빛이 변하지 않는다는 뜻.

865) 독좌유탄금 : 홀로 깊고 그윽하게 거문고를 탐. 당나라 왕유의 시〈죽리관(竹里館)〉의 첫 구절에서 따온 말이다.

866) 사군불견 : 임을 그리워하나 보이지 않음. 여기에서 임은 달을 가리킴. 이백의 시〈아미산월가(峨嵋山月歌)〉의 마지막 구절인 '思君不見下渝州'에서 따온 말이다.

867) 어주축수 : 고기잡이 배는 물을 따라 봄의 산을 사랑한다(漁舟逐水愛山春). 왕유(王維)의 〈도원행(桃源行)〉의 한 귀절.

대요."　"목동(牧童)이 요지(遙指) 행화(杏花) 왔느냐?"　"예, 등대요."　"객사청
청유색신(客舍靑靑柳色新)[868]하니 앵앵(鶯鶯)이 왔느냐?"　"예, 등대요."　"구
월상풍(九月霜風) 국화(菊花) 왔느냐?"　"예 등대요."　"엄동설한(嚴冬雪寒) 찬
바람에 홀로 피어 설중매(雪中梅) 왔느냐?"　"예, 등대요."　"경수무풍야자파
(鏡水無風也自波)[869]의 수파(水波)가 왔느냐?"　"예, 등대하였소."　"계도난요
하장포(桂棹蘭橈下長浦)[870]의 채련(採蓮)이 왔느냐?"　"예, 등대요."　"화엽(花
葉)이 하조첩(何稠疊)[871]하니 연화(蓮花)가 왔느냐?"　"예, 등대하였소."　사또
호령하되, "그것이 다 무슨 소린고? 이름만 자주 부르라."　"예. 만첩청산
(萬疊靑山) 들어가니 에비[872]없다, 범덕이 왔느냐?"　"예, 등대요."　"그래도
그렇게 부르겠다?"　"옥란(玉蘭)이."　"예."　"연연(戀戀)이."　"행심이."　"월선(月
仙)이 왔느냐?"　"예."　"향단(香丹)이 왔나?"　"예."　"부전이 왔느냐?"　"예."　"옥
섬(玉蟾)이 왔나?"　"예."　"호월이 왔나?"　"예."　"봉선이 왔나?"　"예."　"취란
이 왔나?"　"예."　"취선(醉仙)이 왔느냐?"　"예."　"쥐겹 왔느냐?"　"예."　"연향이
왔나?"　"예."　"연홍이 왔느냐?"　"예."　"선월이 왔느냐?"　"예."　"해동선이 왔느
냐?"　"똥덩이 왔나?"　"예."　"바금이, 딱정이 다 오너라."

　"여보아라, 기생이 그뿐인가?" 접사오되, "원비 춘향 있사오되 전등사또
자제와 백년결약(百年結約)하와 대비정속 하온 줄로 아뢰오."　"저 여러 기
생들을 차례로 앉히라." 동헌뜰 너른 마당 줄줄이 앉혀놓고 "저 년 나이
몇 살인다?"　"소녀 나이는 일곱 살이오."　"조런 방정맞은 년, 몇 살부터 친
구 보았노?"　"네 살에 구실[873] 들어 다섯 살부터 수청(守廳)[874]하였소."　"요

868) 객사청청유색신 : '객사에는 푸릇푸릇 버들잎이 새롭다.' 당나라 시인 왕유(王維)의 시
　　〈송원이사안서(送元二使安西)〉의 한 구절.
869) 경수무풍야자파 : '바람이 불지 않아도 물결이 절로 인다.' 하지장(賀知章)의 〈채련곡
　　(採蓮曲)〉의 한구절.
870) 계도난요하장포 : '계수나무 상앗대와 목란의 노를 저어 장포로 내려오니'. 당나라 시
　　인 왕발(王勃)의 〈채련곡(採蓮曲)〉의 한 구절.
871) 화엽하조첩 : 왕발 〈채련곡〉의 한 구절. 해당 부분은 "연꽃에 또 연꽃이요, 꽃잎은 어
　　찌 또 첩첩인가(蓮花復蓮花. 花葉何稠疊)"이다.
872) 에비 : 아이들에게 무서운 가상적인 존재나 물건.

년 장히 조달(早達)하였다. 못 쓰겠다 내몰아라." "또 조년은 몇 살인고?"
홍도가 나이를 줄이고 퇴박맞는 것을 보고 나이를 훌쩍 늘려 "소녀는 아
흔 다섯살이오." "아, 이년 나보다 왕존장(尊長)이로구나, 아서라 내몰아
라. 저 년은 코가 어찌 저리 크냐, 못 쓰겠다. 내몰아라. 저 년은 눈이 실
눈이라 겁은 반푼어치 없겠다, 내몰아라. 저 년은 이마가 되박이마로구나
보기 싫다, 내몰아라. 저 년은 얼굴이 푸르니 색탐(色貪)많아 서방 잡겠다,
내보내라. 저 년은 키가 저리 크니 입 맞추자면 한참 올라가야 되겠구나
내보내라. 저 년은 저만이숙부터[875] 미련하여 못쓰겠다. 저 년은 입이 저
리 클 제야 거기는 대단하겠다, 내몰아라." 똥덕이 얽은 얼굴 맵시를 내랴
하고 분 닷되, 물 두동이 칠홉에 반죽하여 얼굴에 맥질[876]하고 도배하고
횟발을 안고 앉았으니 엉그름[877]이 벌어져서 조각조각 떨어지니, "저 년
바삐 내몰아라, 상방에 빈대 터지겠다. 그 많은 기생 하나 눈에 드는 년이
없단 말인가? 여보아라, 춘향을 바삐 대령시키되, 만일 지완(遲緩)하는 폐
단(弊端) 있거든 결박착래(結縛捉來)하라." 형방(刑房) 분부 듣고 영리한 사
령 택출(擇出)하여 춘향 바삐 불러들이라 영 내리니 군노사령(軍牢使令)
나간다.

　이 때 춘향이는 도련님 이별하고 두문사객(杜門辭客)[878] 병이 되어 신음
하고 누웠더니 방자놈 내려와서, "이애 춘향이 잘 있더냐?" 춘향 반겨 내달
으며, "도련님 평안히 모셔다 두고 잘 다녀왔느냐? 천리원정(千里遠程) 먼
먼 길의 노독(路毒)없이 가시더냐? 너 오는 편에 편지나 하시더냐?" "편지
있다." "백 번 당부 하시더냐?" "내 생각 다시 말고 눈에 드는 서방 얻어

873) 구실 : 여자나 아이들이 당연히 겪어야 한다는 데에서 나온 말로 월경이나 홍역을 이
　　르는 말.
874) 수청 : 아녀자나 기생이 높은 벼슬아치에게 잠시 몸을 바치는 일.
875) 저만이숙부터 : 눈썹과 눈썹이 간격이 없이 서로 이어져 있어서.
876) 맥질 : 매흙질의 준말. 벽거죽에 매흙을 바르는 일.
877) 엉그름 : 차지게 갠 흙바닥이 말라 터져서 넓게 벌어진 금.
878) 두문사객 : 집에만 틀어박혀 사람 만나는 것을 거부함.

잘 살라고 당부터라." 춘향이 편지 받으면서 눈물이 맺거니 듣거니 하는구나. 방자놈, "나는 바삐 들어간다. 후차 다시 오마." "잘 들어 가거라."

춘향 눈물 씻고 편지 보니, 비봉(祕封)[879]에 남원읍 춘향간 즉전(卽前)이라 삼청동(三淸洞) 서신이라 하였구나. 떼고 보니 하였으되, '일자(日者) 오리정 이후에 길을 떠나 오노라니 눈물이 앞을 서서 가슴 답답 두통(頭痛)나고 처량히 우는 네 소리가 귀에 쟁쟁 들리는 듯 말 옆에 따라오나 가끔가끔 돌아보니 미친 놈의 짓을 하고 뵈는 것이 너뿐이요, 하는 것이 헛소리라. 주막에서 잠을 드니 전전반측(輾轉反側) 잠 못 이뤄 밤은 어이 길었는고. 흐르느니 눈물이요, 생각하느니 너뿐일다. 나 홀로 이러는가, 저도 나를 생각하는가. 내 몸 내 꾸짖고 새는 날 아침결에 말을 타고 올라앉아 다시 생각 말자 하고 열 번이나 맹세하되 욕망이난망(欲忘而難忘)이요 불사이자사(不思而自思)[880]로다. 약물(藥物)로 양식(糧食)하여 경성(京城)에 당도하니 더욱 생각 간절하나 후일(後日)을 생각하고 정신차려 신편(信便) 있기로 두어 자 부쳤나니 날 본듯이 자세히 보고 송죽(松竹)을 본받아 신(信) 지키고 잘 있으면 호면상대(好面相對) 할터인즉 부대부대 잘 있거라. 붓을 들고 만단정회(萬端情懷) 하랴한즉 눈물이 떨어져서 글자마다 수묵(水墨)지매 장모에게도 각장 못하고 향단이에게도 배치 못하니 말로다 일러다고. 할 말 수다(數多)하나 앞이 막혀 못 적으니 대강만 보아라 하였고, 정유 원월(元月)[881] 십오일 삼청동(三淸洞) 서신(書信)이라' 하였구나. 춘향이 편지 들고 자리에 엎드려져, "애고애고 내일이야 필적(筆跡)은 왔건마는 형용은 적막하니 이 설움을 어찌할까. 향단아, 도련님께 편지 왔다. 총총(悤悤)하여 네게 배치 못하니, 잘 있어라, 말로 이르라" 하고, 향단이 눈

---

879) 비봉 : 남이 보지 못하게 단단히 봉함. 또는 그렇게 한 것.
880) 욕망이난망 불사이자사 : 잊으려 해도 잊을 길이 없고, 생각지 않으려 해도 절로 생각이 남.
881) 원월 : 정월(正月). 그러나 춘향과 이도령이 만난 때는 오월 단오이므로 '오월'의 오기로 보인다.

물 씻고, "도련님 언제 오신댔소?" "오시기가 쉬울소냐?"

　노주(奴主) 서로 울 제, 군노사령이 나온다. "이애, 일번수(一番手)882)
야." "왜야?" "이애, 이번수(二番手)야." "왜야?" "걸렸구나." "걸리다니?" "춘
향이가 걸렸구나." "옳다, 잘 되었다. 그년의 계집아이 양반 서방 하였다
고 일곱자락 군복자(軍服者)라 알기를 우습게 알고 도고(道高)한 체883) 무
섭더니 우리 입도듬에 걸렸구나. 이번 들어오거들랑 졸갈니884)를 부서보
자." 거드러 충충 나간다. 춘향의 집 달여드니 향단이, "여보 아가씨 영청
군노가 나왔소." 춘향이가 깜짝 놀라, "앗차 앗차, 잊었구나. 오늘이 제삼
일 점고라더니 무슨 야단이 났나보다." 게자다리 옷걸이의 유문지유사(有
紋之柔紗)885)로 머리 아드득 졸라매고 버선발로 내려와서, "일번수네 아
재, 이번수네 오라버니, 이번 신연길의 평안히 다녀 노독이나 없으시며
관가에 탈이나 없소? 한번 가서 보쟀더니 우연히 병이 들어 출입지 못하
기로 못 가보고 내 집이 앉아보니 정리(情理)의 범연(泛然)하오, 들어가세
들어가세. 내방(內房)으로 들어가세." 손목 잡고 끄는 양은 일천간장 다
녹는다.

　방안에 들어가서, 우선 주효(酒肴) 갖다놓고, "여보, 자과(自過)는 부지
(不知)886)라 하였으니, 무슨 일인지 좀 일러주오." "모르겠다. 사또 서울서
부터 네 소문을 역력히 듣고 오늘 점고 끝에 성화같이 잡아오라 분부지엄
(分付至嚴)즉 안 가지 못하겠다." "아모여도 술되나 드잡수오." "여하튼 먹
어보자." 권커니 자커니 잔뜩 먹고 저희끼리 주정하며 횡설수설 하는 말
이, "일번수야." "왜야?" "우리가 춘향과 무슨 혐의(嫌疑)가 있느냐? 우리에

---

882) 번수 : 대궐 또는 관아에서 번갈아 묵으면서 밤에 보초를 서던 사람을 뜻한다.
883) 도고한 체 : 스스로 높은 체하며 거만한.
884) 졸갈니 : '졸갈니'는 미상. 그러나 이와 비슷한 음을 가진 말로는 잎이 다 떨어진 나뭇
　　　가지, 혹은 사물의 군더더기를 다 떼어버린 나머지의 골자를 의미하는 '졸가리'와 가
　　　루의 경상도 방언인 '갈리'가 있다.
885) 유문지유사 : 무늬가 있는 부드러운 비단.
886) 자과는 부지 : 자신의 허물은 스스로 알지 못한다는 말.

게 하는 것은 금즉하니라. 우리가 구태여 병든 사람 잡아갈 것 없다. 하늘
치는 벼락을 속이랴, 이 번 한 목 넘겨주자. 아무래나 우리가 그저 들어가
서, 매 개나 맞거든 관계하냐." "그렇지." "곤장에 대갈박아 친다드냐? 이
애 춘향아 걱정 마라." "번수네 아재 일만 없이 하여주오." 돈 닷냥 내어놓
으며, "이것이 약소하나 청주호(淸酒壺)나 보태시오." 술놈 하는 말이, "아
서라, 말어라, 고만두어라. 우리터의 차사예(差使例)887)가 될 말 있나." 이
번수놈, "이애 일번수야, 그렇지 아니하다 저도 섭섭하며 정으로 주는 것
을 아니받으면 피차(彼此) 섭섭할 터인즉 닢 수(數)나 옳은가 세어보아라."
몸 틈에 차고, "춘향이 몸 조섭(調攝)이나 잘 하여라."

   두 놈이 주정하며 들어갈 제, "이애 일번수놈, 별년일다. 우리가 벼르고
나올 제는 이변폭포수888)을 하겠더니, 어루손 치는 바람에 전합889)이 할
짝 풀리는고나. 무엇으로 를거간나890)." 위야 비틀비틀 들어갈 제, 과각에
서 재촉난다. "이애, 오느냐?" "간다." "자주 걸어라." "오냐, 나는 새도 움
직여 날지. 숨이 넘어가느냐?" 두 놈이 술집의 삼문간을 횟실며 들어가니
사또 내려다보고, "저놈들이 들어오는 놈이냐, 나가는 놈이냐?" 두 놈이
공론(共論)하되, "이애, 사또가 물으시면 무엇이라 대답하려느냐?" "이렇게
나 하지. 잡아드리라니, 우리 서로 상투 잡고 들어가자." 저희끼리 상투
잡고 들어가며 "잡아들였소." 저희끼리 수작하되, "그 년의 술이 골머리를
때리는구나." "골머리 몹시 때린다." 한 놈은 업드려 코를 골고, 한 놈은
잔소리를 빼는데, "밤낮 구실을 다닌대야, 집안에 먹을 것이 있나, 입을
것이 있나. 여보게, 마누라 어물전에 가서 북어 하나 사서 계란 풀고 말간
장국 한 그릇 톡톡이 끓여, 고춧가루 많이 넣어, 한 그릇 가져오게." 동헌

---

887) 차사예 : 차사예채(差使例債). 차사에게 죄인이 뇌물로 주는 돈. 족채(足債).
888) 이변폭포수 : 미상.
889) 전합 : 미상. 혹 굳은 마음을 비유적으로 표현하기 위해 '전합(鈿合)'을 사용한 것으로
     도 볼 수 있겠으나 확실하지 않다.
890) 를거간나 : 미상.

을 쳐다보고 "이런 놈의 집안 보게. 내가 나가면 간부(姦夫)를 몰아다 놓고 공창(公娼)[891]만 치는 것이지, 이놈들이."

신관이 내려다보고 기가 막혀, "여보게, 목낭청(睦郎廳)." "예." "저놈들 꼴 좀 보게." "글쎄요." "저놈들을 어찌하면 좋을고?" "글쎄요." "여보아라, 춘향이 잡아왔느냐?" 사령놈 정신 차려, "춘향이 죽었습니다." "죽다니." "이애, 죽어도 말은 바른 대로 하여라. 죽지 아니하고 병들어 누웠는데, 사정 말하여 돈 닷냥 줍다. 그 돈으로 술 한 잔 아니 먹었소. 두 냥은 소인등 가지고 석 냥만 바칠 터인즉 그만두오." 한 놈이 "니 논호기[892]로 작정이면 앉은 놈이나 선 놈이나 같이 먹지, 사닥다리 분하(分下)[893]를 한단 말이냐? 고만두어라." "그렇기로 연쪽지가 좋다는 것이지." 사또 어이없어, "저놈들 큰 칼 씌워 하옥(下獄)하고 춘향 바삐 잡아들이라."

행수기생(行首妓生)[894] 옥란이 나오면서 비양하고[895] 부르는 말이, "정렬부인(貞烈夫人)[896] 아기씨, 수절부인(守節夫人) 아기씨, 수절인지 기절(氣絶)인지 너로 하여 육방관속(六房官屬) 다 죽겠다. 어서 가자, 바삐 들어가자." 성화 같이 재촉하니, 춘향이 하릴없이 때묻은 저고리, 반저포(葹布)[897] 노랑치마, 헌 짚신, 길목[898] 신고 수심(愁心)이 첩첩(疊疊)하여 비양(飛瘍)[899]맞은 병신처럼 삼문간에 다다르니 도사령(都使令)[900] 호령하되,

891) 공창 : 관청의 허가를 받고 매음 행위를 하는 일. 혹은 그 일을 하는 여자.
892) 논호기 : 나누기. '논호다'는 나누다의 옛말.
893) 사닥다리 분하 : 여러 사람에게 물건을 나누어 줄 때 각각의 분수에 따라 층이 지게 주는 일.
894) 행수기생 : 조선 시대에 관아에 속한 기생의 우두머리.
895) 비양하고 : 얄미운 태도로 빈정거리고.
896) 정렬부인 : 조선 시대에 정조와 지조를 굳게 지킨 부인에게 나라에서 내리던 칭호.
897) 저포 : 삼으로 짠 거친 천.
898) 길목 : 길목버선. 먼 길을 갈 때 신는 허름한 버선.
899) 비양 : 폐와 위에 열이 몰려서 목구멍이 갑자기 붓는 병. 귀가 아프기도 하고 음식물을 넘기지 못하는 증상이 나타난다.
900) 도사령 : 각 관아에서 심부름을 하던 사령의 우두머리.

"춘향 자주 걸어라." 바삐 걸어 대하(臺下)에 꿇어 앉히니, 사또 내려다 보고 "네가 춘향이냐?" "네." "여보게, 목낭청." "네." "춘향의 소문이 고명(高名)터니 명불허전(名不虛傳)⁹⁰¹⁾일세." "글쎄요. 무던하오." "의복은 치레 아니 하였어도 오리알에 제 똥 묻은 격⁹⁰²⁾ 같아서 어련무던하게⁹⁰³⁾ 더 좋아 뵈니." "글쎄요. 무던하오." "봄 춘(春), 향기 향(香) 이름도 절묘하네." "절묘하오." "여보아라, 너는 명색(名色)이 기생으로 신관 도임 초의 점고 불참(不參)을 잘 하는다?" 춘향이 다시 꿇어 여쭈오되, "소녀는 구관(舊官) 자제와 백년가약(百年佳約)하온후 대비정속(代婢呈屬) 하온 줄로 아뢰오." "편발(編髮) 아이놈이 첩이라니? 창기(娼妓)라 하는 것이 노류장화(路柳墻花)는 인개가절(人皆可折)⁹⁰⁴⁾이거든 그래 수절한단 말이냐? 네가 수절하면 우리 대부인(大夫人)은 딱 기절할까. 오늘부터 수청(守廳)을 정하는 것이니 착실히 거행하렷다." 춘향이 정신이 아득하여, "소녀 병들어 말씀으로 못하겠사오니 원정(原情)⁹⁰⁵⁾으로 아뢰리다." "무슨 원정이냐? 바쳐 올리라." 형방이 고하라 한다.

'본읍(本邑) 동리(洞里) 거하는 춘향 백활(白活)⁹⁰⁶⁾이라. 우근진정유사단(右謹陳情由事段)⁹⁰⁷⁾은, 소녀 본시 창기(娼妓)로 우연히 광한루에 올랐삽더니, 구관자제(舊官子弟)를 상봉하와 혼인(婚姻)은 인륜대사(人倫大事)온 바 백년동락지의(百年同樂之意)를 정표(情表)⁹⁰⁸⁾하고, 구관사또 체귀시(遞歸

---

901) 명불허전 : 명성이나 명예가 헛되이 퍼진 것이 아니라는 뜻으로, 이름날 만한 까닭이 있음을 이르는 말.
902) 오리알에 제 똥 묻은 격 : 어떤 허물이 제 본색에 과히 어긋나지 아니한 것이어서 별로 드러나 보이지 않고 그저 수수하다는 말.
903) 어련무던하게 : 별로 흠잡을 데 없이 무던하게. 혹은 그리 언짢을 것이 없다는 말.
904) 노류장화는 인개가절 : 길가의 버들과 담 밑의 꽃은 누구나 꺾을 수 있다는 말로 창녀(娼女)를 비유하는 말.
905) 원정 : 사정을 하소연함. 혹은 하소연하는 글.
906) 백활 : '발괄'의 이두식 표기인 '白活'을 한자음 그대로 읽은 말. '발괄'은 자기 편을 들어달라고 남에게 부탁하거나 하소연하는 일.
907) 우근진정유사단 : 삼가 다음의 글을 올리는 까닭은 사단이 있기 때문입니다.
908) 정표 : 간절한 마음을 표시하는 뜻으로 물건을 주고 받는 일.

時)에 부득동행(不得同行)을 사고자연(事故自然)909)이라. 동시사부지체(同
是士夫之體)오 절개(節介)는 부재어귀천(不在於貴賤)이라. 사또 분부(分部)
숙시삼사(熟是三思)나 부득시행(不得施行)인줄로 앙소(仰訴)하니 원창상이
신후특위 분관지지을910) 천만망낭하살기(千萬望良爲白只)911) 사또주처분
(使道主處分)이라' 하였거늘, 사또 제사(題辭)912)를 정한다고, '노류장화(路
柳墻花)는 인개가절(人皆可折)이라. 본시(本是) 창기지연(娼妓之緣)으로 수
기절(守其節)이 하위지곡절(何謂之曲折)이며 불고사체(不顧事體)913)하고 거
역관장(拒逆官長)하니 사극통해(事極痛駭)914)나 금일(今日) 위시(爲始)하여
수청(守廳) 거행하되 약불시행(若不施行)이면 당장 중률의리(重律矣理)915)
니 갱물번정(更物翻情)이 의당향사(宜當向事)라' 하였거늘, 춘향이 저 사
(辭)보고, 백방(白放)할 길 만무(萬無)하니, 악이나 써보리라. 사또 전에 아
뢰리라. 이 글에 하였으되, '충불사이군(忠不事二君)하고 열불경이부(烈不
更二夫)라 하였으니 사또는 난시(亂時)를 당하오면, 도적에게 굴신(屈身)하
여, 두 임금을 섬기리까?. 소녀(小女)는 열불경이부지심(烈不更二夫之心)을
효칙(效則)할 터이온즉, 심량처분(深諒處分)916) 하옵소서.'

　사또 이 말 듣고 영장(令狀)을 밀치면서, "요년, 무엇이 어째여? 얼마나
맞으면 잘못을 알꼬? 잔말 말고 거행하라." 춘향이, "죽으면 죽어도 분부
시행 못 하겠소. 정열(貞烈)은 반상(班常)이 없사오니 억지 말씀 마옵소
서." 사또 골을 내어 "저년 바삐 옭아매라." 좌우나졸 달려들어 춘향의 머

909) 부득동행 사고자연 : 함께 갈 수 없었던 것은 일의 이러저러한 까닭으로 자연히 그렇
　　게 되었던 것입니다.
910) 원창상이 신후특위 분관지지을 : 미상.
911) 천만망낭하삽기암 : 천만번 바라옵니다. '望良爲白只爲'는 이두로 '바라삽기암'으로 읽
　　으며 '望良爲只爲(바라ᄒ 기삼)'의 높임말이다.
912) 제사 : 관부에서 백성이 제출한 소장이나 원서에 쓰던 관부의 판결이나 지령.
913) 불고사체 : 일이야 어떻게 되든 돌아보지 않는다는 뜻.
914) 사극통해 : 일이 지극히 놀랍고 이상스러움.
915) 중률의리 : 중한 법률로써 다스릴 것이니.
916) 심량처분 : 사정 따위를 깊이 살피고 헤아려서 처분함.

리채를 선전시정 연줄 감듯 홰홰친친 감아 잡고 동댕이쳐 잡아내려 형틀
에 옭아매고 "형리(刑吏)⁹¹⁷⁾ 부르라." 형리청에 급히 가니, 형리는 하나 없
고, 귀먹은 늙은 형리 앉았다가 사령이 가까이 가서, "사또 부르시오." "사
창(社倉)⁹¹⁸⁾에 불이 났어?" "사또 부르시오." 그제야 알아듣고 관복 들쳐입
고 공마루에 엎드려 내려다보니 춘향을 형틀에 옭아맨 것을 보고 철대
밑으로 사또 입만 쳐다본즉 사또 호령하되, "저 년을 대매⁹¹⁹⁾에 쳐 죽일
터인즉, 다짐받아라." 형리 눈치대로 남의 말을 알아듯진 못하고 제 의사
대로 공갈하되, "여보아라, 너는 어이한 년으로 환상(還上), 전결(田結)은
소중히 자별공납(自別公納)이거든 종불거납(終不拒納)하니 어찌한 일인고?
불일내로 바치되 만일 거납(拒納)하는 폐가 있으면 맞고 갇히렷다." 사또
님 거동을 보고 호령을 하되, "이놈, 무엇이 어째?" 형방이 눈치 보고, "춘
향이 들으라 건곤불로월장재(乾坤不老月長在)하니 적막강산(寂寞江山)이
금백년(今百年)⁹²⁰⁾이라. 자세히 들었느냐?" 사또 문지방을 찌거달이며, "이
망할 놈아, 이것이 다 무슨 소리냐? 저놈을 어찌하면 좋을고?" 형방이 알
아듣고 "네. 아뢰리다. 사또는 건(乾)이 되고 춘향이 곤(坤)이 되어 늙지
말고 길게 있어 적막강산(寂寞江山) 집을 짓고 백년해로(百年偕老) 하잔 뜻
이외다." 사또 그 말 듣고 "옳다 옳다, 그 제사(題辭)는 잘하였다. 귀가 먹
어 걱정이지, 형리 영리하다. 목낭청." "네." "형리는 그중 영리하이." "영
리하오." "내년 이방 시키겠네." "이방 재목이지요." "춘향아, 제사사연(題
辭辭緣) 들었느냐? 오늘부터 수청(守廳) 거행이되 다시 잔말하면 매우 숨
으렷다." 춘향 독을 내어, "죽인대도 무가내(無可奈)하지요." 힐난(詰難)할

<hr>

917) 형리 : 지방 관아의 형방에 속한 구실아치.
918) 사창 : 조선 시대에 각 고을의 환곡을 저장하여 두던 곳집.
919) 대매 : 단매. 단 한 번 때리는 매. '대매에 때려죽일 놈'은 말은 크게 잘못한 사람을
     이르는 말이다.
920) 건곤불로월장재 적막강산금백년 : 천지는 늙지 않고 달도 영원한데, 적막한 강산에
     이제 백년 살아보는 인생이라. 본문의 구절은 원래 도암(陶菴) 이재(李縡)의 장원시
     (壯元詩) 구절인데, 가사 〈죽지사(竹枝詞)〉의 첫 구절에 올라 유명해졌다.

제, 영리한 형리 들어오매, 사또 호령하며, "저 년을 즉석에 죽일 터인즉, 다짐받으라." "네. 춘향 다짐사연921) 뜻 주어라. '삶등(白等) 여의신(汝矣身)922)이 본시 창기(娼妓) 집배로 신정지초(新政之初)에 현신(現身)도 아니하고, 능욕관장(凌辱官長)하고 관정발악(官庭發惡)하니 죄당만사(罪當萬死)923)나 우선 중치(重治)하시는 다짐이라.' 집장사령(執杖使令)은 천매에 각별히 거행하라."

형장(刑杖)924) 한아름 안아다가 춘향의 앞에 깃더리고, 형장 한아름 고를 적에 이것 잡아 느끈느끈 중심 좋은 것을 골라잡고, 십리만큼 물러섰다 오리만치 다가서며 왼편 어깨 쑥 빼치고 집장소리 발 맞추어 너른 골에 벼락치듯 후리쳐 딱 부치니, 춘향이 정신이 아득하여, "애고, 이것이 웬일인가?" 일자(一字)로 운(韻)을 달아 우는 말이, "일편단심(一片丹心) 춘향이 일정지심(一定之心) 먹은 마음 일부종사(一夫從事) 하쟀더니 일신난처(一身難處) 이 몸인들 일각(一刻)일신 변하리까? 일월(日月)같은 맑은 절개 이리 곤(困)케 말으시오." "매우 치라." "꽤 때리오." 또 하나 딱 부치니, "애고." 이자(二字)로 우는구나. "이부불경(二夫不敬) 이 내 마음, 이군불사(二君不事) 다르리까? 이 몸이 죽더래도 이등자제(李等子弟) 못 잊겠소. 이 몸이 이러한들 이 소식을 뉘 전할까? 이왕 이리 되었으니 이 자리에 죽여주오." "매우 치라." "꽤 때리오." 또 하나 딱 부치니, "애고." 삼자(三字)로 우는구나. "삼청동(三淸洞) 도련님과 삼생연분(三生緣分)925) 맺은 죄로 삼강(三綱)926)을 내몰라 하소. 삼척동자(三尺童子)도 아는 일을 삼분오열(三

---

921) 다짐사연 : 다짐장. 자신이 지은 죄를 진술하거나 죄목을 인정하는 글.
922) 삶등 여의신 : 아뢰옵는 바 너는. '다짐장'의 처음은 '삶든 의몸이(白等矣身이)' 혹은 '너의 몸이(汝矣身이)'라는 이두로 된 구절 중 하나의 공식구(公式句)로 시작된다. 일인칭 대명사로 시작되면 순수한 자인서(自認書)의 성격을, 이인칭으로 시작되면 죄인이 추인하는 성격을 띠게 된다.
923) 죄당만사 : 만 번 죽어 마땅할 만큼 죄가 무겁다는 뜻.
924) 형장 : 죄인을 신문할 때 쓰던 몽둥이.
925) 삼생연분 : 삼생을 두고 끊어지지 않을 깊은 인연. 삼생은 전생(前生), 현생(現生), 내생(來生)을 통틀어 이르는 말.

分五裂) 할지라도 삼종지도(三從之道)927) 중한 법을 삼생에 버리리까? 삼
월삼일 연자(燕子)같이 훨훨 날아가서 삼십삼천(三十三天) 올라가서 삼태
성(三台星)928)께 원정(原情)할까? 애고애고 설운지고." 유혈(流血)이 낭자
(狼藉) 불쌍하다. 저 군노 거동보소, 눈물 지으며 하는 말이, "저 다리 들고
이 다리 숙여라. 나 죽은들 몹시 치랴." "매우 치라." "쾌 때리오." 또 하나
딱 부치니 "애고." 사자(四字)로 우는 말이 "사처(事處) 아시는 사또님 사사
십육 이춘향이 부녀 본을 받아 사서삼경(四書三經) 다 읽었소. 사정 말씀
하오리다. 사대문(四大門) 안 사시는 사대부가(士大夫家) 도련님을 사생결
약(死生結約) 하였으니 사지(四肢)를 찢어다가 사대문에 거셔도 사주청단
(四柱青緞)929) 모르오리까?" "매우 치라." "쾌 때리오." 하나 딱 부치니, "애
고." 오자(五字)로 운(韻)을 단다. "오행(五行)으로 섬긴 사람 옳은 행실(行
實) 모르릿가. 오장육부(五臟六腑) 같건마는 오관참장(五關斬將)하던 청룡
도(青龍刀)930)와 오자서(伍子胥)의 날랜 칼931)로 이 내 목을 베어주오. 오

---

926) 삼강 : 유교의 도덕에 있어서 기본이 되는 세 가지 강목으로, 임금과 신하, 어버이와
   자식, 남편과 아내 사이에 마땅히 지켜야 할 도리인 군위신강(君爲臣綱), 부위자강(父
   爲子綱), 부위부강(夫爲婦綱)을 말한다.

927) 삼종지도 : 예전에 여자가 따라야 하는 세 가지 도리를 이르던 말. 어려서는 아버지를,
   결혼해서는 남편을, 남편이 죽은 후에는 자식을 따라야 한다는 뜻. 〈예기(禮記)〉에
   나오는 말.

928) 삼태성 : 큰곰자리에 있는 자미성을 지키는 별. 각각 두 개의 별로 이루어진 상태성,
   중태성, 하태성으로 이루어져 있다.

929) 사주청단 : 봉치의 청단을 의미하는 말. 봉치란 신랑 집에서 신 부 집으로 채단(采緞)
   과 예장(禮狀)을 보내는 일이다. 혼인이 정해진 뒤 신랑 집에서 신부 집으로 신랑의
   사주를 적어 보낸다. 그 후 연길단자를 보내고 청·홍 양단 치맛감을 끊어 함에 담아
   봉치 치행을 보낸 후에 신랑이 말을 타고 신부 집으로 간다.

930) 오관참장하던 청룡도 : 관우가 다섯 관을 지나면서 그곳을 지키는 장수들의 목을 모두
   베었던 청룡언월도. 청룡(언월)도는 보병이나 기병이 쓰던 긴 칼로 날은 반달모양이
   고, 칼등에 이중의 상모를 달 수 있는 구멍이 있다. 이 칼은 삼국시대의 장수인 관우가
   애용한 병기였다고 전해진다.

931) 오자서의 날랜 칼 : 오자서는 중국 춘추시대의 초나라 사람. 이름은 원(員). 아버지와
   형이 초나라 평왕(平王)에게 피살당하자 오나라를 도와 초나라를 쳐서 원수를 갚았
   다. 그러나 오자서와 사이가 나빴던 백비(伯嚭)의 참소를 받아 왕이 내린 명검인 촉루

추마(烏騅馬)932) 닫는 말을 오늘 오시(午時) 탈 양이면 오경(五更)전에 한양 가서 오부(五部)933)에 소지(所志)934)하고 오영문(五營門)935)에 등장(等狀)936)할까? 오월비상(五月飛霜)937) 나의 함원(含怨) 오성(五聖)938)이 짐작하오." "매우 치라." "꽤 때리오." 또 하나 딱부치니, "애고." 육자(六字)로 운(韻)을 단다. "육국통합(六國統合) 소진(蘇秦)이도 나 달래기 어렵지요. 육례(六禮)939)를 못 갖추고 육장(肉醬)940)이 되단 말가? 육방관속(六房官屬)941) 들어보소. 육신을 긁어내어 육진장포(六鎭長布)942) 질끈 묶어 육리청산(陸里靑山)943) 묻어주오. 육정육갑(六丁六甲)944) 알게 되면 이 환난(患難)을 못 면할까?" "매우 치라." "꽤 때리오." 또 하나 딱 부치니, "애고." 칠자(七字)로 우는구나. "칠세남녀부동석(七歲男女不同席)을 내가 먼저 알아 있고, 칠거지악(七去之惡) 중(重)한 법(法)은 간부죄(姦夫罪)가 제일이요.

칠월칠석(七月七夕) 은하수(銀河水)에 견우직녀(牽牛織女) 상봉커든 칠백여
리 한양낭군 칠년대한(七年大旱) 비 바라듯 칠규비간심(七竅比干心)945)을
내 어찌 모르리까?" "매우 치라." "꽤 때리오." 또 하나 딱 부치니, "애고."
팔자(八字)로 운(韻)을 단다. "팔자도 기박하다 팔지액(厄) 만났구나, 팔년
풍진(八年風塵)946) 초패왕과 팔진도(八陣圖)947) 그리던 제갈량도 내 절개는
못 막지요. 팔월중추(八月中秋) 달이 되어 비추어나 보고지고. 팔십노모
(八十老母) 불쌍하다. 팔팔 뛰다 죽게 되면 팔다리를 뉘 거둘까? 팔원팔개
(八元八愷)948) 되려는가, 팔선녀가 되고지고. 팔결949)이나 틀린 말씀 다시
마오." "매우 치라." "꽤 때리오." 또 하나 딱 부치니, "애고." 구자(九字)로
우는 말이 "구년지수(九年之水)950) 하우씨(夏禹氏)951)도 착산통도(鑿山通
道)952) 애를 쓰고 구월구일(九月九日) 망향대(望鄕臺)는 손 보내는 글귀로
다. 구추(九秋)에 피는 꽃은 능사고절953)이 아니요, 구구하니 춘향이 구차
한 말을 듣고 구천(九泉)에 돌아가서 구곡수(九曲水)에 씻어 볼까? 구산(丘
山)954)같이 굳은 절개 구관자제(舊官子弟) 못 잊겠소." "매우 치라." "꽤 때

---

945) 칠규비간심 : 일곱 개의 구멍이 있다던 충신 비간(比干)의 심장. 옛부터 현인(賢人)의
심장에는 7개의 구멍이 있다는 말이 있었는데, 은(殷)나라 주왕(紂王)의 애첩인 달기
(妲己)가 충신 비간을 죽여 이를 확인하고자 했다는 고사에서 생긴 말이다.
946) 팔년풍진 : 오랜 세월동안 고생함을 이르는 말. 유방이 8년을 고생한 끝에 항우를 물
리치고 천하를 제패한 것에서 유래함.
947) 팔진도 : 중군(中軍)을 가운데 두고 전후좌우에 각각 여덟 가지 모양으로 진을 친 진법
(陳法)의 그림.
948) 팔원팔개 : 여덟 명의 얌전한 사람과 여덟 명의 선량한 사람을 아울러 이르는 말. 팔원
은 고대 중국 전설에 나오는 고신씨(高辛氏)의 여덟 재자(才子)인 백분(白奮), 중감(仲
堪), 숙헌(叔獻), 계중(季仲), 백호(伯虎), 중웅(仲熊), 숙표(叔豹), 계리(季狸)를 이르는
말이며, 팔개는 고양씨(高陽氏)의 여덟 재자인 창서(蒼舒), 퇴개(隤敱), 도연(檮戭),
대림(大臨), 방강(尨降), 정견(庭堅), 중용(仲容), 숙달(叔達)을 이르는 말.
949) 팔결 : 팔팔결의 다른 말. 다른 정도가 엄청남을 이르는 말.
950) 구년지수 : 오랫동안 계속되는 큰 홍수. 중국 요나라 때 9년 동안이나 계속되었다는
큰 홍수에서 유래한 말.
951) 하우씨 : 중국 하나라의 우임금.
952) 착산통도 : 산을 뚫고 길을 냄.
953) 능사고절 : 미상.

리오." 또 하나 딱 부치니, "애고." 십자(十字)로 운(韻)을 단다. "십생구사
(十生九死)955) 하였더니 십면매복(十面埋伏) 만났구나. 시왕전(十王展)956)에
매인 목숨 십육세에 죽으리까? 십악대죄(十惡大罪)957) 오늘인가, 십년공부
허사로다. 애고애고 내 팔자야." 사또 호령하되, "요년, 인제도 수청(守廳)
거행 못할까?" 춘향 독한 눈을 똑바로 뜨고, "여보 사또 애민선치(愛民善
治)하는 것이 백성을 사랑하고 공사(公事)를 바로 하여 목민(牧民)하는 도
리지요, 음행(淫行) 본을 받아 치는 것으로 줏대958)를 하니 다섯만 더 맞
으면 죽을 터인즉, 죽거들랑 사지(四肢)를 찢어내어 굽거나 지지거나 갖은
양념에 주무르거나 잡수시고 싶은 대로 잡수시고, 머리를 베어다가 한양
성내 보내시면 미망낭군(未忘郎君) 만나겠소. 어서 바삐 죽여주오." "고년
장히 독하다. 내가 사람 잡아먹는 것 보았느냐? 저년 큰칼 씌워 하옥(下
獄)하라." 춘향이 정신차려 "애고애고, 이것이 웬일인고? 삼강오상(三綱五
常) 몰랐던가? 부모불효(父母不孝) 하였던가? 기인취물(欺人取物) 하였던
가? 국곡투식(國穀偸食)959) 하였느냐? 일치형문(一治刑問) 지중(至重)커늘
항쇄족쇄(項鎖足鎖)960) 무슨 일인고?" 이 때 춘향모는 삼문간에서 들여다
보며 손뼉치고 우는 말이, "신관사또는 사람 죽이러 왔나? 팔십 먹은 늙은
것이 무남독녀(無男獨女) 딸 하나를 금지옥엽(金枝玉葉)같이 길러 의탁(依
託)하고자 하였더니, 저 지경을 만든단 말이오? 마오 마오, 너무 마오." 와
르르 달려들어 춘향을 얼싸안고, "압다 요년아, 이것이 웬일이니? 기생이

---

954) 구산 : 언덕과 산. 혹은 물건이 많이 쌓인 모양을 비유적으로 이르는 말.
955) 십생구사 : 열 번 살고 아홉 번 죽는다는 말로, 위태로운 지경에서 겨우 벗어남을 이르
　　　는 말. 구사일생(九死一生).
956) 시왕전 : 시왕을 모신 집. 시왕은 저승에서 죽은 사람을 재판한다는 열 명의 대왕.
957) 십악대죄 : 조선시대에 대명률(大明律)에 정한 열 가지 큰 죄. 모반(謀反), 모대역(謀
　　　大逆), 모반(謀叛), 악역(惡逆), 부도(不道), 대불경(大不敬), 불효(不孝), 불목(不睦),
　　　불의(不義), 내란(內亂).
958) 줏대 : 사물의 가장 중요한 부분.
959) 국곡투식 : 나라의 곡식을 훔쳐 먹는 일.
960) 항쇄족쇄 : 죄인의 목에 씌우던 칼과 그 발에 채우던 차꼬를 아울러 이르는 말.

라 하는 것이 수절이란 무엇이니? 열 소경의 외막대961)가 저 지경이 되었
으니 어디 가서 의탁하리? 하릴없이 죽었구나." 향단이 들어와서 춘향의
다리를 만지면서, "여보 아가씨, 이 지경이 웬일이오? 한양 계신 도련님이
명년 삼월 오신다더니, 그동안을 못 참아서 황천객(黃泉客)이 되시겠네.
아가씨, 정신차려 말 좀 하오. 백옥(白玉)같은 저 다리에 유혈이 낭자하니
웬일이며, 실낱같이 가는 목에 전목(全木)칼962)이 웬일이오?" 청심환(淸心
丸)과 소합환(蘇合丸)963)을 동변(童便)964)에 갈아 입에 흘려 넣으면서, "정
신차려 말 좀 하오." 여러 기생들이 달려들며, "여보 형님!" "여보게 동생!
정신차려 날 좀 보게. 섬섬하고 약한 몸에 저 중장(重杖)을 맞았으니 두수
없이 죽었네나." 한 기생 나오면서, "얼시고나 절시고나. 춘향이가 죽었다
지. 진주의 초선이965)는 왜장청정(倭將淸正)966) 잡은 공이 만대유전(萬代流
傳) 하여 있고, 우리 골 춘향이 열녀정문(烈女旌門)967) 얻었구나. 이 아니
좋을손가?"

　향단이는 춘향 업고, 여러 기생이 칼머리 들고 옥문 안에 들어가서 옥
방형상(獄房形狀) 살펴보니 "화문(花紋)등메968) 엇다 두고 거적자리가 웬

961) 열소경의 외막대 : 매우 긴요하고 소중한 물건을 이르는 말.
962) 전목칼 : 죄인에게 씌우던 형틀. 두껍고 긴 널빤지인 전목의 한 끝에 구멍을 뚫어 죄인
　　의 목을 끼우고 비녀장을 질렀다.
963) 소합환 : 사향(麝香), 주사(朱砂) 등을 갈아서 빚어 만든 환약. 위장을 맑게 하고 정신
　　을 상쾌하게 하는 효능이 있다.
964) 동변 : 12세 이하의 사내아이의 오줌. 두통, 학질, 번갈(煩渴), 해수(咳嗽), 골절상, 종창
　　따위에 약으로 쓴다.
965) 진주의 초선이 : 본문의 구절은 약간의 착오가 있는 듯하다. 왜장 가토 기요마사는
　　기생에게 죽음을 당하지 않았으며, 왜장과 함께 죽은 진주 기생은 논개이다. 또 논개
　　이외에도 평양 기생인 계월향은 왜장에게 독을 탄 술을 먹여 죽이고, 이미 자신의
　　몸이 더럽혀졌다 하여 자결하였다. 따라서 본문의 구절은 논개나 계월향 중 하나를
　　가리키는 것으로 보이나 자세한 것은 미상이다.
966) 왜장청정 : 왜장 가토 기요마사(加藤淸正). 가토 기요마사는 일본의 무장으로 임진왜
　　란과 정유재란 때 선봉으로 종군했다.
967) 열녀정문 : 열녀의 행적을 기리기 위해 세운 문. 정문(旌門)이란 충신, 효자, 열녀 등을
　　표창하기 위해 그 집 앞에 세우던 붉은 문.

일이며, 비취침(翡翠枕)은 어디 가고 칼베개가 웬일인가? 옛 일을 생각하면 문왕(文王) 같은 성군(聖君)으로 유리옥(羑里獄)에 갇혀 있고[969], 성탕(聖湯)같은 성현(聖賢)으로도 한때 옥에 갇혀 있고[970], 소무(蘇武)같은 충절(忠節)로도 십구년 북해상에 수발(首髮)이 진백(盡白)하고[971], 문천상(文天祥) 충성으로 연옥(燕獄) 중에 갇혔다가 구사부득(求死不得) 하였으니[972], 횡래지액(橫來之厄)[973] 당한 것은 운수(運數)가 불길하건마는 원통할사 내 일이야. 불의금자(不意今者) 당한 일을 어이하여 면해볼까? 무정할사 도련님은 이런 줄을 아시나, 이 소식을 뉘 전할고? 창망(蒼茫)한 구름속에 울고 가는 저 기러기[974]야, 내 한 말 들어다가 도련님께 전해다고. 애고애고 내 팔자야, 하릴없이 죽겠구나."

칼머리 도도 베고 우연히 잠을 드니, 향취(香臭) 진동하며 여동(女童) 한 쌍 내려와서 춘향 앞에 궤좌(跪坐)하며 여짜오되, "소녀등은 황릉묘(黃陵

---

968) 화문등메 : 꽃무늬를 수놓은 등메. 등메는 헝겊으로 가장자리 선을 두르고 뒤에 부들자리를 대서 꾸민 돗자리.
969) 문왕같은 ~ 갇혀 있고 : 문왕은 은나라를 무너뜨린 주나라 무왕의 아버지이다. 유리는 은나라의 감옥 이름. 문왕은 은나라의 마지막 임금인 주왕(紂王) 때 서백(西伯)이 되어 인자하게 백성을 다스렸다. 주왕의 폭정에 시달리던 제후들이 모두 문왕을 지지하자, 주왕은 문왕을 7년 동안 유리에 감금하였다.
970) 성탕같은 ~ 갇혀 있고 : 성탕은 은나라의 시조. 은나라 이전의 하나라의 마지막 임금인 걸왕(桀王)이 덕을 닦지 않고 폭정을 계속하자 백성들이 모두 성탕의 덕을 사모하였다. 그러자 걸왕은 성탕을 하대(夏臺)라는 감옥에 가두었다.
971) 소무같은 ~ 진백하고 : 소무는 한나라 사람으로 자는 자경(子卿). 무제 때 중랑장(中郎將)의 자격으로 황제가 내린 칙사의 표시인 부절(符節)을 지니고 흉노에 사신으로 갔다가 19년 동안 억류되었다가 풀려났다.
972) 문천상 ~ 하였으니 : 문천상은 남송이 멸망한 후 군대를 조직하여 맞서다가 원군에 생포되었다. 연경의 감옥에 갇혀 항복을 종용받았지만, 끝내 굴하지 않다가 처형되었다.
973) 횡래지액 : 뜻밖에 닥쳐오는 불행.
974) 창망한 ~ 기러기 : 본문의 기러기는 소무의 고사와 관련되어 있다. 소무가 흉노 땅에 갇혀 있을 때, 한나라가 소무의 귀환을 요구하면 흉노는 소무가 죽었다고 하면서 들어주지 않았다. 소무는 북해에서 날아가는 기러기의 발에 편지를 묶어 보냈는데, 이 편지가 황제의 손에 들어가 마침내 돌아갈 수 있었다고 한다.

廟)975) 시비(侍婢)러니, 낭랑(娘娘)976)의 명을 받아 낭자를 모시러 왔사오
니, 사양치 말고 가사이다." 춘향이 공손히 답례하는 말이, "황릉묘(黃陵
廟)라 하는 곳이 소상강(瀟湘江) 만 리밖에 멀고 멀고 멀었으니 어찌하여
가잔 말인가?" "가시기는 염려 마옵소서." 손에 든 봉미선(鳳尾扇)977)을 한
번 부쳐 두 번 부쳐 구름 같이 이는 바람 춘향의 몸 훨적 날려 공중에
오르더니, 여동이 앞에 세우고 길을 인도하여 석두성(石頭城)978)을 바삐
지나 한산사(寒山寺)979) 구경하고 봉황대(鳳凰臺)980) 올라가니, 좌편은 동
정(洞庭)이요 우편은 팽려(彭蠡)981)로다. 적벽강(赤壁江) 구름 밖에 십이봉
이 둘렀는데, 칠백리 동정호(洞庭湖)에 오초동남(吳楚東南) 여울물982)의 오
고 가는 상고(商賈)983)들은 순풍(順風)에 돛을 달아 범피중휴(泛彼中休) 떠
나가고, 악양루(岳陽樓) 잠깐 쉬어 청초(靑草)군산을 당도하니, 백빈주(白
蘋洲)984) 갈가마귀는 오락가락 소리하고, 무협의 잔나비는 자식 찾는 슬픈
소리, 객(客)의 심사(心思) 처량하다.

　소상강 당도하니, 경개(景槪)도 기이하다. 반죽(斑竹)은 성림(成林)한데
아황여영(娥皇女英) 눈물 혼적 뿌려 있고985), 오현금(五絃琴)986) 비파성(琵

975) 황릉묘 : 동정호 입구에 있는 아황과 여영의 묘. 아황과 여영은 모두 요임금의 딸로
　　순임금의 아내가 되었는데, 순임금이 죽자 소상강에 투신하여 죽었다.
976) 낭랑 : 왕비나 귀족의 아내를 높여 부르는 말. 본문에서는 아황과 여영을 지칭하는
　　말이다.
977) 봉미선 : 봉황의 꼬리 모양으로 만들이 의장(儀仗)으로 쓰던 부채.
978) 석두성 : 중국 강소성(江蘇省)에 있는 성(城). 오(吳)나라의 손권(孫權) 처음 쌓았음.
979) 한산사 : 중국 강소성 소주 서쪽 교외의 절.
980) 봉황대 : 중국 강소성 남경시(南京市) 남쪽에 있는 누대의 이름.
981) 팽려 : 중국 강서성(江西省)에 있는 호수.
982) 여울물 : 강이나 바다의 바닥이 얕거나 폭이 좁은 곳을 흐르는 물.
983) 상고 : 상인, 장사치.
984) 백빈주 : 흰 마름꽃이 피어있는 물가.
985) 반죽은 ~ 뿌려 있고 : 소상(瀟湘)에서 나는 대나무에는 붉은 점무늬가 있어 '소상반죽'
　　이라 불리는데, 이는 순임금의 두 부인인 아황과 여영의 눈물 자국이라는 전설이 있다.
986) 오현금 : 다섯 줄로 된 옛날 거문고의 하나. 중국 순임금이 만들었다고 하며, 칠현금의
　　전신이다.

琵聲) 은은히 들리는데, 십층대옥(十層大屋) 누각(樓閣)이 구름 속에 솟았
는데, 영롱(玲瓏)한 전주발과 안개 같은 비단장(緋緞帳)을 경개(景槪) 둘렀
는데 위의도 웅장하고 기세도 거룩하다. 여동이 앞에 서서 춘향을 인도하
여 전문(殿門) 밖에 세워두고 전상(殿上)에 고하니, "춘향이 바삐 입시(入
侍) 들라." 춘향이 황송하여 계하(階下)에 복지(伏地)하니, 낭랑이 하교(下
敎)하되, "전상(殿上)으로 오르라." 춘향이 전상에 올라 거수(擧手) 재배(再
拜)하고 염슬피좌(斂膝避座)[987]하여 좌우를 살펴보니, 제일층 옥교상(玉轎
上)[988]에 낭랑상군(娘娘湘君) 전좌(殿座)하고, 제이층 황옥교(黃玉轎)에 상
부인(湘夫人)[989]이 앉았는데, 향취(香臭) 진동하며 옥패(玉佩) 쟁쟁(琤琤)하
여 천상옥경(天上玉京) 완연하다.

　춘향을 불러다 사좌하여 앉힌 후에, "춘향아 네 들어라. 전생(前生) 일
을 모르리라. 부용성(芙蓉城)[990] 영주궁(瀛州宮)의 운화부인(雲華夫人)[991]
시녀(侍女)로서 서왕모(西王母) 요지연(瑤池淵)의 장경성(長庚星)[992]에 눈을
주어 반도(蟠桃)[993]로 희롱타가 인간에 전고하여 인간 공사 겪거니와 불
구에 장경성(長庚星)을 서로 만나 영화부귀(榮華富貴)할 것이니 마음을 변
치 말고 열녀(烈女)를 효칙(效則)하여 천추(千秋)에 유전(流傳)하라." 춘향
이 일어서며 면면재배(面面再拜)한 연후에, 월왕[994] 구경 하려다가 실족
(失足)하여 깨달으니 남가일몽(南柯一夢)[995]이라. 잠을 깨어 수성탄식(愁聲

---

987) 염슬피좌 : 무릎을 모아 몸을 단정히 하고. 공경의 뜻을 나타내기 위하여 웃어른을
　　　모시던 자리에서 피하여 일어남.
988) 옥교상 : 옥교 위에. 옥교는 위를 꾸미지 않고 만든 임금이 타는 가마.
989) 상부인 : 아황과 여영은 순임금이 죽자 소상강에 투신하여 죽었는데, 그 영혼이 아황
　　　은 상군(湘君)이 되고, 여영은 상부인(湘夫人)이 되었다고 한다.
990) 부용성 : 신선이 산다는 성의 이름.
991) 운화부인 : 서왕모의 스물 세 번째 딸로 이름은 요희(瑤姬). 우임금의 치수사업을 도왔
　　　으며, 후에 거느린 선녀들과 무산십이봉으로 변했다고 전해진다.
992) 장경성 : 저녁에 서쪽 하늘에 보이는 큰 별. 태백성. 본문에서는 그 별의 선관(仙官)을
　　　지칭하고 있다.
993) 반도 : 삼천년마다 한 번씩 열린다는 선경에 있는 복숭아.
994) 월왕 : 달.

歎息) 하는 말이, "이 꿈이 웬 꿈인가? 남양초당(南陽草堂) 큰 꿈996)인가? 내가 죽을 꿈이로다." 칼을 빗겨 안고, "애고 목이야, 애고 다리야. 이것이 웬일인고?" 향단이 원미(元味)997)를 가지고 와서, "여보 아가씨, 원미를 가져왔으니 정신 차려 잡수시오." 춘향 이른 말이, "원미라니 무엇이냐? 죽을 먹어도 이죽을 먹고, 밥을 먹어도 이밥을 먹지. 원미라니 나는 싫다. 미음물이나 하여다고.998)" 미음을 다려다가 앞에 놓고, "이것을 먹고 살면 무엇할고? 어두침침 옥방 안에 칼머리 빗기 안고 앉았으니, 벼룩 빈대 물 것999) 무른 등의 피를 빨아 먹고, 궂은 비는 부슬부슬, 천둥은 우루루, 번개는 번쩍번쩍, 도깨비는 휙휙, 귀곡성(鬼哭聲) 더욱 싫다. 덤비느니 헛것이라, 이것이 웬일인고? 일락서산(日落西山) 해 곧 지면, 각색귀신 모여든다. 살인하고 잡혀와서 구순(九旬)되어 죽은 귀신, 불효부제(不孝不悌) 하다가 난장(亂杖) 맞아 죽은 귀신, 국곡투식(國穀偸食)하다가 곤장 맞아 죽은 귀신, 사부능욕(死婦陵辱) 굴총(掘冢)하고 형문(刑問) 맞아 죽은 귀신 제각기 울음 울 제, 제 서방 음해(陰害)하고 남의 서방 즐기다가 잡혀와서 죽은 귀신 처량히 슬피 울며 '동무 하나 들어왔네' 소리하고 달려들어 처량하고 무서워라. 아무래도 못 살겠네. 동방(洞房)의 실솔성(蟋蟀聲)1000)과

---

995) 남가일몽 : 허망한 꿈을 이르는 말. 당나라의 이공좌(李公佐)가 지은 〈남가태수전(南柯太守傳)〉에서 유래한 말. 중국 당나라의 순우분(淳于棼)이 술에 취하여 홰나무의 남쪽으로 뻗은 가지 밑에서 잠이 들었는데, 괴안국(槐安國)으로부터 영접을 받아 20년 동안 영화를 누리다가 깨어보니 꿈이었다는 이야기.

996) 남양초당 큰 꿈 : 제갈량의 고사에서 나온 말. 유비가 제갈량을 군사(軍師)로 삼고자 찾아갔을 때, 제갈량은 초당에서 낮잠을 자고 있었다. 유비가 삼고초려(三顧草廬)하며 부탁했을 때, 제갈량은 "큰 꿈을 누가 먼저 깨달을까, 평생을 나 스스로 알리라(大夢誰先覺 平生我自知)"라고 답하면서 수락했다고 한다.

997) 원미 : 쌀을 굵게 갈아 쑨 죽.

998) 본문의 구절에서 '원미'는 신관사또를 연상하게 하는 '원님'과 발음이 유사하다. 그래서 춘향은 '원미' 대신에 '미음물'이라 부르면서, 먹는 것도 아예 이도령을 연상하게 하는 '이죽', '이밥' 등을 먹겠다고 하는 것이다. 일종의 말놀이다.

999) 물 것 : 사람이나 동물의 살을 물어 피를 빨아먹는 모기, 빈대, 벼룩, 이 따위의 벌레를 통틀어 이르는 말.

1000) 실솔성 : 깊숙한 방의 귀뚜라미 소리. 동방은 규방의 뜻.

청천(青天)의 울고 가는 기러기는 나의 수심 자아낸다."

무한한 수심상사 일을 삼아 지내갈 제, 이때 도령은 서울 올라가서 주야불찰(晝夜不察) 공부하여, 문장필법(文章筆法)이 일세(一世) 기남자(奇男子)라. 국태민안(國泰民安)하고 시화세풍(時和歲豊)하야 태평과(太平科)[1001]를 뵈리 하고, 팔도에 공사 놓아 선비를 모(募)하실 새, 춘당대(春塘臺)[1002] 너른 뜰에 구름 모이듯 모였구나. 이도령 장중(場中) 가려 갖춰 차려 시소(試所)의 뜰에 가서 글제 나기 바라니, 장중(場中)이 요란하여 현제판(縣題板)[1003] 바라보니 '강구문동요(康衢聞童謠)'[1004]라 하였거늘, 시지(試紙) 펼쳐놓고 일필휘지(一筆揮之)하여 일천(一天)의 선장(先場)[1005]하니, 상시관(上試官)[1006]이 받아보고 자자(字字) 비점(批點)[1007]이요, 구구(句句)마다 관주(貫珠)[1008]로다. 비봉(秘封) 뜯어 보고 정원사령(政院使令)[1009] 호명(呼名)하니, 이도령 호명 듣고 어전(御前)에 입시한즉, 상(上)이 보시고 칭찬하시고 어주삼배(御酒三盃)[1010]의 홍패(紅牌)[1011] 사화(賜花)[1012]를 내리시며, 한

1001) 태평과 : 나라에 경사가 있을 때 특별히 실시하던 과거.
1002) 춘당대 : 서울 창경궁 안에 있는 대(臺). 옛날에 과거를 실시하던 장소.
1003) 현제판 : 과거를 보일 때 문제를 써서 내걸던 널빤지.
1004) 강구문동요 : 거리에서 태평세월을 칭송하는 아이들의 노래 소리를 듣는다는 말로 옛날 요임금이 저자 거리에서 아이들의 노래를 듣고 기뻐했다는 고사이다. 요임금이 아이들에게 들었던 동요는 이러하다. "立我蒸民 莫匪爾極 不識不知 順帝之則"(우리 백성 먹는 곡식 그대의 지극한 덕 때문이네. 나도 모르는 사이에 하늘의 법 따르게 되네.) 이 노래는 〈시경(詩經)〉의 주송(周頌) 편의 '사문(思文)'과 대아(大雅) 편의 '황의(皇矣)'를 조합한 것이다.
1005) 일천의 선장 : 과거를 볼 때 첫 번째로 답안지를 내는 일.
1006) 상시관 : 과거(科擧) 시관(試官)의 우두머리.
1007) 비점 : 시문(詩文)이 잘 된 곳에 붉은 색으로 점을 찍는 일.
1008) 관주 : 시문(詩文)이 잘 된 곳에 붉은 색으로 작은 동그라미를 그 곁에 치는 일.
1009) 정원사령 : 조선 시대에 승정원에서 심부름하던 사람.
1010) 어주 : 임금이 신하에게 내리는 술.
1011) 홍패 : 문과의 회시에 급제한 사람에게 조복에 갖추어 오른손에 쥐던 옥으로 만든 홀.
1012) 사화 : 어사화(御賜花). 조선 시대에 문무과에 급제한 사람에게 임금이 하사하던 종이꽃.

림학사(翰林學士) 옥당(玉堂)을 제수(除授)하사 어악(御樂)1013)을 내리시니,
한림이 사은숙배(謝恩肅拜)하고 머리에 어사화(御賜花)요, 몸에 청삼(青衫)
이요, 허리에 야지1014)로다. 은안백마(銀鞍白馬)에 높이 앉아 금의화동(錦
衣花童) 앞세우고 청홍개(青紅蓋)1015) 들어 세우고 장안(長安)1016) 대도상
(大道上)에 완완(緩緩)히 나갈 적에, 바람 부는대로 청삼자락 팔랑팔랑 부
르느니 '신래(新來)'로다1017).

　집에 노문하고 삼일유가(三日遊街)1018) 후에 어전에 사은(謝恩)하고 조정
사를 의논할 제, 한림이 여짜오되, "구중궁궐(九重宮闕)이 깊고 깊사와 백성
의 선악(善惡)과 수령의 치불치(治不治)를 아옵지 못하나니, 신이 호남(湖
南)에 순행(巡行)하와 백성의 질고(疾苦)를 살피리이다." 상(上)이 기특히 여
기사 호남원 어사를 제수하시고 수의(繡衣)1019) 마패(馬牌)1020)를 주시니 평
생소원(平生所願)이라. 한림 숙배 하직(下直)하고, 집에 돌아와서 사당(祠
堂)에 허배(虛拜)1021)하고 부모전에 하직하고, 비장(裨將)1022) 서리(胥

1013) 어악 : 임금 앞에서 장악원(掌樂院: 궁중 음악에 관한 일을 맡아보던 관아)의 악생들이
　　　연주하거나 아악에 곡조를 얹어 부르던 음악.
1014) 야지 : 미상. 조선 시대의 복식 가운데 허리에 두르는 것으로 '야자대(也字帶)'가 있다.
　　　그러나 이것은 무동(舞童)이 무대 복식에 두르는 띠이다. 본문에서와 같이 과거 급제
　　　한 사람이 두르는 것은 '삽금대(鈒金帶)'라 부르는 조각한 금색 장식물을 붙인 띠였다.
1015) 청홍개 : 청개와 홍개. 청개(青蓋)는 푸른 빛깔의 비단으로 된 의장(儀仗)으로 무과의
　　　장원에게 풍류와 함께 내리어 유가할 때 앞에 세우게 하였다. 홍개(紅蓋)는 붉은 빛깔
　　　의 비단으로 만든 양산 모양의 의장으로 문과의 장원에게 내렸다.
1016) 장안 : 원래는 중국 한나라와 당나라의 수도였던 현재의 서안(西安)시를 이르는 말이
　　　지만, 관습적으로 수도를 의미하는 말로 쓰인다.
1017) 부르느니 신래로다 : '신래를 불러다'는 말은 과거에 급제한 사람에게 선배들이 축하하
　　　는 뜻으로 그의 얼굴에 먹으로 그림을 그리고 앞으로 오랬다 뒤로 가랬다 하며 장난
　　　치던 일을 이르는 말.
1018) 삼일유가 : 과거에 급제한 사람이 사흘 동안 시험관과 선배 급제자, 친척 등을 방문하
　　　던 일.
1019) 수의 : 수를 놓은 옷. 혹은 암행어사를 가리키는 말.
1020) 마패 : 관원이 공무로 출행할 때 역마(驛馬)를 징발하는 표로 썼던 구리로 만든 둥
　　　근 패.
1021) 허배 : 신위에 절을 하는 일. 혹은 그 절.

吏)1023) 반당(伴倘)1024) 가관(假官)1025) 선송(先送)하고, 어사 치행 차린다.

　철대1026) 없는 헌 파립(破笠)에, 편자1027)터진 헌 망건에, 박쪼가리 관자 달아 물렛줄1028)로 당끈하여 상거럭케 눌러쓰고, 다 떨어진 베도포를 칠 푼짜리 목동다회(木童多繪)1029) 흉당(胸膛)을 졸라매고, 헌 짚신에 감 발1030)하고, 버선목 주머니 곱돌조대1031) 제법일다. 변죽1032) 없는 세살부 채1033), 솔방울 선초(扇貂)1034) 달아, 휘휘 두르면서 나가는 거동, 어사행색 장만1035)일다.

　남대문 밖 썩 나서서 칠패(七牌), 청파(靑坡)1036), 배다리, 돌모로, 백사

1022) 비장 : 조선 시대에 감사(監司), 유수(留守), 병사(兵使), 수사(水使), 견외 사신을 따라
　　　다니며 일을 돕던 무관 벼슬.
1023) 서리 : 관아에 속하여 말단 행정 실무에 종사하던 구실아치. 고려시대에는 중앙의 각
　　　관아에 속한 말단 행정 요원만을 지칭하였으나, 조선 시대에는 경향(京鄉)의 모든
　　　이직(吏職) 관리들을 지칭하였다.
1024) 반당 : 서울의 각 관아에서 부리던 사환. 혹은 조선시대에 왕자, 공신, 당상관의 신변
　　　을 보호하기 위하여 나라에서 내리던 병졸로 병조에서 위계에 따라 인원을 배정하여
　　　임명하였다.
1025) 가관 : 조선시대에 관직에 결원이 생겼을 때 다른 관직의 관원이 겸임하는 것, 혹은
　　　정원 외에 임시로 임명하는 관원.
1026) 철대 : 갓철대. 갓양태의 테두리에 둘러댄 테.
1027) 편자 : 망건편자. 망건을 졸라매기 위해 아래 시울에 붙여 말총으로 좁고 두껍게
　　　짠 띠.
1028) 물렛줄 : 물레의 바퀴와 가락을 걸쳐 감은 줄. 손잡이를 돌리는 대로 가락을 돌게
　　　한다.
1029) 목동다회 : 무명으로 된 동다회. 동다회는 단면을 둥글게 짠 끈목. 한국 매듭에 주로
　　　쓰며, 노리개끈, 주머니끈, 각종 유소(流蘇) 따위를 만드는 데 쓴다.
1030) 감발 : 발감개. 혹은 발감개를 한 차림새. 예전에 주로 지체가 낮은 사람들은 버선을
　　　신지 않고 천으로 발을 둘둘 감고 다녔다.
1031) 곱돌조대 : 곱돌로 만든 담뱃대. 곱돌은 기름 같은 광택이 있고 만지면 양초처럼 매끈
　　　매끈한 암석과 광물을 통틀어 이르는 말. 납석(蠟石)이라고도 함.
1032) 변죽 : 그릇이나 세간, 과녁 따위의 가장자리.
1033) 세살부채 : 살이 셋밖에 없는 낡은 부채.
1034) 선초 : 부채고리에 매어다는 장식품. 선추(扇錘).
1035) 장만 : 필요한 것을 사거나 만들어서 갖춤.
1036) 청파 : 서울시 용산구 청파동 일대로 말을 바꿔 타던 역이 있었다.

장(白沙場), 동작강(銅雀江) 얼핏 건너, 승방(僧房)뜰, 남태령(南泰嶺), 과천읍(果川邑) 얼른 지나, 안술막, 밖술막, 갈뫼, 사근내, 수원(水原) 팔달문(八達門) 내달아, 상류천(上柳川), 하류천(下柳川), 중미(中彌), 오뫼(烏山), 진위(振威), 칠원(葛原), 소사(素沙), 성환(成歡), 빗토리, 새술막(新酒幕), 천안(天安) 삼거리, 김제역(金蹄驛), 덕평원(德平院), 활원(弓原), 모로원(毛老院), 광정(廣亭), 떡전거리(餠店巨里), 금강(錦江)을 얼핏 건너, 높은 행길, 무너미, 노성(魯城), 평촌역, 은진(恩津) 닥다리[1037], 황화정(皇華亭)[1038], 능기울, 여산(礪山)이 여기로다.

전라도 초입(初入)이라. 여기저기 염문(廉問)하며, 서리(胥吏) 추종(騶從)[1039] 불러들여, "배비장!" "네." "자네는 우도(右道)[1040]를 돌되 금구(金溝), 태인(泰仁), 정읍(井邑) 하(下) 고창(高敞), 무장(茂長), 함평(咸平), 나주(羅州), 장성(長城), 무안(務安), 영광(靈光), 고부(古阜), 홍덕(興德), 김제(金提), 만경(萬頃), 용안(龍安), 임피(臨陂), 강진(康津), 해남(海南), 순천(順天), 담양(潭陽) 다 본 후에 아무날 아무시로 광한루로 대령하소." "네." "서리너는 좌도(左道)[1041]를 돌되 여산(礪山)서 익산(益山)으로 전주(全州), 임실(任實), 구례(求禮), 곡성(穀城), 진안(鎭安), 장수(長水), 진산(珍山), 금산(錦山), 무주(茂朱), 용담(龍潭), 옥구(沃溝), 옥과(沃果), 남평(南平)을 돌아 모일모시(某日某時)에 남원읍 대령하라." "네."

각처(各處)로 보낸 후에 어사또 촌촌(村村)이 순행(巡行)하여 불효부제(不孝不悌)[1042]하는 놈과 부녀탈취(婦女奪取)하는 놈과 전곡투식(錢穀偸食)하는 놈과 기인취물(欺人取物)하는 놈, 일가불목(一家不睦)하는 놈, 금송벌

1037) 은진 닥다리 : 충청우도에 속한 두 현인 은진과 사교(沙橋).
1038) 황화정 : 여산군 북쪽 4킬로미터 쯤에 있었다는 정자.
1039) 추종 : 윗 사람을 따라 다니는 종. 추복(騶僕).
1040) 우도 : 조선시대에 각 도를 둘로 나누었을 때 그 한쪽을 이르던 말. 충청·전라·경상도의 경우는 서쪽, 경기도의 경우는 남쪽을 일컫는다.
1041) 좌도 : 전라도를 둘로 나누었을 때 동쪽을 이르던 말. 우도(右道) 항목 참조.
1042) 불효부제 : 부모에게 효도하지 않고, 형제에게 우애로 대하지 않음.

목(禁松伐木)[1043]하는 놈, 후주잡기(酗酒雜技)[1044] 하는 놈, 사부능욕(死婦凌
辱)하는 놈, 이소능장(以少凌長)[1045]하는 놈, 준민고택(浚民膏澤)[1046]하는
수령(首令) 염문하며 이리저리 내려갈 제, 전주(全州) 들어 염탐할 제 이방
(吏房) 호장(戶長)놈들 어사또 났단 말을 듣고 도서원(都書員)[1047]과 부동
(符同)[1048]하여 문서 고친단 말을 듣고 임실에 다다르니, 이 때는 마침 삼
춘(三春)이라.

  녹음은 우거지고 방초(芳草)는 성화(成華)한데, 천도목(天桃木), 지도목(地
桃木), 행자목(杏子木), 십리 안에 오리나무, 느릅, 박달, 능수버들, 하인(下
人) 불러 상나무, 방구 뀌어 뽕나무, 양반되어 귀목(櫪木)[1049], 잣나무, 장송
(長松), 눈나무, 반송(盤松), 갈애봉 등칡넌출[1050], 넙적 떡갈잎, 바람부는
대로 광풍(狂風)을 못 이기어 우줄활활 춤을 춘다. 또 한편을 바라보니 울림
비조(鬱林飛鳥) 뭇새들이 농추의 쌍을 지어 쌍거쌍래(雙去雙來) 날아든다.
말 잘하는 앵무새, 춤 잘추는 학두루미, 몸채 좋은 공작이, 수억이, 따오기,
천마산 기러기, 호박새 주루룩, 방울새 딸랑, 장끼는 꺽꺽, 까투리 푸두덕,
가막까치 날아들 제 솥 적다 우는 새는 일년풍(一年豊)을 노래하고, 슬피
우는 저 두견은 촉국(蜀國)에 불여귀(不如歸)[1051]라 피눈물을 뿌렸구나. 쳐

1043) 금송벌목 : 베지 못하도록 되어 있는 소나무를 베는 일. 조선시대에 소나무는 왕실의
      건축 등에 재목으로 쓰여졌기 때문에 엄격하게 관리되었다.
1044) 후주잡기 : 술주정과 노름을 함께 이르는 말.
1045) 이소능장 : 젊은이가 어른을 능멸함.
1046) 준민고택 : 재물을 마구 착취하여 백성을 괴롭힘.
1047) 도서원 : 서원의 우두머리. 서원은 각 고을의 세금을 걷어 들이던 구실아치.
1048) 부동 : 그른 일에 어울려 한통속이 되는 일.
1049) 양반되어 귀목 : 귀목은 느티나무를 재료로 한 목재. 본문의 구절은 양반처럼 귀한
      나무라는 뜻의 '귀목(貴木)'과 발음이 같은 것을 이용하여 말놀이를 하고 있다.
1050) 등칡넌출 : 등(籐)나무 넝쿨. 등나무는 대나무와 비슷한 모양으로 줄기가 길고 마디가
      있다. 끝에 덩굴손이 있어서 다른 감으며 자란다. 줄기는 윤이 나고 질기며 잘 휘므로
      의자나 가구 따위의 재료로 쓰인다. '넌출'이란 길게 뻗어나가 늘어진 식물의 줄기를
      이르는 말.
1051) 촉국에 불여귀 : 두견새. 두견새에는 슬픈 전설이 얽혀 있는데, 촉나라의 왕인 두우(杜
      宇)가 죽어서 두견새가 되었다는 고사에서 두견새를 망제(望帝), 불여귀(不如歸), 촉

다보니 만학천봉(萬壑千峰)[1052], 내려다 보니 방사지(放飼地)[1053]라. 이 골
물 주루루, 저 골 물 촬촬, 열의 열 골 물 한데 합수(合水)하여 천방(千方)저
지방(地方)저 건너 병풍석(屛風石)에 에으르릉 꽝꽝 부딪히니, 삼산반락청
천외(三山半落靑天外)요 이수중분백로주(二水中分白鷺洲)[1054]라. 저 숙꾹새
거동보소, 이 산으로 가며 수꾹, 저 산으로 가며 수꾹. 산따오기 떼를 지어
산기슭을 뱅뱅 돌며 따옥따옥 소리하니, 무한경(無限景)이 여기로다.

　한 곳 다다르니 상하평전(上下坪田) 농부들이 갈거니 심거니 격양가(擊
壤歌)로 노래한다. 징 장고 두드리며, '어럴널 상사데야, 시화세풍(時和歲
豊) 농부네야. 얼얼널널 상사데야, 이 농사 지어다가 전세대동(田稅大
同)[1055] 하여보세. 얼얼널널 상상데야, 전세대동 하온 후에 부모봉양(父母
奉養) 하여보세. 얼얼널널 상사데야, 순(舜)임군 만든 쟁기 역산(歷山)의
밭을 가세[1056]. 얼얼널널 상사데야, 괘두 퉁퉁 꽹매꽹 온달[1057] 같은 논배
미를 반달같이 심어갑세. 얼얼널널 상상데야, 네 다리 빼라 내 다리 박자
구석구석 심어주게. 얼얼널널 상사데야, 하나 둘이 심어가도 열 스물이
심는 듯이 웃석웃석 심어갑세. 얼얼널널 상사데야, 사람은 많아도 소리는
적다. 얼얼널널 상사데야, 삼둥어리를 굽히면서 고추상투[1058] 까딱여라.

조(蜀鳥) 등으로 부른다.
1052) 만학천봉 : 중첩한 골짜기와 산봉우리.
1053) 방사지 : 가축을 놓아기르는 너른 땅.
1054) 삼산반락청천외 이수중분백로주 : '삼산은 하늘 밖에 반쯤 떨어져 솟았고, 두 물은 백
　　로주에서 나뉘었네.' 당나라 이백의 시 〈등금릉봉황대(登金陵鳳凰臺)〉의 한 구절.
1055) 전세대동 : 세금. 조선 중기·후기에 여러 가지 공물(貢物)을 쌀로 통일하여 바치게 한
　　납세 제도인 대동법을 시행하였는데, 이는 방납(防納)의 폐해를 시정하기 위하여 일
　　찍이 조광조·이이·유성룡 등이 제기하였던 것이다. 광해군 즉위년(1608)에 경기 지
　　역부터 처음 시행하였다.
1056) 순임금이 ~ 밭을 가세 : 순임금은 농기를 만들어 전했다고 함. 순은 임금이 되기 전에
　　역산에서 농사를 짓고 있었다고 전해진다. 역산은 중국 장안의 북동쪽, 현재의 협서성
　　임동현에 있는 산.
1057) 온달 : 음력 보름의 가장 둥근 달.
1058) 고추상투 : 늙은이의 조그마한 상투를 비유적으로 이르는 말.

얼얼널널 상사데야, 오늘밤의 들어가서 검불[1059]을 그러 군불을 때고. 얼얼널널 상사데야, 거적자리 추켜 덮고, 연적(硯滴)[1060]같은 젖통이를 불컹불컹 주물러 봅세. 얼얼널널 상사데야, 다목다리[1061] 치켜 들고 연적(硯滴)같은 젖을 쥐고 웅애웅애 놀아봅세. 얼얼널널 상사데야, 늦어간다 늦어간다 점심참이 늦어간다. 얼얼널널 상사데야, 쾌두 퉁퉁 꽹매꽤야, 어이러러 상사데야.'

징 장구 두드리며 일시에 나와 논두렁에 쉴 제, 여인들은 편을 갈라 쉬는구나. 변덕 있는 늙은 할미 변덕을 피우는데, "여보게 김도령, 담배 한 대 주게. 자네 수염터를 보니 어여쁜 계집 맘에 올려 왼손질의 잠 못 자. 여보게 밤덕이네, 머리의 이 좀 잡게. 자네 보면 불쌍하대. 조석(朝夕)으로 그 매를 맞고 어찌나 견디는가? 분꽃같이 곱던 얼굴 검버섯이 돋았네나." 밤덕이네 눈물 지으며, "그런 집은 처음 보았소. 작년 섣달 시집와서 금년 정월에 아들 하나 나았더니, 시어머니 변안(變顔) 역겨[1062] 말끝마다 정가[1063]하며 삼시로 그달이니, 시집온 지 이태 만에 자식 낳기 변이리까? 차마 설워 못살겠소." 저 할미 거동보소. 머리를 긁적이며, "자네 모녀 그러하지, 나 같으면 있을 개딸년 없네." "그러한들 어찌하오?" "새벽달 그믐밤에 마음에 드는 총각 눈짓하여 앞세우면 어디가서 못살려구. 내 하나 지시함세. 나 시집 올 제 옛일일세. 시집온 지 석달 만에 아들 하나 낳았더니, 시아버지 좋아라고 손자 일찍 보았다고 동네집에 자랑하대."

한참 수작할 제, 어사또 빗슥빗슥 들어가며, "농부들 많이 모였군. 자, 누구 담배 한 대 주면 어떠한고?" 한 농부 내달으며, "이 양반 병풍 뒤에 잠을 잤소? 약계(藥鷄)모퉁이 핥고 왔소? 싸라기밥을 자셨소[1064]? 아래턱

1059) 검불 : 가느다란 나뭇가지, 마른 풀, 낙엽 따위를 통틀어 이르는 말.
1060) 연적 : 벼루에 먹을 갈 때 쓰는 물을 담아 두는 그릇.
1061) 다목다리 : 찬 기운을 쐬어 살빛이 검붉게 된 다리.
1062) 변안 역겨 : 얼굴빛이 변하고 화를 내면서.
1063) 정가 : 지나간 허물을 들추어 흉보는 것.
1064) 싸라기밥을 자셨소 : 쌀이 부서져서 반토막이 된 싸라기로 지은 밥을 먹었느냐는 뜻으

이 무너졌소1065)? 허등이 끊어졌소? 반말을 뉘게다가, 아니꼬운 꼬락서니
보겠구나.""언제 반말하였다고?' 늙은 농부 내달으며, "이 사람들 어사 났
다대. 그 양반을 보아하니 맹물 아닐세. 괄시는 몹시 마오." 담배 한 대
주거늘, 어사 내념(內念)에 '인(仁)은 노(老)로 쓴단 말이 옳코.' 담배 담아
피워 물고 묻는 말이, "본읍 원님이 누군고?" "변씨지요." "공사(公事)를 잘
하나?" "명사지요. 공사를 하량이면 참나무 휘여 대는 공사요." "그 공사
이름이 무슨 공산고?" "코뚜레공사요. 색(色)에는 홀홀 날지요. 열녀 춘향
이 잡아다가 수청(守廳) 아니 든다하고 형문삼치(刑問三治)1066) 하옥(下獄)
하여 오일오일 올여치며 착가엄수(着枷嚴囚)1067) 하였으되, 구관(舊官)의
아들인가 난창(亂娼)의 아들인가 그런 기생 결연(結緣)하여 두고 가서 일
거 무소식이니 그런 개자식이 있나?" 어사 그 말 듣고 정신이 아득하여
다시 말을 물으려다가, '남의 말은 알지 못하거니와 욕은 과이 하노.' 춘향
이가 죽게 되었단 말을 들은 즉 일각이 삼추(三秋) 같은지라. "자 여러 농
부, 일들이나 잘하라니."

그 곳을 하직하고 한 곳을 당도하니, 한 농부 검은 소로 밭을 갈거날,
"저 농부 말 좀 묻자니." "무슨 말이오?" "검은 소로 흰 밭을 가니 응당
어두우렷다?" "어둡기에 볕 달았소1068)." "예끼 사람, 무슨 말을 그렇게 하
나?" "왜요?" "그러면 볕 달았으면 응당 더우렷다?" "덥기에 성에 올렸
지1069)." "성에 올렸으면 응당 추우렷다?" "춥기에 소에게 양지머리 달았지

로 상대방이 반말투로 나올 때 빈정거리는 말.
1065) 아래턱이 무너졌소 : '아래턱이 위턱에 올라가 붙다'는 말은 상하의 관계를 무시하고
   아랫 사람이 위 자리에 앉을 수 없다는 말.
1066) 형문삼치 : 세 차례 매질하여 신문하던 일.
1067) 착가엄수 : 죄인에게 칼을 씌워 단단히 가두다.
1068) 어둡기에 볕 달았소 : '볕'과 '볏'의 발음이 같은 것을 이용한 말놀이이다. '볏'이란 보습
   위에 비스듬히 얹히는 둥그런 쇳조각 보습으로 갈은 흙을 한쪽으로 뒤틀어 넘기게
   하는 도구이다. '볕'은 햇볕.
1069) 어둡기에 성에 올렸지 : '성에'의 두 가지 뜻을 이용한 말놀이. '성에'는 ①앞으로 길게
   벋어나간 쟁기의 한 부분과 ②추운 겨울 유리나 굴뚝같은 데에 허옇게 얼어붙은 것의

요¹⁰⁷⁰⁾.""그 농부 말 잘하노. 그러나 남원부사가 선치(善治)한다지?""남원
부사 말을 마오. 욕심이 어떠한 도적놈인지 민간(民間) 미전목포(米錢木
布)¹⁰⁷¹⁾를 고무래질¹⁰⁷²⁾하여 백성이 모두 거상지경(居喪之境)이요." 그것을
염문하고, 또 한 곳을 다다르니, 한 사람이 섧게 울며 하는 말이, "여보,
이런 관장 보았나? 살인(殺人) 고관(告官)¹⁰⁷³⁾한즉, 제사(題辭) 하는 말이
'죽은 놈은 이왕 죽었거니와, 또 하나를 대살(代殺)¹⁰⁷⁴⁾하면 두 백성을 잃
는구나. 그만두어라.' 하고 내쫓으니 그런 공사 보았나?" 하며, 영문 정하
러 간다 하니 그 곳을 떠나 한 주막에 당도하니, 반백(半白) 노인이 한가
히 앉아 청올치¹⁰⁷⁵⁾를 비여 슬슬 낚구면서, "반넘어 늙었으니 다시 젊진
못하데라. 이후는 늙지 말고 매양 이만 하엿고자. 백발이 짐작하여 더디
늙게." 슬슬 비여 낚구거날, 어사 곁에 앉으며, "노인 한가하고. 이 술막
이름 무엇인고?""술청거리요.""본읍이 몇 린고?""팔십이요.""본관정사
(本官政事) 어떠한고?" 노인이 역정내여, "여보, 보아하니 인사를 알만한데
조정(朝廷)의 막여작(莫如爵)이요 향당(鄕黨)의 막여치(莫如齒)¹⁰⁷⁶⁾라 하였
느니 말 끝마다 반말이요?""내 잘못하였고.""원님의 말을 마오. 계집에는
훌훌 날지. 열녀 춘향이 잡아들여 수청(守廳) 아니 든다 하고 월삼동추(月
三同推)¹⁰⁷⁷⁾ 중장(重杖)하여 기지사경(幾至死境) 되었다더니 죽었는지 모르
거니와, 구관자제 이도령인가 무엇인지 그런 계집 버려두고 일거 무소식

두 가지 뜻이 있다.
1070) 춤기에 ~ 달았지요 : '양지머리' 역시 ①쟁기술의 위끝쪽으로 사람이 쥐게 되어있는
　　곳과 ②햇볕이 드는 양지끝이라는 두 가지 뜻이 있다. 이를 이용한 말놀이이다.
1071) 미전목포 : 쌀과 돈, 포목(布木).
1072) 고무래질 : 고무래로 곡식을 그러모으듯 백성들의 재물을 긁어모은다는 뜻.
1073) 고관 : 관청에 고하는 것.
1074) 대살 : 살인자를 사형에 처하는 것.
1075) 청올치 : 칡덩굴의 속껍질. 베를 짤 수도 있고, 노끈을 만드는 재료로도 쓴다.
1076) 조정의 ~ 막여치 : 조정에서는 벼슬의 고하가 제일이고, 향당에서는 나이가 제일이라
　　는 뜻.
1077) 월삼동추 : 한 달에 세 차례의 형벌을 가하는 일.

이니, 양반의 자식 되어 그런 법이 이 세상의 어디 있소? 가엾은 일이로
고.” “노인 또 후차(後次) 다시 보지.”

　하직하고 한모퉁이 돌아가니, 단발 초동(樵童)들이 호미 쇠스랑1078) 둘
러메고 올라오며 소리를 한다. “어떤 사람은 팔자 좋아 호의호식(好衣好
食) 염려 없고, 어떤 사람 팔자(八字) 기박(奇薄)하여 일신난처(一身難處)
이러한고?” 또 한 아이 노래한다. “이 마을 총각, 저 마을 처녀 남가여혼
(男嫁女婚) 제법일세.” 어사 서서 보며, “조 아이놈 의붓어미 손에 밥 얻어
먹는 놈이요, 저 아이놈은 장가 못들어 애쓰는 녀석이로구나.”

　그 곳을 떠나 한 곳을 다다르니, 한 아이놈이 산유화 소리하며 지팡막
대 걸터잡고 팔랑보 둘둘 말아 왼편 어깨 둘러메고 주춤주춤 올라오며,
“오늘은 여기서 자고 내일은 어디 가리. 조자룡 월강(越江)하던 청총마(靑
驄馬)1079)를 타게 되면 이 날 이 시 한양 가련만은, 이대로 가자하면 며칠
이 될지 모르겠네.” 충충 올라오니, 어사또 우뚝 서며, “아나, 너 어디 사
노?” “내 말씀이오? 다 죽고 남원 사오1080).” “나이 몇 살이니?” “목부러진
일천 천(千), 두단없는 또 역(亦)자요1081).” “이놈 장히 시다.” “시기에 걸음
걷지요.” “너 어디 가노?” “서울 가오.” “무엇하러 가노?” “죄수 춘향 편지
가지고 삼청동(三淸洞) 이참판댁에 가오.” “이애 그리하면 편지 좀 보자.”
“그 양반 염치 좋다. 남의 내간(內簡)1082)을 함부로 보자 하오?” “이애 옛글
에 하였으되, 행인(行人)이 임발우개봉(臨發又開封)1083)이라 하였으니 잠깐

1078) 쇠스랑 : 땅을 파헤쳐 고르거나 두엄, 풀 따위를 쳐내는데 쓰는 갈퀴 모양의 농기구.
1079) 청총마 : 갈기와 꼬리가 파르스름한 흰 말. 총이말.
1080) 다 죽고 남원 사오 : ‘남원’의 발음이 ‘나만’과 비슷한 것을 이용한 일종의 언어유희.
1081) 목부러진 ∼ 또 역자요 : 파자(破字)로 자신의 나이를 말하고 있다. 목부러진 일천 천
　　　은 곧 열 십(十)자를 말하며, 두단 없는 또 역은 곧 여섯 육(六)자를 말하므로, 방자는
　　　열여섯살임을 알 수 있다.
1082) 내간 : 부녀자끼리 주고받는 편지.
1083) 행인이 임발우개봉 : 가는 사람이 떠나려 하는데 다시 뜯어본다는 말로 중당(中唐)의
　　　시인 장적(張籍)의 시 〈추사(秋思)〉의 한 구절. 〈추사(秋思)〉의 전문은 다음과 같다.
　　　“洛陽城裏見秋風(낙양성에 가을 바람이 부니) / 欲作家書意萬重(집으로 편지를 부치

보고 봉해주마." "꼴보다 문자는 맹랑하다." 편지를 내어주며, "잠깐 보고
주오."

어사 편지 받아들고 피봉(皮封)을 보니 삼청동(三淸洞) 이참판댁 시하인
개탁(侍下人開坼)[1084]이라 남원 죄수 춘향 고목(告目)[1085]이라 하였거늘,
떼고 보니 하였으되, '황공복지문안(惶恐伏地問安) 고과하사로며, 복미심
차시(伏未審此時)[1086]에 서방님 기체후(氣體候) 일안만강(一安萬康)[1087] 하
옵시며, 영감님 기체후 일향만안(一向萬安)[1088] 하옵시며, 대부인(大夫人)
기체후 안녕(安寧)하옵신지, 복모구구(伏慕區區)[1089] 무림하성지지(撫臨下
誠至志)[1090]. 소녀는 도련님 올라가신 후에 상사(想思)로 병이 들어 명재경
각(命在頃刻)이옵더니, 신관사또 도임초에 수청(守廳) 아니 든다 하고, 월
삼동추(月三同推) 중장(重杖)하여 착가엄수(着枷嚴囚) 하였으니, 도망할 길
전혀 없어 설운 말을 뉘게다가 할까? 동지장야(冬之長夜) 긴긴 밤과 하지
일(夏之日) 긴긴 날에 눈물 흘려 세월을 보내나니 소식을 뉘 전할까? 혈서
(血書)를 써서 들고 북천(北天)을 바라보나 기러기 슬피 울며 거지중천(居
之中天)에 떠가기로 편지를 부치련즉, 북해상(北海上) 백안(白雁)[1091] 아니

　　려는데 그 뜻이 너무 많도다) / 復恐忽忽說不盡(급히 쓰느라 할 이야기를 다 못했을
　　까 두려워) / 行人臨發又開封(편지를 전해 주는 사람이 길 떠남을 당해 또 편지를
　　열더라.)"

1084) 시하인개탁 : 받는 사람을 적어서 직접 받아보라고 하지 못하고 받는 이를 모시고 있
　　는 사람이 받아서 전하여 달라는 뜻으로 한문 편지 겉봉에 쓰는 상투어.

1085) 고목 : 아랫사람이 윗사람에게 쓰는 편지.

1086) 복미심차시 : 엎드려 살피지 못하는 이 때에. 편지의 첫머리에 쓰이는 인사말.

1087) 일안만강 : 매일 편안하고 항상 건강함. 편지에 쓰이는 상투어.

1088) 일향만안 : 매일 편안하고 항상 건강함. 일안만강과 함께 편지에 쓰이는 상투어.

1089) 복모구구 : 엎드려 사모하는 마음이 끝이 없습니다. 편지에 쓰는 인사말.

1090) 무림하성지지 : 편지에 쓰는 인사말로 아랫사람을 어루만져주고 지극한 뜻으로 정성
　　스럽게 돌보아 달라는 말.

1091) 북해상 백안 : 한 무제 때의 소무의 고사에 나오는 기러기. 소무는 흉노족에게 사신으
　　로 갔다가 붙잡혀 북해에 19년간이나 유폐되었다. 한나라에서 소무를 돌려보낼 것을
　　요구하면, 흉노에서는 소무가 죽었다고 평계를 내었다. 이에 소무가 기러기의 다리에
　　편지를 묶어 보내니 그 편지가 사냥을 하던 천자의 눈에 띄어 소무는 마침내 고국으

어든 편지를 전할손가? 망망한 구름 속에 빈 소리 뿐이로다. 칼머리 도도 베고 한심처량 누웠더니, 꿈에는 오셨다가 흔적없이 가셨으니 더욱 가슴 이 답답하여 칼머리만 두드린즉, 실낱같은 목만 아프지 하염없이 눈물 흘려, 이 고생 하는 줄을 도련님이 알게 되면 정녕코 내려와서 죽게 된 이 내 몸을 살리련만 어이 그리 못 오시오? 천금준마환소첩(千金駿馬換小妾)1092)하여 첩 그려서 못 오시나, 호아장출환미주(呼兒將出換美酒)1093)하 여 술 취하여 못 오시오? 춘수(春水)가 만사택(萬四澤)하여 물이 많아 못 오시오, 하운(夏雲)이 다기봉(多奇峰)하여 산이 높아 못 오시오1094)? 아니 올리 없건마는 어서 바삐 내려와 항쇄족쇄(項鎖足鎖)1095)나 벗겨주면 걸음 이나 걸어보고 그 날 죽어도 한이 없겠소. 그다지도 무정하오. 행여나 내 려와서 음성(音聲)이나 좀 들었으면 무슨 한이 되오리까? 오로봉(五老峯) 위필(爲筆)하여 청천(靑天) 일장지(一張紙)인들1096) 소회(所懷)말씀 어찌 다 하리까? 어머니도 책(責)하여 눈물이 앞을 서고 정신이 혼미키로 대강 아 뢰오니 하감(下鑑)1097) 하옵시고, 근지(近之) 애지(愛之) 휼지(恤之)하사 죽 기 전에 뵈옵기를 천만축수(千萬祝手) 하나이다' 그 끝에 손가락을 깨물어 서 소상강(瀟湘江) 기러기 본1098)으로 뚝뚝 떨어뜨리고, '정유월심팔일 죄

로 돌아올 수 있었다.

1092) 천금준마환소첩 : 첩과 바꾼 천금이 나가는 준마를 탄다는 뜻. 이백의 〈양양가(襄陽 歌)〉의 한 구절. 원문은 "千金駿馬換小妾(첩과 바꾼 천금이 나가는 준마를 타고) 笑坐 彫鞍歌落梅(웃으며 조각이 새겨진 안장 위에서 피리를 부네)"이다.

1093) 호아장출환미주 : 아이를 불러 좋은 술과 바꿔오게 하다. 이백이 지은 〈장진주(將進 酒)〉의 한 구절. 원문에 보면, "五花馬千金裘(좋은 말과 천금 나가는 갖옷을) 呼兒將 出換美酒(아이를 불러 좋은 술과 바꿔오게 하여)"라고 되어 있는 것으로 보아, 본문의 구절은 말을 팔아 술을 마셨기에 오지 못하느냐는 질문으로 이해할 수 있다.

1094) 춘수가 ~ 못 오시오 : '춘수만사택 하운다기봉'은 '봄 물은 못마다 가득 차고, 여름 구 름은 기이한 봉우리에 가득하다'는 말로 도연명의 시 〈사시(四時)〉에 나오는 구절.

1095) 항쇄족쇄 : 목에는 칼을 씌우고 발에는 족쇄(足鎖)나 차꼬를 채움. 곧 죄인(罪人)을 단단히 묶는 것을 이르는 말.

1096) 오로봉 ~ 일장지인들 : 오로봉으로 붓을 삼고 맑은 하늘을 종이로 삼는다 한들. 오로 봉은 중국의 명산인 여산(廬山)의 최고봉이다.

1097) 하감 : 아랫사람이 올린 글을 윗사람이 보는 일.

수 춘향 고목(告目)이라' 하였구나.

어사또 편지를 보매 흉격(胸膈)1099)이 막히고 눈물이 비 오듯하여 편지장이 잿물 받치는 시루1100) 같으니, 저 아이 물끄러미 보다가, "이 양반 남의 편지 꼴 좀 보오. 남의 편지 보고 우는 맛이 무슨 맛이오? 남의 친환(親患)에 발가락 찧겠소1101). 그 편지 쓸 수 있소? 길 바쁜데 별일 다 보겠고." 어사또 눈물 흘리며 그 편지를 보니, "남원댁1102)으로 가는 것이로고다." "그러하오." "그리하면 일 잘되었다. 여기서 나를 아니 만났으면, 육백여리를 공연히 헛길할 뻔 하였구나." "어떤 말씀이오?." "니 남원댁 도련님이 과거도 못하고, 우연히 가세(家世)가 탕패(蕩敗)하여 세간전량(世間錢糧) 없애고 집도 없이 남의 곁방1103)에서 잠을 자다가, 웃지1104) 울화(鬱火)를 못 이기어 시골로 내려와서 밥이나 실컷 얻어먹자 하고 나와 작반(作件)하여1105) 오다가, 그 양반은 우도(右道) 함평원과 친하여 옷 벌이나 얻어 입고 내월(來月) 망간(望間)1106)으로 남원 광한루로 만나자고 단단상약(斷斷相約)일다." "그대 일을 어찌 자세히 아시오?" "나와 재종간(再從間)일다." "적부(的否)이1107) 그러하오?" "어른이 편발아이 데리고 헛말 할까?

1098) 소상강 기러기 본 : 《(병오판)열녀춘향수절가'에는 '평사낙안 기러기격으로'라고 되어 있음. 소상팔경(瀟湘八景)의 하나. 서러운 모양을 나타냄.
1099) 흉격 : 가슴과 배의 사이. 전하여 가슴 속을 비유적으로 이르는 말.
1100) 잿물 받치는 시루 : 잿물시루. 잿물을 내리는 데에 쓰는 시루. 예전에 잿물을 내릴 때에는 콩깍지나 풋나물 따위의 재를 시루에 안치고 그 위에 물을 부어 잿물이 시루 구멍으로 흘러내리게 하였다.
1101) 남의 친환에 발가락 찧겠소 : '남의 친환에 단지(斷指)한다'는 말을 비꼬아서 쓴 말. 남의 친환에 단지한다는 말은 남의 부모 병을 고치겠다고 손가락을 끊어 피를 내어 먹인다는 뜻으로, 남의 일에 쓸데없이 애를 태우거나 힘씀을 비유적으로 이르는 말.
1102) 남원댁 : 남원부사를 지낸 사람. 곧 이도령의 부친을 지칭한다.
1103) 곁방 : 남의 집 한 부분을 빌려 사는 방.
1104) 웃지 : '어찌'의 사투리.
1105) 작반하여 : 짝을 지어.
1106) 망간 : 보름께.
1107) 적부이 : 꼭 그러함과 그렇지 아니함이라는 말. 그러나 본문에서는 사실에 대한 강한 확인의 의미로 사용되고 있다.

두어말 말고 도로 내려 가거라. 이 편지는 내가 가졌다 그 양반 드려주마." "그리하면 잘 전하여주오." "염려 마라."

아이 돌려 보낸 후에 춘향이 생각이 간절하여 눈물을 억제하고 한 곳을 당도하니, 강당(講堂)을 높이 짓고 선비들이 공부하는구나. 강당에 올라가 담배 담아 피워 물고, 선비더러 묻는 말이, "본읍에 정소(呈訴)[1108]할 일이 있어 가는 길인데, 본쉬(本倅)[1109]의 정사가 어떠하오?" "명사지요. 갖은 풍류 들여놓고 기생 불러 춤추이고 노래 시키는 것으로 일을 삼고, 공사는 제폐(除弊)하고 명기(名妓) 춘향이를 수청(守廳) 아니 든다 하고 형문삼치(刑問三治) 하옥하여, 장독(杖毒)[1110]이 나서 기지사경(幾至死境) 되었다더니 어찌된 줄 모르겠소." 어사또 그 말 듣고 눈물이 그렁그렁, 입시울[1111]이 비쭉비쭉 하는구나. 한 선비 어사 모양을 보고 하는 말이, "내가 어제 읍에를 들어가니 춘향이가 죽었다고 옥문(獄門)에서 끌어낼 제, 기생들도 와서 울고 저의 모가 몸부림을 탕탕하며 우는 정상 참혹하대. 이 너머 망주고개 초빈(草殯)[1112]하였느니 절개 불쌍하대." 어사또 그 말 듣고 정신이 아득하여 일어서며, "후차(後次) 다시 만납시다." "평안히 가오." 선비들이 어사 모양을 보고 패 하나를 써서 길가 아무 초빈에 꽂아 놓고 숨어서 보니, 어사또 산모퉁이로 돌아가며 탄식하여 우는 말이, "정녕이 죽었구나. 일을 어찌 하잔 말고?" 울고 울고 가다가 자세히 보니, 초빈 앞에 패를 꽂았으되 '남원읍 기생 춘향원사패(春香冤死牌)'라 하였거늘, 어사또 거동보소, 초빈 앞에 달려들며 "애고, 이것이 웬일이냐? 오매불망(寤寐不忘)[1113] 춘향이가 죽단 말이 웬말이니?" 초빈을 탕탕 두드리며, "애고 답

1108) 정소 : 소장을 관청에 내는 일. 정장(呈狀).

1109) 본쉬 : 이 마을의 고을원.

1110) 장독 : 장형(杖刑)으로 매를 심하게 맞아 생긴 상처의 독.

1111) 입시울 : 입술의 경남 방언. 입술의 옛말.

1112) 초빈 : 사정상 장사를 속히 치르지 못하고 송장을 방 안에 둘 수 없을 때에 한데나 의지간에 관을 놓고 이엉 따위로 그 위를 이어 눈비를 가릴 수 있도록 덮어 두는 일. 또는 그렇게 덮어둔 것.

답 내일이야. 삼월춘풍 화개시(三月春風花開時)에 너를 찾아 오마 하고 천 번 만번 언약(言約)키로, 천리 만리 원정 먼먼 길에 불피풍우(不避風雨) 내 려왔어. 애고 애고 내일이야. 좀 일어나거라, 얼굴이나 다시 보자. 촌촌전 진(寸寸前進)[1114] 내려올 때 고생한 말을 어찌하리? 날 못 잊어서 왜 죽었 노? 만지장설(萬紙長說) 편지한 것 중로(中路)에서 내 보았다. 분벽사창(粉 壁紗窓) 어디 두고 이 지경이 웬일이니? 원수로다 원수로다, 시관원(尸官 員)[1115]이 원수로다. 만고열녀(萬古烈女) 춘향이를 무슨 죄로 쳐 죽였노? 이 원수를 어찌할까? 아무튼지 불쌍하다. 불쌍하지, 그 몹쓸 매를 맞고 옥중에서 죽었으니. 원통하다, 원혼(冤魂)인들 오죽할까? 적막한 북망산 (北邙山)[1116]에 무슨 일로 누웠느냐? 나 온 줄을 모르느냐? 일어나거라. 생 즉동생(生則同生) 사즉동혈(死則同穴)[1117] 하자 하고 백년언약(百年言約) 맺 었더니, 날 버리고 죽었단 말가? 목소리나 다시 듣자." 초빈을 헐어 놓고 시체를 끌어안고, "애고, 이것이 웬일인고?" 매[1118]를 풀러 내던지며, "얼 굴이나 다시 보자. 나무등걸 되었구나. 애고 답답 내일이야." 시체를 끌어 안고 데굴데굴 궁굴면서, "날 잡아 가거라. 나로 하여 죽었으니, 내가 살 면 무엇하리. 몹쓸 놈의 사자(使者)[1119]로다, 수일만 살았으면 생전에 만 나보지. 염탐(廉探)이나 말았다면 살아서나 만나보지. 수의어사 자원키를 너 보려고 하였더니, 이 지경이 웬일이냐? 원통하여 못 살겠네. 이 노릇을 어찌할고? 춘향아, 춘향아, 어서 바삐 날 데려 가거라. 화용월태(花容月 態)[1120] 곱던 모양 향내는 어디에 가고 썩는 내가 웬일이니?"

1113) 오매불망 : 자나 깨나 잊지 못함.
1114) 촌촌전진 : 한치 한치 더듬어 나간다는 뜻으로, 전진하는 속도가 매우 더딤을 이르 는 말.
1115) 시관원 : 무능하여 하는 일 없이 녹만 받아먹는 벼슬아치.
1116) 북망산 : 무덤이 많은 곳이나 사람이 죽어서 묻히는 곳을 이르는 말.
1117) 생즉동생 사즉동혈 : 살아도 같이 살고 죽어도 같이 죽자는 말. 동혈(同穴)이란 부부가 죽어 한 구덩이에 묻힌다는 뜻.
1118) 매 : 소렴(小殮)때에 시체에 수의를 입히고 그 위에 매는 베 헝겊.
1119) 사자 : 죽은 사람의 혼을 저승으로 잡아간다는 귀신.

얼굴을 한 데 대고 목을 놓고 슬피 울 제, 건너 마을 강좌수(姜座首) 삼형제 중 막내상제 쌍언청이[1121] 사랑에 앉았다가 제사랑 초빈에서 어떤 사람이 슬피 울며, 몸부림을 아주 탕탕하며 '춘향아 춘향아' 하는 소리 듣고, "형님 저것 좀 보오. 어머니 초빈에서 어떤 사람이 데굴데굴 궁굴면서, 춘향아 춘향아 하며 저리 섧게 우니 야단났소. 어머니 이름이 춘향이요?" 맏상제가 하는 말이, "춘 자는 들었느니라, 외삼촌 한 분이 난봉[1122]으로 집 떠난 지 십 년이라더니 이제야 왔나 보다." "외삼촌 같으면 이름을 부르리까?" "아무려나 올라가 보자." "큰일 났소. 형님은 모르리다. 나 어려서 철 모를 제, 형님은 향청에 가고 작은형은 장에 가고 나 혼자 있노라니까, 어떤 사람 들어오매 어머니가 안방에 들여 앉히고 갖은 음식 먹이더니 날더러 사랑 보라 하시기로 사랑에 나와 문구멍으로 들여다보니 둘이 안고 맹꽁씨름 하더니 뒷문으로 나갑디다. 말이 났으니 말이지 어머니가 행실은 아주 고약하옵디다. 그 놈이 와서 저 발광(發狂)하는 것이지. 내 올라가서 꽁무니를 분질러 보내리라." 하고 상장(喪杖)[1123] 짚고 내달으니, 맏상제가 하는 말이, "그럴 리가 있나? 잔말 말고 올라가자." 굴관제복(屈冠祭服)[1124] 갖춰 입고, 애고애고 행꿍행꿍 올라간다.

어사또는 이런 줄을 모르고서, "애고애고 내일이야. 혼이라도 네 오너라, 넋이라도 네 오너라. 나와 같이 가자꾸나." 섧게 울 제, 상제 삼형제가 올라가서 본 즉 시체를 내어놓고 야단하는 것을 보고 어이없어, "여보 이 양반, 이것이 웬일이요?" 어사또 울다가 쳐다보니, 상제 삼인 굴관제복 갖춰 입고 상장 짚고 섰는 거동 두수없이 죽었구나. 언청상제 달려들며, "어떤 사람이 남의 초빈을 헐어 시체를 내어 염포(殮布)[1125]를 모두 풀고 이

1120) 화용월태 : 아름다운 여인의 얼굴과 맵시를 이르는 말.
1121) 쌍언청이 : 선천적으로 윗입술이 두 줄로 째진 사람.
1122) 난봉 : 허랑방탕한 짓, 혹은 그런 짓을 일삼는 사람.
1123) 상장 : 상제가 상례나 제사 때에 짚는 지팡이.
1124) 굴관제복 : 굴건제복(屈巾祭服). 상주가 상복을 입을 때에 두건 위에 덧쓰는 건과 상복.

지경이 웬일인가? 곡절을 들어봅세. 이 놈을 발길로 박살을 할까?" 상장을
들어 엉치를 한번 후리치니 어사 정신이 번쩍 나서, "여보 상제님, 내 말
씀 잠깐 듣고 죽여주오. 내가 이틀거리[1126] 붙들린지 올해 다섯 해요. 세
상 약을 다하여도 일호동정(一毫動靜) 없어 세간탕패(世間蕩敗)하고 명의
(名醫)더러 물어본즉, 다른 약은 쓸데없고 삼형제 있는 초빈에 가서 시체
를 안고 울다가 매를 실컷 맞으면 즉차(則瘥)라 하기로 초빈 찾아 와서
벌써부터 울되, 상제 기척이 없기에 헛노릇한 줄 알았더니 이제야 잘 만
났으니 실컷 때려주오." 언청상제 심사보소. "형님 그 놈 털끝도 건드리지
마오. 분풀이도 아니 되고, 그 놈 약만 하여 준단 말이오. 이 놈 어서 가서
이학(痢瘧)[1127]이나 앓아 죽어라."

어사또 눈치보고 매 맞을 재수도 없다 하고 비슥비슥 걸어 한모퉁이
돌아가서, 걸음아 날 살려라 도망하여 가며, "남우세[1128] 몹시 하였고. 하
마터면 생죽음할 뻔하였고. 강당의 선비놈들 똥 한 번을 싸리라." 하며
종일 울고나니 시장하여 두 눈이 깜깜하여 향방(向方)없이 가다가서 탄탄
대로(坦坦大路) 내던지고 산협(山峽) 속으로 들어가니, 수(水)는 잔잔한데
세류(細柳)는 초록장(草綠帳) 드리운 듯. 꾀꼬리 거동보소, 황금갑옷 떨쳐
입고 벽력같이 소리 질러, 춘일(春日)에 곤히 든 잠 깨울세라. 타귀황앵아
(打起黃鶯兒)야 막교지상(莫敎枝上)[1129] 한을 마라.

경(景)을 좇아 들어가니 종경(鐘磬)[1130] 소리 뎅뎅 들리거늘 절이 있다

1125) 염포 : 염습할 때에 시체를 묶는 베.
1126) 이틀거리 : 학질의 일종. 이틀을 걸러서 발작하며 좀처럼 낫지 않는 병.
1127) 이학 : 이질(痢疾)과 학질(瘧疾).
1128) 남우세 : 남에게 비웃음과 놀림을 받게 됨. 또는 그 비웃음과 놀림.
1129) 타기황앵아 막교지상 : 꾀꼬리를 처 일으켜 가지 위에서 울지 못하게 하니. 개가운(蓋
嘉運)의 〈이주가(伊州歌)〉의 한 구절. 원문은 다음과 같다. "打起黃鶯兒(꾀꼬리를 처
일으켜) 莫敎枝上啼(가지 위에서 울지 못하게 하니) 啼時驚妾夢(울 때에 첩의 꿈을
깨위) 不得到遼西(그리운 이 있는 요서에 이르지 못하나니)."
1130) 종경 : 종과 경. 경은 경쇠라고도 하며, 놋으로 주발과 같이 만들어 복판에 구멍을 뚫
고 자루를 달아 노루 뿔 따위로 쳐 소리를 내는 불전 기구. 예불할 때 대중이 일어서고

찾아가니, 일좌화각(一座畫閣)이 운소(雲霄)[1131]에 솟았는데 그저 중생들 모여 서서 수륙재(水陸齋)[1132]를 올리는데, 어떤 중놈 광쇠[1133] 들고 어떤 중은 죽비(竹篦)[1134] 들고, 어떤 중은 십이가사(襲娑) 언머이고 백팔염주(百八念珠) 목에 걸고 불경(佛經)을 손에 들고 경 외는 거동 생불(生佛)일시 완연(宛然)하고, 엊그저께 머리 갓 깎은 상좌(上座)중놈[1135] 갈애봉 등칡넌출 양손에 감아 잡고 세모시 고깔[1136] 수어 쓰고 크나큰 북을 두리둥 울리면서 나무아미타불 인도하는 경은 별유천지비인간(別有天地非人間)[1137]이라.

　법당(法堂)으로 올라가니, 일미인(一美人)이 불전(佛展)에 사배(四拜)하고, 꿇어앉아 합장(合掌)하여 비는 말이, "비나이다 비나이다, 부처님전에 비나이다. 소녀 생전에 곤명(坤命)[1138] 임자생(壬子生) 성(成)씨 계주(季主)[1139]와 건명(乾命)[1140] 임자생 이도련님과 백년결약 하온 후 이별하고 올라가신 후에 소식이 돈절(頓絶)터이니 불의금자(不意今者)에 신관사또 신명초에 수청(守廳) 아니든다 하고 월삼동춘중하(越三冬春仲夏) 방게 옥중(獄中)에서 죽게 되었으되, 한양 계신 이도련님이 오만한정 겨위 가도[1141] 종시 소식 없사온즉 불쌍한 소녀 생전 춘향 무죄이 죽게 되면, 무

주고혼(無主孤魂) 되겠사오니, 석가여래(釋迦如來) 아미타불(阿彌陀佛)[1142]
관세음보살(觀世音菩薩) 십신제왕(十神諸王)[1143]님네 하림하감(下臨下瞰)
하옵시고 대자대비(大慈大悲)하사, 한양 계신 이도련님이 장원급제 출륙
(出六)하와 전라어사를 하옵시거나 남원부사를 하옵시거나 어서 내려와서
죽어가는 춘향이 살려 내옵시고, 백년해로하여 유자생녀(有子生女) 부귀
공명(富貴功名) 하게시리 점지하옵소서. 적은 정성 크게 받은 후에 속속히
방송(放送)하옵소서." 두 손을 곧추 빌며, 합장하며 백배(百拜) 사례 하다
가 그 자리에 주저앉아, 애련(哀憐)히 우는 말이, "그 동안에 미음 시중 뉘
가 할까? 이년의 팔자 어찌할고? 끈 떨어진 뒤웅박이요, 개밥에 도토리라.
이 아니 가련한가? 애고애고 설운지고." 애련히 우는 소리, 옥석간장(玉石
肝腸)이 스러진다.

  어사또 한참 듣다가 가슴이 답답 정신이 아득하여, "아나아나, 네가 향
단이냐?" 깜짝 놀라, "누구시오?" "나다. 가까이 와서 말 좀 하여라." 향단
이 음성은 귀에 익었으나 모양은 본즉 의아하여, 눈물 씻고 가까이 가 본
즉 갈데없는 서방님이로다. "이것이 웬일이요? 상전벽해수유개(桑田碧海
須臾改)[1144]라더니, 저 지경이 웬일이요? 바람에 불려왔소, 구름에 쌓여왔
나, 부처님이 지시한가? 반갑기도 그지없소." 어사또 눈물 씻으며, "향단
아, 울지 마라. 그 사이 잘 있었냐는 말도 못하겠다. 고생인들 오죽하였으
리. 내 사정 좀 들어보아라. 나도 서울 가서 과거도 못하고 우연히 탕패

1141) 오만한정 겨워 가도 : 미상.
1142) 아미타불 : 서방 정토에 있는 부처. 대승 불교 정토교의 중심을 이루는 부처로 수행
    중에 모든 중생을 제도하겠다는 대원(大願)을 품고 성불하여 극락정토에서 교화하고
    있으며 이 부처를 염하면 죽은 뒤에 극락 세계에 간다고 한다.
1143) 십신제왕 : 문루(門樓)나 전각의 지붕 네 귀퉁이에 꾸며 앉히는 열 가지의 잡상. 대당
    사부(大唐師傅), 손행자(孫行者), 저팔계(豬八戒), 사화상(沙和尙), 마화상(麻和尙),
    삼살보살(三殺菩薩), 이구룡(二口龍), 천산갑(穿山甲), 이귀박(二鬼朴), 나토두(裸土
    頭) 등.
1144) 상전벽해수유개 : 뽕나무 밭이 푸른 바다로 바뀔만한 큰 변화가 아주 짧은 시간 동안
    일어났다는 말.

(蕩敗)하여 집도 없이 남의 사랑에서 잠을 자다가서 기한(飢寒)에 못 이기어 시골로 내려와서 밥이나 실컷 얻어먹자 하고 내려왔다가, 춘향이 소식이나 알려 하고 여기 와서 다니더니, 천만 의외에 너를 보니 반가운 중 서러워라. 춘향과 전일언약(前日言約) 다 틀리고, 춘향이 볼 낯이 바이 없다. 기특하다, 기특하다, 네 정성 갸륵하다. 너의 상전 살리겠다. 나는 이 곳에서 너를 보니 춘향이 본 듯 그지없다. 지금이라도 내려가서 보고싶은 생각 간절하나, 모양도 이러하고 빈 손을 들고 무슨 낯으로 가겠느냐? 너나 내려가서 날 보았단 말 말고 몸조섭이나 아무쪼록 잘하고 있으면 천파부생(天破復生)이라 하였으니, 죄 없으면 죽는 법이 없느니라. 금석(金石)같이 굳은 마음 변치말고 있게 되면, 수일 후에 한번 가 보마." 향단이 눈물지며, "일구월심(日久月深)1145) 바라더니 저 지경이 되었으니, 이를 어찌 하잔 말이요? 저 모양으로 내려오실 때에 시장인들 오죽하시리까? 서방님 부디 그저 가지 마옵시고, 한 번 다녀 가옵소서." "오냐, 염려 말고 잘 내려가서 구완이나 잘하여라."

향단이 열 번 당부 하직하고 내려가고, 이 때 춘향이는 옥중에서 상사(相思)로 병이 되어 시름 없이 누웠다가 우연히 꿈을 꾸니, 사몽비몽(似夢非夢)간에 보던 몸거울이 한복판이 갈라져 뵈고, 앵도화(櫻桃花) 떨어져 뵈고, 문 위에 허수아비 달려 뵈고, 바다가 말라 뵈며, 태산이 무너져 뵈고, 강물이 맑아 뵈며, 도련님이 고기 넷을 잡아 들고 말 타고 운간(雲間)에 왔다갔다 하는지라. 깜짝 놀라 깨달으니, 침상일몽(枕上一夢)1146)이라. 칼머리 빗겨 안고 수성장탄(愁聲長歎) 하는 말이, "이 꿈이 웬 꿈인가, 내가 죽을 꿈이로다. 한양 계신 이도련님이 날 못 잊어서 병이 되어 출입(出入)을 못 하시나? 정녕 무슨 일이 있나 보다. 새벽 서리 찬 바람에 울고 가는 저 기러기야, 네 어디로 향하느냐? 한양으로 지나거든 열녀 춘향이 죽더라고 부대 한 말 전하여다고. 앉았으니 님이 오나, 누웠으니 잠이 올

까?' 전전반측(輾轉反側) 하다가서 새는 날 아침결에 건너마을 허봉사가
옥모퉁이 지나가며 '문수(問數) 문수(問數)'[1147] 소리하니, 춘향이 반겨 듣
고 옥졸(獄卒) 불러 판수[1148] 불러 달라 하니, 옥졸이 대답하고, "여보 봉
사님, 죄수 춘향이가 부르니 들어가 보오." 저 봉사 거동보소. 감은 눈을
희번덕이며 휘파람을 불며 들어온다. 춘향이, "봉사님, 이리 앉으시오."
봉사놈 음흉하여 하는 말이, "혼자 갇혔느냐?" "혼자 갇혔소." "그리 매를
많이 맞았다더니 과히 상하지나 아니하였느냐? 어디 만져보자." 춘향이
두 다리를 내어놓으니 봉사놈 더듬으며, "아뿔싸, 과히 상하였구나." 이리
저리 만지면서, "어느 놈이 이다지 몹시 쳤노, 저와 무슨 웬수더니. 김패
두(金牌頭)[1149]가 치더냐, 이패두(李牌頭)가 치더냐? 이 설치(雪恥)는 내 할
테니, 똑바로 일러라고." 아래 위를 만지다가 정작 두짐단못곳[1150]을 범하
거날 춘향이 분을 참지 못하여 발로 빡을 치려다가 점을 잘못할까 하고
어리손 치는 말이, "여보 봉사님, 내 말씀을 들어보오. 우리 부친 살았을
제 우리 집 찾아와서 나를 안고 귀하다고 내 딸이지, 술집에 안고 가서
안주도 받아주면 내 딸이라고 하시더니, 우리 부친 만세(晚世) 후에 지금
와서 봉사님을 다시 보오니, 슬픈 마음 측량(測量)없소. 상기(相忌)[1151]없
이 마시고 점이나 하여주오." 봉사님 말 눈치 알아듣고, "네 말이 당연하
다. 이제야 생각하겠구나, 네가 참 춘향이로구나. 그 사이 완중하였단 말
이냐? 하마터면 실수할 뻔 하였다. 무슨 점이니?" "신수점(身數占)[1152]이지
요. 간밤에 꿈자리도 고약하니 자세히 가려주오." "오냐 염려마라." 산통
(算筒)[1153]을 내어 손에 들고 절레절레 흔들면서, "복이축왈(伏而祝曰) 천

1147) 문수 : 문복(問卜). 점쟁이에게 길흉(吉凶)을 묻는 일.
1148) 판수 : 점치는 일을 직업으로 삼는 소경.
1149) 패두는 조선시대에 형조에 속하여 죄인의 볼기치는 일을 맡아 하던 사령.
1150) 두짐단못곳 : 두 다리 사이. 곧 여성의 성기 부분.
1151) 상기 : 서로 꺼림.
1152) 신수점 : 한 해 운수의 길흉을 알아보기 위해 정초에 치는 점.
1153) 산통 : 장님이 점을 칠 때 쓰는 산가지를 넣어두는 통.

하언재(天何言哉) 지하언재(地何言哉)시리오마는, 고지즉응(叩之卽應) 응지
즉신(應之卽神) 신기영의(神旣靈矣)시니 감이순통(感而順通)하소서.1154) 원
형이정(元亨利貞)은 천도지상(天道之常)이요, 인의예지(仁義禮智)는 인성
지강(人性之岡)이라. 부대인자(夫大人者)는 여천지(與天地)로 합기덕(合其
德), 여일월(與日月)로 합기명(合其明), 여사시(與四時)로 합기서(合其序), 여
귀신(與鬼神)으로 합기길흉(合其吉凶)하나니, 선천이천불위(先天而天弗違)
후천이봉천시(後天而奉天時) 천차불위(天且弗違)컨대 이황어인호(而況於人
乎)아 황어귀신호(況於鬼神乎)아.1155) 길즉길(吉則吉) 흉즉흉(凶則凶)하와
괘불난상(卦不難狀)하며 효불난동(爻不亂動) 하소서, 태세(太歲) 유원월 이
십일 정술 길신의, 해동(海東) 조선국, 전라좌도(全羅左道) 남원부(南原府)
거하옵난, 임자생 성씨, 근복문단(謹伏問段)은1156) 미망낭군(未忘郎君) 이
도령이 일거소식 영절(永絶)이니, 기간(其間) 사생여부(死生與否)와 기일(幾
日) 상봉(相逢)이며 하일(何日) 방송(放送)일지, 복걸(伏乞) 점신(占神)은 곽
박(郭璞)1157) 이순풍(李淳風)1158) 정명도(程明道)1159) 정이천(程伊川)1160), 홍

1154) 복이축왈 ~ 감이순통 하소서 : '엎드려 바라옵건대, 하늘이 무슨 말씀을 하시겠으며
　　땅이 무슨 말을 하시리오마는 두드리면 응답해 주시는 신령께서는 이미 영험하시니
　　감응하여 드디어 통하게 해주소서. 길흉을 알지 못하고 의심을 풀지 못하니 오직 신
　　령께서는 밝으신 지시를 내려주시어 될 것인지 안 될 것인지를 밝게 알려주시옵소서.'
　　왕유덕(王維德)의 〈복서정종(卜筮正宗)〉에 보면, 점을 칠 때 동전 3개를 화로 위에서
　　연기를 쏘이면서 이처럼 빈다고 되어 있다.
1155) 원형이정 ~ 황어귀신호아 : 원형이정은 천도의 네 가지 덕이며, 인의예지는 인성의
　　벼리이다. 무릇 대인은 천지와 그 덕이 합하고, 일월과 그 밝음이 합하고, 사계절과
　　그 질서가 합하고, 귀신과 길흉이 합하여, 하늘보다 앞서도 하늘이 어기지 못하고,
　　하늘보다 뒤에 있어도 천시(天時)를 받든다. 하늘도 또한 어기지 못하거든 하물며
　　사람은 어찌하겠는가? 또 하물며 귀신은 어찌하겠는가? 본문의 구절은 〈주역(周易)〉
　　'문언전(文言傳)'의 '건괘문언(乾卦文言)'에 나오는 구절이다.
1156) 근복문단은 : 삼가 엎드려 여쭈어보는 것은.
1157) 곽박 : 진(晉)나라의 음양산력가(陰陽算曆家). 학자이며 문학가이다. 복서(卜書)를 좋
　　아하여 효험 있는 60여사를 찬술하여『동림(洞林)』을 지었다. 이 외에『목천자전』,
　　『산해경』,『초사』등의 주석서가 있다.
1158) 이순풍 : 당나라의 천문(天文), 산력(算曆), 음양학자(陰陽學者). 혼천황도의(渾天黃道
　　儀), 인덕력(麟德曆) 등을 만들었다.

계관(洪啓寬)[1161], 제갈무후(諸葛武侯)[1162] 제위선생(諸委先生) 호위하여, 의시상괘(宜示上卦)[1163]로 물비소시(勿秘昭示)[1164]하소서."

산통을 거꾸로 잡고 패를 내어 하나, 둘, 셋, 넷을 빼어보더니, 중얼중얼 작패(作牌)한다. "천진 괘(卦)엿다. 육룡(六龍)이 여천지래(如天地來)요, 광대포류지상[1165]이라. 그 괘(卦) 매우 좋다. 관기(官氣)가 왕성하여 청룡(靑龍)을 섰으니, 이도령이 장원급제 하였나 보다. 음양(陰陽)이 상합(相合)하였으니 귀한 사람이 네 몸을 구할 것이요, 토호(土豪)의 등사가 곡(哭)을 마저 토술(吐述)을 하였으니 도리어 본관이 해(害)를 볼 듯하고, 신호자가 발하여 복덕(福德)을 만났으니 아마도 그리던 님을 만나겠다. 염려 말고 근심 마라. 해몽을 하여보자. 화락(花落)하니 능성실(能成實)이요, 경파(鏡破)하니 기무성(豈無聲)가? 문상(門上)에 현허신(縣虛身)하니, 만인(滿人)이 개앙시(皆仰視)라. 꿈도 장히 좋다. 꽃이 떨어지니 열매를 이룰 것이요, 거울이 깨어질 때에 소리 없을소냐? 문 위에 허수아비를 달려 뵈니, 일만 사람이 우러러 볼 터인즉, 장히 좋다."

"새벽녘에 꿈을 또 꾼즉 바다가 말라 뵈며, 태산이 무너져 뵈고, 강물이 맑아 뵈며, 도련님이 고기 넷을 잡아들고 말 타고 문간에 왔다갔다 하여 뵈니, 그 꿈 흉몽(凶夢)이지요?" 봉사놈 한 번 웃고 하는 말이, "네가 까투리 본새[1166]로 꿈은 어찌 자주 꾸었느냐? 해몽을 하여보자. 해갈(海渴)하

1159) 정명도 : 북송의 성리학자인 정호(程顥). 과거를 포기하고 유학, 불교, 노장사상을 두루 섭렵하면서 〈육경(六經)〉을 연구하여 도학(道學)을 창시하였다. 세칭 명도선생(明道先生)이라 불린다.

1160) 정이천 : 북송의 성리학자 정이(程頤). 명유(名儒)가 임금에게 시강하여 성덕을 갖추도록 권하는 제도를 만들고 풍간(諷諫)을 자주 했다. 정명도의 동생이며 정명도와 함께 이정(二程)이라 일컬어짐. 이천선생(伊川先生)이라 불린다.

1161) 홍계관 : 조선 명종 때 점을 잘 치기로 유명했던 사람.

1162) 제갈무후 : 제갈량(諸葛亮). 제갈량은 삼국시대 촉한의 재상으로, 자는 공명(孔明).

1163) 의시상괘 : 마땅히 좋은 괘로 지시하여.

1164) 물비소시 : 감추지 말고 밝게 보여달라는 뜻.

1165) 광대포류지상 : 미상.

1166) 본새 : 어떤 물건의 본디 생김새. 혹은 어떤 동작이나 버릇의 됨됨이.

니 현용안(顯龍顔)이요, 산붕(山崩)하니 작평지(作平地)라. 바다가 말랐으니 용의 얼굴을 볼 것이요, 태산이 무너지면 평지가 되리로다. 강청월근인(江淸月近人)[1167]이라. 강물이 맑으면 달이 사람에게 가까이 올 터이니 반가운 소식 불구(不久)에 듣겠구나. 이도령이 고기 넷을 잡아들고 말 타고 운간(雲間)에 다녔다지. 고기 어(魚), 넉 사(四), 이애 춘향아, 고기 어, 넉 사 붙여보아라. 어사 아니냐? 이도령이 어사하였구나. 말 타 뵈는 것은 마패를 차고 동작강(銅雀江)을 벌써 건넜구나. 걱정 마라. 미구불원(未久不遠) 좋은 일이 있을 터이니, 네 덕에 술잔이나 얻어 먹어보자."

춘향이 퍽 좋아라고, "그렇기를 바라리까마는 난데없는 저 까마귀 옥담 위에 올라 앉아, 가옥가옥 갈가옥 오비야 꾁꾁, 듣기 싫게 우는구나. 애고 여보 봉사님, 저 까마귀 날 잡아갈 소리가 이상하고 고약하오." 저 봉사님 하는 말이, "그 소리를 네 모른다? 가옥가옥 하는 것은 아름다울 가(佳), 구슬 옥(玉), 가옥가옥 너를 형산백옥(荊山白玉)[1168]같이 하여 칭찬하는 소리로다." "갈가옥하니 무슨 소리요?" "그 소리는 더욱 좋다. 다할 갈(竭), 집 가(家), 옥 옥(獄), 갈가옥 하니, 옥방살이 다 하였단 말이다." "오비야하니 무슨 소리요?" "매 맞고 고생하여도 내가 약을 아니줄까? 나 오(吾), 아닐 비(非), 약 약(藥), 오비약이 이 아니냐?" "꾁꾁하는 것은 무슨 소리요?" "사모 지두리장으로 팰 지라도, 바른 말만 꾁꾁하라는 소리로다. 짐승들도 저리하니, 한번 호강은 하여볼라." 춘향이 좋아라고, "봉사님 말씀은 좋소마는 그렇기를 바라리까?" "헛 말 아닐 것이니 고름 매고 내기하자." 허봉사가 "아주 염려 말고 잘 있거라. 후차 다시 보자." 춘향이 돈 서돈을 내어주며, "이것이 약소하나, 주자(酒資)[1169]나 하옵소서." 봉사 길게 서 뼈

1167) 강청월근인 : '강이 맑으니 달이 사람에게 가까이 온다'는 뜻으로 맹호연의 〈숙건덕강(宿建德江)〉의 한 구절. 이 시의 전문은 다음과 같다. "移舟泊煙渚(배를 옮겨 안개 낀 물가에 대니) / 日暮客愁新(날을 저물어 나그네의 시름 새롭대) / 野曠天低樹(들이 넓어 나무 끝에 나직한데) / 江淸月近人(강이 맑으니 달이 사람에게 가까이 온다)."
1168) 형산 백옥 : 중국 형산에서 나오는 백옥, 보물로 전해오는 흰 돌. 어질고 착한 사람을 비유적으로 이르는 말.

기고, "아서라, 고만두어라. 우리 터에 복채가 없은들 점 한번 못 한단 말이냐? 고만두어라." 왼손을 내밀면서 "수나 옳은지 지금 쇠천[1170]은 못 쓴단다." 받아가지고 돌아가고, 춘향은 봉사 말 듣고 일희일비(一喜一悲)하여 도련님 오기 기다릴 제,

이 때 어사또 손칠[1171]에서 밤을 지내고, 이튿날 춘향이 생각 간절하여 읍으로 내려온다. 천천히 완보(緩步)하여 박석치(博石峙)[1172] 얼른 넘어 남원 동구(洞口) 다다르니, 객사청청유색신(客舍青青柳色新)[1173]하니 나귀 매던 버들이요, 녹수진경(綠樹秦京) 너른 뜰[1174]은 옛 다니던 길이로다. 광한루 잘 있더냐? 오작교 무사하냐? 산도 옛 보던 청산(青山)이요, 물도 옛 보던 녹수(綠水)로다. 춘향 고태(故態)[1175] 찾아가니, 송죽(松竹)은 의구(依舊)하나 춘향의 집 가련하다. 안채는 쓰러지고 바깥 장원 자빠지고, 서까래 고의 벗어[1176] 애우량이, 방중이, 초련당도 무너지고, 석가산(石假山)도 헐어지고, 화계동산 개똥밭이 되었구나. 대문간 다다르니 울지경덕(蔚遲敬德) 진숙보(秦叔寶)를 붙였더니, 풍마우세(風磨雨洗)하여 몸판은 떨어지고 목만 남은 것이 눈깔을 부릅뜨고 더디 온다 흘깃하고 보는구나. 서화(書畫) 부벽입춘서(付壁立春書) 하나 없이 떨어지고, 효제충신(孝悌忠信) 예의염치(禮義廉恥) 내 손으로 붙인 것이 모두 쓰러지고, 충성 충(忠)자 남은 것이 가운데 중(中)자는 어디로 가고 마음 심(心)자만 먼지 찰쑥 뒤집어쓰고 희

1169) 주자 : 술값.
1170) 쇠천 : 소전(小錢)을 속되게 이르는 말.
1171) 손칠 : '손실'의 오기인 듯하다. 손실은 지금의 전라북도 임실군 강진면 옥정리의 지명이다.
1172) 박석치 : 남원 북쪽에 있는 고개의 이름.
1173) 객사청청유객신 : '객사에는 푸릇푸릇 버들잎이 새롭구나'. 당나라 왕유의 〈송원이사안서(送元二使安西)〉의 한 구절.
1174) 녹수진경 너른 뜰 : 가로수가 푸른 넓은 뜰, 당나라 시인 송자문(宋子問)의 시 〈조발소주(早發韶州)〉에 '綠樹秦京道 青雲洛水橋'라는 구절이 보인다.
1175) 고태 : 옛 모습 또는 옛 자태.
1176) 고의 벗어 : 껍데기가 홀랑 벗겨져서.

미하게 뵈는구나. 청삽사리 거동보소. 비루[1177)]를 잠뿍 올라 기운을 못차
리고 발로 희적이며 옛 정을 모르노라 목쉰소리로 짖는구나. 학두루미 한
쌍 노는 것이 한 마리 절로 죽고 또 한 마리 남은 것이 한 죽지는 개가
물어 축 처지고 섶 한 죽지 펼치면서 구면(舊面)을 반겨라고 길록 뚜루록
하는 거동 처량도 하거니와, 연못에 놀던 붕어 하나도 없이 어디를 가고
올챙이는 우물우물 하는구나. 노송(老松), 반송(盤松), 금사오죽(金絲烏竹)
청청이 푸르렷다. 어사또 그 모양을 보고 한숨 쉬며 하는 말이, "집 모양이
이러할 제 제 모양이야 오죽할까? 불쌍타고 하려니와 가이없이 되었도다."
  일락서산(日落西山)하여 황혼이 되었구나. 중문을 들어가니 춘향모 거동
보소. 마당을 정히 쓸고, 소반(小盤)에 새 동이에 정화수(井華水)[1178)] 떠다
놓고, 목욕재계(沐浴齋戒) 정히 하고 새 자리 펼쳐 깔고 두 무릎 도도 꿇고
두 손을 곧추 비는 말이, "상천일월(上天日月) 하지(下地) 후토부인(后土夫
人)[1179)] 삼십삼천(三十三天) 이십팔수(二十八宿)[1180)], 삼태성(三台星), 북두칠
성(北斗七星), 십신제왕(十神諸王), 오악산신(五嶽山神)[1181)], 사해용왕(四海龍
王), 제불제천(諸佛諸天), 나한보살(羅漢菩薩)[1182)], 오방신장(五方神將)[1183)],

1177) 비루 : 개, 말, 나귀 따위의 피부가 헐어서 털이 빠지고, 이런 현상이 차차 온몸에 번지
     는 병.
1178) 정화수 : 이른 새벽에 길은 우물물. 조왕에게 가족들의 평안을 빌면서 정성을 들이거
     나 약을 달이는데 쓴다.
1179) 하지 후토부인 : 후토는 토지를 맡은 신. 후토부인의 영험함에 대한 이야기가 〈태평광
     기(太平廣記)〉에 실려 있다.
1180) 이십팔수 : 옛날 천문학(天文學)에서 하늘을 사궁(四宮)으로 나누고, 다시 각 궁마다
     일곱 성수(星宿)로 나눈 것을 일컫는 말.
1181) 오악산신 : 이름난 다섯 산에 있는 산신. 우리나라의 오악으로는 동의 금강산, 서의
     묘향산, 남의 지리산, 북의 백두산, 중앙의 삼각산이 있으며, 중국의 오악으로는 태산
     (泰山), 화산(華山), 형산(衡山), 항산(恒山), 숭산(崇山)이 있다.
1182) 나한 보살 : 나한은 아라한(阿羅漢)으로 생사를 이미 초월하여 배울 만한 법도가 없게
     된 경지의 부처를 이르는 말. 보살은 위로 보리를 구하고 아래로 중생을 제도하는
     대승불교의 이상적 수행자상.
1183) 오방신장 : 다섯 방위를 지키는 다섯 신. 동쪽의 청제(靑帝), 서쪽의 백제(白帝), 남쪽
     의 적제(赤帝), 북쪽의 흑제(黑帝), 중앙의 황제(黃帝)이다.

고개고개 주찰(周察)하사, 서낭당[1184] 마누라 화위동심(化爲同心)[1185]하여
하림하감하옵소서. 삼청동(三淸洞) 거하옵는 건명(乾命) 임자생 이씨 대주
(大主)[1186]와 곤명(坤命) 임자생 성씨 계주가 백년동락지의(百年同樂之義)로
언약을 맺은 후에 일년이 못 되어서, 공방살(空房煞)[1187]이 들었던지 이별
하고 간 후에 소식조차 돈절한 중에 신관이 수청(守廳) 아니든다 하고 형
문삼치(刑問三治) 하옥(下獄)하여 지금 사오삭에 거의 죽게 되었으니, 소소
한 정성을 바치오니 열위제왕(列位諸王)님네 감응(感應)하옵시고 이씨 대
주 장원급제 출륙하와 남원부사를 하옵거나 전라어사를 하옵거나 양단간
에 하여 와서 죽게 된 춘향이 살려내어 금슬 좋아 유자생녀(有子生女)하고
부귀공명(富貴功名)하여 나라의 충신되고 부모께 영화 보여, 금옥만당(金
玉滿堂)[1188]하고 만대유전(萬代流傳)하게 점지하여 주옵소서."

　손을 들어 백배사례(白拜謝禮)하고, 자리에 돌아 앉아 땅바닥을 탕탕 두
드리며 우는 말이, "천지도 무심하지. 이 정성 바치기를 사오삭이 되었으
되 도련님이 오련만은, 정성이 부족턴가, 춘향이 죽을 운수든가? 옥바라
지 지질하고 세간집물 없앴으니, 무엇 팔아 구해갈까? 야속하지 야속하
지, 도련님도 야속하지. 한번 떠나가신 후에 편지 일장 없었으니 내 딸
살기 어렵도다. 설운 말을 누구더러 할까? 팔십 먹은 늙은 년이 무슨 죄가
심중(深重)하여 소년(少年)에 과부(寡婦)되어 철모르는 어린 딸을 앞을 세
우고 살아갈 제, 고생한 말 하자 하면 한 입으로 다할소냐? 딸을 길러 장
성한 후 이 때 편해볼까 저 때 편해볼까, 세월이 날 속이고 갈수록 이러하
니, 몹쓸놈의 귀신들아, 이팔청춘귀남자(二八靑春貴男子) 잡아가지 말고

1184) 서낭당 : 토지와 마을 지켜주는 신인 서낭신을 모신 집.
1185) 화위동심 : 한 마음으로.
1186) 대주 : 무당이 굿하는 집이나 단골로 다니는 집의 바깥 주인을 이르는 말.
1187) 공방살 : 부부 간에 사이가 나쁜 살. 살(煞)은 사람을 해치거나 물건을 깨뜨리는 모질
　　　고 독한 귀신의 기운.
1188) 금옥만당 : 금관자나 옥관자를 붙인 높은 벼슬아치들이 방안에 가득함. 곧 집안의 번
　　　성함을 이르는 말.

나같은 년이나 잡아가거라. 아니 죽어 원수로다, 애고애고 설운지고. 영
감아 영감아, 날 데려가게. 여산 악귀야, 날 잡아가거라. 이 설움을 어찌
할고?" 한참 이리 울 제, 어사또 한참 서서 듣다가 혼잣말로, "내가 선조
(先朝) 덕분으로 과거한 줄 알았더니, 춘향모 향단이 덕이로다."

춘향모 일어서며 "향단아." "예." "미음솥에 불 넣어라. 밤에 먹게 갖다
주자." 어사또 병신처럼, "여보게, 그 집에 있나?" 춘향모 부르는 소리를
듣고, 노랑머리 비켜꽂고 행주치마 두루치며, "거 누구요?" 나오다가 어사
보고 돌아서며, "거지는 눈도 없지. 이런 집이 무엇달라 보채는고?" "여보
게, 낼세." "내라니, 누구시오? 옳지 저 건너 김풍헌(金風憲)인가? 구실
돈1189)에 떨어진 거 몹시도 재촉하지. 오는 장날은 피문은 속곳을 팔아라
도 할 거시니, 염려말고 건너가오." "이 사람, 낼세." "애고, 눈도 딱도 하
지. 늙거들랑 죽어야지. 홍문거리 약계(藥契)1190)양반이로고. 약은 유감이
갖다 쓰고 여태 못갚아 걱정은 종종 하나, 할 수가 없어 못 갚았어. 염치
는 없소마는 수이 가져 갈 것이니, 염려말고 건너가오." "저 사람 보게,
낼세." "애고 내라니, 누구야? 굴뚝새 아들인가?" "서울 이서방일세." "오
호, 배골 배장사 이서방이로고. 해 다 저문날에 무슨 일로 찾아왔소? 내
설운 말 들어보오. 금산서 온 옥섬이는 신관 수청(守廳)들어 논 열 섬지기,
밭 보름갈이 장만하고, 저의 아버지 행수군관(行首軍官)1191), 오라비 관청
고자(官廳庫子)1192), 세간집물 장만하고, 호강이 무쌍하대. 춘향의 짓을 보
오. 구관자제를 못 잊어서 수절인가 정절인가 한다 하고, 두문사객(杜門辭
客)하다가 신관전에 걸려들어 옥귀신이 되겠으니, 요년의 짓이 있소? 이
서방도 서울 살지만은 노얄랑은 마오만, 서울 이가라면 대가리를 벗썩
벗썩 깨물고 싶어 못 살겠소. 백목(白木)은 다 매었소? 어느 때나 올라가

1189) 구실돈 : 세금. 구실이란 예전에 온갖 세납을 통틀어 이르던 말.
1190) 약계 : 약국. 혹은 약재 판매업자들의 동업 조합.
1191) 행수군관 : 우두머리 군관.
1192) 관청고자 : 조선시대 각 고을 관아에 있는 창고 출납을 맡아보던 구실아치.

오? 옥바라지 골몰하여 반가운 손님 본들 약주 한 잔 못 대접하니 불민(不
敏)하기 측량 없소." "이 사람, 그 이서방이 아니로세. 목소리도 몰라보나?
책방 이서방일세." "책방 이서방이라니, 지금 책방은 골주부(主簿)¹¹⁹³⁾라던
데 이서방이라니 누구야? 눈이 어두워 모르겠네." "구관자제로세." 춘향모
깜짝 놀라, "구관자제라니 참말인가, 헛말인가? 얼씨구나, 웬말인가? 내
몰랐네, 내 몰랐네. 인제 춘향이 살았구나. 지화자 좋을시고, 들어오게."
춤을 추며 달려들다가, 어사 모양을 들여다보다가 섬연히 물러서며, "이
런 놈에 세상 보이. 사람이 죽게 되니까 비렁뱅이 다 속이네. 비위 상해
못 살겠다." 어사또 어이없어, "이 사람아 가서(佳壻)¹¹⁹⁴⁾ 구관자제 이서방
일세. 늙은이 망령 작작 피우고, 날 좀 자세히 보게."

춘향모 들여다보니, 목소리는 어반하다마는 모양을 보니 가련없네. "향
단아, 불 내오너라. 얼굴을 자세히 보자." 불 켜들고 자세 보니 갈데없는
이서방이라. 왈칵 달려들며, "어허, 이게 웬일인가? 상전(桑田)이 벽해(碧
海) 된다더니, 이 지경이 웬일인가? 이런 놈의 꼴된 것 보게. 종로(鐘路)
상거지는 제게 대면 신선일세. 옳다, 이놈의 꼴 잘 되었다." 달려들어 도
포소매 검처잡고, "오류삭 축원키를 급제하라 빌었더니 거지되라 빌었던
가? 이제야 잘 되었다. 만난 김에 하여보자. 우리 춘향 죽었으니 나도 마
저 죽여다고." 멱살을 훔쳐잡고 이리저리 흔들면서, "내 집 꼴 좀 된 것
보소. 누구로 하여 이리 되었는가? 얼굴도 뻔뻔하지. 저 지경이 되어 가지
고 무엇하러 찾아왔나? 이런놈에 일이 있나? 애고 애고 설운지고. 시시때
때 바랐더니, 걸인 오기 바랐던가? 두수없이 죽었구나. 지난 일을 생각하
면, 깨물어 먹어도 시원치 아니하지." 몸부림을 땅땅 하니, 향단이 달려들
어, "마누하님 말으시오. 전정(前情)을 생각한들 이 지경이 웬일이오? 저
모양으로 오실 때에 그 마음이 오죽할까? 언약이 지중하여 천리원정(千里
遠程) 내려올 때 고생인들 오죽하였을까? 서방님 노여 마오. 늙은이 망령

1193) 주부 : 조선시대 여러 관아에 딸려 문서와 부적(符籍)을 관리하던 벼슬아치.
1194) 가서 : 참하고 훌륭한 사위.

으로 역정김에 한 일이오."

　어사또 어이없어 어루손 치는 말이, "여보게 장모, 내 말 좀 듣게." 춘향
모 역정내어, "장모라니 무엇이오? 아무 말도 듣기 싫어." "나도 올라가서
가운(家運)이 불행하여 집도 없이 다니다가, 춘향과 언약이 지중키로 불피
풍우(不避風雨) 내려올 제 고생한 말 어찌 다 할까? 원두막에 참외껍질 아
니면 벌써 죽었네. 내려와서 들어본즉 춘향이가 옥중에 갇혔다니 할 말은
없네마는, 죄 없으면 죽는 법이 없을 테니 제가 마지막 보고 가게 하여주
게." "보면 무엇할고? 다른 데나 가서 보게." 향단이 어사또 손을 잡고, "서
방님 노여 말고, 방으로 들어 가십시다." 어사또 춘향모를 비웃노라고, "이
애 향단아, 밥맛 본 지 며칠인지 형용(形容)을 잊겠으니 요기 좀 시켜다고."
향단이 부엌에 들어가서 먹던 밥을 정히 차려, "서방님 시장한데 우선 요기
하시옵소서." 어사또 미운 짓을 하노라고, "물 좀 떠다다고." 두 손을 훨쩍
걷고 찬밥을 굵게 뭉쳐 한 덩어리씩 들이키고 눈을 부릅뜨며 삼키면서
물 한번씩 마시니, 춘향모 또 어사 밥 먹는 거동을 보고, "음식 먹는 본새가
인제도 얼마 빌어먹을는지 모르겠다. 선서(善書) 덕분으로 남원책방 명정
(銘旌)[1195]써라. 아주 무용건(無用件)[1196]이라. 저런 착실한 서방 못 잊고서,
수절인지 기절인지 미친년의 계집 아이 옥귀신을 면해볼까?' 어사또 밥상
물려놓으며, "향단아, 요기는 면하였다마는 반양(半量)도 아니 찼다. 밥 좀
많이 하여다고. 여보 장모, 이왕 살아왔으니 나하고 같이 가서 얼굴이나
보게 하오." "그래서 숫컷이라 계집 생각은 나나 보다. 헌 누더기 속에 쌍태
서선 달고[1197] 쓸데 없네. 어서 돌아가게. 생각하여 무엇할고?' 향단이 하
는 말이, "서방님, 염려마오. 미음 가지고 갈 것이니 같이 가서 보옵소서."
춘향모 한숨 지며, "향단아 등불 들어라. 미음인가 먹이러 가자."

1195) 명정 : 죽은 사람의 관직과 성씨 따위를 적은 기. 일정한 크기의 긴 천에 보통 다홍
　　바탕에 흰 글씨로 쓰며 장사지낼 때 상여앞에서 들고 간 뒤에 널 위에 펴 묻는다.
1196) 무용건: 쓸데가 없는 물건을 이르는 말.
1197) 헌 누더기 속에 쌍태서선 달고 : 누더기 치마를 입은 가난한 처지에 쌍둥이를 배었다
　　는 말. 설상가상, 혹은 점입가경이라는 말.

어사 일어서며, "같이 가세." 앞을 서서 가는 거동 바람맞은 병신같이 비슥비슥 걸어가니, 춘향모 뒤에 가며 어사 모양보고 괴탄(愧歎)하며 우는 말이, "원수의 계집애년, 어서어서 죽었으면 제 팔자도 좋거니와 내 팔자는 더욱 좋다. 저런 것을 서방이라 믿고 있어 수절하네, 기절하네." 옥문에 다다라서, 독을 내어 하는 말이, "압다 이 년! 죽었느냐, 살았느냐? 이것이 웬일이니? 팔십 먹은 늙은년이 밤낮을 헤치 않고 옥문턱이 닳았구나. 바라고 믿더니만, 믿던 일도 허사로다. 잘 되었다, 요런 세판 다시 없다. 가슴 시원히 내다 보아라." 춘향이 혼미하여 누웠다가 깜짝 놀라, "애고, 어머니 어둔 밤에 왜 왔소?" "왔단다." "무엇이 왔나, 기별이 왔나? 삼청동(三淸洞)서 편지가 왔소?" "살아왔으니, 내다 보려무나." 춘향 반기 듣고, 무릎을 짚고 일어서며, "애고 다리야, 애고 목이야. 거기 뉘라 알려왔나? 반야산(般若山) 바위 밑에 숙낭자(淑娘子)[1198]가 설운 말을 하자 하고 나를 찾아 내려왔나? 수양산(首陽山) 백이숙제(伯夷叔齊)[1199] 충절사(忠節事)를 의논코자 내려왔나? 상산사호(商山四皓) 네 늙은이 바둑 두자 찾았던가? 날 찾을 이 없건마는, 거기 뉘라 날 찾는고?" 옥문 틈으로 내다보며, "뉘가 내려왔소?" 춘향모 하는 말이, "압다 요년, 반가울라. 종로 상거지 하나 예 와 섰다." 춘향 내다 보고, "애고 어머니, 망령이요. 눈이 어두워도, 마련이 있지요, 만져본들 모른단 말이오?" "압다 요년, 밝은 눈에 자세히 보아라. 이가놈이 아니면, 어떤 녀석의 아들이냐?"

어사또 문틈으로 가까이 가서, "춘향아, 내가 왔다. 저 지경이 웬일이니? 반가운 중 서럽구나. 내 사정 좀 들어보아라. 나도 운이 불행하여 기지사경 되었으나, 너와 언약 지중키로 촌촌전진(寸寸前進) 왔더니만, 저 지경 되었으니 피차 할 말 없거니와 저 고생이 오죽하랴?" 춘향 칼머리

1198) 반야산 ~ 숙낭자 : 고소설 〈숙향전(淑香傳)〉의 주인공인 숙향을 이르는 말. 숙향은 천상에서 죄를 짓고 반야산의 바위 밑으로 적강하였다.

1199) 백이숙제 : 백이와 숙제는 형제로 중국 은나라 말의 현인. 주나라 무왕이 은나라의 주왕을 치려고 하자 신하로서 임금을 쳐서는 안 된다고 간하다가 받아들여지지 않자 수양산에 들어가 굶어죽었다.

빗기 안고 그 자리에 주저앉아, "애고애고 설운지고, 저 지경이 웬일인 가? 내가 죽을 운수로다. 저 모양 내려올 제 남의 천대(賤待) 오죽하며 시 장인들 오죽할까? 수원수구(誰怨誰咎) 할 것 없네, 팔자나 한을 하지. 상 사일념(相思一念) 맺힌 한이 병입골수(病入骨髓) 깊이 들어, 생전에 다시 못 볼까 한일러니 천우신조(天佑神助)하여 오늘날 다시 만나보니 지금 죽 어 한이 없소. 내일 신관사또 생일 끝에 나를 죽인다 하니 혼이라도 원이 없소. 죽이거던 매장꾼[1200] 들리지 말고 서방님이 달려들어 육진장포(六 鎭長布) 찔찔 묶어 짊어지고 선영(先塋) 발치 묻어주면 정초, 한식, 단오, 추석 돌아와서 제수(祭需)[1201] 퇴물(退物) 물려놓고 술 한 잔 서방님이 친 히 들고 '춘향아' 부르면서 무덤 앞에 부어주면 그 아니 좋은 일이오. 내 집에 찾아가서 나 자던 방에 금침(衾枕) 펴고 편안히 주무시고, 내일 일찍 와서 죄인 올리라 영 나거든 칼머리나 들어주오. 나 한 말을 잊지 마오." "오냐, 우지 마라. 천파부생(天破復生)이요, 죽을 병에도 사는 약이 있느니 라. 신관이라 시관(尸官)은 매양 호강만 한다더냐? 염려 말고 조섭이나 잘 하여라. 내일 오마." 하직하니, 춘향이 저의 모를 부르더니, "서방님 모시고 가서 더운 방에 내 금침 펴고 잘 주무시게 하고, 노리개 접물(接 物) 팔아 의복관망(衣服冠網)[1202] 하여 드리고 부디 잘 대접하여 주오."

춘향모 역정내며 손뼉치며, "동네 사람 들어보소. 낫편 궁근 몰라보곤, 허는 궁근 안다 하니[1203] 이런 년의 말이 있나? 팔십 먹은 늙은 년이 사오 삭 옥바라지 하노래도 술 한 잔, 담배 한 대 먹어보란 말이 없더니만, 원 수엣놈 보던 낯에 노리개 팔아라, 의복을 팔아라, 잠재워라, 잘 먹여라 이 것이 웬말이니? 마음 같게 되면, 난장(亂杖)[1204] 주리[1205]를 한참 하면 시

1200) 매장꾼 : 시체나 유골 따위를 땅속에 묻는 사람.
1201) 제수 : 제사에 드는 여러 가지 재료. 제물(祭物).
1202) 의복관망 : 옷, 갓, 망건을 이르는 말.
1203) 낫편 ~ 안다 하니 : 미상.
1204) 난장 : 고려·조선시대에 신체의 부위를 가리지 않고 마구 매로 치던 고문.
1205) 주리 : 죄인의 두 다리를 한데 묶고 다리 사이에 두 개의 주릿대를 끼워 비트는 형벌.

원할 듯하다." 춘향이 "여보 어머니, 이것이 무슨 말씀이오? 전정(前情)을 몰라보고 배은망덕(背恩忘德) 될 말이오? 서방님, 늙은 망령으로 알고 노여워 말고 부디 나 한 말씀 잊지 마오." "오냐, 글낭 염려 마라. 죽는 법이 없느니라. 조섭이나 잘 하여라." 하직하고 돌아올 제, 한 모퉁이 돌아와서 춘향모 하는 말이, "서방님은 어디로 가시려오?" "자네 집으로 가지." "여보 이것이 진소위(眞所謂) 드레질1206)이요. 옥바라지 하느라고 집 팔아 먹고 남의 곁방에 든 줄 뻔히 알면서 집이라니 무엇이오?" 어사또 하는 말이, "여보게 장모, 곁방인들 하룻밤이야 못 잘까? 너무 괄시하네. 눈치를 그다지도 모르는가? 이것 좀 보게." 마패를 내어 뵈니, 춘향모 한참 들여다보다가, "이런 놈의 심사 보게. 남의 집 접시를 뚜드려 차고 다니네 그려. 멀쩡한 도적놈일다." 뿌리치고 달아난다.

어사 하릴없어 광한루 찾아가서 좌우산천(左右山川) 살펴보니 전일 모양 의구(依舊)하다. 난간에 의지하여 밤을 새울 제, 각읍 수령 선불선(善不善)과 방방곡곡 염탐 문서와 신관의 죄목죄단을 일일이 치부하고, 내일 출도할 양으로 좌우도(左右道) 보낸 추종(騶從) 서리(胥吏) 내일이면 올까 하며 앉았더니, 동방에 기명(旣明)커늘 좌우로 비장(裨將) 서리(胥吏), 미명(未明)의 다량(多量)하나, 어사또 각처 문서 받은 후에 분부하되, "오늘 오시에 본읍 출두 할 터인즉, 착실히 거행하라." 각처 역졸들이 분부 듣고 등대할 제,

이 때 본관 생일이라. 공방 불러 포진(鋪陳)하되1207), 동헌 마루 보계(補階)1208) 매고, 구름차일(遮日)1209) 높이 치고, 산수병(山水屛)1210), 인물병(人

1206) 드레질 : 사람의 됨됨이를 떠 보는 일.
1207) 포진하되 : 앉을 자리를 마련하게 하되. '포진'이란 바닥에 깔아놓는 방석, 요, 돗자리 따위를 통틀어 이르거나 잔치를 할 때 앉을 자리를 마련하는 일을 가리키는 말.
1208) 보계 : 잔치나 큰 모임이 있을 때 마루를 넓게 쓰려고 대청마루 앞에 좌관을 잇대어 임시로 만든 자리.
1209) 구름차일 : 아주 높이 친 햇볕을 가리기 위한 포장.
1210) 산수병 : 산수를 그려넣은 병풍.

物屛), 한무제(漢武帝)의 면난석[1211]을 줄로 친듯이 깔아놓고, 사롱(紗籠)[1212], 촛대, 양각등(羊角燈)[1213]을 줄줄이 달아놓고, 세악수(細樂手)[1214] 불러 삼현(三絃)[1215] 등대하고 수노 불러 기생 등대시키고, 관청빗[1216] 불러 음식등대하고 호방(戶房) 불러 감상(監床)[1217]시키고, 예방(禮房) 불러 손 대접 시키라 한참 분분할 제, 인근읍 수령들이 모였구나. 임실현감(任實縣監)[1218], 구례현감(求禮縣監), 전주판관(全州判官)[1219], 운봉영장(雲峯營將)[1220] 차례로 들어올 제, 차례로 앉은 후에 아이기생 녹의홍상(綠衣紅裳), 어른기생 착전립(着戰笠)하고, 늙은 기생 영솔(領率)하며, 거문고 남청(男淸) 들고, 해금은 여청(女淸)이라[1221]. 긴 삼현(三絃) 대무(隊舞) 보고 영산도드리[1222], 잡춤 볼 제[1223] 거상(擧床)[1224] 치고 상 올린다.

1211) 한무제의 면난석 : 좋은 자리나 방석을 뜻하는 말인 듯하나, 자세한 것은 알 수 없다.

1212) 사롱 : 사등롱(紗燈籠). 여러 빛깔의 깁으로 거죽을 씌운 등롱.

1213) 양각등 : 양의 뿔을 고아서 만든 투명하고 얇은 껍질을 씌운 등.

1214) 세악수 : 임금의 거둥, 군대의 행진, 관리의 행차 등에 쓰이는 행악(行樂)을 연주하는 악대는 크게 '취타수'와 '세악수'로 나뉜다. 그 중 세악수는 장구, 북, 피리 등으로 구성되는 악공들을 말한다.

1215) 삼현 : 거문고, 가야금, 향비파의 세 가지 현악기를 통틀어 이르는 말.

1216) 관청빗 : 관청색(官廳色). 조선 시대에 수령의 음식물을 맡아보던 구실아치.

1217) 감상 : 점잖은 자리에 올릴 음식상을 점검하는 일.

1218) 현감 : 조선 시대에 둔 작은 현의 으뜸 벼슬. 품계는 종 6품이다.

1219) 판관 : 조선 시대에 지방 장관 밑에서 민정을 보좌하던 벼슬아치. 관찰부, 유수영 및 주요 주(州), 부(府)의 소재지에 두었다.

1220) 영장 : 조선 시대에 둔 각 진영(鎭營)의 으뜸 벼슬. 정삼품 벼슬로 중앙의 총융청, 수어청, 진무영에 속한 것과 각 도의 감영, 병영에 속한 두 가지 계통이 있는데, 모두 지방 군대를 관리하였다.

1221) 거문고는 ~ 여청이라 : 여기서의 '청(淸)'은 성음(聲音)을 뜻하는 것으로, 거문고의 음색은 낮고 굵기 때문에 '남청'이라고 하고, 해금은 그와 반대로 음색이 가늘고 높기 때문에 '여청'이라는 말을 쓴 것으로 보인다.

1222) 영산도드리 : 거문고가 중심이 되는 영산회상인 현악영산회상을 이르는 말.

1223) 긴 삼현 대무 보고 영산들리 잡춤 볼 제 : 삼현육각 편성으로 연주하는 경우를 '대풍류 무용곡'이라고 하는데, 대개 느린 장단을 쓰는 음악으로 시작하여 점점 빠른 장단을 쓰는 곡이 연주되며, 춤 역시 느린 춤으로 시작하여 후반으로 갈수록 빠른 춤으로 바뀐다. 또 대풍류 무용곡에는 본영산잔영산도드리 등과 같은 영산회상 계통의 곡도

어사또 삼문간에 다니면서 들어갈 틈을 찾을 제 혼금(閽禁)[1225]이 대단
하다. 문 옆에 비켜서서 도사령더러, "여보, 오늘 생일 잔치에 음식이 번
화하니 술잔이나 얻어 먹으면 어떠하오?" 도사령놈 등채[1226]들고 후리치
며, "못 하지요. 사또 분부 지엄하여 잡인들 들였다가 절곤[1227] 중치(重治)
한다 하니 얼씬 마오." 어사 하릴없이 관문거리로 다니면서 혼잣말로, "매
우 잘들 논다마는 한번 똥은 싸 보리라." 다니다가 문간을 들여다보니, 도
사령놈 똥을 누러 간 사이에 주먹을 불끈 쥐고 동헌을 쳐다보며, "여쭈어
라, 여쭈어라, 대상(臺上)에 여쭈어라. 얻어먹는 걸인 술잔이나 얻어먹자
여쭈어라." 대상에서 호령난다, "우선 문군사(門軍士)[1228] 보라 하고 저 걸
인 내몰아라." 좌우나졸 달려들어 상투 잡고 뺨도 치며 팔도 끌며 다리
들고 풍우(風雨)같이 몰아낼 제, 도사령놈 분을 내어 등채로 후리치며, "이
놈 너로 하여 죄 당하게 되었으니 잘 되었다." 함부로 탕탕 후리치니 어사
또 욕을 보고, "저놈은 눈에 게뚜지[1229] 졌것다." 표하여 두고 돌아다니다
가 월랑(月廊)[1230] 틈으로 들어가서 모진 양반 행청에 올라가듯 붓석 올라
가 운봉 옆에 앉으니 본관이 호령하되, "그 소년 악소년(惡少年)[1231]이로
고. 대하(臺下) 있다가 술잔이나 주거든 먹고 가는 것이 아니라 좌상(座上)

존재한다. 따라서 본문의 구절은 느린 장단의 대풍류 무용곡으로 반주하는 춤을 먼저
보고난 뒤, 보다 빠른 장단의 대풍류 무용곡으로 반주하는 춤을 이어서 보았다는 뜻으
로 해석할 수 있다.

1224) 거상 : 잔치 때나 큰 손님을 접대할 때 큰상을 올리기에 앞서 먼저 풍류와 가무를
펼쳐 보이는 일.

1225) 혼금 : 관아에서 잡인의 출입을 금지하던 일.

1226) 등채 : 무장(武裝)할 때 쓰던 채찍. 굵은 등(藤)의 도막 머리 쪽에 물들인 사슴가죽이나
비단 끈을 달았다.

1227) 절곤 : 미상.

1228) 문군사 : 종묘(宗廟)와 궁궐 또는 각 고을의 문을 지키던 군사.

1229) 게뚜지 : 게뚜더기. 눈두덩 위의 살이 헐거나 다친 자국이 있어 꿰맨 것처럼 보이는
눈. 혹은 그런 눈을 가진 사람.

1230) 월랑 : 행랑(行廊).

1231) 악소년 : 불량소년. 행실이나 성품이 나쁜 소년.

에 함부로 올라온단 말인가?" 운봉이 청하는 말이, "그 양반을 보아하니 좌상에 앉을만한 양반인가 하니 관계하오?" 좌상에 상 올린다. 운봉이 분부하여, "저 양반께 상 올리라."

어사 앞에 상 올릴 제, 가만히 살펴보니 모 떨어진 개상반[1232], 대추 하나, 밤 하나, 저리김치, 모주(母酒)[1233] 한 사발이라. 내 상 보고 남의 상 보니 없던 심정 절로 난다. 어사또 상을 받다 실수한 체 하고 발길로 차며 좌상에 엎어 놓고, "아뿔싸! 식복(食福)없는 놈은 이런 때 알겠구나." 소매로 훔쳐다가 좌상으로 뿌리면서, "실수하여 이리 되었으니 어찌 알지 마오." 좌객의 얼굴이 모두 술이 튀매 본관이 상을 찡그리며, "망측한꼴 다 보겠다. 운봉으로 하여 이 봉변을 하것다." 어사또 하는 말이, "점잖은 좌석에 실수가 되었으니 미안하오." 운봉이 상을 물려 어사 앞에 밀어 놓으니, 어사또 하는 말이, "이것이 웬일이오?" 부채를 거꾸로 잡고 운봉 옆구리를 벗석 찌르며, "갈비 한 대 자셔 보오." 운봉영장 깜짝 놀라, "이 양반, 생갈비를 떼려 드오?" 솔방울 선초(扇貂)를 되지 않게 휘두르니 운봉이 고개를 비키면서, "이 양반 선초 그만 두르시오. 눈 빠지겠소." 부채로 운봉 찌르며, "술이라 하는 것이 권주가(勸酒歌) 없으면 무미(無味)하니, 기생 하나 불러 권주가 한 번 들으면 어떠하오?" 운봉영장 하는 말이, "동기(童妓) 하나 내려와 권주가 하여 술 권하라. 부채 바람에 옆구리 창(窓) 나겠다." 기생 하나 내려오며, "운봉사또는 분부 한 못 맡았나 보다. 망측한 꼴 다 보겠네. 권주가 아니면 술이 아니 넘어가나?" 제반악증(諸般惡症)[1234] 소리하며 곁에 와 앉는구나. 어사또, "고년 얌전하다. 술 부어라, 먹자." 술 부어들고 권주가 할 제 외면하고, "잡으시오 잡으시오, 이 술 한 잔 잡으시면 천만년이나 막문루식 하오리다." 어사또 술 마시며, "좋

1232) 개상반 : 개다리소반. 상다리 모양이 개의 다리처럼 휜 막치 소반.
1233) 모주 : 약주를 거르고 남은 찌꺼기 술.
1234) 제반악증 : 여러 가지 악한 증세. 본문에서는 '온갖 싫은 소리를 하여가며'의 뜻으로 쓰이고 있다.

다." 산적꼬치를 빼어 질경질경 씹으면서, "요년, 이것 마주 물어라." "고
기 먹을 줄 몰라요." 입가로 부연 물을 흘리면서, "요년, 입 한 번 맞추자."
기생년 일어서며 욕지기하며, "간밤 지난밤 꿈자리가 사납더니, 망측한
꼴을 다 보겠네." 욕설이 분분하니 "조년은 눈 밑에 사마귀 낫겠다. 여보
운봉, 식후제일미(食後第一味)라. 동기(童妓) 분부하여, 담배 한 대 붙여 먹
으면 어떠하오?" "동기 하나 와서 담배 한 대 붙여드려라." 동기 상을 찡그
리고, 머리를 긁적이며, "이 양반 담뱃대 이리 주오." 곱돌대 내어주니 담
배 담아 붙여 담배통을 붓썩 들이밀며, "옛소, 담배 잡수." 어사또 깜짝
놀라 "압다 요년, 수염 다 끄스르겠다. 방정맞은 년이로고. 저년은 턱 밑
에 점이 있것다."

어사또, "좌중(座中)의 통합시다[1235]. 금일 성연(盛宴)에 음식은 잘 먹었
으니 시축(詩軸)[1236]을 내어주면 글이나 한 귀 짓고 가면 어떠하오?" 이방
불러, "지필(紙筆) 들이라." 지필묵 들여놓으니, 운자(韻字)는 피 혈(血), 기
름 고(膏), 높을 고(高)자라. 어사또 일필휘지(一筆揮之)하여 운봉을 주니,
운봉이 받아가지고 자세히 본즉, '금준미주는 천인혈(金樽美酒千人血)이요,
옥반가효는 만성고(玉盤佳肴萬姓膏)라, 촉루락시에 민루락(燭淚落時民淚落)
이며, 가성고처에 원성고(歌聲高處怨聲高)[1237]라' 하였거늘, 이 글 뜻이 장
히 유상하다. 어사또 글 지어 운봉 주고 일어서며, "음식을 잘 먹고 가오."

삼문간으로 나간 후에 좌중(座中)이 글을 들어 보고, 이 글이 원을 시비
하고 백성 위한 뜻이니 삼십육계(三十六計)의 주위상책(走爲上策)[1238]이라.

1235) 좌중의 통합시다 : 앉아있는 사람끼리 인사를 나누자는 말.
1236) 시축 : 시를 적는 두루마리.
1237) 금준미주는 천인혈 ~ 가성고처에 원성고 : '금으로 만든 술동이의 맛좋은 술은 일천
　　사람의 피요, 옥소반에 담긴 좋은 안주는 만백성의 기름이라. 촛불 눈물 떨어질 때에
　　백성의 눈물도 떨어지고, 노래 소리 높은 곳에 원망 소리 높았도다.' 이 시는 명대의
　　전기소설(傳奇小說)인 〈오륜전비(五倫全備)〉에 나온 시를 약간 변개한 것이다.
1238) 삼십육계의 주위상책 : 위험이 닥쳐 몸을 피해야 할 때에는 많은 계책 중에서도 싸우
　　거나 다른 계책을 세우는 것보다도 우선 피하는 것이 가장 좋은 방법이라는 말.

운봉, 본관에게 하는 말이, "여보, 나는 내일 환상(還上) 시작하겠기로 종일(終日) 동락(同樂) 못하고 먼저 가오." 운봉 돌아간 후 곡성현감 운봉 가는 것 보고, "오늘 저녁이 친기(親忌)[1239]기로 먼저 가오. 평안히들 가오." "먹을 것 없다고 먼저들 가시오?"

한참 분분할 제, 어사또 거동보소. 세살부채 번듯 들어 군호(軍號)[1240]하니 세패역졸(細牌驛卒)[1241] 거동보소. 순천, 담양, 대평, 양새 조회 들어 끈을 달고 육노리[1242], 등채 손에 들고, 석자 세치 감발[1243]하고, 온달같은 쌍마패(雙馬牌)[1244]를 삼문을 두드리며 "암행어사 출두(出頭)하오" 소리를 지르면서 길청[1245]으로 들어가며, "이방! 호방!" "네." 몽치로 후려치며, "예방! 공방!" "네." "이놈! 어서 나오라." 직근직근 두드리며, "남여(藍輿)[1246] 대령 바삐하라!" "애고 뺨이야, 눈 빠지네." "행수병방!" "네." "어서 바삐 나와, 삼현취타(三絃吹打) 등대하라[1247]." 애구지구 야단할 제, 동헌 마루 장관일다. 부서지느니 양금, 해금, 거문고, 깨여지느니 장고, 북통, 부러지느니 피리, 젓대[1248], 요강, 타구, 재떨이, 사롱(紗籠), 촛대, 양각등

1239) 친기 : 부모의 제사.
1240) 서로 눈짓이나 말 따위로 연락함. 혹은 그런 신호.
1241) 세패역졸 : 벙거지를 쓰고 청홍색 옷을 입고 후방에 배종하는 역졸.
1242) 육노리 : 육모 방망이를 가리키는 말인 듯하다. 육모 방망이는 역졸이나 포졸들이 쓰던 여섯 모가 진 방망이.
1243) 감발 : 발감개. 혹은 발감개를 한 차림새. 예전에 주로 지체가 낮은 사람들은 버선을 신지 않고 천으로 발을 둘둘 감고 다녔다.
1244) 쌍마패 : 두 필의 말을 사용하도록 나라에서 벼슬아치에게 발급하던 마패. 두 필의 말이 새겨져 있다.
1245) 길청 : 군아(郡衙)에서 구실아치가 일을 보던 곳.
1246) 남여 : 의자와 비슷하고 뚜껑이 없는 작은 가마. 승지나 참의 이상의 벼슬아치가 탔다.
1247) 삼현취타 등대하라 : 이 말은 삼현취타수 즉 삼현취타 악대를 불러 삼현육각 음악을 준비하라는 뜻으로 보인다. 삼현육각 악대는 잔치에서 무용의 반주 혹은 거상악(擧床樂)을 맡아서 연주한다. 삼현육각 편성은 보통 피리 2, 대금 1, 해금 1, 장구 1, 북 1의 편성을 말한다.
1248) 젓대 : 대금. 우리나라의 전통적인 관악기 가운데 하나. 삼금 가운데 가장 큰 것으로 묵은 황죽(黃竹)이나 쌍골죽으로 만든다. 구멍은 열 세 개이며 음역이 넓어서 다른 악기의 음정을 잡아주는 구실을 한다.

은 바람결에 깨어져서 조각조각 하여지고. 임실현감 말을 거꾸로 타고, "말 목이 근본 없더냐?" 성화나서 도망하고, 구례현감 오줌 쌌고 검을 보고 겁을 내어 쥐구멍에 상투 박고, "누가 날 찾거든 벌써 갔다고 하여다고." 전주판관 갓을 뒤집어 쓰고, "어느 놈이 갓구멍을 막았단 말이냐?" 개구멍으로 달아나고, 본관은 똥을 싸고 내아에 들어가서 다락에 들어앉아, "문 들어온다, 바람 닫아라. 문 들어온다." 대부인도 똥을 싸고 실내부인 똥을 싸서 온 집안 똥빛이라. 하인 바삐 불러, "왔습니다." "거름장사 바삐 불러 똥을 대강이라도 치워다고."

　저 역졸놈 심사보소. 길청[1249], 장청(將廳)[1250], 형방청 들이달아 와직근 뚝딱, 육방아전(六房衙前) 불러들여 만항폐 백사실하고, 환상(還上) 전결(田結) 닦은 후에 우선 본관은 봉고파직(封庫罷職)[1251] 장계(狀啓)하고, 형리 불러 "수도(囚徒) 들이라." 죄인 치죄(治罪)하고 각관의 비(婢), 관노(官奴)와 각처 죄인 이리저리 이수(移囚)하며, "춘향 올리라." 형방 바삐 가며 옥사쟁이[1252] 재촉하여, "춘향 바삐 올리라." 옥사쟁이 옥문을 열떠리고, "나오너라. 죄수 춘향 나오너라." 춘향 깜짝 놀라, "애고, 오늘 잔치 끝에 무슨 일이 있다더니, 인제는 죽나 보다. 한양 계신 서방님이 어제 저녁 오셨기로 오늘 와서 칼머리나 들어달라 하였더니 기한(飢寒)을 못 이기어 구복(口腹) 채우러 가셨는가? 아니 올 리 없건마는 어찌 걸어 올라갈까? 애고 다리야, 애고 목이야." 전목칼을 빗기 안고 저축저축 올라가며, "애고애고, 설운지고. 어머니는 어디 가고 따라올 줄 모르는고?" 도사령놈 소리 질러, "바삐 걸어라."

　동헌 뜰에 다다르니 어사또 백포장(白布帳) 틈으로 내려다보고 불쌍하

1249) 길청 : 군아(郡衙)에서 구실아치가 일을 보던 곳.
1250) 장청 : 군아와 감영(監營)에 속한 장교가 근무하던 곳.
1251) 봉고파직 : 어사나 감사가 못된 짓을 많이 한 고을의 원을 파면하고 관가의 창고를 봉하여 잠그던 일.
1252) 옥사쟁이 : 옥졸(獄卒). 옥에 갇힌 사람을 맡아 지키던 사람.

고 반가우나 체통도 생각하고 한 번 조롱 하느라고, "해칼하라." 칼 벗기
고 분부하되, "네가 춘향인가?" 춘향 정신차려, "네." "너는 어이한 계집으
로 본관사또 수청(守廳)도 아니 들고 관정(官庭)에서 발악(發惡)하며 능욕
관장(凌辱官長) 하였다니, 그런 도리가 있을까? 노류장화 인개가절이어든,
너만한 년이 그다지 완만(頑慢)[1253]할까?" 형방이 분부하니, 춘향이 기진
한 목소리로, "아뢰리다 아뢰리다, 사또전에 아뢰리다. 소녀 본시 창녀(娼
女)로서 구관자제로 백년결약 하온 후에 대비정속하와 퇴사(退社)하옵고,
사또 체귀시에 부득동행(不得同行)하와 두문사객(杜門辭客)하와 도령 데려
가실 때만 바라고 있삽더니, 신관사또 도임초에 수청(守廳) 거행하라 하시
기에 못 할 줄로 아뢰온즉, 형문삼치(刑問三治) 중장(重杖)하와 착가엄수
(着枷嚴囚) 하옵신즉 소녀는 죽사와도 열불경이부지심(烈不敬二夫之心)을
일시(一時)인들 잊으리까? 수절하다 죽었으면 옳은 귀신 되겠기로 어서
죽기 원(願)이외다." 어사또 춘향 거동 살펴보며 목소리를 들어본즉, 바삐
내려가서 붙들고 싶으나 억지로 진정하여, "여보아라, 본관사또 수청(守
廳)은 거역하였거니와 오늘부터 내 수청(守廳)도 칭탈(稱頉)[1254]할까? 바삐
올라와서 거행하라." 춘향 다시 꿇어 엎드리며, "애고애고, 내 팔자야. 조
약돌을 면하면 수마석(水磨石)을 만났구나[1255]. 여보 어사또님, 이것이 웬
말씀이요? 수의(繡衣)로 오실 때는 불효부제(不孝不悌), 오륜삼강(五倫三綱)
모르는 놈, 준민고택(浚民膏澤)[1256] 하는 수령, 공사불치(公事不治) 하는 수
령 염탐하러 오셨지요? 이런 일을 밝혀주지 않으시고, 수절하는 계집더러
수청(守廳)들라 하는 법이 대전통편에 있나이까? 이런 누설(陋說) 들은 귀
를 영천수(潁川水)에 씻어볼까[1257]? 살아나면 무엇하오? 어서 바삐 죽여주

1253) 완만 : 성질이 모질고 거만함.
1254) 칭탈 : 무엇 때문이라고 핑계를 대는 일.
1255) 조약돌을 면하면 수마석을 만났구나 : 어려운 일을 가까스로 피하고 나니, 더욱 어려
　　운 일을 만나게 되었다는 말. 수마석이란 물결에 씻겨 닳아서 반들반들하게 된 돌.
1256) 준민고택 : 재물을 마구 착취하여 백성을 괴롭힘.
1257) 이런 누설 ~ 씻어볼까 : 영천수는 하남성(河南省) 등봉현(登封縣)에서 발원하여 안휘

오. 혼이라도 미망낭군(未忘郎君) 좇아가지. 애고애고 설운지고."

어사또 우는 소리를 듣고 흉격(胸膈)이 막혀, "춘향아, 얼굴을 들어 쳐
다보아라." "보기도 싫고 듣기도 싫고, 기운 없어 말도 하기 싫사오니, 어
서 바삐 죽여주오." 어사또 금낭(錦囊)을 열어 옥지환(玉指環)을 내어 형리
(刑吏) 주며, "춘향이 갖다주라" 하고 백포장(白布帳)을 걷어치고, 춘향이
옥지환을 본즉, 이별할 제 도련님 드리던 신물(信物)이라. 정신차려 대상
(臺上)을 쳐다보니, 미망낭군(未忘郎君) 거기 있네. 천금(千金)같이 무겁던
몸이 홍모(鴻毛)[1258]같이 가벼워 몸을 날려 일어서며, 얼시고나 절시고나,
지화자 좋을시고. 춤을 추며 올라가서 어사또 목을 얼싸 안고 여산폭포
(廬山瀑布) 돌 구르듯 데굴데굴 궁굴면서, "이것이 웬일인가? 하늘에서 내
려왔나, 땅에서 솟았는가? 바람에 불려왔나, 구름속에 싸여왔나? 어제 저
녁 걸인으로 어사되기 의외(意外)로다. 얼시고나 절시고나, 어사낭군 좋을
시고, 지화자가 좋을시고. 동정호 너른 물에 홍안(鴻雁) 오기 제격이
요[1259], 춘삼월(春三月) 호시절(好時節)에 호접(蝴蝶) 오기 제격이요, 칠월
칠석(七月七夕) 오작교에 견우직녀 만난듯이, 열녀춘향 죽어갈 제 어사서
방 제격일다." 안고 떨며, "사람을 그다지도 속이시오?"

동헌이 분주할 제, 이 때 춘향모는 강변으로 해남포(海南布) 빨래 갔다
가 이 소문을 넌짓 듣고 빨래 그릇 제물좇차 담아 이고 오다가, 빨래그릇
을 이고 똥을 누다가 향청 방자놈이 나오면서, "할머님, 요새 기운이 어떠
시오?" "기운인지 무엇인지, 밑 좀 씻겨다고." 방자놈 새끼 토막을 들고,
"궁둥이를 조금 드시오." 한참 들여다 보다가, "여보 할머니, 구멍이 둘이

성(安徽省)에서 회수(淮水)로 흘러들어 가는 강. 본문의 구절에서 춘향은 요임금 시대
에 이곳에서 은거하였던 허유(許由)라는 은사(隱士)가 요임금이 자신에게 선위하겠다
는 말을 듣고 귀가 더러워졌다 하여 영수에서 귀를 씻은 고사를 이용해 절개를 지키
겠다는 자신의 마음을 표현하고 있다.

1258) 홍모 : 기러기의 털. 아주 가벼운 것의 비유.

1259) 동정호 ~ 제격이요 : '소상팔경(瀟湘八景)' 중 제일경(第一景)인 '평사낙안(平沙落雁)'
을 이용한 것으로 보인다. '평사낙안'이란 동정호 근처의 모래밭에 기러기가 떼를 지
어 땅으로 내려앉는 모습을 말한다.

니 어느 구멍을 씻으리까?" "압다, 요녀석아. 도끼 자국같은 구멍은 말고, 초상 상제 포앙 웃당줄[1260] 바싹 조인 듯한 구멍을 씻었다고." 씻어주고, "할머니는 그런 경사(慶事)가 있소? 춘향이가 어사또 수청(守廳)들어 호강을 하옵데다." 빨래그릇을 이고 "참말이야, 헛말이야?" 엉덩이를 두르다가 빨래그릇 밑이 쑥 빠져 물을 뒤집어쓰고, "얼시나 절시구나, 지화자 좋을시고." 삼문간을 흔들며 들어올 제, 군노사령 문안하니 춘향모가 비양하여[1261] 변덕을 피울 제, "이놈에 삼문간, 장히도 세다지. 얼마나 드센가 보자" 하며, "기특하다 기특하다, 우리 춘향이 기특하다. 팔십먹은 늙은 어미, 고생한다 생각 수청(守廳) 허락 하였다지. 탁주 한 잔 먹었더니 엉덩춤이 절로 나고, 약주 한 잔 먹었더니 어깨춤이 절로 난다. 얼시구나." 호장이 나오다가 치하하니, "호장 상주 고만두게. 내 딸 춘향이 죽어갈 제 말한 마디 아니하대. 구관자제 이서방인지 어제 저녁 찾아와서 자고 가자 애걸키로 괄시하여 보내었지." 호장이 하는 말이, "이 사람, 지금 어사또가 구관자제라네. 공연히 알지도 못하고 담방담방 하노?" 춘향모 그 말 듣고, 기가 막혀 삼문틈으로 들여다 보니 괄시하던 걸인일다. 무안하고 황송하여 삼문 열고 엎드려서, "비나이다 비나이다, 어사전에 비나이다. 사람이라 하는 것이 늙어지면 쓸데없소. 어제 저녁 오신 것을 관속(官屬)들이 알게 되면 소문날까 염려하여 괄시같이 하였더니 그 눈치를 아셨나, 몰랐으면 죽여주오." 어사또 춘향모를 내려보고, "이 사이도 사람 따기 잘 하는가? 늙은이 하는 일을 조금이나 험을 할까? 바삐 올라오라." 춘향모 일어서며, "어허 그렇지, 내 사위야. 내 딸 춘향이 길러다가 어사 사위 좋을시고. 얼시고나 절시고나, 지하자자 좋을시고. 내 딸이나 니 딸이나, 댕기 끝에 무궁주(無窮珠)[1262]야, 눈 진산의 꽃이로다. 부중사람 들어보게. 수령 천하부모심(遂令天下父母心)으로 부중생남중생녀(不重生男重生女)[1263]는 나

1260) 웃당줄 : 윗당줄. 말총으로 고를 맺어 두른 망건의 윗부분인 망건당에 거는 당줄.
1261) 비양하여 : 얄미운 태도로 빈정거리면서.
1262) 무궁주 : 염할 때 죽은 사람의 입속에 넣는 깨알처럼 작고 까만 구슬.

를 두고 일렀도다. 내 보지 금보지요 네 보지 은보지라. 지화자 좋을시고, 이 궁뎅이 두었다가 논을 사나 밭을 사나, 흔들 대로 흔들어보세." 야단할 제, 어사또 춘향이 데리고 전후고생(前後苦生) 하던 말과 어사자원하야 가지고 오다가서 처처(處處)의 욕당한 말을 낱낱이 설화(說話)하고, 이방 불러 춘향 모녀 착실히 공궤(供饋)[1264]하라 하고, 허봉사 점이 용타하며 포목 상급(布木賞給) 후히 주고, 괄시하던 기생들과 문군(門軍)[1265] 잡아들여 치죄(治罪)하며, 각처 죄인 처결하여 이수(移囚)할 놈 이수하고 방송(放送)할 놈 방송하며, 각읍 공사 밝힌 후에 춘향 모녀 데리고 서울로 올라가 봉명(奉命)하고, 춘향의 정절을 주달(奏達)하니, 상이 기특히 아시고 예부(禮部)[1266]에 전교(傳敎)[1267]하시고 정렬부인(貞烈夫人) 작첩(爵帖)[1268]을 내리시매, 춘향과 동락하여 유자생녀(有子生女)하여 계계승승(繼繼承承) 하였으니, 시속부녀(時俗婦女)들아, 이런 일을 효칙(效則)하여 승순군자(承順君子)[1269]하고 효봉구고(孝奉舅姑)[1270]하여 예절을 잃지 말지어다.

1263) 수령천하부모심 부중생남중생녀 : '마침내 천하의 부모들 마음이 아들보다 딸 낳기를 더 중히 여기게 되었더라.' 백낙천의 〈장한가(長恨歌)〉의 한 구절. 당 현종의 총애가 양귀비 하나에 쏠리자 당대의 사람들이 딸 낳기를 소망했다는 말이다.

1264) 공궤 : 윗사람에게 음식을 드리는 일.

1265) 문군 : 문군사(門軍士). 종묘(宗廟)와 궁궐 또는 각 고을의 문을 지키던 군사.

1266) 예부 : 예조(禮曹). 조선 시대에 육조 가운데 예악, 제사, 연향, 조빙, 학교, 과거 따위에 관한 일을 맡아보던 관아.

1267) 전교 : 임금이 명령을 내림. 또는 그 명령.

1268) 작첩 : 작위를 봉하는 사령장(辭令狀).

1269) 승순군자 : 남편의 말에 순순히 좇음.

1270) 효봉구고 : 시부모를 효성으로 봉양하는 일.

성현경

서울대학교를 졸업하고 동 대학원에서 석사 및 박사 학위를 받음. 대건신학대학
과 영남대학교를 거쳐 서강대학교 국어국문학과 교수로 재직하였으며, 한국고소
설학회 및 판소리학회 회장을 지냄. 2001년 3월, 60세를 일기로 타계.
『한국소설의 구조와 실상』(영남대학교 출판부, 1981), 『韓國옛小說論』(새문사,
1995), 『광한루기 역주 연구』(共著, 박이정, 1997), 『옛 그림과 함께 읽는 李古本
춘향전』(열림원, 2001) 등의 저서를 남김.

이고본 춘향전

2011년 12월 29일 초판 1쇄 펴냄

옮긴이 성현경
펴낸이 김흥국
펴낸곳 도서출판 보고사

책임편집 한나비
표지디자인 윤인희

등록 1990년 12월 13일 제6-0429호
주소 서울특별시 성북구 보문동7가 11번지 2층
전화 922-5120~1(편집), 922-2246(영업)
팩스 922-6990
메일 kanapub3@chol.com
http://www.bogosabooks.co.kr

ISBN 978-89-8433-954-5 93810

ⓒ 성현경, 2011

정가 15,000원